何建明文集

卷六

国色重庆

何建明 著

新世界出版社
NEW WORLD PRESS

图书在版编目（CIP）数据

国色重庆 / 何建明著 . -- 北京 : 新世界出版社 ,
2018.3
（何建明文集 ; 6）
ISBN 978-7-5104-6382-2

Ⅰ . ①国… Ⅱ . ①何… Ⅲ . ①报告文学 – 中国 – 当代
Ⅳ . ① I25

中国版本图书馆 CIP 数据核字 (2017) 第 204249 号

国色重庆

作　　者 : 何建明
特邀丛书编辑 : 韩小群
责任编辑 : 冀　晖
责任校对 : 宣　慧
责任印制 : 王宝根　苏爱玲
出版发行 : 新世界出版社
社　　址 : 北京西城区百万庄大街 24 号（100037）
发 行 部 :（010）6899 5968 （010）6899 8705（传真）
总 编 室 :（010）6899 5424 （010）6832 6679（传真）
http://www.nwp.cn
http://www.nwp.com.cn
版 权 部 : +8610 6899 6306
版权部电子信箱 : nwpcd@sina.com
印　　刷 : 北京京华虎彩印刷有限公司
经　　销 : 新华书店
开　　本 : 710mm × 1000mm　1/16
字　　数 : 430 千字　　印　　张 : 29
版　　次 : 2018 年 3 月第 1 版　2018 年 3 月第 1 次印刷
书　　号 : ISBN 978-7-5104-6382-2
定　　价 : 78.00 元

1978 年——中国改革开放启幕

1978 年——我的文学生涯开始

庆幸，我的命运与时代、与祖国同行。还有一份安慰：当我离开这个世界时，有人可以从我的文字里触摸到中国今天的脉搏是如何跳动的……

何建明

重要创作历程及个人成就

1978 年　创作第一篇中篇散文《湘西探险记》

1980 年　发表第一篇报告文学《腾飞吧，苍龙》

1982 年　创作第一部军事题材小说《第二道战壕》

1986 年　出版第一部报告文学作品集《缉私大王》

1988 年　出版第一部长篇小说《东方毒蛇》

1989 年　由同名作品改编的电影剧本《西行囚车》被搬上银幕，此片获珠江电影制片厂优秀故事片奖

1990 年　第一次获中华宝石文学奖

1993 年　任文学杂志《新生界》主编

1993 年　发表第一部长篇报告文学《野性的黑潮》

1994 年　第一次成为《青年文学》封面人物

1995 年　《共和国告急》出版，此后获第一届鲁迅文学奖

1995 年　《科学大师的名利场》发表

1998 年　《落泪是金》发表，此后获第二届鲁迅文学奖、第一届徐迟报告文学奖、中国改革开放优秀报告文学奖

2000 年　《中国高考报告》出版，此后获第一届正泰杯全国报告文学奖

2001 年　《中国高考报告》被日本、澳大利亚翻译出版

2002 年　《根本利益》发表，此后获第二届徐迟报告文学奖、人民文学奖特等奖、第六届国家图书奖提名奖、第二届正泰杯全国报告文学奖，入选中宣部推荐的党的十五大献礼书目

2002 年　《国家行动：三峡大移民》出版，此后获中宣部第九届“五个一工程”奖，入选中宣部推荐的党的十六大献礼书目

2003 年　《北京保卫战》发表，获《文汇报》优秀作品奖

2003 年　完成电影剧本《廊桥悠悠》创作（此为与谢晋导演合作项目）

2004 年　由《根本利益》改编的电影《信天游》上映

2004 年　《永远的红树林》发表，此后获第四届正泰杯全国报告文学奖

2005 年　《李琬若：从中国留学生到美国市长》出版，并被美国翻译出版

2005 年　获国务院授予的"全国劳动模范"称号

2005 年　任《中国作家》杂志主编

2006 年　《男人的美丽男人的梦》出版

2007 年　散文《父亲的体温》入选中学课本及教辅资料

2007 年　《部长与国家》获第四届鲁迅文学奖、第三届徐迟报告文学奖荣誉奖

2008 年　《生命第一——5·12 大地震现场纪实》出版，此后获第二届"中华优秀出版物"奖、第四届徐迟报告文学奖

2008 年　任作家出版社社长

2008 年　荣获"全国新闻出版行业领军人才"称号

2008 年　根据《国家行动》改编的同名电视连续剧在央视播出

2009 年　任中国作家协会党组成员、书记处书记，中国作家出版集团党委书记、管委会主任

2009 年　《国家行动》电视连续剧获中宣部第十一届"五个一工程"奖

2009 年　《我的天堂》出版，获中宣部第十一届"五个一工程"奖

2009 年　《永远的红树林》获新中国六十年优秀中短篇报告文学奖

2009 年　获中华全国总工会“时代领跑者——新中国成立以来最具影响的劳动模范”评选活动提名奖

2010 年　根据《部长与国家》改编的电视连续剧《奠基者》在央视黄金时段播出，此后获中宣部第十二届“五个一工程”奖

2010 年　《忠诚与背叛：告诉你一个真实的红岩》出版，此后获中宣部第十二届“五个一工程”奖、第三届中国出版政府奖，入选“2013 年全国青少年推荐阅读的优秀书目”

2010 年　任中国作家协会副主席至今

2011 年　《国家——2011 · 中国外交史上的空前行动》出版，后获人民文学奖特等奖，入选“2012 年中国报告文学优秀作品排行榜”、中宣部推荐的党的十八大献礼书目

2012 年　《三牛风波》出版，荣登北京图书大厦畅销书排行榜

2012 年　任中华文学基金会理事长至今

2012 年　当选中国报告文学学会理事长至今

2014 年　《南京大屠杀全纪实》出版，此后获第四届中国出版政府奖、人民文学奖特等奖

2015 年　获亚洲品牌协会“中国文化品牌新领军人物”荣誉

2015 年　《真假之间》发表

2016 年　《爆炸现场》出版，获中国出版集团优秀销售奖，入选“2016 年中国报告文学优秀作品排行榜”

2017 年　《死亡征战》出版，被英国、法国翻译出版

2017 年　《那山，那水》发表

（截至 2017 年 9 月）

序

关于你，即使我们汇集最华丽和动听的词句来描述，也仍然不能释怀。也许，这就是你永远让人赞美不完的缘故。

于是人们一提起你，就会说你是一个江与山铸造的城市。不错，长江和嘉陵江在你的脚下永不停歇地奔腾，铸造出你刚强的灵性和独特的气质；不错，苍莽雄险的巴山与峡江两岸的绝壁峭崖，铸就你雕塑般的骨骼和俊美。你因而被称为“第一江城”，也被叫作“山城”。

“江城”或“山城”的美誉，是你袒露给外人看的一种常态与表象。而这，已足以让初来乍到的外域人对你魂牵梦绕，痴迷眷恋。其实关于你，或许几千年来还没有谁能真正完整地认识透，因为你是一个千姿百态、蕴含了无数深意、谜一般的城市。

我因而说——

你是一个到处散落和播种神话的城市。巴山夜雨下的每一个传说，都可以令世人传唱千载；巫山神女的艳羡与爱怨，只是其中一个关于人性与爱情如何得以充分张扬的美丽传说而已。

我因而说——

你是一个怎么形容都不为过的城市。那大山架构的骨骼和江水联结的血脉，支撑的是一个天地人和充满鲜活生命的世界。而这自然容貌，只是这个鲜活生命的部分躯体的展现。

我因而说——

你是一个性格城市，敢爱敢恨注定了你是烈焰燃烧的“火炉之城”。旧岁月里大起大落的命运，是你一次次奋争和一次次“重庆”辉煌的过程，故而你的名字也变得独特而出彩。

我还要说——

你是一个世界性的城市。成吉思汗的兵马在历史上曾经横扫欧亚大地，称霸半个世界，但唯独在你的钓鱼城下不可朝前逾越一步，从而改写了之后的世界史。关于这一点人们似乎至今尚未认识到，而这，正是你成为“世界性城市”的一个最重要的和无须质疑的宣言。

我还要说——

你是一个处在哲学社会巅峰之上的城市。集天地江山之气于一身，融儒释道之和于一地的大足石刻式的哲学境界，所以能聚中华各民族的人们都在你这里幸福自由祥和地一起居住着。这难道不是人类和谐社会进入哲学社会之最高境界的基本说明吗?

……

你，因此是个最值得总结的城市。没有一个人能对一个城市去做认真的总结，因而所有的城市总让人感觉千篇一律，不是楼房，就是道路；不是车流，就是人河，似乎除了物与欲的张扬再没有更多的内容。而你却在这种张扬中更多地注入了科学发展观的理念，从而赋予现代都市更丰富的人文内涵，并在这样的人文进步中一次次“重庆”，又在一次次“重庆”中涅槃出一个个崭新的重庆。

1997 年 3 月 14 日是你的又一次“重庆”。当北京人民大会堂里代表国家和人民利益的 2403 只手高高举起时，历史又一次宣布了你的诞生！而这一次你的诞生，使你拥有了史无前例的光彩和不可逆转的新命运。

这是你的 3002 万人民的福分。更是你那 200 多万年文明史的延伸……

今天，与其说我们在庆典你的“重庆”，不如说是在进行一次中华民族伟大复兴的“重庆”！

50岁的汪洋在出任中共重庆市委书记时感慨道：这是一个很快就会被人喜欢的城市。同时，他为重庆总结了四句话：“千里为重，广大为庆，兼收并蓄，是为重庆。”

千里与广大，其实就是江和山的另一种诠释。而由江与山组成的重庆，难道不正是古人对这个城市的一份没有说出口的内心期待与福祉吗？

江山重庆，是为中国重庆；直辖重庆，是为当代国色重庆——

目 录

第一章　金色时光

一幅秀丽的画卷，她的色彩之美，画中人常常不能自辨。关于重庆，重庆人自己似乎就是这种感觉。

新重庆的色彩绘制者已经奋力拼搏了10年，这10年，我们再回首看去，呈现在眼前的竟是一段金色组成的时光隧道——

1．90年相距，胡锦涛与孙中山的目光聚焦在同一地方……①

2007年3月8日，这对重庆直辖市的今天和未来都是一个非常重要的日子。

这一天，北京人民大会堂重庆厅内的灯光格外明亮，气氛更是不一般。市委书记汪洋和市长王鸿举等几位重庆市领导站在大厅门口，欣喜地等待着历史性的一刻：中共中央总书记、国家主席胡锦涛神采奕奕、面带笑容地出现在重庆厅……

“总书记好！”

“同志们好！”

顿时，63位重庆籍全国人大代表和胡锦涛相互握手致意，其乐融融，激动人心。

3月的北京，阳光明媚。人民大会堂的重庆厅内洋溢着浓浓春意。没有拘谨，没有客套，胡锦涛坐定后就亲切地招呼代表们

---

① 本节资料来源：新华社2007年3月8日相关报道；《重庆日报》2007年3月9日相关报道；孙中山《建国方略》，见《孙中山全集》（第六卷），中华书局1985年版。

发言。

“总书记，我先讲！”来自石柱土家族自治县的刘中慧代表抢先举手。胡锦涛向她微笑着，鼓励着。于是，刘中慧代表的眼里放着光芒：“过去，我们石柱中小学是‘清朝的房子、民国的桌子、共产党的孩子’，仅1998年这一年，全县共发生教室垮塌就有8次，所幸没有造成人员伤亡。现在，石柱最漂亮的房子就是教学楼，我们还清了‘普九’欠债，中小学在校生人数也翻了一番！”刘中慧代表的声音越说越高，深深地感染了总书记，只见总书记时而注目倾听，时而提笔记录。

谈起重庆的变化，代表们一个接一个地争着发言，生怕遗漏了心头洋溢的那份激情，其情其景，恰似三月春潮……

日理万机的总书记带着平和、认真的神色听完了10位代表发言后，发表了重要讲话。那洪亮而高亢、深情而期待的声音久久地回荡在金色的人民大会堂内：“今年是重庆建立直辖市10周年。经历10年的建设，重庆的各项事业都取得了显著的发展。实践证明，中央设立重庆直辖市的决定完全正确，今天的重庆站在了新的发展起点上。希望重庆市坚持以邓小平理论和‘三个代表’重要思想为指导，深入贯彻落实科学发展观，紧紧抓住西部大开发和老工业基地振兴的机遇，完善思路，真抓实干，把重庆加快建设成为西部地区的重要增长极，成为长江上游地区的经济中心，成为城乡统筹发展的直辖市，在西部地区率先实现全面建设小康社会的目标。”

“哗——”掌声、热泪……重庆人这一天有着无比激动的心情，许多人彻夜未眠。他们一遍又一遍地学习和回味着总书记的讲话，一遍又一遍地在梦中欢笑起来。

是啊，重庆——我们的家乡，我们家乡的明天该是个什么样呀？

总书记说了，我们是中国西部的增长极。增长极是什么？增长极就是像一个人的心脏、一台机器的动力核。

长江上游的经济中心该是什么样？应该像上海对长江下游的华东富饶之地的辐射地位吧！

城乡统筹下大发展的直辖市！

全面率先建成的小康社会！

哇——我的重庆，我的美丽家乡！

3100 万重庆人沉浸在对总书记为他们描绘的未来的憧憬之中……

于是，在此时此刻，有人突然惊喜地发现一个历史的巧合：90 年前的 1917 年，一位伟人也曾把锐利的目光停留在中国第一黄金水道上游的一座山城，并且正是因为他的这一瞥，从此改变了这个城市的命运，甚至从此改变了中国以后的行政区划蓝图。

这个人就是孙中山——中国民主革命的先驱。

上海，莫利爱路 29 号（今香山路 7 号）。

1917 年夏，在莫利爱路 29 号的一座花园洋房内，一位中年人，手持放大镜，双膝跪在宽阔的地毯上，身子近乎伏在地面……他在干什么？噢，原来他在看地图。

那地图有大大小小 14 张。细细看去，喔，原来是可以拼成一体的“中国地图全图”！

放大镜下，他看到了地图上呈现的山川和乡村、城市与湖泊，还有连绵不绝的沙漠与草原……但那山，是死的；那川，是倒流的；那城市，是狭小而破烂不堪的；那乡村到处是无收的旱地和讨饭的人群；那湖泊里，流淌的则是被贫苦和饥饿所折磨而流出的眼泪；至于那些沙漠与草原，似乎更没有任何的目光光顾。

而他却看着，看着，眼睛里放射出异样的光芒。

于是，在那地图上，他看到了横的是一座座桥梁，纵的是一条条铁路，圆圈的是一个个大港……然后再把这纵的与横的和圆圈联结成网，这网覆盖整个地图，网中的纽结便是粮食工业、衣服工业、交通工业、印刷工业和铁矿、煤矿、油矿和机械制造、港口码头……

“请再拿些纸来！”中年人一边挥笔疾写着一行行英文，一边头也不抬地对警卫员马湘说。

“先生，您该休息了！夫人请您把这杯牛奶喝了。”警卫员递上一叠纸的同时，又将一杯牛奶放在桌子上，然后轻声地催促疾书者。

“好。我喝！”中年人眼也没抬地伸手抓起杯子，将牛奶一饮而尽，然后转身重新伏在地图上。只见他的目光顺着那条横串东西的大江，从地图右方一直向左移动……突然，他的目光在大江的宜昌至重庆段停下了，并且久久不曾移开。

“自宜昌而上，入峡行，约一百英里（约160公里）而达四川，此处两岸岩石束江，狭窄且深，平均深有六寻（约10米），最深有至三十寻者。急流与滩石，沿流皆是。”中年人独自口中念念有词许久，突然间，只见他直起身子，一步走到桌前，即挥笔写下这样一段话：“改良此上游一段，当以水闸堰其水，使舟得溯流以行，而又可资其水力。其滩石应行爆开除去。于是水深十尺之航路，下起汉口，上达重庆，可得而致。而内地直通水路运输，可自重庆北走直达北京，南走直至广东，乃至全国通航之港无不可达。由此之道，则在中华西部商业中心，运输之费当可减至百分之十也。其所以益人民者何等巨大，而其鼓舞商业何等有力耶！”

妙啊！当我们的巨轮顺着长江的黄金水道，有一日能“下起汉口，上达重庆”之时，中国的中部和西部经济，怎会是永远的贫乏与苦难呢？到那时候，“益人民者何等巨大”！“鼓舞商业何等有力耶”！

中年人情不自禁地张开双臂，一遍又一遍地高喊着！一次又一次地欢呼着！

振臂高呼者正是我们的孙中山先生。这一年，他把上面的话写进了他那著名的《建国方略》之中。孙中山因此成为第一个提出要在三峡修大坝的中国人，并在5年之后的广州国立高等师范学校的演讲中明确说道：“像扬子江上游夔峡的水力，更是很大……拿这样的电力来替我们做工，那便有很大的生产，中国一定可以变贫为富的！”

都说重庆直辖市因三峡工程的建设而诞生。而现在我们可以知道更深远的另一层意思：因为在伟人的眼里，三峡工程建设之后的重庆，还将成为中国西部经济的中心。

90年前的孙中山，将三峡大坝修建的重庆地段，视为“中华西部商业中心”。90年后的今天，胡锦涛要求把重庆直辖市建成“西部地区的重要增长极”和“长江上游地区的经济中心”。

伟人的目光，总是同样的高瞻远瞩。

重庆，你是幸运者！百年来，总有伟人在为你的命运导航定向。

2．毛泽东两次到重庆[①]

毛泽东第一次到重庆是1945年8月。

---

① 本节资料来源：新华社2001年6月14日《红色档案·重庆谈判》，《重庆谈判纪实》，重庆出版社1983年版；新华社2006年5月22日相关报道；何建明：《国家行动》，江西教育出版社2003年版；《人民日报》1966年7月25日相关报道。

当时，一心想挑起内战的蒋介石，凭着强大的美式装备和从主战场上获得的日本侵略者留下的战利品，加上所谓的“合法政府”的“元首”身份，多次电邀在延安窑洞里住着的毛泽东到重庆谈判。自以为是的蒋介石不相信毛泽东会来重庆“自投罗网”，所以从这年的8月14日开始，他数次电邀毛泽东到“重庆一聚”。

于是，在蒋介石根本不相信毛泽东敢到重庆来谈判的8月的一天，从延安起飞的一架美式飞机飞越秦岭，缓缓地降落在了山城……之后的历史大家都知道，“重庆谈判”在中国现当代史上留下了重重的一笔，当然在这历史性的一笔上毛泽东最出彩。

然而我们都知道，在此次毛泽东与重庆第一次“亲密接触”中，诗人毛泽东还给重庆和中国历史留下一首著名的诗篇，这首名曰《沁园春·雪》的词作当时传遍了山城，并成为一时的佳话。在不了解毛泽东的“国统区”重庆，毛泽东顿时成为一代独领风骚的文人墨客，蒋介石私下里暗暗自愧不如。

北国风光，
千里冰封，
万里雪飘。
望长城内外，
惟余莽莽；
大河上下，
顿失滔滔。
山舞银蛇，
原驰蜡象，
欲与天公试比高。
须晴日，
看红装素裹，

分外妖娆。
江山如此多娇，
引无数英雄竞折腰。
惜秦皇汉武，
略输文采；
唐宗宋祖，
稍逊风骚。
一代天骄，
成吉思汗，
只识弯弓射大雕。
俱往矣，
数风流人物，
还看今朝。

这是一篇何等气势磅礴的佳作！而重庆人非常聪明，他们在之后的几十年里，每每建立伟大功绩之后，总会吟诵着毛泽东的这首《沁园春·雪》，而自喻“一代天骄”昂首高唱“数风流人物，还看今朝”。今朝的风流人物，自然是重庆人哪！

重庆谈判4年之后，中国在共产党领导的人民军队的雷霆万钧之势下迅速发生了彻底的变化，中华人民共和国很快成立了。

那时的重庆在毛泽东的眼里非同寻常，他把重庆作为新中国的西南重镇，派出刘伯承、邓小平和贺龙3名大员镇守此地，建立了中共中央西南局。由于后来“南方战事”及西藏解放的形势需要，重庆的战略地位一时向西转移，让位给了成都和西藏……但重庆的实力毛泽东心里有数，所以中华人民共和国的诸多元勋级人物有相当一部分是从重庆西南局走出去的。

新中国成立之后的毛泽东，其实也时时挂念着重庆，印象中最深刻的当数1954年了。那一年毛泽东流泪了：长江中下游因特大洪灾，受灾人数众多，灾情严重。中南重镇武汉因长江“荆江”段决堤，被数米高的洪水淹没数十天……毛泽东为此非常难过。

从来以诗才著称的毛泽东这次为武汉防洪军民战胜大洪水后而写下的贺电，竟然用的是这样一句沉甸甸的毫无激情的话：“庆贺武汉人民战胜了1954年的洪水，还要准备战胜今后可能发生的同样严重的洪水。”面对人民的生命和财产的惨痛损失，一向激情澎湃的毛泽东变得毫无诗情，只有字字掷地有声的殷切教导。

那场洪水之后的毛泽东，经常在中南海彻夜盯着横穿中国地图东西的那条大江以及大江沿途的一个个城市与乡村，其目光停在宜昌与重庆之间的江段最长、最多。这样的时间延续了很久，一个月？一年多？总之，我们从已知的历史资料上可以非常清晰地知道，那之后的几百个日子里，毛泽东把所有的精力倾注在了如何建设一个强大的社会主义新中国的伟大事业中，每天只休息几个小时，有时甚至几天不睡，比战争年代还显得繁忙。一段时间有人说，毛泽东只会打仗而不会搞经济建设，这实在是极大的错误。20世纪50年代初期的毛泽东，在处理农村的土改、城市的工商业改造和国家基础规划方面的经济才能，是当时任何一位经济学家和政治领袖所无法比拟的。特别是他所著的堪称探索中国建设社会主义道路的开篇之作——《论十大关系》，完全是一部无与伦比的经典之作。那些日子里，毛泽东天天听汇报、搞调查，十分繁忙。

在完成纲领性决策文件之后，毛泽东又开始将目光投向长江的那段“天险”……

或许是1954年大洪水的那一幕惨景依然留在这位国家领袖的心头令他隐隐作痛，也可能是以为高吟“数风流人物，还看今朝”还不到时候，毛泽东这回没有来到重庆，而一直停留在武昌的东湖宾馆内。

然而毛泽东的心却在不停地奔跑着，直至跑到宜昌，跑到重庆。那双深情的目光不时地抚摸着三峡江段的每一个细微之处，并常常思绪万千。

那些日子里，毛泽东常常伫立在东湖畔的小洋房上的那扇临江的窗户前，双目逆大江之水而西望、西望……

“主席，您是否想出去走走？”湖北省省委书记王任重多次过来小声询问毛泽东。

“我想游长江！”毛泽东突然说。

王任重一愣，转而立即进一步试探地问：“什么时候？”

“马上！马上！”

“是。我立即派人去准备。”王任重不敢怠慢，转身去做该做的事了。

这一天是六一，毛泽东像小孩过节似的异常高兴地一口气游了124分钟，游程达13公里。爽！毛泽东一生爱好游泳，尤其爱与大江搏斗。

时隔一天，毛泽东再次向王任重提出要游长江，而且这回是换了一个方向。当时的武汉正在长江上建大桥。毛泽东很想看一看建设中的壮丽场景，却又怕影响工人施工，所以他选择了一个奇妙的行动——在长江里游泳穿过大桥观赏施工美景。夏日的汉水，桀骜不驯，水情很复杂，然而毛泽东根本没有将湍急的江水放在眼里，一游就是14公里。

6月4日，毛泽东又提出要畅游长江。四天游三次长江，足见毛泽东已被长江荡漾起的激情所诱惑。无论王任重等人如何劝阻，他老人家根本不听。

毛泽东太喜爱长江了！几天的搏浪畅游，使其神驰意荡，心潮澎湃，思绪涌动。这一天夜里，毛泽东的房间内灯光彻夜长明，伟人的目光紧盯着地图上的扬子江，由东而西地缓缓移动着、移动着，从荆江逆向宜昌、万县，直至重庆……然后，只见毛泽东挥动大笔，写出下文：

才饮长沙水，
又食武昌鱼。
万里长江横渡，
极目楚天舒。
不管风吹浪打，
胜似闲庭信步，
今日得宽馀。
子在川上曰：
逝者如斯夫！

风樯动，
龟蛇静，
起宏图。
一桥飞架南北，
天堑变通途。
更立西江石壁，
截断巫山云雨，
高峡出平湖。
神女应无恙，
当惊世界殊。

这首《水调歌头·游泳》，气势恢宏，堪称词中极品，记载着一位卓越诗人神思飞扬的超凡才华，更闪耀着一位杰出领袖的经济建设战略的智慧光芒。许多年过去了，当今天我们有幸看到三峡大坝真的成为“当惊世界殊”的奇迹而挺立在天险长江之上，再读一读伟人毛泽东的这首佳作时，那“截断巫山云雨，高峡出平湖”的壮丽图画已不再是诗人的畅想了。

毛泽东是诗人，但更是为人民造福的领袖。他的这首《水调歌头·游泳》，其实是用超凡的智慧和远大的胸怀所描绘出的宏伟蓝图。

因为高峡与平湖、神女与巫山都在重庆，重庆人难道不觉得毛泽东是那么的格外厚爱你们吗？

如果说，1917 年孙中山在《建国方略》中第一次提出在长江三峡处“筑坝”是伟人对重庆的第一次关注的话，那么毛泽东的《水调歌头·游泳》中所言的“截断巫山云雨，高峡出平湖”则是使重庆日后成为人民共和国第四个直辖市真正意义上的战略决策和实施开端。

阳春三月的重庆，万物复苏。山城到处绿意叠翠，鸟语花香。1958 年 3 月 28 日傍晚，万家灯火通明的秀丽山城，仿佛被有意装扮一新。习习夜风下，一艘名叫“江峡”号的轮船迎着柔和的晚风，轻轻地靠近朝天门。不多时，一位身材高大的巨人出现在甲板上——

“是毛主席！

“毛主席来啦！”

“江峡”号上的船员们又激动又紧张。

呵，与 13 年前出现在重庆谈判时的润之先生相比，今天的毛泽东，不知增加了多少倍神采！其潇洒和魄力，其精神和智慧，都到了顶峰时期。

1958 年 3 月 28 日的重庆之行，可以说是毛泽东关于决定上马三峡工程的一次落笔之行。我们可以从日后的史料中得出这样的结论，因为几天之后毛泽东在武昌东湖宾馆里，一次次地把王任重和“长江王”林一山叫到他身边，并且吩咐林一山专门写一份他所担心的在三峡上建坝后可能出现的库区泥沙淤积问题的报告。林一山在后来很快写完了《关于水库长期使用的初步探索》报告，经周恩来之手送达毛泽东手中。

1964 年中央做出了“三线建设”的决定。1966 年 3 月，毛泽东发出了“备战备荒为人民”的号召。这对重庆具有特别的意义。

毛泽东的“三线建设”指示，让重庆受益匪浅，大大增强了工业实力。

重庆应当始终不忘毛泽东的恩情，因为这个伟人对重庆从来就怀有诗一般的激情。他的诗，就是重庆建设的宏伟蓝图。

3. 1985 年 1 月 19 日，邓小平谋划建重庆直辖市……①

重庆本身就是一座历史重镇，一座历史名城。从 19 世纪 80 年代英国商人立德乐带领的“固陵”号轮船溯长江驶入朝天门的那一天起，重庆的开埠便意味着它作为中国西南门户的桥头堡而从此掀开了历史性的一页。然而，重庆的开埠带着列强侵略者的浓浓血腥味，它基本上是中国近代史上的一个耻辱的标志。但这并没有因此而否定重庆作为长江上游最重要的通商口岸和城市设置的意义。

辛亥革命后的新一轮中国地区势力范围的调整，再一次催生了重庆的脱胎换骨。1929 年之后的重庆有了真正意义上的城市概念。

① 本节资料来源：毛毛：《我的父亲邓小平》（上卷），中央文献出版社 1993 年版；李鹏：《众志绘宏图——李鹏三峡日记》，中国三峡出版社 2003 年版；何建明：《国家行动》，江西教育出版社 2003 年版。

之后，作为“战时首都”，重庆人因此表现出的巨大爱国热情让全世界为之震动。然而，重庆所付出的代价也十分惨烈，她承受了日本侵略者长达 5 年半的狂轰滥炸……重庆人用血肉谱写了民族爱国诗篇。

1949 年 11 月 30 日，在蒋介石从白市驿机场仓皇逃离不到 8 个小时后，重庆便在邓小平、刘伯承领导的人民解放军第二野战军的炮火下获得了解放。作为当时中国西南地区政治、经济、军事、交通和文化中心的重庆，得到了中央的高度重视，被确定为西南军政委员会所在地，统领管辖包括云南、贵州、西康 3 省及川东、川西、川南、川北 4 个行政区和重庆市及西藏。早在人民解放军进军重庆时就成立了中共中央西南局，邓小平任第一书记，到重庆后成立了西南军政委员会，刘伯承任主席，之后不久又任命邓小平、贺龙、熊克武、龙云、刘文辉、王维舟 6 人为副主席；成立了西南军区，贺龙任司令；完善了于江震、王近山、宋任穷、李井泉、周士第、胡耀邦、张际春、陈锡联等 87 人为委员的领导机构。当时的重庆市，无论从所管辖的几省几区看，还是从担当西南局领导的人员看，其分量显而易见。但随着全国的解放和建设的需要，中央从适应国家计划经济建设、加强中央集中领导及解决中央机构这一级干部不足等考虑，1954 年 6 月中央人民政府做出撤销各大区机构的决定，重庆成了四川省辖市。

从“战时首都”，到中央直辖市，到省辖市，仅十几年间，重庆市的地位发生了连续 3 次变化……

好在重庆的“块头”本来就大，尤其是重工业这一块在四川省工业生产中占绝对地位，而且在计划经济时期的国家范围内也是有分量的，因而它曾在 1954 年至 1958 年、1964 年至 1967 年和 1983 年至 1997 年，三度被中央确立为计划单列市。特别是第三次计划单列，无论从时间上还是中央所赋予重庆的权限上，均为前两次计划单列所不能企及。但毕竟是计划单列，也并不能消除重庆发展的体制上的瓶颈。

重庆人梦想再度崛起，再度成为称雄一方的直辖市的话题在之后的若干年里，私下有议论，但却始终没有可能成为改变国家行政区划的现实。

按照《中华人民共和国宪法》规定，凡在中华人民共和国范围内的乡镇以上的任何一级行政区域变化，都必须得到中央人民政府的批准。而省级（包括自治区和直辖市）行政区域的划分改变，则必须通过全国人大会议表决才能生效。

1976 年毛泽东逝世后，中国共产党粉碎了“四人帮”集团，宣布了“文化大革命”的结束。以党的十一届三中全会召开为起点的中国改革开放时代到来。之后的岁月里，是以邓小平为核心的第二代中国共产党领导人执掌着国家的命运。一向称“我是四川人”的邓小平是这个时代的总设计师，他的态度和意见影响着中央到地方的重大战略决策。

邓小平的态度呢？许多重庆人和四川人暗中一直在打听。但说话很少、只干实事的“四川人”邓小平，在这个百废待兴的时候真是日理万机。拨乱反正工作之后，他先抓真理标准的大讨论，然后搞农村土地承包，再是走有中国特色的社会主义道路的提出，之后是一场又一场什么是社会主义，什么是资本主义的大讨论；这样的讨论还没有了结，有人就搞起了资产阶级自由化了；科学的春天刚刚开启，教育改革的一系列问题又摆在面前；社会主义市场经济的概念才提出，姓“公”姓“私”的争论又很热闹……此时，另一件重要事情也摆在了他的面前，即香港、澳门的回归和台湾问题。

1982 年 9 月 24 日，英国首相、人称“铁娘子”的撒切尔夫人访华，邓小平在人民大会堂接见了她，这次会谈是具有历史性的。"铁娘子"代表英国殖民地利益的英国政府，想在1997年后继续管治香港。面对百年屈辱和殖民主义意识根深蒂固的英国首相，邓小平强压心头之愤，一字一句地告诉英国人，也同时告诉全世界："关于主权问题，中国在这个问题上没有回旋余地。坦率地讲，主权问题不是一个可以讨论的问题。现在时机已经成熟了，应该明确肯定：1997年中国将收回香港。就是说，中国要收回的不仅是新界，而且还包括香港岛、九龙。"中国和英国就是在这个前提下来进行谈判，商讨解决香港问题的方式和办法的。如果中国在1997年，也就是中华人民共和国成立48年后还不能把香港收回，任何一个中国领导人和政府都不能向中国人民交代，甚至也不能向世界人民交代。

据说，当天英国"铁娘子"在与邓小平谈话后，从人民大会堂台阶走下时，一个踉跄，差点摔倒。

1997年，邓小平选择这年收回香港，雪中国百年之耻。

1997年，对邓小平来说，这是他留在世上的最后一个年份。这一年他期待香港能如期回到祖国的怀抱；这一年，他想亲自去刚回到祖国怀抱的香港走一走、看一看。可1997年，"中国人民的儿子"邓小平，没能亲眼看到五星红旗高高飘扬在香港上空的那一刻，便永远地离开了我们……

其实，1997年还有一件事与邓小平直接有关系：他生前惦记的关于成立重庆直辖市的大事，也在这一年交给全国人大表决通过。邓小平以对香港回归的同样心情，期待看到人民大会堂里那隆重而热烈的对设立重庆直辖市的表决结果，然而操劳过度的老人家仍然遗憾地没能看到这一历史时刻。

重庆人民要永远记住这个日子：

1997年2月19日——邓小平与世长辞。

1997年2月19日这一天，国务院迅速做了一件特别重要的事：把邓小平生前的最后一个心愿——设立重庆直辖市的议案提交到了全国人大常委会……

历史如此巧合而神奇：重庆的命运与邓小平的生命紧紧地连在了一起！

不妨将时间上溯近百年。1919年，邓小平那时的名字叫邓希贤。暑假，从重庆回家的父亲给儿子带来一个消息：重庆正在开设留学法国的勤工俭学预备学校。父亲问儿子："想不想出国留洋去？"

儿子将脖子往左一扭，说："想去。"

"那行，你先到重庆去报考留法预备学校。"

"嗯。"

15岁的儿子从此离开家乡，到了重庆。这是邓小平从一个普通农家娃儿变成一个无产阶级革命者的决定性的一步。重庆因此也成了邓小平伟大一生的起驶站。或许正是因为这一点，邓小平对重庆始终怀有深厚的感情。在新中国成立后主政大西南的几年里，他对重庆这块英雄而古老的土地有了更全面而立体的了解和认识。

重庆的特殊地位一直留存在这位中国现代化建设的总设计师心里，他在等待重新考虑重庆地位的时机……

时机来了。

时机越来越成熟了。

这个时机的显著标志是中国改革开放越来越深入，中国经济发展越来越迅猛和国家实力越来越强大。

与重庆命运紧紧连在一起的是三峡工程。三峡工程是催生重庆再次成为中央直辖市的关键。自毛泽东当年挥笔写下"截断巫山云雨，高峡出平湖"之后，关于长江三峡工程的建设准备，虽然在沧桑与曲折的年代里一直没有停止过，但高层决策者已经把它搁置了许多年。这既有政治因素，又有国力因素。改革开放后，中国建设突飞猛进，国家实力日益强大，因而从上到下的那一批梦想“高峡出平湖”的“三峡迷”就行动起来了。

十一届三中全会后，邓小平主持中央工作，于是那些老“三峡迷”们开始通过各种不同的渠道，四处游说。

1979 年开春，国务院常务会议决定，由武汉“长办”的林一山主持召开三峡大坝选址会议，这就意味着以邓小平为首的决策者已经同意和考虑三峡工程上马的问题从一般性的口头议论进入实质性的决策阶段。这一年，邓小平亲自出席了中国政府与美国政府的一项用于援助中国水电建设的 20 亿美元贷款的签约仪式。美利坚合众国的副总统蒙代尔在与邓小平一起签订协议后，笑着问这位中国副总理：阁下是否在考虑上马你们伟大的三峡工程？邓小平当时笑笑，用浓重的四川话回答道：“可能喔！”

非常可能。时隔不到一年，邓小平察看了三峡坝址，并召集胡耀邦、姚依林等到武汉研究三峡工程问题。至此，三峡工程在邓小平的亲自指挥与布置下，在可控制的范围内全面开始运作……

1982 年 10 月，万里副总理率国务院秘书长杜星垣、副秘书长田纪云、中共中央书记处书记胡启立、中共中央书记处候补书记郝建秀、水电部副部长李鹏等一行 23 人，对三峡地区进行了考察。而此次由国务院牵头的庞大考察团，将决定政府对未来三峡工程的意见。当时万里等经过实地考察得出两个方案：一是高坝方案，即三峡大坝 200 米高程，回水一直到重庆。建好后的三峡电站发电能力达到 2200 万千瓦，按当时物价计算，整个工程所需投资 260 亿元。二是低坝方案，即三峡大坝高程为 165 米，正常水位 150 米，搬迁移民 30 万人，只淹没万县等。建成后的三峡电站发电能力达到1000万千瓦。工程总投资约100亿元。3年准备，7年施工。

1983年5月，以国家计委名义召开的三峡可行性报告审议会上，多数人同意按低坝方案建三峡工程，即水库蓄水正常水位为150米、坝顶高程165米。

“不行！那样太可惜了。我们重庆为三峡工程已经牺牲了许多利益，如果水库蓄水不能让万吨轮船到达我们重庆港埠，这对发挥长江黄金水道的作用，是个巨大的浪费，我们不希望是150米的蓄水位。我们希望中央考虑重庆发展的需要，是否以建蓄水为180米的中方案为宜……”重庆人对低坝方案纷纷提出反对意见，尤其是时任市长的肖秧同志，当他听说中央定的“150米”方案时，立即找到中央有关领导陈述：“我们重庆，在解放后的二三十年里，为了未来的三峡建设，重庆市一退再退，建设不能重点投入，盖房子也得往‘200米’的未来水库线以上盖，啥子都别想顺顺当当做。堂堂西南‘第一城’，一直等候三峡工程开工那一天重振雄风，结果搞了半天啥子份都没有。这怎么行！重庆1000万人民牺牲了二三十年的建设和发展的机遇，就等着三峡工程带来新的发展希望，如果搞‘150米’的低方案，我们不好向人民交代，也不好向子孙后代交代！我这个市长也不好当了！”

这声音当然也传到了“老领导”邓小平耳边。

重庆人提出的“中方案”，得到了多数专家的赞同，认为这个方案兼顾了重庆利益，同时对在三峡工程建成后所能产生的综合经济效益表示乐观，更为重要的是180米正常蓄水可完全控制长江中下游百年一遇的特大洪水灾害。而这样的蓄水量可使年发电装机量增至2000万千瓦。

但是“中方案”也有不利的一面：首先是移民要增加到100多万，还有万县至宜昌段的所有县城都将被淹没，距重庆100多公里的涪陵市也有三分之二的地方要淹掉；二是整个工程的投资将有很大增加。

3个方案，到底选择哪个方案，“拍板”权到了邓小平那儿。重庆人和所有期待三峡工程早日上马的人都在等待总设计师的最后定夺。

1985年1月19日，这个日子并没有特别意义，但这个日子对重庆人来说，意义又非同寻常，因为就在这一天邓小平第一次正式开口要把重庆从四川省里划出来，成为中央的直辖市。

这一天上午9时45分，邓小平来到人民大会堂福建厅，出席广东核电投资公司与香港核电投资公司合营建设我国第一个核电站的合同签约仪式。当时，时任国务院副总理的李鹏，偕夫人朱琳一起参加了此次签约仪式。

邓小平这一天很高兴，与香港来的客人嘉道理勋爵等谈得很投机。

送走客人后，邓小平朝李鹏招招手，说：“今天我们趁这个机会留下来，说说电力发展的事。”

于是，李鹏等围着邓小平重新坐下。于是，一个历史性的话题开始了——

邓小平：“今天我们先谈谈建三峡工程的问题，你谈谈是怎么安排的。”

水电专家出身的李鹏副总理，立即回答道：“三峡工程需要3年准备，总工期17年，11年后第一台机组开始投产。目前对工程主要的争论有两大问题：一是泥沙的淤积问题；二是坝高的问题……”

邓小平点上一支烟，目光直盯着李鹏：“中坝方案移民增加多少？”

李鹏：“中坝方案按180米蓄水考虑，移民大约增加到100

万，或者可能还多一点。”

邓小平：“你们考虑怎样安置移民？”

李鹏：“过去搞安置性移民，把农民迁移到别的地方。现在用准备安置移民的钱，开工厂、办农场等。移民可以种植经济作物，特别是柑橘，四川柑橘品种很好。而且用移民的经费，发展乡镇企业，搞商品生产，增加收入。”

邓小平点点头：“这个方法对头。100 万移民也是有办法安置的。可以发展乡镇企业嘛，也可以搞第三产业，搞旅游嘛！三峡这个地方有很多事情是可以做的。”

在听取了李鹏详谈“180 米方案”的相关投资与建设等工程问题后，邓小平用浓重的四川话缓缓说道：“三峡工程是特大的工程项目，为我们子孙后代留下一些好的东西，要考虑长远利益。过去四川人不赞成把坝搞高，现在情况变了，四川人，主要是重庆人同意‘180 米方案’。低坝方案不好。中坝方案是好方案，从现在即可着手筹备。中坝可以多发电，万吨船队可以开到重庆。以后可有意识地把国家重大工业项目放在三峡移民区嘛。”

李鹏：“国务院正在考虑专门成立三峡行政区，用这个行政区的力量来支持三峡工程建设，做好淹没区的移民和经济开发工作。”

邓小平听到这里，原本眯着的眼睛似乎一下睁大了：“可以考虑把四川分为两个省，一个以重庆为中心城市，另一个以成都为中心城市……”

在场的人听到邓小平的话，互相对视着，会意地笑了。李鹏迅速地记下邓小平的话，并且认真地核对了一下。

上面的这段历史，被李鹏记在他的日记中，用《众志绘宏图——李鹏三峡日记》为书名，于 2003 年由中国三峡出版社出版。

1995 年 11 月 9 日，时任总理的李鹏第 7 次考察三峡工程，乘坐“锦绣中华”号游轮。当时同船陪同的湖北省领导有书记贾志杰、省长蒋祝平；四川省方面有书记谢世杰、省长肖秧和副省长兼秘书长甘宇平。轮船夜泊巫山时，甘宇平看到湖北省的两位领导在吃完晚饭后进了李鹏的房间，便悄悄联系总理办公室主任姜云宝，说看看李鹏总理对四川工作还有什么指示，意思是他们也想同总理单独见见面，谈点事。姜云宝很快告诉甘宇平，说等李鹏总理与湖北省的领导谈完后，你们就可以进总理房间了。

甘宇平心领神会，立即告知书记、省长。他们 3 人等湖北省的书记、省长出了总理房间后，随即进去。

待甘宇平他们坐定后，李鹏手拿笔记本，说道：“我检查了这些年的工作笔记，小平交代的事，还有一件没办。现在应该说条件比较成熟了，可以说说了。”

会是什么事？甘宇平和谢世杰、肖秧对视了一下，期待着总理的话。

李鹏合上笔记本，朝 3 位四川省负责人说：“就是 1985 年 1 月 19 日，小平在参加核电站签约仪式后跟我谈的话。”随后李鹏便把当时邓小平在这一天明明白白地提出要把四川一分为二，一个是以重庆为中心城市，一个是以成都为中心城市的事讲了出来。

李鹏进而说：“这件事我考虑，邓小平的原意是要在重庆设直辖市。所以你们这次回去后要在小范围内酝酿一下、研究一下，再向中央和国务院打个报告。”

“一定要保密啊！”李鹏最后叮嘱道。

“1985 年到 1995 年，整整过了 10 年。这是我们第一次从中央领导口中听到要把重庆建成直辖市的正式意见，更是第一次知道邓小平同志早在 10 年前就有了这样的宏伟决策。所以说，重庆人应当永远记住 1985 年 1 月 19 日这个重要的日子。”甘宇平如此说。

是的，今天的重庆人应当永远记住“1985 年 1 月 19 日”这个特殊的日子，因为就是在这个日子，中华人民共和国的现代化建设总设计师邓小平，以伟大战略家的目光，提出了将重庆从四川省划出，单独成立直辖市。而正是这一历史性的决策，重庆才有了今天如此迅猛的发展，进入了一个快速发展的伟大新时代。

4．1997 年 3 月 14 日，人民大会堂内掌声雷动①

在中国，谁忽略了长江，谁就不可能成为这个国家和民族的主宰者，因为长江主宰着大半个中国的命运。

1989 年 7 月 21 日，这本不是一个特别的日子，但这个日子对长江三峡的命运却意味深长。这一天，新任中共中央总书记的江泽民离开了北京的中南海。这也是他从一个直辖市的“一把手”成为社会主义中国“一把手”的第 26 天。就当时北京的时局而言，他的每一个细微的动作都会引起国内外的高度关注，尤其是国际层面，那些敌对势力几乎每天都在关注着中国、注视着中国最高层。新一代领导人到了长江三峡。这，让许多形势观察家多少有些出乎意料。

这是一次事先没有公开报道的行动。就当时复杂的中国政治局势而言，一个还未消除阵痛的大国的最高政治领袖的出行，为什么选择了长江三峡，而不是别的地方？我们可以做出一百种的想象和猜测，也可以有一百种意味深长的政治含义，但有一点今天我们可以肯定了：那就是作为中国共产党的领导人，与毛泽东、邓小平等老一代中国领导人一样，他十分关注和重视三峡工程以

① 本节资料来源：新华社 1997 年 11 月 6 日相关报告；李鹏：《众志绘宏图——李鹏三峡日记》，中国三峡出版社 2003 年版；新华社 1997 年 7 月 24 日相关报道；新华社 1990 年 7 月 6 日相关报道；《重庆日报》1996 年 9 月 22 日相关报道；新华社 1997 年 1 月 30 日相关报道。

及长江流域的一草一木。

选择视察长江三峡，在10多年后的今天我们已经开始感觉到了它的深远意义，而且可以断定这种认识随着岁月的继续延伸，它将会越来越明晰和深刻。

江泽民风尘仆仆来到三峡，先是参观葛洲坝工程，接着又考察三峡大坝坝址，察看荆江大堤。在从沙市顺江而下的船上，他详细听取了关于三峡工程的专题汇报；到了武汉，又参观了三峡水库泥沙模型试验。4天时间，江泽民总书记边看边听边问，从三峡工程的效益到实际问题的解决方案，了解得非常具体。这次实地考察，进一步坚定了总书记的决心：三峡工程要争取早日上马，把几代人的伟大理想在我们这代人手中变为现实。

“该上马了，几代人的伟大梦想，该到我们这代人手里变成现实了！三峡人民该有一种实实在在的企盼了！”4天的实地考察后，江泽民总书记说了这样一段非常坚定的话。

这一次考察长江水情和三峡工程，对江泽民来说收益不小，一方面使他对长江中上游的水情有了比较深刻的了解，二是几十年来战斗在水利和三峡工程筹备一线的知识分子们忠于祖国、热爱三峡事业的精神给他留下深刻印象。

24日，江泽民回到北京。第二天一早，便来到正在医院的李鹏病榻前，一边劝李鹏：“既来之，则安之。人在长期紧张疲劳之后容易发生毛病。”在谈到去长江视察的印象时，江泽民认为上三峡工程是必要的。

发展才是硬道理。中国只有靠发展经济，才能有真正的出路。此刻的新一代中央领导们，心中装得最多的还是邓小平所交代的话。

在江泽民同志视察三峡之前，时任总理的李鹏和党中央、国务院其他领导同志，也多次来三峡考察。李鹏总理的足迹，先后4

次印在三峡坝址中堡岛，印在了三峡库区移民的家中。

是啊，长江实在太大，大得任何人在它的面前都感到一种巨大的压力。身为水利专业出身的李鹏总理，他从小生活在人民共和国第一任总理身边，那是位深受人民爱戴的人民总理。可即便是周恩来，在三峡问题上，他所经受的压力也非同一般。有一回，他在听完三峡工程论证会后，面对专家们的争论，他极其郑重地对大家说："太急容易出乱子，长江出了乱子不得了，长江出乱子不是一个人的事，是整个国家，整个党的问题。"又说"长江上如果出了问题，砍头也不行，这是国际影响的问题"。①

时隔不久的1990年春，"两会"按惯例在北京召开。这一次会上，江泽民总书记收到了一份由当时的全国政协副主席王任重同志转来的几位政协委员联名的提案，题为《建议将长江三峡工程列入"八五"计划》。王任重在附信中向总书记建议，希望"中央常委能抽出几个半天时间，听听有关三峡工程的汇报"。

中央领导迅速对此做出批示。之后的国务院三峡工程论证汇报会便开始了实质性的工作，并由此成立了以国务委员邹家华任主任，国务委员王丙乾、宋健、陈俊生任副主任的国务院三峡工程审查委员会。后3人分别还是财政部部长、国家科委主任和国务院秘书长，可见三峡工程的分量。

关于三峡工程的论证，其实早在1986年就开始了，这应该说对中国人具有历史性意义，而首功应归于改革开放的总设计师邓小平。作为中国第二代领导核心的邓小平，在他主持中央全局工作之后，就开始把目光投向了三峡。1980年，邓小平从重庆朝天门码头登上"东方红32"号轮，那一路上长江的滔滔之水给我们的总设计师带来了滚滚思绪，面对这条同样养育了他的母亲

① 曹应旺：《周恩来与治水》，中央文献出版社1991年版。

河，他感慨道："看来，不搞能源，不上骨干项目不行，不管怎么困难，也要下决心搞。钱、物资不够，宁可压缩地方上的项目，特别是一般性的加工工业项目。这些小项目上得再多，也顶不上事。"1982年11月，邓小平在听取国家计委准备兴建三峡工程请示汇报时，果断地说："看准了就下决心，不要动摇！"针对当时一些人担心三峡工程动起来后涉及面太大而出现所谓的"政治问题"，邓小平又明确地指出："只要技术、经济可行，对国家经济建设有好处，就符合人民根本利益，这就是最大的政治。"

一锤定音！从此，建不建三峡工程其实已不再是一个争议的问题。可三峡工程实在太大，大到连许多专家都想不到的问题也出来了。1984年2月，第二届国际水利问题裁判会议上，突然出现了一个令中国水利代表团不曾预想的事件：西方二十几个国家联合起来，向国际水利组织和本次大会提出了一项旨在以所谓的中国建三峡工程而"造成100多万移民的人权得不到保证"为由，向中国政府施加压力的提案。

建三峡怎么还出来了个"人权问题"？中国人感到莫名其妙。老实说，那时我们中国人还不太熟悉人权这个词，更不清楚西方国家的人权概念。不过，三峡移民问题已经真的不再是简单的工程中的一个"细节"，而是一个非常巨大而敏感的超国界的大事了！

西方人其实这些年来在中国的三峡工程问题上有过太多的"关心"。某国因为想得到一份投标，后来投标失利了，他们就发表文章说三峡工程一旦上马，会有几百万中国农民将"丧失家园""沦为难民"。笔者在库区采访时，就有云阳县的人这样描述：那一年有几个西方来的记者，想拍一组三峡移民不愿离开家园的"悲惨情景"。他们走了一路，没有找到什么"理想"的镜头可拍，后来假扮成中国记者（他们中有人会说汉语），于是叫了一个家住山腰上的农村大嫂，让她背一个背篓，里面装了不少东西，赶着一头猪，往山上走，说还必须有哭的样子。那大嫂笑了说，我哭不出来。那个记者就赶紧塞上200元钱给那大嫂，并说这是拍“戏”，哭了才像。那大嫂看在200元钱的面上，一边往山上走，一边抹着眼泪，可还是因为非“专业”，所以总不像。那几个别有用心的西方记者的阴谋最终也没有得逞。这还不算，有个日本右翼组织为了诬蔑三峡工程有“人权”问题，甚至在一次国际会议上指着中国代表团的人员责问道：“你们中国人建了三峡水库后会造成污染，你们长江的‘污水’就会直冲到我们日本岛上，就会影响我们的饮水问题，这是‘太大的人权’问题！”中国代表团人员一听就觉得对方是无理取闹，并反问对方：“我们中国的长江出口在什么地方？你们的位置又在什么地方？”那几个人中总算有一两人有点地理知识，一算，对呀：长江出口处是在中国的上海吴淞口，离着好几千公里呢！再说长江出口处的东海海域的水也不会倒流到黄海海域呀！

在国际上，少数反华势力，对所谓的“三峡移民人权问题”的关注更不用说了，而且所花费的本钱已经列入了他们的某些“国家预算”，从20世纪90年代起的历次国际人权会议上，针对我国的人权问题所进行的一次次“提案”中，几乎每次都会将“三峡移民人权问题”列入其中。“提案”的一次次失败，并没有让反华敌对势力罢休，他们在三峡移民问题上的奇谈怪论和说三道四，从来没有息声过。

一句话：他们不相信中国人自己能建造世界上最大的水利工程，更不相信中国人能在建设如此规模的三峡水利工程中将百万移民问题处理好。

不相信别人能做成比自己更伟大的事，就会想象出那些可以任意歪曲事实的奇谈怪论来。三峡移民中的所谓“人权问题”，便成为西方反华势力喋喋不休的一个话题。

纵观世界水利史，中国的三峡工程确实太伟大了。它是人类征服自然的又一次伟大实践。滔滔长江，从青藏高原的唐古拉山脉至上海吴淞口入海处，全长 6300 多公里，其流域面积达 180 余万平方公里，沿途汇集支流数千条，其中流域面积大于 1000 平方公里的有 437 条。全流域年平均降雨量 1100 毫米，河口年平均径流量约 9600 亿立方米，水量无比充沛。流域内气候温和，物产丰富，养育着全中国一半以上人口，创造着整个国家半数以上的国民生产总值。长江是中国生存与发展的大血脉，影响着中国的前途与命运。然而长江之水，在造福于民的同时，又因它的桀骜不驯，致使沿江特别是中下游地区的人民饱受洪水灾难之苦。

几代中国领导人决策三峡工程的目的和意图非常清楚，一是要解决水患，二是巨大水资源的利用。后者我们比较容易理解，长江每年有 9600 亿立方米的水资源白白地流入大海，这对一个总体水量并不充裕的发展中国家来说，长江白白流走的那是水吗？是黄金！是白银！是我们的血！利用长江三峡大坝的巨大落差进行水力发电，其电力资源可以给中国人提供每年 847 亿千瓦·时，相当于 10 个大亚湾核电站的发电总量。而规划设计的三峡水库，在防洪能力上要做到的是确保“百年一遇”的大洪水来临，中下游不受洪灾损失。“百年一遇”是个什么概念？就是一百年中有一次特大洪水来临时，长江中下游因为有了三峡大坝而稳稳当当生活与生产，不用再像以往那样，不是“一梦醒来命归天”或者来不来就是百万人上大堤“严防死守”。史料告诉我们，在长江有历史记载的 1153 年中，最大的一次洪水是 1870 年，那年洪水造成的死亡人数比唐山大地震多出了几倍。那一年的洪水流量为 8 万立方米每秒。三峡水库的防洪能力可以保证在 84000 余立方米每秒。如此“百年一遇”的大洪水来临时，我们国人也不必担忧了！

其实，长江洪水的汛期“百年一遇”，并不是每一百年就有一次像1870年那样的80000米^3/秒的万立方米每秒大洪水从天而降的概念。“百年一遇”是一种概率的表述，有一个通俗的解释：一枚硬币有正反两面，转动一下，肯定有时正面有时反面，其概率为50%。但并不是说每转两次肯定一正一反，也许是两正，也许是两反。“百年一遇”的大洪水，也许是一百年中长江一次也没有超级大洪水，也许百年中就连续来了两次大洪水。三峡大坝给我们挡住的就是在一两百年中像1870年那样的大洪水，不管它来一次两次，还是一次不来，我们都可以放心。

将来“高峡出平湖”后，三峡水库所形成的优势还在于它构筑起了一个效益巨大的长江航行新天地。预期到21世纪30年代，通过长江峡江坝址的年货运量可达5500万吨，客运约400万人次。届时，从重庆到宜昌所形成的660公里的深水航道，真正使我们看到“天堑变通途”的壮丽景象。那时，长江的新一段黄金水道将名副其实，使得它可以同世界上内河航运最发达的美国密西西比河以及欧洲的莱茵河、多瑙河相媲美。

啊，三峡就是这般伟大！伟大得让一些敌视我们的人无不感到心惊肉跳。

话说1990年，在中央领导的推进下，国务院三峡工程审查委员会正式成立，其后该委员会通过了新编的可行性报告，即著名的“175方案”(在这之前的1984年2月，国务院曾对三峡水库蓄水到底多高有过方案，当时的方案叫“150方案”，即水库蓄水150米高。正是因为重庆市的同志反对这个方案，后来专家和领导们一起重新商议论证，最后确定为蓄水175米高)。

1992年2月20日，中南海怀仁堂，中央政治局常委会在此召开。

议题只有一个：讨论兴建三峡工程的议案提交全国人大审议。

会议一开就是两天，足见政治局常委们对三峡工程上马的高度重视和慎重态度。最后，政治局常委们一致同意将国务院上马三峡工程的议案提请全国人大代表讨论。江泽民在总结时用非常凝重而响亮的话说，此次政治局常委会正式决定，中央同意建设三峡工程方案，是非常慎重的，他将亲自到即将召开的“两会”党员干部会上做工作、做动员。

之后，国务院开始了紧张的提交议案准备。

3 月 6 日，江泽民打电话给李鹏：小平同志建议三峡等项目要有专人抓。

第二天，江泽民又给李鹏打电话，说他写的在“两会”上对党员干部的讲话稿请李鹏同志看看。江泽民又说，小平同志非常关心三峡工程的事，要求在“八五”期间就有所作为。江泽民还建议三峡工程这个项目，由李鹏牵头，田纪云、陈俊生、肖秧和李伯宁协助。

李鹏表示赞同。田纪云是副总理，陈俊生是国务院秘书长，肖秧是四川省省长，还有李伯宁。关于李伯宁，外界不是很了解，但重庆和三峡库区的人都知道此人。

李伯宁在重庆直辖市建立之前为移民试点所做的贡献，尤其是他试点获得的“开发性移民”经验，为整个库区后来开展大规模的移民工作起到了宝贵的示范作用，单单在他离开工作岗位后为三峡工程上马所付出的心血也令我们不得不折服。在采访李伯宁时，他的秘书至今仍记着李伯宁为了三峡工程“上书”中央的数据：仅 1990 年和 1991 年，李伯宁“上书”数量分别为 570 封和 700 封，且其中不乏洋洋洒洒的“万言书”。李伯宁退休之前是国务院三峡经济开发办公室主任。

重庆人民应当记住李伯宁这个人，他对三峡工程特别是移民工作所做的贡献，将载入史册。还有后来接替李伯宁担当百万大移民工作重任的郭树言、漆林等，他们都为三峡工程和重庆成立直辖市后的移民工作做出了巨大贡献。

这都是题外话。让我们再来关注高层领导关于三峡工程的推进和重庆直辖市设立的历史内幕吧——

3月16日，清晨7时半，秘书向李鹏报告：政协副主席、三峡协调组负责人之一的王任重病危。

“快走！马上去医院！”李鹏立即同秘书一起往外走。

但等李鹏总理赶到医院时，无产阶级革命家、三峡工程的坚定支持者王任重已经与世长辞了。凝视着王任重的遗体，李鹏无比悲痛，失声痛哭。结果是王任重的夫人反过来劝慰他，请他不要过于悲伤。王任重家人都知道，因为三峡工程，王任重与李鹏总理结下了深厚的感情，而王任重作为政协副主席，“两会”要表决关于三峡工程上马问题，他就是在连日操劳下才突然病倒的，如今又突然与世长辞……李鹏想起这些，怎能不悲痛万分？

“只要三峡工程上马，父亲死也瞑目。”王任重的儿子握着总理的手这样说。

3月18日，“两会”党员负责人会议召开，李鹏主持，江泽民讲了两个小时，他在会上明确表示：中央和我都投了赞成票。这分量足够重的了，令各位党员负责人印象深刻。

4月3日，争论了近40年之久的兴建三峡工程的表决在第七届全国人民代表大会第五次全体会议的现场——人民大会堂进行。

那一次历史性的表决场面永远地被载入史册，因为它的过程和场面非同一般。

也许在中国全国人大会议的历史上从未有过哪一次的表决这样引人注目，因为它太激动人心了，同时又争论得太激烈了。笔者当时作为某中央机关报的一名记者，有幸目睹了那个表决过程——

当主席台两侧的巨大荧光屏上显示出“长江三峡工程表决”的字样时，时任全国人大常委会委员长的万里同志起立宣布：“现在表决，请代表们按表决器。”

很快，会议大厅里爆发出了雷鸣般的掌声——

《长江三峡工程决议》以1767票赞成，177票反对，664票弃权，25个人未按按钮的结果，获得通过了！

那场面太令人难忘和激动了。无论是主席台还是大厅的普通坐席上，许多人相互击掌庆祝，有的紧紧拥抱在一起，有的在兴奋地抹着泪水……

在欢呼的代表中，重庆籍的代表也许最为兴奋激动，因为他们都知道：三峡工程的上马，意味着重庆的地位会加速提升！

接下来的好事、喜事，一桩桩地接连涌来……最值得一提的是重庆人3月下旬从报纸和电视上看到了“老领导”邓小平的南方讲话，给重庆人一个强烈的印象是：发展才是硬道理，中国的改革和现代化建设的步伐要迈得更快、更大。

三峡工程紧系着中国的四个现代化。换句话说，中国的四个现代化需要三峡工程。要搞三峡工程就必须有强有力的行政机构来承担这一重任，所以重庆直辖就将被提上议事日程。

哈哈、哈哈哈……

重庆人在朝天门乐得直叫：“啥子美哟，这才是美哟！”

想听？

当然。太想听了。

好。

在重庆市“直辖”之前，大家都知道“天府之国”的四川省乃中国第一大省，大到其人口最多时达1.119亿，是英国和法国的总和。这在西方国家看来是不可思议的事。中国就有这么大，人口就有这么多。60多亿的全球人口，中国四川一省就达1亿多之巨，这在中外行政区划史上恐怕也是独一无二的。

甘宇平同志对我讲，自从那次讲话后，他回到成都，就遵照省委书记谢世杰和省长肖秧同志的指示，悄然地进行着一项重要工作——准备材料，给中央写一份关于重庆从四川省分出去的具体方案。当时方案有两个：一是把万县、涪陵、黔江和当时的重庆市加起来，看一下面积是多少，经济状况是个什么样，粮食总量到什么水平，地下资源又是个什么情况，还有财政、人口、环境、社会等综合情况；二是，除上面的万县、涪陵、黔江、重庆市加起来外，再加达县、南充、广安后，又是个什么情况。

如果按照后一个方案，新分出来的四川省就只管川南、川西和甘、阿、凉三州了。而川东、川北的较贫困地区就划归重庆，用肖秧的话说：这是王国藩穷棒子社。意思是说，新重庆市会承受太重的负担。

1995 年 10 月，中共中央组织部通知四川省委，中央调机械工业部副部长张德邻任中共重庆市委书记。这一人事调动，让下面的人感觉到重庆直辖市的设立只是个时间问题，中央已经对未来的重庆直辖市班子安排开始布局。张德邻第一次出现在重庆时，让山城人民大有耳目一新之感，此人身材高大，说话声音洪亮，一副标准东北大汉的形象。

另一位重庆新领导是蒲海清。重庆人对蒲海清太熟悉了，他是地道的四川本地人，在重庆干部中有许多人能背得出他的简历来：1961 年考入重庆大学，学冶金专业，后分配到重庆钢铁厂。39 岁时出任改制成公司的重庆钢铁公司总经理，1984 年 42 岁时调任省政府工作，1985 年 43 岁时当了四川省副省长，是位作风朴实、对百姓极有亲和力的干部。蒲海清比张德邻晚些时间到重庆工作。

1996 年 3 月 15 日，李鹏请李贵鲜、肖秧到北京谈设立重庆直辖市的筹备工作问题。

1996年北京来电，令四川省主要负责人谢世杰、宋宝瑞和蒲海清及重庆的张德邻到北京开重庆直辖市筹备组会议。

会议在总理李鹏办公处召开。中央宣布了张德邻为重庆直辖市筹备组组长、蒲海清为副组长的决定。不日，蒲海清被正式任命为“四川省重庆市代理市长”，而他仍担任四川省委常务副书记。

1996年是重庆建直辖市的关键一年。当中央决策要设立重庆直辖市后，一批批的中央领导趁考察三峡工程之际，陆续来到重庆。重庆人民真切地感受到了“直辖市”的热风已徐徐吹来……

6月14～18日，中共中央政治局常委、全国人大常委会委员长乔石带着6名副委员长考察了三峡。

7月上旬，成立重庆直辖市的问题，在四川省厅局级干部中正式传达。

7月18日，原中共中央政治局委员、政协副主席杨汝岱就方案中的涪陵、万县两市和黔江地区的行政撤销问题，反映下面有些意见，主要是上述两市一地的一些干部思想有波动。李鹏与胡锦涛通话商量。中央政治局在做出设立重庆直辖市的决定后，分工由李鹏和胡锦涛具体负责。胡锦涛回答李鹏，他认为重庆改直辖市后，下面的体制可暂不变动，可从长计议，以保持稳定。这个意见对后来稳定万县、涪陵和黔江两市一地的干部起了很好的作用。

8月1日，江泽民的办公桌上，放着一份新华社的内部材料，题为《三峡移民成败的关键在管理》。看完材料后他问李鹏：“不知情况是否属实，十分令人担忧。”

李鹏回答：“关于这个问题，我马上写一个详细的情况，再向你报告。”

三峡工程和移民工作，紧连着重庆建市。李鹏在6天之后的

8月7日，给江泽民回信指出，三峡移民任务很重，是三峡工程成败的关键。要使移民经费不出现或少出现问题，必须抓好4项工作，其中第一件就是“加快重庆市的组建工作”。

人们常常在说，没有三峡工程就没有重庆直辖市，这个道理其他地方的普通百姓可能不是特别清楚，但重庆人一定非常明白。因为中央对三峡工程的高度重视，尤其是百万三峡移民，仅这方面出现一些问题和争论，就将对重庆直辖市建立的进程造成较大的影响。

中央高层在1996年中，特别是这年的下半年至次年年初，为重庆建市所费的心血可谓巨大。

9月5日上午，政治局常委会再次为重庆市的问题开会，江泽民主持。会上通过了重庆市从9月15日起代管万县、涪陵、黔江“两市一地”的决定，同时做出了王云龙任中共重庆市委常务副书记的决定。张德邻、蒲海清任原职。

9月19～21日，中共中央政治局常委胡锦涛同志来到重庆，同时考察三峡。20日晚上，蒲海清陪胡锦涛同志从朝天门上船去三峡。“那时，重庆像个小县城，我们上船的路上，灯光极暗，有的地方就根本没有亮光。当时感觉，建设重庆直辖市的担子很重。”蒲海清回忆说。

12月中旬，吴邦国到重庆，研究落实重庆经济运行中的一系列具体问题。

次年1月下旬，朱镕基到重庆视察，再次听取设立重庆直辖市的工作进展汇报。

而这期间，李鹏总理的10月17日之行无疑是让重庆人感到最特别和最带劲。因为李鹏总理此次考察重庆和三峡，一反常情，率领了一个由多名国务委员组成的“考察团”，其中有国务委员李贵鲜、国务院副秘书长及证监会主席周正庆、计委主任陈锦华、财政部部长刘仲黎、铁道部部长韩杼滨等。他们在调研的基础上，感到重庆确实需要中央的支持。

身为代市长的蒲海清是个务实和干事的人，他知道自己这一次该向中央“伸手”了——为100万移民，为100万领不到工资的工人，为300万贫困人口“伸手”。

两天后，李鹏一行抵达万县后，又是参观工厂，又是视察城市建设面貌，急得重庆方面的蒲海清他们不知如何是好。

下午3时，李鹏一行又登船东行。李鹏朝蒲海清笑笑，说：该解决你的问题了。随后，他把随同人员和重庆方面的负责人叫到一起，用一个小时回答重庆方面提出的要求。

蒲海清一下提神了，心中的那双“要钱”之手开始“伸”出——“总理，各位部长，各位领导，我们重庆的情况你们是清楚的，现在一年的财政总共才60来个亿，而我们在建直辖市后将面临的首要任务是，如何保证几级行政部门能正常运转和100多万领不到工资的工人们的吃饭问题，国有企业大面积亏损，300多万贫困人口的救助……重庆城市破破烂烂的情况你们也都看见了，所有这些都得要钱，就是一分不上缴，我们能否让直辖市正常运转起来，还是一个非常严峻的问题。更何况，我们每年还要向省里和中央上缴好几个亿……”

“你就说你现在需要中央给你解决什么问题吧！”李鹏打断蒲海清的话，让他直截了当说要求。

机会到了。蒲海清立即提了一连串“应当”“应当”……也许心里着急，他认为今天机会太难得，所以这位首任重庆直辖市代市长，一下向总理和中央领导提出了好几个请求，这些请求都是数字，而且都是以亿元为单位的。

“蒲海清，你不要说了！我知道重庆的情况，你们是需要帮助，可中央也有中央的困难嘛！”李鹏忍不住打断蒲海清的话。

“可是总理，我们重庆这种情况，还要向中央上缴16亿（元）财政，我认为负担太重，我的意思是我只同意交6亿（元）……”蒲海清也许因为一心想“伸手”，一个劲地掏着心头的话。

“6亿（元）不行。你们上缴的这数是中央对重庆计划单列市经济提出的要求。”其中一位领导不客气地打断蒲海清的话。

“你这话放在以前说没错，可现在我们马上就是直辖市了，直辖市的情况跟计划单列市的建设规模和性质完全不一样。所以我请求中央……”

“蒲海清，你不要再说了！”李鹏再次打断蒲海清的话。

蒲海清一愣，这回他一下清醒了，两眼溜圆地盯着总理和各位领导。有人用眼睛瞪着他，有人朝他笑笑，意思是说你蒲海清也太着急了。

蒲海清不再说话了，看着、听着总理和众领导怎样答复。

先是国家计委主任陈锦华表态：同意重庆开发天然气资源和建化肥厂。

陪同考察的张德邻与蒲海清会意地对视了一下：计委这一支持不小，重庆天然气资源丰富，这是一笔不小的财源，同时能拉动相关产业。

国务院副秘书长周正庆说：“重庆城市建设的搬迁户补助，中央银行同意贷款给你们3亿元，先解决部分搬迁户的问题。”

好事。张德邻与蒲海清暗自高兴。

财政部部长刘仲黎说：“原则上答应对重庆增加财政返还，但增值税制度不能变。”

李鹏插话：“重庆是老工业基地，国有企业的亏损情况比较严重。对国家财政上返还的钱要用于企业改造而不是新建项目。这个问题，我请副总理吴邦国同志专程来一次重庆，组织召开一次老企业改造工程规划研讨会。”

好极了。蒲海清心里暗暗高兴。

李鹏看了蒲海清一眼，又说："我先从总理预备金中拿出1亿元给你作为建直辖市的开办费。另外从财政部补助你们6亿元，由你们重庆方面自行分配处置。"

太谢谢总理了！这回蒲海清的脸上堆满了笑容，因为他向中央"伸手"的基本目标达到了！

铁道部部长韩杼滨说："万县至达州的铁路修建时，铁道部同意投入资本金3亿元。"

"谢谢韩部长。"张德邻和蒲海清朝铁道部部长又是点头，又是微笑。

郭树言——国务院三峡建委负责人，他表态："重庆设想要在万县搞个机场，我们支持，钱由国家计委出。"

好！太好了！这个下午，最高兴的是蒲海清，他的口袋里一下"装"得鼓鼓的……

令他们感动的还有一件事：20日晚上，李鹏和夫人朱琳，亲手将《中国三峡建设》杂志社给他们的3000元稿费交给他们，说是请他们转交库区的希望小学。

总理爱库区人民的拳拳之心，让张德邻和蒲海清等重庆人永生难忘。

……

时至1997年，关于建立重庆直辖市的所有事宜已全部具备，现在只欠国家最高权力机构通过的东风了！

2月19日，邓小平同志去世当日，李鹏总理让秘书将国务院提交全国人大常委会的《关于设立重庆直辖市的议案》送达人民大会堂的全国人大常委会办公处。

3月初，举世瞩目的"两会"召开。

3月14日下午，在第八届全国人民代表大会第五次会议闭幕式上，《关于设立重庆直辖市的决定》提交代表们表决。其结果是：出席代表2720人，赞成2403票，反对148票，弃权133票，未按表决器36人。

委员长宣布："通过！"

人民大会堂内顿时发出雷鸣般的掌声，特别显眼的是重庆的人大代表们，一个个从座位上站立起来，他们抑制不住激动的心情而欢呼起来。

主席台上，江泽民、李鹏等中央领导微笑着，与会场的全体代表一起鼓起掌来，长时间地鼓掌……

这是值得记载的历史时刻！

全国人大的表决是下午3点55分，而4时许的重庆市内已经鞭炮齐鸣，首先走上大街欢呼的是市晚霞秧歌队的20名队员……重庆人民沸腾了！

3002万山城人民在这一历史转折时刻，无不欢欣鼓舞，奔走相告。

6月18日，1997年的6月18日，重庆各界在人民大礼堂举行了隆重的挂牌揭幕仪式。

"同志们，重庆建立直辖市，意味着光荣的使命，意味着历史的责任，意味着很重很重的担子，意味着我们必须团结奋斗、艰苦奋斗……然而，我们有信心，克服一切艰难险阻，把重庆直辖市建设成为繁荣富裕、文明进步的新重庆！"市委书记张德邻以其富有磁性的洪亮声音宣告，这宣告吹响了全市人民战斗号角。

专程前来参加挂牌揭幕仪式的李鹏总理，更是满怀期待而深情地说道：

"同志们，今天有机会参加重庆直辖市挂牌揭幕仪式，感到十分高兴。我代表党中央、国务院，代表江泽民总书记，向重庆3002万各族人民表示热烈的祝贺！"

“设立重庆直辖市，是党中央、国务院为加快中西部地区经济和社会发展所采取的重大决策。这一决策有利于充分发挥重庆的区位优势和特大经济中心城市的作用，带动西南地区和长江上游地区的发展；有利于组织安排好三峡库区移民，保证三峡工程顺利进行，建设一个繁荣文明的新型经济区；有利于振兴重庆老工业基地，增强城市综合经济实力，带动广大农村的发展……”

“重庆是一座具有光荣革命传统的城市，许多革命先烈为实现人类的美好理想，在这里谱写出可歌可泣的壮丽诗篇，许多老一辈无产阶级革命家也曾在这里生活战斗过……我相信，在邓小平建设有中国特色的社会主义理论和党的基本路线指引下，在以江泽民同志为核心的党中央领导下，经过重庆人民艰苦奋斗，齐心协力，一个繁荣富裕、文明进步的新重庆，将会出现在祖国的西南大地上！”

“一定！”

“一定——！”

“一定！一定！一定——”

山城在回荡。大江在呼应。天地在颤动。

重庆人在热泪盈眶地高唱《祖国颂》，高唱《红梅赞》……

中华人民共和国第四个直辖市的历史从此掀开——

第二章　蓝色交响

5．两江汇合之城，路很陡、路难行[①]

关于重庆，无论你用什么词汇描绘她的特征都有些苍白，上帝早已把她铸成一座与江与水密不可分的山水之城。这一外貌不可变，即使是巧夺天工之力，纵有百年、千年的时间也很难改变，而真正改变了又可能是一种灾难。

山是城，城是山。城在水中走，水在城中穿。这就是重庆的地理特性，是全世界无数大都市不可比的“独美”。

“独美”之处，也必有独险之路。重庆古时属巴蜀之地，故重庆的路属蜀道。“蜀道之难，难于上青天。”诗仙李白曾这样仰天长吟。重庆当代作家余德庄则这样描述他的“故乡城”：遥想洪荒远古之时，当重庆人的祖先或从三峡溯江而上，或从秦岭顺坡而下，辗转来到这片两江之夹持中的嵯峨土地上，面对苍天白浪，用最原始的工具在坚硬的山岩上留下第一道痕迹时，也代表着子孙后代与这方山水签下了一份永不反悔的约定。我们的祖先也许不会有“山水园林城市”之类的意识，但却肯定会有建设美好家园的种种梦想。正是秉承了这种生生不灭的梦想，一代代重庆人在苦拼奋斗，流血流汗，像蚂蚁啃骨头一样地改造着这块被祖先认定的风水宝地，穿越过漫长的历史烟雨，经受了无数的天灾人祸，终于使当初的野渡渔村变成了聚居数百万人的通都大邑。

---

① 本节资料来源：新华社1998年4月17日、18日相关报道；李鹏：《众志绘宏图——李鹏三峡日记》，中国三峡出版社2003年版。

有人告诉我，旧重庆是用“连二石”堆砌而成的城市。“连二石”，顾名思义，是根根石条，旧重庆是用根根石条垒砌而成的城市。老重庆人对这样的垒石而起的城市概念，印象至深。即使在今天，我们仍然能在渝中半岛见到多处的城墙和堡坎，拱起的隧道与桥墩，耸立于岩崖上的房基和石阶，无不有“连二石”的痕迹……这样的城市，其路必定是又陡又难。

在直辖市成立的欢庆锣鼓声落定之后，沉静下来的重庆人发现，自己的“直辖”之路，其实比山城的“蜀道”还要难——

8.23万平方公里面积，除主城区外，多半是广袤而贫瘠的山川。说其广袤，是因为世界上没有哪个特大城市，有重庆直辖市那么大的面积。一个城市的区域范围能够延伸至1000公里之外，唯重庆是也。说其贫瘠，是因为一个城市里竟然还有80%以上的农村人口，而这80%的农业人口中，光国家级重点贫困县就有12个，省级贫困县8个，贫困人口达366.42万人，相当于一个小国家的全部人口！在这些地方，穷到什么程度，国人、世人不可能想象得出：农业方式是刀耕火种的，住的是山洞石窟，吃的是……

重庆直辖市建立初期的主城区的情景是，几百万人口基本上都挤在渝中那一块巴掌大的小岛上。与外界相通的路只有刚刚修好的一条“成渝高速”，而整个重庆主城区的交通之堵，堵到令市长蒲海清再也不能容忍的地步——市政府要开个会，说是9点，参会的人能9点半到齐就很好了。有一次，一个区政府负责人10点半才赶到。市长气得直叫：也不看看啥子时候了？都快吃午饭了你还来干啥子？这位区干部哭丧着脸对市长说：我从家走的时候8点不到，可一路堵车，到袁家岗后，就根本走不动了……市长再也没了话。是啊，重庆这个熊样，如果再不迅速改变，我们还对得起谁呢？我们还有啥脸称直辖市？

市委书记张德邻平时一身浩然正气。都说他仪表堂堂，中气十足，可一到冬季，每回市委召开常委会时，他最受不了的是屋子里冷得浑身直打颤。“我最受不了的是开常委会还要裹着军大衣。”他见了也是刚从黑龙江调到重庆任电力局局长的叶明，说的第一句话就是这句。

重庆不像张德邻书记长期工作的黑龙江和北京等地方，那儿冬天有暖气，即使没有了暖气，如果天气冷就开一下空调，房子里照样暖融融的。张德邻书记万万没有想到的是，重庆的冬天和早春的气候是那么的阴冷阴冷，最要命的是他这个市委书记想借助一下空调暖暖身子的可能都没有——因为重庆缺电，电根本供应不上。直辖市之前的重庆电力系统主管部门都在四川省里，两地分家后的电业系统管理权限仍然没有给重庆，重庆只能依旧受这无电之苦。

没有路的城市，就像筋脉不通的人一样，跟植物人、瘫痪人无多大差异；没有电的城市，就像犯了病的人，没有一点儿精气神。一个城市没有了这两样，这个城市就没有拓展自己生存与发展空间的可能。

但重庆直辖市成立之初，最苦的还有一样更重要的东西，就是没有钱。没有钱比没有电、没有路更苦。没有钱，政府和机关的工作就无法正常运行。没有钱，电和路的建设根本不用提，提了也白搭。

这个时候，重庆除了366万多农村贫困人口没饭吃，还有100多万企业工人的工资没有拿到，还有80%以上的国有企业仍在大幅度地亏损、大亏损……

中央及部委领导不是不了解重庆，但中央也有中央的困难，让你重庆成为直辖市，目的是什么？是让你发挥重庆特大城市的区域优势，成为长江上游的经济中心！经济中心是什么？当然是一个具有强大经济实力，能带动和辐射到周边的西部经济极。你经济中心只知伸手向中央要钱，要你这个直辖市干吗？支持、帮助自然少不了，可你重庆也不想想：中央决策让你成为直辖市的最终目标是什么？道理非常简单：让你强大，要你当西部的标杆，叫你发挥经济极的龙头作用！哭穷只会让中央不悦，哭穷不是直辖市！

然而张德邻和蒲海清二位主管直辖市的领导，此时不哭穷不行。全市60多亿元的财政，光供各级党政机关和科教文卫等行业的干部职工饭碗都还有缺口，这市长书记不向中央伸手还能向老百姓伸手？

挨完总理的批评后，蒲海清市长真的转身向百姓伸手了——

重庆直辖市成立，总得有个像样的地方开一次庆祝大会。放在哪里？自然放在最著名的重庆人民大礼堂呗！因为这是重庆最具代表性的会议场所，这座如北京天坛式的宏伟建筑是邓小平、贺龙等当年执政西南局时盖起的一大标志性建筑。可40多年过去了，它显旧显破了，需要修缮一下。要修大礼堂，就必须把前面的人民广场一起动工，这样才协调。在平地难寻的山城建广场，是几代重庆人的梦想。消息一传出，城区百姓几乎是奔走相告。

市委、市政府常务会议很快定下这一工程。

钱呢？钱有一点，但远远不够。没钱的市长像个难为无米之炊的巧妇。最让蒲海清生气的是，他还要面临一些政府部门的旧观念——新建的人民广场和大礼堂连成一体，需要一片绿地和以后群众活动休闲的地方，过去的围墙和旧房子需要搬迁，而这些搬迁户多数还是政府部门。

市委、市政府的决定，一些部门竟然不执行。他们留恋渝中半岛，留恋挨着大礼堂上班的感觉。

蒲海清火了：“责令有关部门必须在规定时间内搬出施工区，否则部门领导革职！”

大礼堂翻新工程和广场扩建工程终于在艰难中动工建设起来了……但市长手头没有钱了。

没有钱怎么办？没有钱照样能办事、办成事！市委书记张德邻在这方面的政治敏感和政治经验相当丰富，他提出“振兴重庆，富裕人民，关键在党，关键在人”。党的作用是广大党员带头，人的作用，就是要使所有重庆人的注意力、兴奋点，都集中到振兴重庆这一主题上！重庆没有钱，但重庆有“艰苦奋斗、死都不怕”的“红岩精神”！“红岩精神”在重庆直辖市建设的初期，可以理解为“万众一心，自力更生，艰苦奋斗的精神”，可以理解为“团结一心向前看，集中精力抓发展，调动一切积极因素，投入到建设新重庆的宏伟事业之中”的干劲和实际行动。

市长蒲海清是重庆土生土长起来的领导，他对重庆的感情从1961年上重庆大学那天起就已经深深地烙在骨髓和血液里了——为了重庆的美好明天，他甘愿献出全部的赤子之心、赤子之情。

没有钱，我们带头捐款，发动群众捐款！书记和市长在这一问题上看法完全一致。于是，直辖市成立之际的第一个鼓舞全市人民斗志的实际行动是捐款修建人民广场。于是，一个以捐款为具体行动，主题为“认识新重庆、热爱新重庆、建设新重庆”的精神文明建设活动在新直辖市上上下下轰轰烈烈地展开了……

“那情景我们仍然历历在目，大伙儿热情特别高涨，虽然我们不富裕，可一听是为了建人民广场，建自己的新重庆，我们都愿意尽一份力量，我们全家都捐了款。”一位市民告诉我。他家当时捐了2000元，而他家总共积蓄不到4000元。

捐款的热潮持续了很长时间，全市共收到各界捐款800多万元。如今，在人民广场的一个醒目处竖立着一块大理石碑，上面镌刻着捐款人的名字及捐款数目。

在市民们巨大热情的支持和鼓舞下，建设者仅用了两个月时间就建成了占地2.3万平方米，集观光旅游、休闲娱乐、锻炼身体和集会等诸多功能于一体的人民广场。

1997年5月25日，市政府在人民大礼堂广场一侧竖起一块永久性的《碑记》，上面记录着重庆人民大礼堂的创建历史和此次扩建的壮举：

九七之春，重庆直辖，市民欢腾，合力辟建人民广场，诚兴市之盛举也！

新中国建立之初，邓小平、刘伯承、贺龙主政西南，驻节重庆，发展生产，改造市政，导引军民凿石移山，平土开原，建人民大礼堂，越三载功成。礼堂集民族建筑之精华，雄奇巍峨，金碧辉煌。两翼琼楼，飞檐临风。堂前花木，姹紫嫣红。斯巴渝开埠以来所未有，标高域中，流誉海外。

尔来四十余载，礼堂形象逐成重庆标徽，议政弘文常在其间，八方来仪，多所仰慕。惜乎墙垣阻隔，未便民众观览。主政当局广纳民意，于九七年二月议决拓建广场，维修礼堂。广场以人民冠之，固其宜矣！

决策既定，各项事宜，进展有序。民众自愿捐赠，桑梓情深。干部奉薪，百姓赠储，学子节用，企业献利，捐输者络绎于途，旬日间，市政府亦拨巨款，皆悉数用于广场建设。千余建设者夜以继日，敬业劳作，同心协力，奉献一流精品。一期工程，两月告竣。

观乎今日之人民大礼堂，修葺一新，愈臻壮丽。堂前台地，花团簇锦，音乐喷泉，悦目赏心。环形舞台，因势造型。广场铺彩，亮泽鉴人。嘉树张盖，芳草刊茵，妍卉吐芳，清爽怡神，映日红旗招展，风光无限。入夜华灯璀璨，宛若画境。

铭曰：美轮美奂，人民广场。政通人和，溢彩流光。前慰先贤，功业显彰。后贻来者，永识勿忘。

这仅仅是“新重庆”建设的一个序幕，紧接着，解放碑商业区的建设，朝天门的改建工程，一项项旨在与脏乱差和“小县城式”的旧重庆告别的新重庆建设，在市委、市政府的领导下全面铺开。

“我家几代都居住在渝中半岛的解放碑，解放碑可以说是重庆的心脏，重庆人的骄傲。解放碑在重庆直辖以前基本上是渝中半岛最高的建筑，在它周围也只有一两幢四五层的高楼。可是有一天人们突然发现，原来我们心目中崇高的解放碑‘矮’了，它的周围一幢幢商业大厦耸入云霄，而且一幢比一幢高，一幢比一幢漂亮，直到整个解放碑四周变成了像上海的南京路、北京的王府井，甚至超过上海的南京路、北京的王府井时，我们才恍然意识到新重庆原来可以是这个样啊！才恍然意识到原来我们的重庆也可一点也不比世界上任何一个城市差，一份骄傲和自豪，一份光荣和梦想，真的油然而生。”在解放碑前漫步的一位青年告诉我，他的家现在已经搬到风景秀丽的南岸区去了，而他与太太仍在解放碑商业区有个商业铺位，每年的收入在百万元以上。

“如今的解放碑商业区，是重庆的‘金不换’，谁要在这儿搭上一只脚，那他就可以富裕 3 代人。”有位“老重庆”向我解释这话的含义：世界著名商业巨头有几十家在解放碑商业区设店开铺，像李嘉诚这样的巨富都在解放碑旁盖了摩天大厦，你说那地方不是寸土寸金吗？的确，在重庆有这样的说法：你不到解放碑等于说你没有来过重庆。因为重庆的解放碑是重庆最具标志意义的繁华之地。在那里，你最能感受新重庆的城市魅力，以及这个城市的都市风貌，美和繁华、阳光与冲动，在那儿可以尽情领略与感觉到。

与解放碑商业广场同时进行的朝天门广场，则是新重庆的又一个标志性大建筑工程。过去朝天门之破旧，用“彻头彻尾的脏乱差”来形容，一点不为过。1.5 亿元的资金和一颗颗滚烫的“新重庆人”之心，营造出了日后我们看到的气势磅礴、美丽非凡的新朝天门广场——你只要站在那儿，你就会感到什么叫乘风破浪，什么叫气吞山河，什么叫威风凛凛！

1998 年 4 月，时任中共中央总书记、国家主席的江泽民视察重庆，他看了改建后的朝天门广场，欣然挥毫题写了“朝天门广场”5 个大字。

此次来渝，江泽民给重庆干部交代了“四件大事”，其中核心内容是要把重庆建成“长江上游的经济中心”。

“责任重大”——新重庆的干部和重庆人民在直辖市成立之初的那些日子里，心头感受最多的是这 4 个字。这 4 个字，字字千斤重。

在市委书记张德邻的心中，这 4 个字演绎为“我们一定要继续坚持团结一心向前看、集中精力抓发展的工作方针，形成统一的意志和行动，形成坚如磐石的整体力量，形成巨大的凝聚力和向心力”。而在市长蒲海清的心中，是市民的生活与工作环境，是干部能不能把经济搞上去的指标和减少亏损，是孩子有没有更多更好的小学、中学、大学可上，是农民们能不能看上病、有饭吃，是住在主城区的百姓及干部出门能不能少堵在路上等这类具体的事，这类每天都离不开又必须尽快解决的事！

“直辖市，直辖市，假如重庆连个城市都不像，我们何谈发展与富民？”蒲海清在市政府常务会议上多次慷慨激昂地对部下说过这样的话。

直辖市的魅力，就是大都市的魅力，没有大都市的魅力，这样的城市将毫无发展前景可言。

新重庆不把城市建设搞上去，直辖市将成为一个笑话。

资金严重缺乏，基础设施异常落后，第一届市领导面临的就是这样一个重庆。重庆人自己也知道，与北京、上海和天津 3 个老直辖市相比，无论哪方面都差距甚远。但这并非是可以永远小步前进的理由。相反，重庆应当快步、大踏步、飞步地前进！这是新重庆的干部和人民一致的心态，一致的精神。有这心态和精神就好，这心态和精神能变成无穷的力量。

心有志向时，工作就有动力，就有方法。

不是要改善交通吗？令多少人头痛的袁家岗立交桥等建设项目，放在市政府办公会议题的最前面。关系到民生和整个城市的良性运营，袁家岗立交桥项目要上，城区环道项目要上，黄花园嘉陵江大桥项目要上，鹅公岩长江大桥项目要上，还有通往各区县的渝长、长涪、渝黔等高速公路项目也要上。是啊，要上的项目还有很多，每一个项目都少不得，都很急，可资金从哪儿来？

市长和主管副市长们最头疼的就是钱，除了钱还是钱！

蒲海清市长与助手们想了一个招儿：把李家沱长江大桥和大邮（大足至邮亭）高等级公路的基础设施经营权转“卖”出去。为此，他曾请求过时任总理的李鹏。李鹏总理听后非常严肃地告诫他：国有股份不能少于 50%！

这一招换来 20 亿元资金。有了这笔钱，上面的路桥等基础设施开始全面运作，于是束缚了重庆几十年的交通与市政建设在这样的“滚雪球”方式下获得了第一个快速发展期。与此同时，改造旧城的管道、水路和居民搬迁等也在同步提速……

“离开重庆后第一次回渝过年，那一次我很感动。大年初一起来想看电视，结果发现我房间的电视遥控器电池没电了，我就下楼上街去一个小店买两节 7 号电池，随手给店主一张 10 块钱的票子。小店的女老板见我是蒲海清，他们曾经的市长，说啥也要把钱还给我。我赶紧说那怎么行！我太知道重庆的老百姓不容易了，他们的日子还很穷，于是把 10 块钱放在她柜台上后拔腿就跑。这小老板见我跑了，就抓起几包食品追过来往我怀里塞，说你是市长，以前给我们老百姓干了那么多事，你回重庆过年，连看电视还要自己出来买电池，我们当老百姓的不忍心。我当时听了非常感动，真的是非常感动。心想，重庆人民还能记住我这个曾经为直辖市做了点事的老市长……”蒲海清在北京的办公室接受我采访时说了这段话。那一刻，蒲海清的眼里闪着泪光。

张德邻离开重庆后，在中共中央直属机关任常务副书记，用他自己的话说：“我对重庆感情很深，现在还要看重庆同志每年送来的政府工作报告。”

重庆是什么地方？重庆是两江汇合之处的山城，这两江便是磅礴浩荡的长江和碧波秀丽的嘉陵江。长江，以雄健和浩气著称，从世界巅峰一路闯荡奔涌而来，具有高瞻远瞩的目光和宽敞的胸怀；嘉陵江则从富庶天府的川西北的峡谷与盆地中浸润而生，流经巴蜀之地，它从涓涓细水，再到奔涌不息之潮，始终保持着一步一个脚印和清澈洁净的本质。长江和嘉陵江是完全不同的颜色，在重庆朝天门两江汇合之处所看到的情景特别明显：长江黄腾腾、气汹汹，如中华之龙；嘉陵江绿幽幽、秀盈盈，如山川之神。

新重庆，需要长江，也需要嘉陵江。

我们言说重庆，会时而称其山城，时而称其江城，无论是山城还是江城，它的独特和独到之处，全在于长江与嘉陵江的汇合所形成的魅力，一旦失去这样的魅力，重庆将不是重庆。

新直辖市的路，如同蜀道，又陡又难。

叶明，1997年5月调到重庆市电力工业局任局长的东北干部，原在黑龙江省任电力工业局副局长。社会上曾称掌控电业的人为“电老虎”，是因为电力行业属于垄断行业，权很大，时常财大气粗。因为老叶的黑龙江工作背景，所以有人就认为他是张德邻调来的干部。老叶说，他的调动纯粹是“阴差阳错”，与张德邻书记毫无关系。

“当时黑龙江省委准备把我调到省计委任主任，可我干了一辈子电业，不想挪窝。那时国家设有电力部，正在省里为我的工作岗位动脑筋的时候，电力部的领导则一纸调令把我调到了新直辖重庆。我是命里注定与重庆有缘的……”已经退休在家的这位江苏老乡，向我讲出10年前调任重庆当电力工业局局长的真正缘由。

“我是无锡人，大学毕业后分到了北方工作，过去连重庆都没到过。可我的父亲偏偏叫叶重庆，他叶重庆没机会给重庆做点事，做儿子的我就担当了这份责任。”叶局长已经完全是北方人性格了，豪爽得很。

重庆市电力工业局现在是重庆最有实力的单位之一，渝中半岛上的那座高耸云霄的“重庆电业”大厦就能很好地证明这一点。

“可1997年5月我来重庆时的情况完全不是今天这个样。”老叶对当时的重庆记忆太深刻了，“我是5月7日下的飞机到重庆报到。以前从没来过，在飞机上往下看，觉得重庆很美，都是绿地，北方的5月很少看得见地上有绿色。重庆不一样，到处是碧绿碧绿的，5月可以穿衬衫了。第一感觉很好。可一到当时的重庆电力局，我就怎么也适应不了。过去在黑龙江省电力厅，可以说要啥有啥。而我到重庆电力局局长办公室一看，差点晕过去。40多平方米的局长办公室，被分隔成3小间，除了我局长在里面办公外，还有一间是副局长的，再有一间是局党委秘书的。这怎么能办公嘛！局长要有点人事方面的事研究，就必须把另外两位请出去。再到给我专门安排的招待所住处一看，更是了不得啊！办公室主任指着一间小套间说，这是招待所最好的房间，说是特意为我这个新任局长安排的。我往里面一看，除了一张床外，再有就是一台十几英寸的旧彩电和一对沙发了。那天我有些累了，想往沙发上坐一坐，哪想到屁股还没落座，沙发套里突然窜出好几只老鼠……这就是当时的新直辖市电力局和堂堂一位省市级电力局局长的待遇。”

“再往系统下面看看，更是不成体统。整个重庆市区，电网破旧严重，电力供应处于完全的无序状态。过去是四川省电力部门管着重庆的电，直辖市后重庆自己的电力系统基本没有，重庆因此成为无电源供应之市。仅有的一个电厂，由于设备陈旧，一动就亏。1997 年，全市电力系统亏损额是 1.32 亿元。电业部门在其他省市都是有钱的巨富……可在重庆，电业部门则是亏损大户，说来别人不信。”老叶回忆当年，一副哭笑不得之态。

“重庆这么可怜，是我想不到的。”老叶说，当时蒲海清市长在刚修缮好的人民大礼堂内见他这位新任电力局局长时说的第一句话，不像张德邻书记说得那么直率，只是告诉叶局长，我这人民大礼堂现在看起来蛮新的，就是常常停电。大礼堂在新直辖市成立时，一直是举办重大活动的地方，尤其是 6 月 18 日挂牌仪式也要在这里举行。管理大礼堂的主任，听说电力局新任局长来了，哭丧着脸，乞求似的对老叶说：“叶局长，任何首长来我都不怕，怕就怕您老突然停我电……”老叶听后一脸苦笑，说：“我哪敢停您电嘛！如果突然断电，肯定是哪个地方的电路又出毛病了。”

叶局长新来乍到，不想挨重庆人的骂，可电源供应量实在太可怜——重庆实际电力需求量应为 400 万千瓦，而当时全市的电力资源只有 200 多万千瓦。重庆又是个老工业基地，那些老厂效益不怎么样，可用电量却很大。再加上重庆又是个有名的“火炉之城”，一到夏天，拉闸停电成为家常便饭。别以为冬天就不停电了，冬天停电在当时的重庆也是常有的事，啥原因？还不是电路老化呗！

“1998 年的农历大年三十晚上，杨家坪一带又闹停电，几千户人家一片漆黑。本来市民们正等着在家看春节联欢晚会，是个团圆喜庆的时间，偏偏我们的电线又不争气。我一听下面报告，便立即从值班室赶到现场，当时老百姓都闹到街上了，我们的职工忙得满头大汗。本来遇上这样的事，只要电路畅通，调度室几分钟内就能解决问题，可那时重庆的电路水平做不到，得花费很长时间才能让大家重见光明。这时间一长，老百姓不干了，围着我大闹。我当时也火了，对他们说：‘是啊，你们看不到春节联欢晚会，有火气，可你们还能阖家团聚。我呢，光棍一个，几天来一直守在值班室，现在又跑到你们这儿来，为啥？不就是为了给你们解决电路问题吗？你们有啥值得吵的？重庆的电路这个样，是我这局长的责任吗？是我们电力局一个部门的责任吗？重庆的电路已经几十年了，过去一直没歇过气地在为大家服务，就是一个壮汉子，几十年不喘口气，他能行吗？’最后我对他们说：‘今晚你们家里灯不亮，我就不离开这儿一步！’后来总算把电路事故处理好了，可我一个春节没敢离开过值班室……”

老局长给我讲了上面这则故事后，长叹一声，道：“直辖之初的重庆，真的是非常艰苦。那时如果没有一点敢于打破常规的创新精神，是不可能有后来的飞速发展的。我们重庆电业的成长，就是一例。”

“创业的路，陡啊；创业的经过，难啊，有时真觉得像蜀道一样，难于上青天。”老叶感慨道，“重庆缺电历史由来已久。我刚来时重庆只有 30 万千瓦的机组，主要提供电源的重庆电厂又是个三天不出事，到了第四天人人都要吓得头发发直的企业。电厂一旦出事，那就是了不得的大事！要想有电，就必须先有钱。新直辖市的重庆，偏偏又没钱。怎么办，我凭着自己的老关系，跑到北京老朋友、老领导面前求情去，国家计委和国家开发银行及电力部给了我们贷款，于是我满怀雄心壮志地回来做电业，一是改造电网，二是建一个水电站。而那个时候恰逢全国电站多了，国家对上马新电站控制很严。可上面哪知道，重庆偏偏缺电。在这种形势下，我要上马江口水电站，建3台10万千瓦的机组，却得到张德邻书记和蒲海清市长的坚决支持，这样我也就胆子大了。当时，在严格控制的情况下上水电站这样的敏感项目，是要冒风险的。我不怕，我想重庆建电站是符合重庆实际情况的。可在具体工作中，许多事是难以想象得到的。比如我们原来请了一个权威设计部门，他们搞了个30亿元的工程项目预算。30亿元呀，成本太高了，我接受不了，就重新找了个设计院再给水电站预算规划，结果通过科学、精确的预算和施工，18亿元就能拿下整个项目了。

“哪知，我们因此得罪了那个权威设计部门，他们见得不到利，就通过人找到中央电视台‘焦点访谈’栏目的记者，扬言要给我和项目曝光。记者来了，到我办公室拿出摄像机要对准我采访。我告诉他们，行啊，曝我老叶的光我非常荣幸，我老叶过去当臭老九没有人认得我，现在我当了大局长，通过你们电视台向全国一播出，我感到无比光荣，扬眉吐气了！这是其一；其二我要感谢你们的是，可以让全国人民知道，我们重庆人民为了建设自己的新重庆，把一个原来要用30亿元的预算项目，通过优化设计方案，现在用18亿元就拿下了，利国利民，为化解重庆电力不足的矛盾做了功德无量的事，你们是该好好宣传了！听我这么一说，那几个别有用心的人，急得追着电视台的记者不让他们再采访我了。并不知情的记者，这下才明白是怎么回事。”老叶说到这儿，忍不住开怀大笑起来。那满腔豪情，让人敬佩和感动。

“新重庆建设初期，百业待兴。不抓住机遇，不靠一点闯劲是不可能有所作为的。”老叶坚持认为，虽然当时他们的做法有些不太符合上面的规定，但那是在特定的历史背景下所采取的特定做法，符合邓小平理论的思想精髓，即求真务实。

“江口水电站3年建好，此时正值重庆大发展的时期。国内其他地方又开始缺电严重，而我们重庆由于及时采取建了江口水电站和扩建了白鹤电厂，重点完成了重庆电厂的改造等措施，新直辖市的电力供应一下得到了根本性的改变，全市电网线路随之也焕然一新，新重庆不再缺电，无论城市和乡村，电力供应充足。有了电，城市和乡村就明亮起来了，工业、交通、电讯和教育等行业都活起来了。人民的生活也变得多彩了，现在重庆人的夜生活全国出名，是因为山城重庆的夜景太美，夜景靠什么？当然要靠我的电喽！”叶局长十分自豪地站起身推开窗户，让我欣赏采访当日的重庆夜景——那真是灯的海洋，灯的世界，美轮美奂。夜色下的重庆，令我突然联想起曾经到过的香港维多利亚港湾，想起纽约曼哈顿岛以及上海新外滩的夜景……

“1997年，重庆主城区的拉闸限电是5821次（条），到2000年时已经降至82次（条），2001年为零次（条）。”叶明老局长最后给了我一个可以比较的数字。

从重庆电力公司提供的材料中，我看到了叶明老局长自己没有讲到的他在任期内创造的业绩：他主持编制的重庆市电力工业发展中长期规划，使新直辖市在电业建设方面有了第一个历史性的纲要文件；他争取到的100亿元电力建设贷款和引进的165亿日元OECF贷款，从根本上改变了重庆直辖市电力建设缺少资金的局面；他倡导“企业就应该赚钱”的思路，使原来的衙门式“电老虎”（电力部门）成为一业为主、多种经营的企业，先后租赁经营多家国有大中型困难企业，盘活数亿元存量资产，安置下岗职工4000余人；多种经营收入从最初的8亿元增加到22亿元；他积极推进农村的“两改一同价”的农网改造与建设，使农村电价控制在0.6～0.7元/千瓦时，大大减少了农民负担，尤其是10亿元电力扶贫工程，对改变三峡库区及贫困地区的电力基础设施建设和带动这些地区的经济发挥了重要作用。

一项伟大事业的兴旺，总是与那些开拓者的敬业精神连在一起的。叶明的继任者、重庆电力公司现任总经理张春城则是以另一种风采让重庆电业闪烁奇彩的人物。

“我们的张总自2004年任职以来，通过科学决策，统筹安排，带领公司系统28000名干部职工攻坚克难、顽强拼搏，不仅完成了保障电力供应，而且使重庆电网建设跃上新台阶。”一说起张春城，重庆电力系统的干部职工便会滔滔不绝。

张春城这位全国“五一劳动奖章”获得者和重庆市优秀共产党员，积极促成了具有战略意义的国家电网公司与重庆市政府共同建设重庆电网和重庆“户户通电”工程。为全面实施“新农村、新电力、新服务”的农电发展战略，张春城主持全市农电工作建设，短短7个月内，圆满完成11.14亿元的投资任务，实现了重庆市国家电网供区11.59万户、约32万人的“户户通电”。而这项投资大、回收少的工程有人觉得很不划算，张春城却坚定地回答：“光算经济账，肯定不划算，但电力公司作为国有企业，必须履行社会责任，让没有用上电的农户用上电，这是电力支持新农村建设的最好体现。”

在“户户通电”工程实施过程中开展调查研究，张春城靠前指挥，悉心指导、亲力亲为，先后到巫溪、巫山、彭水等地，深入田间地头，与广大农民群众促膝谈心，亲自扛工具，帮农户把电线接到家里。当初深入库区调研时，张春城被当地一位山民家的贫困所震惊："在巫山县龙井乡绿水村，一位叫曹先华的农户给我上了沉重的一课。实在没有想到，还会有那么穷的人，而在那么困难的环境下，他还能坚持供孩子上学，实在是难能可贵。那曹先华一家上有老母亲，下有3个尚未成年的孩子，其中最大的13岁，最小的才几岁，妻子因受不了贫困生活而离家出走，留下曹先华苦苦支撑着这个家。我们到他家时，曹先华最大的孩子正在煤油灯下看书学习，当时，我很震惊，一起去的所有干部都很震惊……"

张春城回到公司后对职工们说：我们与曹先华同在一个直辖市，如果不能让千千万万个与曹先华一样的农民家庭通上电，那就是一种天大的失职！回到公司以后，张春城个人拿出3000元钱，委托在区县分公司工作的员工，亲自送到了曹先华和另两位巫溪的特困户手中。

重庆的电业在叶明和张春城几任开拓者的领导下，实现了翻天覆地的改变。如今的重庆用电状况有了很大改观，基本保证了生产和百姓用电需要。山城的美丽夜色因此而诱人，广大农村和山区也到处是光明的世界。

与电力产业一样，直辖市成立初期的城市基础设施建设也在突飞猛进。比如通讯投人，直辖头5年的总投资达207亿元，平均年增长40%，大大超出全国同行业增长的速度，以至王鸿举市长在以"重庆直辖10年"为主题的国务院新闻办公室的新闻发布会上，介绍了重庆几大亮点之一的通讯光纤发展，他非常自豪地说："我们的通讯网络覆盖面已达10万多平方公里，而重庆的面积是8.23万平方公里。作为一个城市而言，这在中国、在世界上都是高水平的。我们已经做到了每一个乡都可以上网、每一个村都可以通电话。在重庆，手机无盲区！"

王市长能自豪地向世界宣布这样一件事，在旁人看来可能不以为然，可重庆成为直辖市后，幅员面积增至 8.23 万平方公里，人口达到 3000 多万，其中农民占了 81%，是世界上农民最多的城市。即便是直辖市成立之后的相当一段时间里，许多山区的农民仍然生活在原始式的生活环境中，相互之间的联络，靠的是两条腿或“吼”一嗓子。然而直辖市成立之后，政府利用现代通讯的优势，一下从高起点的“移动通讯”开始，先后通过“扫盲工程”“畅通工程”“深度覆盖工程”等一个又一个措施，使庞大的“重庆移动”网络覆盖了整个巴渝都市发达经济区、渝西经济走廊及长江三峡生态经济区和所有偏远山区……奉节野茶乡有上百户长毛兔养殖专业户，每年要剪优质兔毛数十吨。以前，农民们不知外面的行情。“有一回，来收兔毛的‘老板’给我说的价格和后来别人从城里带信回来的价格每公斤相差了整整两元多钱，那一次我上百公斤的兔毛就少卖了几百元钱。现在好了，打个电话就晓得外面的市场价格，再也‘麻’不到我了。”农民老周逢人便说他的经历。通讯拉近了山村农民联结世界的通道，让他们在致富的路上加快了速度。

何止是电力与通讯，空中港口和黄金水域码头等基础设施的建设也在短时间内旧貌换新颜。奥体中心、图书馆、大学城和彩电中心广播电视地球站、广播发射台、三峡博物馆和大都会广场及沙坪坝绿色艺术广场等大型公共设施也纷纷建起。至 2002 年 4 月亚洲议会和平协会第三届年会在重庆召开，使重庆直辖市有机会第一次向世界展示自己的风采。与会的 39 个国家的代表们对诞生才几年的中国新直辖市的惊人发展，赞叹不已。

亚洲议会和平协会年会在重庆的召开，预示着中国新诞生的第四个直辖市开始向世界展现自己独特的风采……

6．舞动的彩虹很美、很壮观

不知重庆人是否知道自己身处的是一个什么样的城市？这个城市确实太美了！美得让我们这些外地人心头久留着一份羡慕和向往。

30年前我第一次到重庆时，没有什么感觉，那时只觉得生活在这个城市会很累——不是爬坡就是走石梯。第二次是5年多前来的那一次，我吃惊地感觉重庆怎么完全不认识了！而今天再来重庆时，我有的只是激动和感叹：中国竟然会有如此美丽的山城啊！而在这之前我只觉得香港才是美的。如今我要说的是：我们的重庆像香港一样美丽，而且比香港更有活力、更流光溢彩。我们的重庆有鳞次栉比的高楼大厦和纵横交错的商业大街。

重庆之美，带着山城特有的伟岸之美和雄性之美。假如你伫立在长江和嘉陵江交汇之处的朝天门的底足往上仰视，那巨轮般的渝中半岛上直耸云霄的楼群与彩虹般的快速道、轻轨和左右两江码头上鸣笛起航的轮船，你会感觉这是天和地一起在旋动的世界；假如你再回头向渝中半岛对面的南岸望去，那叠层尽染的青山绿岸，那多姿多彩的食坊茶阁，那繁星落地的江边街灯，又使你仿佛进入了另一个风光旖旎、美轮美奂的诗画仙境之中……

“江涛拍城堞，高楼耸中流。”

重庆城之美，不是上海的南京路和黄浦外滩，但重庆有与上海南京路一样繁华的解放碑商业区和更加别致的朝天门码头风光；重庆城之美，不是北京的长安街和天安门的那种人潮涌动和宽阔厚重，重庆有比长安街更令人激动和振奋的江岸接楼宇、码头连天涯的大桥飞虹与城市快速列车……总之，重庆具有世界上许多著名大都市所有的壮美与华丽，重庆又有世界上许多著名大都市想营造却又无法实现的巧夺天工的俏丽之美。

直辖10年，也是最让人感觉重庆美的10年。正是因为她的美，让重庆每一个人感到自信和自豪。

而我说重庆之美，完全是一种波澜壮阔的、奔腾不息的飞速发展之美——这美，简直不可思议。

在建设直辖市的兴奋之余，重庆人开始看着拥挤不堪、到处都是那些扛着扁担的“棒棒军”和行速如牛的公交车时，不免有些迷茫和失落……

重庆落后了几十年，现在能赶上其他直辖市吗？如果成不了长江上游的第一大城市，又怎能担当起“经济中心”的重任呢？站在干裂的朝天门江滩上，重庆人三三两两地簇拥在一起长短叹吁着。望着破旧的码头和无法与深圳、上海等城市相比拟的几幢参差不齐的大楼，他们甚至怀疑重庆什么时候才能成为真正意义上的直辖市……

直辖市不是中央一纸批复就可以让世人所信服的，直辖市必须是人们观看后共同认可的城市和规模。重庆城市面貌离人们心目中的直辖市距离真的太大、太远。

新直辖市真的很大，3002万人口，仅此人数可以称得上世界第一大城市。这3002万人口中真正有“市民”身份的仅占19.1%，有80.9%的人口是农村人口，而且大多数是山区贫困人口！这些直辖市新市民有的是一辈子连县城都没有去过的农民，他们出门还要坐马车，住在山洞和牛圈式的草棚里……这能算是真正意义上的直辖市市民吗？

直辖市建立后的重庆人，在兴奋和激动的热情退潮之后，在面对现实和家底时，渐生出一种自信的失落和迷茫感来，他们有些怀疑自己的城市能否有一天也会像上海和深圳那么现代——从长远看这当然是可能的，但你在发展，人家不也在飞速向前吗？

重庆何时能赶上别的直辖市水平，一时成了压在重庆人心头的千斤重担。

在市场经济条件下，物质财富的大小和雄厚直接影响着一个地区和一个城市的发展。重庆人知道尽管国家对新直辖市给予了种种优惠，可发展一个城市仅靠优惠得来的几亿元、几十个亿元的资金支持绝对是杯水车薪，解决不了大的发展问题。

重庆自己没有钱。重庆的财政收入因为国有企业的大面积亏损而寥寥无几，能解决政府公务员和教师等行业的工资就已经很不错了。

新直辖市的政府领导如无米之炊的巧妇，新直辖市的市民们期待山城之地生长出“金疙瘩”来。

1998 年亚洲金融危机爆发。

1999 年 6 月，从福建调任重庆的新市委书记贺国强来了，他带领新一届市委和市政府制定了“负重自强”的新“富民兴渝”战略决策，开启了直辖市建设的真正“大手笔”时代。时任常务副市长的王鸿举跃跃欲试，大有一番改天换地的雄心壮志。这个时候，一位来自上海的城市经营能手、经济学者型领导干部来到重庆任职，他就是后来任副市长的黄奇帆。

重庆的干部对初来乍到的黄副市长所说的话记忆犹新。黄奇帆大体是这么说的：重庆城市建设要赶上其他直辖市的水平，每年至少得拿出 1000 亿元到 2000 亿元的资金才能有所作为，而我们现在就要朝着这个方向和目标努力去。

当时对新来的黄奇帆副市长不屑一顾的大有人在，但事过几年后，人们发现这位曾经把浦东建设得漂漂亮亮的上海人所说的一切都变成了重庆的现实：新直辖市真的完全变了样！短短几年，一个全新的重庆让重庆人自己都目瞪口呆……

如果说重庆的变化让重庆人自己目瞪口呆的话，那么外界看到重庆这些年如此发展的速度只能用“无法想象”来形容了。

面对如此的巨大变化，人们立即会联想到一个问题：重庆哪来这么多钱建设如此漂亮美丽的城市呀？是国家把全国各地的钱都弄到重庆来了？这绝对是不可能的事。

那么重庆的钱是从哪儿冒出来的呢？

今天，当这样的问题被提到市长王鸿举和副市长黄奇帆面前时，他们会很开心也很得意地告诉你说：那是因为我们比较成功地推进了城市建设投资融资体制的改革，并且有了“八朵金花”的真干实干的具体运作措施。

新的投资融资体制？“八朵金花”又是怎么回事？

别着急。你要认识重庆，就必定先要看足了重庆之美才会认识得透彻与深刻——

言不尽的重庆之美，她是可以抓住你所有美丽的想象和让你倾注所有感情的精灵。这精灵，她妩媚，如万般丰韵的妇人款款出现在你面前；她温婉，如刚出闺房的少女，处处透着令人心醉的浓香与娇滴；她迷人，如洞房的新娘，将你带入令人窒息的美和悸动……但我感觉中的重庆新城，其实更像舞动的彩虹，她流畅洒脱，婉转有致，端庄灵秀，生动活泼，风情四溢，炫目光亮，充满内容，又最具动感和变幻……

这彩虹式的美丽，源于重庆的桥。

重庆的桥，是因江城和山城的特定地理条件所致。山城和江城如果没有桥，那这个城市将是被大自然切割成片的一块块独立而互不关联的死水、死地，让人劳累不堪。过去在重庆生活的人都会感到累，是因为出门费腿力太多。现在的重庆充满活力，人人愿意到外面潇洒，这是桥的功劳。桥把那一块块原本独立而互不关联的江水与山地连在了一起，让人随意行走，随意洒脱。

到重庆的人都会有种特别的感慨：这里的桥太多了，简直是个桥的城市，桥的世界！

重庆确实是桥的都市，桥的天地。这儿的桥多得无法数清，因为天天都有新桥在建……不过今天的重庆之桥对人而言，已经没有什么腿力上的感觉了，因为所有的桥与这个城市的每一条街、每一条路、每一方土地都在相通相连中令人如履平地，已无多少落差——只有桥与江、与山之间尚存的诱人的空间，这空间其实恰恰勾画出了这个城市婀娜多姿的立体之美、光感之美和动感之美。桥在山间穿行，桥在江上飞渡，桥在人中走动，桥将整个重庆联结成一个没有阻碍的生机勃勃的世界。

值得一提的是重庆的桥，大的有跨江越海之气魄，小的有穿针引线之精致。重庆的桥，都被张灯结彩地装点着，因而美不胜收，特别是在夜色中宛如一道道彩虹。即使是白天，在雨雾或者阳光下的这些桥，也能给人一种生动的表情，它们忽隐忽现着仿佛如戏院的幻影画片，叫你痴痴地着迷留恋、观赏着，直到你的头颈有些发酸，也不想放弃。

但重庆的桥，更像彩虹，更像永远挂飘在直辖市上空的一道道不息的彩虹。

重庆变成“桥都”，是直辖市飞速发展的一个重要印证。

被称为重庆“八朵金花”之一的重庆市城市建设投资公司领导华渝生，正是重庆“桥都”建设的见证人。

从华渝生的名字就清楚地知道，他是位地道的重庆人。而就是这名字决定了他一生的命运与重庆捆绑在了一起。1953 年出生的华渝生，是位从事经济理论研究的著名学者，曾长期担任重庆社会科学研究机构的经济学科学术带头人，出任过重庆经济管理学会副会长、重庆社会主义学院副院长之职。2001 年 6 月，正处直辖市大发展的时刻，华渝生调任重庆市城市建设投资公司当总经理。5年时间里，华渝生领导的城市建设投资公司，实现了与重庆城市发展一样的不可思议的巨大变化，公司资产从开始的80亿元扩张到今天的460亿元，公司的净资产也从20亿元增加到现在的170亿元。而这样的变化和实力，使华渝生领导的“城投”成为真正意义上的中国西部建设领域投资实力最强的企业，率先成为西部经济在此领域的一个“增长极”。

谈起城投公司的变化，华渝生很是激动。对他的采访，是从“桥都”开始的——

就在今天上午，美国著名的桥梁设计大师邓文中先生坐在我的办公室对我说：“像重庆这样的城市，在三五年间，同时在主城区的长江上开工了5座世界级大桥，并且一一都完工通车，这在世界建桥史上是过去没有今后也不会重复的历史。我们的黄奇帆常务副市长也曾多次自豪地表示，重庆过去每届政府建一座大桥都感到吃力，但现在我们可以同时开工五六座有世界影响的大桥，仅凭这一点，足以说明重庆的发展速度和实力了。”

2001年，华渝生来到城投公司，当时的情形并不好。

“城投公司成立比较早，1993年就有了。在直辖市没有成立时的重庆，因为城市建设非常落后，听说上海有这样的城建专门公司运作城市建设后，也跟着成立了城投公司，当时政府没有经费，给了2000万元注册资金，但前5年发展得很慢。当时主要靠政府拨付的资金和以市政府财政信用担保筹集资金建设城市基础设施。显然，当时的融资渠道比较单一，尚无可靠而稳定的还款来源。但依傍着政府这棵大树，城投公司很快担负起了城市基础设施重点建设项目投入资本金和融通建设资金的重任，并一年一年地不断扩大城市建设的规模。到了1996年、1997年公司就出现了问题：由于国家投资体制改革方案的不断推出，银行对财政担保的管理更严了，公司负债越来越严重，后来再通过银行融资就变得困难。这过程，我们用好地方政府有权进行重点企业债券发行的政策，在经市发改委批准后向全市发行了几次重点企业债券，使得公司又在困难中发展了3年。但到了1999年后，公司处在还债的高峰期。当时的重庆只有100亿元的财政收入，可我们城投一家就有60亿元的债务，政府无法背得起这么沉重的债务，公司没有了政府资金支持，因而一度陷入困境。”

“我到城投公司上班的第一天，就突然发现我的手机被人打爆了……”华渝生一脸嘲讽地笑。

“怎么回事？”笔者问。

“倒霉的事呗！当时我们公司背的60多亿元债务中有18亿元的到期债务，其相当部分是以前委托证券公司发行的企业债券。现在到期了，得兑付人家买的债券。证券公司拿不到我们企业的支付款，它就付不了前来兑现证券的老百姓，这老百姓还不闹起来！证券公司没有办法，就在证券大厅里贴出布告，告诉那些准备兑现的老百姓，说你们要钱可以找城投公司，然后又在布告上把我和公司财务负责人的手机、电话号码都写在上面。这还了得，那些要兑现证券的老百姓就拼命给我打电话……我哪能吃得消这个！”华渝生回忆当时的情景，依然有切肤之痛的感觉。

“证券公司也够缺德的。”

“不能怪人家，责任还在我们和政府方面。”华渝生说，“后来我赶紧去找市财政局长，并且拿了他们当时给我们公司开具的担保书，让他帮忙救火。可人家说：‘你是企业，我是政府财政，怎么可以给你还钱呢？’我把当年他们开具的担保书放到他办公桌上，说发企业债券时是你们担保的，现在我们还不起，你们就该兑现担保嘛！为什么你现在不算数了？局长回答也干脆，说：‘那担保不是我要做的，是领导让我写的。’我听后哭笑不得，心想：我们这个城投公司也是政府让成立的呀！干什么，花什么钱，怎么花法，不都是政府让怎么干就怎么干的吗?！可政府和金融管理机制改变了，原来政府财政能管的事，现在不能管了。城投公司面临了前所未有的困难。当然，后来还是政府出面化解了这笔企业债券的还付资金。但从那时开始，特别是黄奇帆任副市长后，提出了新的投融资体制改革思路，我们才真正走出了一条自我发展的新路子，更重要的是我们通过自我发展，更加有效地实现了政府对我们公司所赋予的职能，为新直辖市的城市建设飞速发展提供了可能和坚实的资金保障，彻底解决了过去那种拆东墙补西墙的被动局面。资本是死的，机制催生下的人的脑子一活后，那原先硬生生的资本竟能横生变数，变得令人难以想象！”

“给你举个例子。”经济理论家出身的华渝生，在今天再谈起经济问题时，满腹都是实际例子。他说：“城投公司的负债大多是 20 世纪 90 年代中期形成的，负债结构极不合理，一是偿还高峰太集中，二是利息太高。其中最大一笔是香港中信泰富的 1 亿美元的债务。这笔债务是 1998 年为筹集滨江路重大市政基础设施而借的建设资金，公司当时将刚建成的李家沱长江大桥 50% 的专营权以每年 14.5% 的固定回报转让给香港中信泰富公司，期限为 20 年，相当于每年必须在税前向香港中信泰富公司支付 1.34 亿元人民币。但事实上，李家沱长江大桥每年收取的通行费远远到不了这个数。央行后来 8 次降息后，这笔负债更是高得离谱。我们城投公司虽然多次找港方协商，但由于没有实力，所以也找不到解决的办法。也难怪，香港中信泰富公司当年以李家沱长江大桥 50% 的专营权条件，支持了当时财政非常困难的重庆新直辖市政府 1 亿美元的建设投资资金，人家很够意思。在经营李家沱长江大桥收费的几年里，根本就没有办法赚回按协议中所说的每年必须在税前向对方支付 1.34 亿元人民币的回报，事实上李家沱长江大桥每年的收费根本达不到这个数字的 10%。与港方签约的转让经营期限为20年，现在我们突然又向人家提出收回专营权，于情于理都不是很硬气。然而重庆要发展，尤其是主城区的交通因收费站过多已经严重影响了整个直辖市的正常运转，这种局面不打破，势必造成一个历史性的错误。所以在政府的授权与领导下，我们必须啃下在主城区取消收费站这块硬骨头。然而俗话说，没有金刚钻，别揽瓷器活。整合主城区数百公里的收费公路和大桥的运营权，没有钱，没有大钱想干这档事，确实是有些异想天开。但我们心里清楚，新重庆要实现跨越式大发展，没有点异想天开的勇气和创新精神，同样是绝对不行的。就在这时，2001年底，黄奇帆副市长到任后，亲自出面与建设银行进行了艰苦的磋商，帮助我们城投公司获得了央行多次降息后的9亿元中长期贷款，一次性回购了香港中信泰富公司的那笔50%的李家沱长江大桥的专营权，还款期为8年。这样一下使城投公司节约了财务费用14亿元，从而大大优化了负债结构。别小看这一步，它标志着我们重庆城投公司在整体发展上迈出了一大步，获得了'强身健体'的效果，帮助城投公司重新获得了现代企业必须具备的实力、信誉及诚信度。"

水流动了，就会有江河。江河流动了，就会有湖泊与大海。有了湖泊与大海，我们的世界就壮美和多彩了。

在新投融资机制中，城投公司完全进入了良性状态。紧接着，城投公司又将几年前融资建设水厂形成的债务与市水务集团同步实施重组，借全市自来水提价之机将债务随同原本就管不了的资产剥离给水务集团，不良债务变成合理债务，又一下甩掉了8亿元的债务包袱。

"城投公司，顾名思义，就是为城市建设投资服务的企业，重庆直辖市成立后，我们城投公司就是履行政府所赋予的职责，就是要把一个旧重庆建设成现代化的新城市，建成一流的大城市。

但重庆这个城市与其他城市不同，它是个山城，又是个江城，特殊的地理环境使得花在城市建设方面的代价要比其他城市大得多，可偏偏直辖市成立之前和之后的重庆又是个穷市，没有钱。没有钱怎么来建设美丽的城市呢？在新的投融资机制下，我们很快获得了一个又一个新生的机会。除了甩掉原有的重重债务外，政府又将原属市交委管理的 115 公里的城区道路和市政委管理的 96 公里的市政道路划转到了我们城投公司名下，一下壮大了城投公司的资产总量，提升了我们的信誉。加上政府实施的一系列相应措施，我们的信誉程度进入了良性水平上。2002 年 6 月，我们与国家开发银行、中国建设银行、中国银行和中国民生银行四大金融机构签署了合作协议，获得了总规模 131 亿元的综合授信。同年又与重庆市商业银行签署了 20 亿元的综合授信。151 亿元的综合授信，使得我们城投公司有了为城市建设'买大单'的实力和可能，所以下面的棋子就活了……"

"先说说我们在'路'上做的文章。"善谈的华渝生滔滔不绝道，"你们外地人现在看到我们重庆那么多好的路，好的桥，可在几年前情况则完全不是这个样的。到处是收费站，2001 年前，重庆主城区有 7 座大桥，1 个隧道和 18 条收费道路，加上正在建的 8 个地方，共有 40 多个收费站。可以设想一下，在山城重庆并不宽阔的主城区内，本来路和桥就不多，费力修了几座桥和几条路，到处设收费站，这个城市会有什么流动的感觉吗？ 40 多个收费站其实就像 40 多道关卡，将整个重庆主城区卡得死死的。堵车依旧，而且有时反而不如以前没修路建桥时呢！老百姓可谓怨声载道。在建桥修路时，政府曾经提出一个口号，叫作'半小时主城'，意思是说，从市中心以人民大礼堂为基准，半小时之内可以开车到达主城的每一个城区。可现在的情况不仅没有改善，相反路更堵了，我们搞城建的人是有苦说不出。花大钱修路建桥，结果路修了，桥也建了，交通仍然那么差劲，你说我们冤不冤？但问题总要解决。后来我们完全解决了这个问题，并且用并不长的时间。原因只有一个：我们有了资金实力。”

进入 2002 年，市政府调整发展战略，赋予华渝生他们的城投公司三大职能：城市建设筹融资的总渠道、主城区路桥建设的总账户、城建资金筹集所需土地的总储备。新的职能，给“城投”发展插上了翅膀。华渝生这位经济学家和管理行家也从此有了做“大手笔”的可能。

这年下半年，信用状况已经好转，并有了可靠偿债资金来源的城投公司，经国务院特批，向全国发行了 15 亿元为期 10 年的企业债券，这既是重庆企业第一次在全国范围内公开发行企业债券，也是中国西部 12 个省（自治区、直辖市）中第一家经中央政府特批的向全国投资者发行并第一个获得中国证监会批准通过证券交易系统上市交易的企业债券，它标志了城投公司开始面向资本市场直接融资，使新直辖市的建设融入了全球金融市场和全球经济大潮之中……

这一年下半年，中国共产党以胡锦涛为总书记的领导人开始以崭新的面貌出现在世人面前。新一代领导人站在中国发展的历史新高度，开启了西部大开发的航船。重庆作为西部的唯一的直辖市，无疑有了一个新的大发展契机。华渝生他们的城投公司正是抓住这一千载难逢的好机遇，依靠强大的资金实力和决策先期优势，频频向那些影响重庆整体发展和西部建设的大项目“揽活”。

先是万州机场。这机场是重庆市的重点工程，事关重庆大城市、大农村整体经济发展和三峡库区建设，中央对这一机场特别关注，几年前就立项施工，至 2001 年底，由于原先的几家投资单位因无可靠偿债来源而在整个工程进展到一半时不得不停工。华渝生他们的城投公司得知这一情况后，出资 1.3 亿元注册资金，完成了对万州机场公司 53.85% 的控股，弥补了万州机场建设的资金短缺，使机场重新进入良性建设，于 2003 年 5 月 22 日正式投入使用。万州机场的投运，对三峡工程和库区建设带来的政治意义和经济作用巨大，而身为大股东的重庆城投公司无疑是其中的最大赢家。

华渝生在向黄奇帆副市长汇报时，脸上满是笑容。而黄奇帆则告诉他："政府赋予你公司的任务还仅仅是开始。"

华渝生连连应道："那是！那是！"

华渝生在市长面前说话是一副谦和的样子，而他在市场的搏杀中却如一员战无不胜的骁将。万州机场成功运作后，华渝生立即又挥师到另一个项目上，即国务院和中央军委 1999 年就批准立项的黔江机场。同样因资金无法落实的原因，这项直接关系到重庆东南翼少数民族地区发展的重点工程迟迟不得开工。华渝生的眼睛真尖，万州机场刚刚出现曙光时，立即挥师南下，又以 4300 万元人民币的注册资金控股了黔江机场的建设。而此次在投股的过程中，城投公司获得了黔江机场一带 7000 亩土地一级开发的资源。"这回我们城投公司，即使黔江机场迅速投入建设使用，支援了重庆少数民族地区建设和国防建设，同时又为公司开了一个不大不小的'银行'"——华渝生把掌控宝贵的土地储备资源比喻为自己公司的"小银行"。

黄奇帆副市长这回听华渝生"吹"他的黔江机场赚钱经后，先是笑了笑，然后话锋一转，说："重庆城市建设的好戏还在后头，可我们现在在外面的名声不怎么好。"渝开发"就是一例，你把"渝开发"给我弄活了！"

"渝开发"是重庆最早的一家房地产上市公司，也是重庆的老牌国有企业，一直主营重庆城市房地产业，但由于公司经营不善，决策连连失误，造成巨额亏损。在交易市场上每股净资产降到了

0.22元的水平，拖欠银行近2亿元债务，负债率高达92%，被证监会戴上“ST”帽子，在业界影响不好，给重庆房地产业的外部形象造成很不好的印象。搞经济的华渝生自然清楚“渝开发”的基本情况。

使命在身，亏本的事也要做，华渝生和城投人对此没有怨言，因为救活一家与建设重庆直接有关的国有公司甚至是帮助一家重庆的民营企业，城投公司有义不容辞的责任。介入“渝开发”的债务清理，盘活其存量的工作，重新使其在交易市场上产生良好投资效果。华渝生他们的这笔“买卖”是亏钱的，不过华渝生感到很开心：“我们通过市场经济的运作，使‘渝开发’很快起死回生，成为中国资本市场上以11个月的最快速度摘掉了“ST”帽子的范例，证明了我们重庆人在资本市场上运作的能力。仅此一点，我们所花的一点血本也是合算的，何况‘渝开发’自摘帽后在资本市场上所显现的活力，不仅挽回了我们重庆人的面子，回过头来通过资本市场的更大融资，这几年为重庆城市建设再立新功的业绩更值得大书特书。”

“渝开发”一役，使华渝生他们的城投公司在重庆建设的大战场上显尽了大家风范。自然，市民和官员们都对华渝生他们的城投公司寄予了更大的期望。

于是，接手“烂尾楼”的事跑不了华渝生他们的城投公司。

重庆市的“烂尾楼”一度很严重，直辖市前后出现非常多的“烂尾楼”，其数量和烂的程度不亚于海南。“烂尾楼”之所以“烂”，说白了，有两个原因：一是投资人看不到发展的前景，二是有前景却没有资金运作。重庆的“烂尾楼”是20世纪90年代两个特殊阶段形成的：第一次是在90年代初期，当全国出现一个大发展时期时，重庆跟着迅跑，可后来发现这个处在西部内地的城市，没法跟东部沿海地区的城市相比，于是投资者后来纷纷撤出，造成一批“烂尾楼”；第二次是直辖市建立初期，重庆有了历史性的机遇，于是大批本地和外地的投资人云集重庆想痛快干一把，结果发现这里的市场预期与实际经济状况不符，投资项目在资金方面根本运营不动，于是第二个“烂尾楼”高峰又出现了……本已在城市建设上落后于其他城市一大截的重庆，破旧不堪的层面上又多出一片片惨不忍睹的“烂尾楼”。而“烂尾楼”通常对一个城市的形象之伤害是最严重的，它比落伍的城市更让人不可接受，因为落伍的城市像一个历史的老人，有它的独特魅力和韵味，而“烂尾楼”给城市的伤害如同一位产妇生下了一个缺胳膊少腿的畸形儿一样，令人不安。它会阻隔一个城市的历史和未来的联结。

重庆市常务副市长黄奇帆来自大都市上海，曾主事过浦东建设和改造旧上海的工程，他懂得这一层道理，所以来重庆后对满目沧桑的“烂尾楼”现象，敏感而又厌恶。加速处理重庆“烂尾楼”这是点活这个新直辖市生命原动力的一着重要棋子。

华渝生他们自然别无选择。

可是“烂尾楼”工程并不是那么好干的，当初的投资人也不全是智商很差的人，他们无奈撤出，每个项目都有一本难念的经。现在这难念的经要由华渝生他们的城投人去念了。

地铁中兴花园是华渝生他们接手的第一个极有标志意义的“烂尾”样板。好家伙，城投人一进入这个“烂尾”工程，才知道它真的“烂”到家了。光理清官司就得用长江水来润嗓子，至于解决老百姓在搬迁安置中遗留下的问题，你就是苦口婆心也未必能做得十全十美。但你既然接了这只“烫山芋”，华渝生等城投人就得准备把手烫破了，把嘴皮磨出血来……

华渝生是谁？他华渝生干不了这等活，当时市委和市政府就不会将驰聘在学界的这位经济学者放到“城投”上来。他华渝生自己虽然有经济理论和经济实践经验，主要的当然还是有市长、书记和一大批精干聪慧懂业务的城投人的全力支持与配合。

地铁中兴花园在城投人接手后，通过一系列艰苦、艰难的司法途径，理清了乱如麻的债务链，并通过对其资产的整体包装、重组、整合等措施，一举成功地实现了二次转让。新投资商很快使这个在重庆影响颇久、颇大的典型“烂尾楼”获得了新生。

当新地铁中兴花园迎来业主入住的时候，重庆市民从此进入了现代居住生活的历史新阶段，第一次有现代都市人的感觉。

之后，重庆市民们从电视和报纸上一个整版一个整版地看到了那些漂亮如画的诸如什么“白云湖度假村”，还有雄伟气魄的“海联大厦”“华侨大厦”“信合大厦”“养花溪大厦”等居民住宅新村和商业楼、写字楼纷纷亮相。市民们当时可能并不清楚，其实将这些曾经“烂尾”得一塌糊涂的居民新村和大厦重新获得新貌和生命的正是华渝生他们城投人。现在重庆重要的对外活动和主要经贸场所的国际会展中心，也是在那个时候由城投人完成对它的“起死回生”工作的。如今我们看到的国际会展中心，无论从占地面积，还是从内外的设计及功能，都堪称一流，它给重庆带来的城市形象和经济发展绝非数字所能衡量，重要的是对重庆人那种大直辖市和国际大都市概念上的心理影响！自然，后来发展起来的“会展经济”也在重庆出现了。这是重庆直辖后融入世界经济的另一种标志。

华渝生也有一种从未有过的骄傲感。城投人更不用说，他们是这个城市的舞龙人，是让这个城市所有的物体和生灵全都舞动起来的人，他们当然最快活和最幸福。

“投融资的新思路，激活了重庆原来资金层的一湖死水，使直辖市的发展如长江、嘉陵江一样奔腾起来。政府为我们公司确定的3个职能和‘按规划、带项目、批土地’的运作原则，使我们城投人有机会在为建设新重庆的重大项目中做出贡献。而近几年中，重庆给人最直观的印象是城大了、城新了、城更美了！这其中，横跨在长江和嘉陵江上的大桥多了，是一条条如充满生命活力的巨龙，让这个城市从根本上舞动了起来……”华渝生最得意的还是他们城投人参与建设了令重庆人引以为自豪的那么多大桥。

从石板坡长江大桥复线桥，到菜园坝长江大桥、嘉华嘉陵江大桥，从鱼洞长江大桥到朝天门长江大桥……城投人将巨龙舞动到哪里，哪里就掀起一片沸腾的世界，哪里就呈现一个繁荣的天地。新重庆也因此从渝中半岛向南岸北部、向左右东西不停地延伸，不停地扩展，直至显尽山城的风光，直至显尽江城的妩媚，直至显尽新直辖市的所有独美——这独美中，夜景和晨光中的大桥无疑是最美的。此刻的一座座飞跨两岸、联结这个古老而新兴城市的大桥，或通体载着各种缤纷的灯饰，或满身披着绚丽的霞光，远远看去，就是一条条舞动着的彩虹，使得这个原本分割的、有一些呆板和累腿的城市，变得生动，变得多元，变得丰富，甚至有些娇艳而浪漫，令人飘然陶醉，流连忘返。

新重庆的大桥建设史是一部城市建设史，同时又是一部世界桥梁建设新史，作为“桥都”的重庆，本身就可大书特书。然而，它也只是整个重庆直辖以来的巨变沧海中所泛起的一朵浪花而已。

在华渝生他们的城投公司投融资新思路下，城市土地的市场化管理与在科学发展观指导下的经济置换，使得小城市、大乡村格局的重庆市无论从主城区，还是广阔的乡村，在利用土地资源推动直辖市现代化建设方面都取得了可喜成就。如地产集团的领导向我介绍，仅像新建的重庆大学城，当时政府配置给地产集团的是一万亩土地，约 10 个亿元的市场价。地产集团通过对基础设施的投入改造，使得大学城后来的地产值升了六七倍。地产公司在整个大学城建设过程中投入共 40 多亿元，即赢回了二三十亿元的增值资产。这种“变出让毛地为出让净地”的盘活土地资源的思路，使得代表政府用好管好土地的重庆地产集团在短短几年间，资产总量由组建时的4亿元，发展到现在的260多亿元，并为政府储备土地数万亩，确保了飞速发展的重庆城市和乡村的基础建设有足够的空间舒展。

土地不能再生，但同样的土地在不同机制下可以生发完全不同的生命。土地本无灵性，但在思维活跃和充满智慧的人手中，它便会产生灵性，萌发生机。曾数百年困守渝中半岛的重庆，仅仅直辖几年时间里，其主城区面积扩大数倍，那些以往沉睡几年的秃丘荒岭和滩涂残岸，如今都成了锦绣宝地。值得一提的是，尽管重庆近十年中平均每天有一至两幢以上的20层高楼拔地而起，但重庆的房地产价格却始终处在全国同等城市中的低位水平上。这让我们这些生活在北京的人羡慕至极。花每平方米四五千元在重庆可以购到十分理想的花园别墅房，而在北京除非到远不可及的六环路以外去享受这类价格的房子，而且绝对不是花园别墅式的高档房。真的好羡慕重庆人！

重庆人在土地上以智慧所舞动起的彩虹，不仅使城区百姓感到激动和欣喜，广阔天地的乡村农民也同样获得了这份激动和欣喜。地产集团的领导给我讲了一则安兴乡的“安心田”故事——

话得从2004年9月说起。地处重庆潼南县安兴乡的曹家坝村百姓在一片数百亩长满绿油油庄稼的地头，用汉白玉竖起了一块巨大的石碑，那石碑上刻着如此一段碑文：

安兴曹家坝村，涪江畔南倚，民众二千余，人均地三分，今日尚安好，饭足衣帽暖。村民仍有惑：世道好，添丁不息；田无增，明日可饱？民以食为天，食以土为本，地乃命根。奉命受嘱托，渝地产集团，癸未甲子月，沿河建大堤，荒滩造良田。冬去春夏至，筑坝二千二，获地三千三。祈求地回报，斯向土奉献。复垦地陡增，长堤护沃土，子孙有田土。村民心得安，勤耕忙收作，紧步奔小康。田稳农则兴，农兴天下安，日渐升一念，遂立碑一座，名曰为“安心”，告示后来人：共产党好，人民政府亲。

绿色田埂头，金光闪闪的“安心”碑，记载着重庆市委、市政府直辖以来坚持把土地和环境保护工作当作一项功垂千秋的大事来抓，每届政府和党委把土地管理和环境保护当作中央交付的新直辖市的重中之重来抓紧抓好。安兴乡的“安心”碑则是重庆土地管理和环境保护工作中的一例。

曹家坝村地处丘陵河谷地带，海拔250多米，气候温和，水源充足，特别适宜农作物种植。可是由于涪江流域年年有洪水泛滥，将这里的良田冲成了卵石滩。坝上807户村民的日子因此不好过。尤其是1981年夏天的那场大洪水，彻底冲垮了曹家坝村农民维系生计和生息的一点点土地。年轻的生产队会计望天兴叹，欲哭无泪，竟然一咬牙跳进了滔滔涪江而不归……失去土地的村民纷纷背井离家，杂草丛生的卵石滩一躺就是20年的沉睡。2003年，在重庆全市发起的新一轮保护土地、保护环境的行动中，曹家坝村的这片卵石滩地成为了市政府委托地产集团公司所要完成的复垦任务之一。地产集团公司不是在城市建设的土地置换中赚了不少钱吗？这回该用上回报社会和3100万重庆人民了：经过修建防洪大堤、修渠建排灌体系和移土复垦及植树等工程措施，315公顷土质良好，又有排灌系统和防护大堤的沃土，呈现在村民面前。这对曹家坝村的老老小小、男男女女的村民来说，简直是做梦都想不到的天大好事！

“咱家乡也有良田沃土了！”这消息不亚于当年农奴听到自己翻身做主人的喜讯。外出打工和背井离家的人纷纷回村，他们重新把庄稼和生的希望种植到了这沃土之中。

现在的曹家坝村农民，年收入已经从复垦前的人均400多元，上升到5378元。

翻身要道情。村民们因此在绿色的田头竖起了一尊石碑，感恩政府和党使他们世代安心在此……

“由来得地势，径寸有馀金。”大诗人刘禹锡当年任重庆奉节刺史，写出农事诗句，他哪知道今日的巴渝农家人得益的不再是地势，而是爱民为民的好政府和直辖市的大发展。

数风流人物，当看今朝直辖渝人。

7.“半小时”和“八小时”的梦想[①]

在北京，有一个在欧洲待了十几年的朋友，曾经给我讲过一个非常有意思的故事：他说他在欧洲时总喜欢利用周六、周日驾车去旅游。曾经他在一个周六和周日穿越过五个欧洲国家，他的行程是从法国边城里昂出发，经瑞士洛桑，到意大利米兰，再游威尼斯，然后到斯洛文尼亚，后经奥地利，从阿尔卑斯山脉，再穿过瑞士回到法国。一路顺畅，走得轻松而愉快。有一年他回到国内，听说美丽的三峡因水库蓄水而即将消失，于是他乘飞机到了重庆。游完三峡后，他在巫山听当地人讲逆大宁河往上可游一尘不染、美丽如画的小三峡，于是他顺大宁河逆上到了巫溪，游完“龙门峡”“巴雾峡”和“滴翠峡”这小三峡后，又听得当地人讲，巫溪北边的重庆城口县境内，有条任河，其两岸景色美不胜

① 本节资料来源：《重庆日报》2006年3月10日相关报道。

收，完全的原生状态。于是这位仁兄便到了城口，在游完任河的支流崩溪河上的栈道遗址后，重庆有笔生意要谈，此仁兄急忙收拾行李，搭上城口开往重庆的汽车……君不知，城口虽是重庆辖区的一个县，却与之远隔千山万水。令这仁兄更不可思议的是，明明城口就在重庆市的版图内，长途客车却先绕陕西，再进四川，最后才又绕回重庆。整整两天的汽车颠簸，不说浑身如散了架，单说这一路所花的时间和绕了两个省份的蹊跷之事，就让这仁兄回到北京后数次在我面前感慨万千道："走欧洲十国易，游重庆一市难。"

"蜀道难，难于上青天。"这是古人眼里的巴渝之道。其实，即使在重庆成为直辖市后，其境内仍有至少一半以上的道路，依然处在"难于上青天"的旧况。特别是万州以东、以北的巫山、巫溪和开县、城口，及涪陵以南的彭水、黔江、酉阳和秀山等，交通落后，带来的必然是经济、社会、文化和百姓生活方式的落后。外地人很难相信，就在著名的三峡风景区之一的巫山县，几年前一位副县长费了近两天时间，才翻山越岭走到一个叫庙堂乡的地方。当地农民高兴得像过年一样，因为这儿已经有几十年没有像这位副县长一样的"大干部"来过了。

于1952年从县里被派往庙堂乡任职的乡党委副书记曹建烈，那一年已经74岁，退休在家。之前他在乡里工作了近40年，直至退休。因为大山阻隔，没有出得去的路，他因此没离开过庙堂乡一步，连县城都没有回去过一次。几十年中，他们乡上的事都是由区公所负责。区公所离庙堂乡65公里，区公所的干部同样也因大山阻隔，几年里难得有人去一次庙堂乡。就在曹建烈退休之前，区公所有一位干部为通知曹建烈退休免职事宜，从区公所走路到庙堂乡，走了一整天竟然还没有到达目的地。面对夜幕，面对大山，面对贫困，这位干部一屁股坐在石头上，忍不住号啕大哭。是他的哭声，惊醒了山弯弯里住着的一位农民，这位农民第二天抄近路，将其带到了庙堂乡，见到了曹建烈。此时的曹建烈，已是快 70 岁的老干部了，因为上面一直没有派干部来接他的班，所以他继续留在岗位上。

副县长那年去庙堂乡，早已退休在家的曹建烈听说后，特意穿了一身干净的衣服，见了副县长，“啪”的一个立正，然后举起右手，一个标准的军礼：“报告首长！”老曹的这架势，着实把这位副县长吓了一跳，以为眼前的这位老同志得了精神病，连忙让老曹坐下来，并告诉他地方上不行这样的敬礼。哪知曹建烈直愣愣地站在原地，对副县长说：“我参加工作的时候，綦书记就教我这么敬礼的。”——老人所说的綦书记是巫山县委第二任书记。副县长一听老人这么说，眼泪夺眶而出，抱住老曹，呜呜大哭起来：“老曹同志，几十年了，委屈你了……”

因为没有通往山外的路，庙堂乡的农民们一直过着刀耕火种的生活。农民们唯一的副业就是养猪，但所养的猪，基本上是自己吃的。过去有人把自己吃不掉的猪运到山外的区公所换现钱，哪知有一次 4 个农民抬着一头猪，半路因山高路陡，捆着的猪一使劲，让后面一位抬猪的农民脚一滑，结果前面的两个人翻到了百米深的山崖里……猪跑了，两个抬猪的人死了，从此庙堂乡的人再不去到山外的地方卖猪了，唯一的商品交换方式也停止了。人们依旧过着原始式的生活——这就是几乎所有人都知道的著名三峡风景区之一的巫山。

巫山在重庆地域并不是最偏僻的地方，比起北边的城口、巫溪，南边的秀山、酉阳，巫山应该算是非常“方便”去的地方了。重庆市政府有一位部门领导同志给我讲，他和他的副手在前些年因为工作需要，一个出访东南亚 3 国去洽谈贸易，一个到黔江地区的 3 个县检查工作。说好的 5 天后都要回来研究新工作，结果 5

天后，出访东南亚3国的副手回来了，而到南边黔江地区检查工作的他，竟然想尽办法也没能赶回重庆。“我也是走马观花，可那里实在是没路可走，县城与县城之间的石头公路，遇上雨天就塌方，只能改坐拖拉机，那险、那悬，吓得我再也不敢去了……”

直辖市首任市长蒲海清说，他第一次到城口检查工作，开的是专车，结果绕道四川和陕西两省后才到了城口。蒲市长当时见了城口的干部苦笑道：“到你们这儿来一趟，就像出访非洲。”

1999年下半年，贺国强从福建省来到重庆任职。蒲海清给了贺国强两张由他自己画的图，一张是重庆的交通图，一张是重庆的经济发展图。蒲海清对贺国强说：“这都是我最关切的两件未竟的事业。重庆经济需要加快步伐，但重庆经济要腾飞，首先要解决交通问题。”

张德邻、蒲海清任职期间的重庆直辖市，提出了“3年变样，5年畅通”的目标，并且做了大量艰苦的实质性和基础性的改善交通方面的工作，尤其是在解决主城区的交通阻塞方面，取得了显著成效。

“半小时主城，八小时重庆”的口号，是贺国强、包叙定出任书记、市长时提出的。这个口号的意思是：在主城的9个区级范围内，以市政府所在地的渝中半岛人民大礼堂为中心点，9个城区的任何一个地方都可以驶车在半小时内到达。市民刘先生说：“我过去住在北碚区，上一趟渝中区办点事，没有3个小时路上的工夫绝对回不来。贺书记他们提出‘半小时主城’，当年我们听了真的很振奋。”

别小看这“半小时主城”一句简单的口号，如果真要实现它，绝非一件易事。现代化程度很高的北京和上海你敢提吗？笔者所居住的北京，其交通道路从几百年前的明清时代起就被皇室和历代政府所重视，在最近几十年中因各种大的政治、社会和国际活动的推进，城市交通方面所投入的资金不计其数，但即使到了奥运会就要举办之前的现在北京，谁敢保证“半小时主城”通畅？我想没人敢。重庆是江城和山城组成的大城市，要实现“半小时主城”，这必定是深得市民赞同的民心工程，同时它的艰巨性可想而知。

贺国强与包叙定在任时，不仅提出了这个口号，而且他们力主推进这一民心工程，所花出的心思和魄力，世人皆知，有口皆碑。深入调查研究，倾听各方意见，再认真精心地决策，然后在执行过程中同心同德，凝聚一切力量，朝一个共同的方向努力，这是他们的一个显著工作作风。

什么事就怕心不齐，心齐了泰山也能移。这个道理普通百姓都懂，但能做到这一点，不是所有领导都能如愿以偿的。

这一届市委、市政府，把“半小时主城，八小时重庆”战略，当作落实“三个代表”重要思想，建设长江上游经济中心和“富民兴渝”伟大目标的重要举措，并对张德邻、蒲海清任职期间所确定的“三年变样，五年畅通”任务做了大调整，更加突出“基础先行”的思想。就在当年，主城区就打响了“半小时主城”畅通工程的总攻战役，32 个工程全部投入战斗……与此同时，主城区外的“八小时重庆”畅通工程更是如火如荼。尤其是“三改二”（三级公路改造为二级公路）公路工程，被全面启动。

2002 年，一位从北京来的国家交通部部长，被中央任命接替贺国强出任重庆直辖市第三任市委书记。

这一任命让正在进行史无前例的“半小时主城，八小时重庆”战役的山城人民从心底里冒出一个字：爽！

看了重庆发展蓝图，看了正在进行的“半小时主城，八小时重庆”工程进展，看了重庆当时的交通与经济及边远地区人民的生活状况，“老交通”“新书记”抿了抿嘴，在市委扩大会议上，发出了一声惊天动地的新口号：要把重庆交通发展规划进程提速10年！即把原计划在2020年完成全市区域内的2000公里高速路提前到2010年全部完成！

这不是惊天动地是什么？

重庆人无不欢欣鼓舞，汇成一句话："中央派交通部部长来重庆当市委书记，太英明正确了！"

上任重庆市委书记后，他在交通工程上的出手绝非他人所能及。以至首任市长蒲海清听说后不免大为羡慕，在北京二位领导见面后，蒲海清拉住他，很不客气地问他："我当市长的时候，向你交通部长求情，说照顾照顾我们重庆的困难，多给点钱建路，你这家伙就是抠门！现在倒好，你建设重庆，一出手就是我们当年的好几倍投入交通，你能耐啊！"他狡黠地朝老伙计笑笑，说："谁让你当时不把情况讲得清楚一点嘛！"蒲海清猛地一巴掌拍在他的后背上："好你个狡猾的家伙！"他大笑，连连说："兄弟别着急，我知道你对家乡感情深，你的那份牵挂我给你了不就得了嘛！"蒲海清这回高兴地搂住他说："这还差不多，够意思！"

重庆的交通关系到新直辖市的整个经济命脉和社会发展全景，他担任新一届主要领导后，使重庆的发展又上了一个崭新的台阶。

中国改革开放地区都有一句经典的话，叫作"要致富，先修路"。重庆人对这句话的理解更深远，在他们眼里，修路则意味着重庆能否真正成为"长江上游经济中心"和2000多万农民实现小康、1000多万城镇居民过上都市幸福生活及直辖市未来前途的根本性战略。曾几何时，外地人带着几分嘲讽的口吻，对重庆人说："什么直辖市，不就是个大县城嘛！"重庆人没有被这种嘲讽压倒，也没有在心理上受到打击，相反，化成了一种迎头赶上的精神和不屈向上的力量，演绎了一曲曲惊天撼地的伟业——

说说国家支持的、孙中山先生在90年前的《建国方略》中就提出要修建的“渝怀铁路”（重庆至湖南怀化）大动脉战斗那气吞山河的场面：

10万建设大军，在峡谷纵横、山崖陡峭的崎岖原始森林中，如何搭桥铺轨，穿山打洞——全长620公里的线道上，隧道就有247公里之长，需建的桥梁400余座！仅一个圆梁山隧道就达11068米，这段要穿越重庆的酉阳境内的乌江水系和沅江水系的分水岭圆梁山，地质条件之复杂，断层破碎带之严重，煤层瓦斯之频繁，又恰逢施工季节时的高温，被称为“世界级隧道难题”。于是铁道部部长来了，中国工程院院士王梦恕、卢耀如、周丰峻、郑颖仁来了，老交通部部长、新重庆市委书记来了……来了就好，来了他们就与建设大军一起很快破译了这一“世界级隧道难题”。建设的战斗是惨烈的，2002年9月，隧道正进入施工的紧张阶段，有一天突遇地质灾害，一分钟时间内喷出泥浆4200方，9名正在一线施工的建设者瞬间献出了生命……噩耗传来，许多重庆人失声痛哭。然而“渝怀铁路”不能停下，建设者的步伐仍在向前延伸——穿越重庆著名“红岩”区的歌乐山隧道全长4050米，洞顶上住着6万居民、200多家企事业单位和无数名胜古迹，稍微失手，后果不堪设想。市长王鸿举来了，渝怀铁路建设总指挥长何明新来了，红岩村小学的小朋友们和那些不知其名的数以百计、千计的重庆市民们来了……他们带着希望，带着感激，来到建设者中，送去一份关切，送去一份期待，送去一份新直辖市人的求富求荣之心。

“渝怀铁路”经过5年艰苦卓绝的施工，于2006年全线通车。在这条线上最受益的自然是重庆原本较落后的黔江地区，那是个苗族、土家族聚居的少数民族地区。过去别说外面的人进不去，就是重庆人想到那里至少也得准备几天时间。铁路通了，现在从黔江到重庆主城区只需4个小时。4个小时对黔江人民来说，绝非只是一个时间概念，它是一个历史跨越，让这里的人们，一下跳跃到了与全世界现代化工业文明社会同步的新天地。通车第一年，在全国人大会议期间，得福于这条铁路的酉阳土家族苗族自治县板桥乡水车坝村支书涂安祥在人民大会堂与温家宝总理有段对话，让他终生难忘——

“通向外面的路通了，我们全村的乡亲们有机会外出打工，全村出去了410人，一年给村里带回了290万元；又因为信息通畅了，农民们种植的积极性上来了，全村种植业一年收入也有270万元，如今的日子真的像芝麻开花节节高了。总理，我们都希望您到酉阳走走，看看那里的农村变化，听听农民的心里话……”

“代我向酉阳70多万乡亲们问好，说我一定会去看他们的！”温家宝总理这样说。

说说2002年12月12日挂牌成立的重庆高等级公路建设投资有限公司，如何在这四五年里完成了2000多公里的县际联网公路，那是怎样的一场战役！

重庆“高投司”（简称），从诞生那天起，就与“2”数字结缘。“2”是双数，有双赢的意思在里面。“高投司”干的活自然既要对公司本身负责，更要为重庆3100万人民负责。

过去县与县之间的公路建设，因为各个县、区的经济发展和思路不一样，你建你的，我建我的，你有多少钱就建多少路，我没钱就只能停工，重庆的公路因此不通不畅，在沿海地区一个省的路程时间，到了这儿却走不完一个县境。

“高投司”接手的第一步工作，就是把全市范围内的县际公路建设移至自己手里，用三分之一的时间，完成了全市各县剩余下的三分之一区域建路未完工路段。

第二步是回购各县在这之前已建的公路，这使得一些财政困难的县从此解套，无须再为修路问题喘不过气来了。

第三步“高投司”做的才是真正的“八小时重庆”大工程：2000公里长、联结全市32个县的际间公路网络，总投资超过100亿元！

还是与“2”相关——2000公里的县际公路网，联结的是重庆2000万农民的出行问题。既然如此，“高投司”的同志们就有一种天大的责任了。

先来说他们接手的319国道的彭水、酉阳路段。“在这里筑路施工，你才能体会到什么叫荒山野岭了！”一位建设者告诉我，他们每天都要与“出没的毒蛇，带毒的植物”为伍。但这些都难不倒他们，因为他们心中装着“八小时重庆”和未来家乡更美丽的蓝图。

从万州经开县，再到城口的路段，是实现“八小时重庆”的关键性工程。其中开县与城口交界处的“通渝隧道”全长4279米，是当时重庆境内高等级公路中最长的隧道。隧道所经的地方正是著名的大巴山脉的余脉雪宝山，此山地质条件极为复杂，有“地质博物馆”之称。市领导亲赴现场督战，建设大军奋勇当先，用血和汗穿越此山，提前完工。

2003年12月26日，重庆人选择了伟大领袖毛泽东的诞辰日作为“八小时重庆”全线通车的典礼日。这一天是重庆人的节日。这一天有3个地方的重庆人最难忘：一是距离重庆主城区最远的城口人民，二是巫山人民，再就是南边的秀山、酉阳和黔江、彭水人民，他们第一次可以享受坐汽车不到八小时抵达重庆主城区的惬意……而且一路行走的公路等级也与过去完全不一样了，至少是国家二级以上的优等道路，宽敞而平坦。

“半小时主城，八小时重庆”实现通车的消息传到北京，时任中共中央政治局委员、中央组织部部长的重庆老书记贺国强非常激动，专门打电话给重庆市领导，表示祝贺。

更让重庆人高兴的是，新“八小时重庆”，要实现“二环八射”，让重庆与外界真正联结起来……

“二环八射”，现今在重庆是个老幼皆知的词汇。它指的是在主城区要建内环高速路和外环高速路，在不远的几年内，使重庆中心城区达到600多万人口、经济总量占全市一半以上的“都市区”成为“一小时经济区”。这是“二环”的概念。“八射”则是从主城区向四周发出的8条高速公路，这是重庆通向“外面世界”的8条大通道，即重庆至成都的“成渝高速”；重庆至遂宁的“渝遂高速”；重庆至武胜的“渝武高速”；重庆至达州、广安的“渝邻高速”；重庆至宜昌的“渝宜高速”；重庆至湖南的“渝湘高速”；重庆至贵州的“渝黔高速”；重庆至泸州、合江的“渝泸高速”这八大高速公路。

“二环八射”启动之后不久，这位市委书记便离开了重庆。而这位“交通书记”留给重庆人民的印象，是个“实干派领导”。

“再用几年时间，再花1000亿元投资，把重庆与外界全部联结起来，实现重庆真正意义上的‘长江上游经济中心’地位。”这是当时重庆市委班子的一个目标。

过去的10年中，重庆市交通完成固定资产投资1098.4亿元，其中高速公路投资530亿元，港口码头等水上建设项目完成投资530亿元。而2007年一年，全市交通就要完成固定资产投资271.1亿元，比1996年增加了18倍！尤其是生活在主城区的重庆市民，当他们刚刚享受在城内“不堵车”的实惠后，又坐上了能让人“飞着走”的轻轨列车，那种舒坦愉快的感觉，真是“美惨喽”！是的，重庆发展日新月异，直辖市的领导也在一茬接一茬地承前启后着。年富力强的汪洋出任市委书记，与经验丰富的王鸿举搭档，被重庆人看作是“重庆的福分”。

2007年3月8日，中共中央总书记、国家主席胡锦涛在参加重庆人大代表团的座谈时发表重要讲话，指出要加快把重庆建设成为西部地区的重要增长极、长江上游地区的经济中心、城乡统筹发展的直辖市，并要在西部地区率先实现全面建设小康社会。正如汪洋在解读胡锦涛的这段关于重庆发展方向的讲话时所说，“这些目标和定位，体现了科学发展观和构建社会主义和谐社会的本质要求，把重庆在西部大开发中的功能和在长江经济带中的作用统一了起来，把非均衡发展的路径选择与全面协调可持续发展的内在要求统一了起来，把重庆的特殊市情与中西部唯一直辖市的特殊使命统一了起来，把重庆自身的发展需求与全国区域发展大格局的深刻变化统一了起来，更加显示了重庆的战略地位，使中央设立重庆直辖市的战略意图更清晰，使重庆发展目标定位更完整、努力方向更明确。实现了这些目标要求，重庆就能够真正走出一条科学发展的新路子，就能够真正实现中央对重庆成为西部和长江上游的‘窗口’‘龙头’，并发挥辐射带头作用的期望，就能够真正让广大人民群众过上和谐安康的幸福生活”。

“增长极”和“经济中心”概念，在经济理论上解释，是起一种带动和辐射的效应理论，它在社会资本发展初中级阶段时，对那些相对落后的地区起到整体推进的作用；在社会资本发展到高级阶段时，能够对整个区域经济起到激活和连锁的“核爆”作用。

在科学发展观成为中国当代社会的一种执政理念时，当中国的经济进入建设全面小康和屹立于世界之林的伟大时代之际，胡锦涛站在历史和未来的高度，将重庆视为中国西部的“重要增长极”，其意义深远。这“重要增长极”，一是要求重庆未来在西部出类拔萃，率先小康；二是要求重庆除了自己闪闪发光外，应能将光芒辐射到整个西部，甚至影响到中部和东部……其实，重庆的地理位置决定了它必须承担这种“光荣与梦想”。

重庆的先祖巴人，素有白虎龙蛇之人称谓。巴人崇拜龙虎，巴地又是龙腾虎跃之地。而历史上的重庆曾三度称都，古时为巴国之都，大夏时又是国都，后又成为抗日的战时首都。悠久的文化和厚重的历史，造就了重庆天生的都市风骨和辖统天下的能力和气度。而自唐宋之后的中国政治与经济及文化，开始由黄河流域移向长江流域。近代和现代的中国经济与文化则是以长江流域为中心全面展开，并日趋显著。重庆地处长江上游，连接中下游，又是长江上游最重要的城市和长江与嘉陵江的汇合地。长江在重庆境内的千里川江段，连接了著名的乌江、綦江、沱江、岷江等，而这几条长江上游的江河养育了近1亿人。尤其需要指出的是，素有“天府之国”称谓的四川，近1亿人口，西接西藏，南连云贵，北与陕西、甘肃相壤，又是1亿人口的辐射面，而四川东障巴山，西屏邛崃，南踞苗山，北倚秦岭，仅有长江一线与外部相通，成为西部相对独立而又影响西部数省的自然经济区，重庆则于四川盆地的水系枢纽之上，地理上的特殊“极”点，加上现代交通已经形成的四通八达之势态，重庆对西部的影响力已经产生“牵动”作用。

同样，重庆借天助之力的长江之水，始终并且更加直接影响着中部和东部长江流域。而长江的中部和东部是中国经济与文化最活跃、最繁荣之地，但如果没有滔滔不息的上游长江之水的激荡奔涌，中、东部流域的广大地区又将是个什么景况呢？这是不可设想的。因此，在笔者看来，重庆的蓝色交响曲唱得如何，也将直接影响着中、东部长江流域的发展节奏。

无论重庆人昨天实施的“半小时主城，八小时重庆”，还是今天正在进行的“一小时经济圈”和“二环八射”工程，以及横空出世在长江、嘉陵江上的一条条飞天彩虹般的大桥，其实何止是重庆人改变自己历史的举措，而且也是牵动中国半壁江山神经的伟大实践。它理应受到国人注目……

8．一轮新太阳

古希腊的哲学家阿基米德说："给我一个支点，我就可以撬动地球。"

中国的沙漠之神阿凡提说："给我一滴水，我就可以送给你一颗太阳。"

重庆市委、市政府领导则对中央说："给重庆一个政策，我们就可以让石头变成金子，让长江和嘉陵江水成为新直辖市生命的血液……"

好啊，中央的政策尤其是部署西部大开发之后，"按照西部大开发'以线串点、以点带面、重点推进'的要求，重庆在实施西部大开发战略中有条件也应该走在前面，发挥更大的作用，争取更大的作为"。早年，中央领导就这样鼓励重庆人。

国家西部大开发，给予西部最大的政策是：解放思想，大胆走适合自己发展的路。

重庆人在这样的政策大背景下，思想获得进一步的解放，改革的步子也比以前迈得更大了。然而，成立直辖市之初的几年里，重庆面临的困难远比其他城市和省区要艰巨得多。一句话——囊中羞涩，却又要干出名堂。但 10 年过去后再看今日重庆如此生机蓬勃，一片繁荣富强之景象，外人也许永远无法想象重庆人是如何从没钱到有钱，到又快又好建设起我们所看到的如此美丽似画的城市与乡村的……

"没有钱，就得自己想法子生钱！"

“城市要发展，就得让城市的每一寸土地生钱、长钱、钱上滚钱……”

新直辖市的市委、市政府的领导换了一届又一届，每届领导都在前任一届的基础上更加拓展思路，更新观念。近几年，市政府根据直辖市大规模建设需要，相继成立和整合了实施政府运营职能的八大投融资公司，它们是重庆市城市建设投资公司、重庆市地产集团公司、重庆市开发投资有限公司、重庆能源投资集团公司、重庆高速公路发展有限公司、重庆高等级公路建设投资有限公司、重庆市水务控股（集团）有限公司、重庆市建设投资公司。这就是在重庆享有美誉的“八朵金花”（加上后来成立的重庆渝富资产经营管理有限公司，现在已是“九朵金花”了）。这些国有公司代表政府在城市建设中承担着不同的行业职能，按照现代企业管理的机制，开足马力，全方位运营，为直辖市的建设发展起着“撬动地球”般的支点作用。

何智亚，重庆渝富资产经营管理有限公司（以下简称渝富公司）董事长。在到渝富公司之前，他是市政府副秘书长，再之前是渝中区政府副区长。这位土生土长的重庆人，对重庆旧城有着特殊的感情。作为“老三届”和“知青”出身的他，“文化大革命”后考上重庆建筑工程学院，现在已经成为一位城市建设方面的专家。何智亚对重庆主城区的每个大街小巷都充满了感情。尤其值得一提的是，他对重庆极具历史价值的古建筑群——重庆湖广会馆长期以来在保护修复方面所做出的贡献，重庆人是不会忘却的。何智亚不仅是城市建设的组织管理者，也是一线指挥员，还是一位非常勤奋的学者。他写的《重庆老巷子》《重庆古镇》《重庆湖广会馆——历史与修复研究》几部代表作，具有很大的学术影响，《重庆古镇》还获得国家级大奖。这位学者型的领导认为，一个城市的建设和指挥者，必须比其他人对这个城市有更多一份感情的投入，对所承担的工作或项目，在“每一个阶段、每一个细节，都应渗透着对它的关爱、理解和思考”。而在这过程中，可能“有迷茫和惆怅，有激情和欢乐，但更多的应是责任感、使命感和坚定的信念”。

2006年6月，何智亚正是带着这份使命感、责任感和为年轻直辖市做出新贡献这份信念，受命来到渝富公司。

“渝富”的名字很吉祥，意为让重庆走向富裕之路！

“重庆直辖10年，确实应该大书特书，我是经历和亲身感受着直辖市这10年的每一个巨变过程的人，特别是在城市的建设发展方面。”我们的采访，勾起何智亚的侃侃而谈，“1992年小平同志南方讲话后，重庆也曾经提出和实施过‘大拆迁、大开发、大建设’，可由于缺乏经济实力的支撑，加上城市意识、规划意识的欠缺和盲目性，出现了一些严重的问题，突出的是主城区出现了不少‘四久工程’。直辖市成立初期，政府也想干出一番新天地，可力不从心啊！那时重庆才几十亿元的吃饭财政，想大发展不太可能。比如重庆解放碑步行街在直辖初期的1997年建设，资金投入约1300多万元，这在现在简直是不值一提，但在当时，却动用了市区两级的财力。再说三峡博物馆，2000年动工的，当时财政预算安排2亿多元（后来达到4亿元），就这2亿多元，市领导召集有关方面不知研究了多少次，因为整个市里的财政缺钱啊！才几年，我们重庆现在一年投放在固定资产上的资金，是直辖初期的几倍。2006年就接近2500亿元！这在过去想都不敢想。过去我们几年、十几年建一座大桥，而且一座桥往往要花六七年时间，如今重庆主城以同时在建设5座长江、嘉陵江特大型桥梁，投入120多亿元，你说这种变化不是天翻地覆吗？”

“你现在可以看到的像大学城、重庆图书馆、重庆奥体中心、科技馆、少年宫、重庆美术馆、重庆大剧院、重庆植物园和新国泰电影院等公共文化设施，都是市政府这几年通过市级国有投资公司的资产和土地运作进行建设的。”

何智亚骨子里是个学者，谈起重庆市一年用120亿元建大桥时那眼镜后面的双瞳闪着关不住的激动和兴奋。

不是说重庆成立直辖市时穷得没多少财政拨款可使用的吗？不是说“第四直辖市”的经济实力还比不上沿海一个中等地区级市的水平吗？为什么仅过去了几年时间，重庆就那么有钱去进行基础设施大投资了呢？这是个谜。

揭开这个谜还得从“八朵金花”的运作实效中去寻找。我们就从重庆渝富进行剖析吧——

在早先的“八朵金花”中没有重庆渝富公司。重庆渝富公司是2004年3月18日才挂牌的，但它的发展却极其惊人。当时市政府批准它成立后，与其他几朵“金花”一样，归市国资委管理，属市重点国有企业。市政府以市财政局持有的国有股权和经评估后的国有土地资产10亿元，组成了这样一个资产经营管理公司。政府授予渝富公司3项职能：一是国有企业的战略重组（主要是债务重组与资产重组）；二是土地收购与经营；三是战略投资。

“公司成立仅3年时间，渝富公司的资产已经发展到拥有150亿元！仅这一点，足以说明当时市政府的决策之英明正确。”何智亚自豪地亮出家底。

“这么厉害啊！”联想起这阵子一路采访中所见所闻的这些给新重庆带来巨大影响的具有标志意义的建筑和公共文化场所，笔者不由从内心感到无比的惊叹：一个公司用3年时间运作成功，并干了不少大事情，这难道不是奇迹吗？

值得一提的是，渝富公司成立后在消化国有企业不良资产中所发挥的作用，为重庆国企的经济腾飞起到了重要的带动作用。

我们知道，重庆作为人民共和国的第四直辖市，它的底子薄，基础差，尤其是工业经济效益十分落后，到2000年才实现全市扭亏为盈。但在国有企业3年扭亏为盈的时期，国家批准债转股和债务剥离的320亿元不良资产尚未有效处置；加之1999年前的一大笔历史不良资产，因当时额度限制没有纳入资产公司处置而滞留在四大国有商业银行，其中光重庆工商银行一家就有157亿元。如此巨大的不良资产滞留，既是企业的沉重负担，也是银行金融机构的包袱。新直辖市要想快速前进，如果不把这么沉重的负担甩掉，市长和国有企业当家人的日子都会长期不好过。怎么办？按照国际惯例，最好的做法是整体打包打折处置，即经济学上所说的NPL处置职能。

到底如何处理，其实并不那么简单。2003年，市政府与工商银行谈判，提出用整体打包打折的方式回购股权和债务来处置工商银行的157亿元不良资产，工商银行自然非常高兴和支持这一想法。但一涉及具体处置时，谈判就极为紧张和艰难。工商银行当然希望自己得利高一点，政府方面则希望银行得利低一点。最后还是共同的“直辖市利益”使政府和银行间达成共同意见。后报中央，得到温家宝总理和黄菊副总理的批准，并给予了22.5%的平均受偿率，使重庆市政府、企业、银行三方面皆大欢喜。

“然而，这157亿元的不良资产，涉及1160多家企业，全市工商银行的所有机构若要与这1000多家有债务关系的企业一家一家地谈判，商议解决这100多亿元的不良资产，那不知要拖到什么时候！而且成本也将是巨大的，最后还会拖出许多没有处理掉的尾巴。针对这一情况，市政府反复研究探讨，最后决定组建1家资产管理公司来专门处理这项工作，渝富公司就是在这种情形下应运而生的。”何智亚把渝富公司诞生的过程做了介绍。

新成立的渝富公司担子不轻，它起名的初衷含义是让重庆富裕起来，可真干活的时候却是负责处理债务。1000多家国有企业大大小小，怎么弄呢？

“渝富公司本着市政府批示的‘政府与银行合作’，政府、银行、企业三者得利的原则开始运营。首先进行了第一批的24个市级企业分包处置，其方案及金额由渝富公司报市国资委批准后实施。再根据企业资产质量分别进行处置，大部分采取由原企业回购。对改制后的企业，则要求最大限度地追索。企业回购的方式主要是现金回购和以土地抵债的方式进行。第二批是区县级企业，涉及37个区县。采取的方式是以区县为单位，由各区县人民政府确定具体的债务接收主体，再组织落实到资金回购全权债权或土地抵债上……”

何智亚似乎感觉笔者没有全听懂，继而说：“说白了，就是靠两种方式，一是你企业和区县政府拿出现金来回购银行所拥有的你原企业的那部分债务的份额，如果没有钱，就用‘关停并转’企业的土地来抵债。根据中央批准的方案，原先的157亿元的不良资产，按22.5%的平均受偿率也得要30亿元的钱呀！30亿元不是小数，对当时的直辖市政府来说，是笔拿不出的巨款。怎么办？没钱也要办好这事，中央已经给了那么大的优惠政策，再处理不掉这样的不良资产，怕谁也交代不过去。而市政府领导又非常明确地要求，对债务的处置按‘政府不干预，财政不补贴，国企要满意，渝富有盈利’的原则办理。也就是说，市政府已经从中央那里要了一个非常优惠的政策，剩下的事就由国资委和渝富公司去解决，还必须办得四方有利，四方满意。”

“这不是一个大难题嘛！”笔者说。

“是啊，是个非常大的难题。”何智亚点头，“但渝富公司成立的使命，就是为了解决直辖市的难题而承担起历史责任的，不难就不会成立渝富公司了。”

“那你们的办法靠什么呢？”

"靠市场化运作方法。"何智亚答，"首先得弄到这30亿元资金不是？政府早说了，不会从财政那里拿到这笔钱的。那只能靠市场运作，靠公司自主融资了。"

"30亿元也不是个小数目，你们上哪儿去自主融资呢？"

"157亿元不良贷款去掉50亿元可以用其他政策消化外，还有107亿元，这107亿元需要用20多亿元的资金从银行手里购买。当时走了两条路：一是靠低成本的信托产品融资，二是靠银行贷款。可当时信托产品融资尚不成熟，银行怕担风险，所以只有银行贷款一条路。于是通过市政府的支持协调，公司向国家开发银行取得市场化的贷款，公司所需的不良贷款回购资金20多亿元全部到位，使我们有了运作的可能。同时这一做法也开创了全国首家以开发性融资支持不良债权收购的先例。重庆的做法后来得到国家的肯定和推广。在此基础上，完全采用专业化的原则对所有需要回购的企业不良资产进行一家家的处置。第一批市级企业117户，共80亿元债务，渝富公司用17亿元资金从工商银行那里收回了债股权，并以基本平过的价格处置给了企业。到2004年底，这项工作基本完成，银行和企业都非常满意。涉及的抵押土地和房屋，以及价值10亿元机器设备，大部分也由原企业购回。2005年初，548个区县级的企业债务也以这样的方式顺利地基本处置完成。至此，困扰多年的全市企业债务问题得到合理处理，政府、银行和企业三头都解脱了金融资产上的枷锁，实现了真正意义上的轻装上阵……"

"听说重庆渝富的做法还得到世界银行的赞赏？"

"是的。世界银行非常关注，并将重庆这种运作模式称为重庆'渝富模式'。银行不良资产在世界范围内都存在，而我们这些还贷企业大部分是国有企业，它们与银行的借贷关系，既有企业自身的原因，也有产业政策的影响。一旦企业还不起贷款，银行就不可能再给企业放贷，银行停止贷款，这些企业就难以为继，企业破产了，银行的贷款就血本无归，结果对企业和银行都会造成巨大损失。银行的不良资产增量到一定程度，就会影响到一个地区的经济状态，所以能不能处理好不良资产，影响面非常大。”

“那么在这个过程中，你们渝富公司获得了什么呢？”

“渝富公司的获得是第二位，渝富公司的第一任务是代表政府解决企业与银行之间的难题，这是第一位的，因为这是渝富公司成立时政府所赋予的使命，也可以说是责任吧！只有完成好这一任务，才可以使政府不再为国有企业大面积的亏损继续背包袱，才可以使企业从困境中走出泥坑，才能使金融机构不再因不良贷款而陷入被动。”

“能说说成功的例子吗？”

“那是太多了！就说商委下属的工贸中心吧。2003 年，工贸中心亏损额已达 1 亿多元，资产负债率高达 200%。欠工商银行就有 9000 多万元，其实当时的贷款本金只有 4000 万元，由于长期拖欠，利息就达到了 5000 多万元。银行后来把工贸中心的‘工贸大厦’抵押了。这样企业经营更困难了，工贸大厦虽在南坪的商业中心，却不能产生什么经济效益。企业效益不好，职工的工资都成问题了，一度影响了社会稳定。渝富公司接手后，采取打包打折的办法首先帮助还清了银行的债务，使工贸大厦重新回到了企业手中。工贸中心找到了合作伙伴，1.2 万平方米的商业大厦正常营业，效益提高了，职工稳定了，企业得到了发展，政府也不再为这个老大难单位头疼了。”

“再比如天原化工厂，这是个老厂，设备相当旧，2004 年因此出了个大爆炸事故，10 多万人紧急疏散，此事故震惊全国，重庆市为此还落了个不好的名声。过去对这个厂，政府主管部门不是没有动过脑筋，但就是拿不出钱来搬迁。因为搬迁天原化工厂需要好几亿元，还有企业欠银行的大量债务。2004年的大爆炸事故迫使化工厂动迁的步伐加紧了，正好渝富公司加入，通过对天原化工厂的土地进行资产运作，既解决了银行的欠债，又开始实施化工厂的搬迁。实施环保搬迁后，天原化工厂将走上良性发展的道路。”

“在帮助企业的还贷过程中，你们渝富公司自身能赚到钱吗？”这是我感兴趣的事。

“当然。”何智亚回答得非常肯定，“如果不赚钱，还像过去那种用政府的钱大包大揽，这就用不着成立我们渝富公司了。但需要声明的是，我们并不纯粹为赚钱而赚钱，赔本生意我们也要做，只不过我们做得心甘情愿，因为我们在代表政府履行职责。”

“为什么？”

“很简单。一方面是我们的职责，另一方面渝富公司的所有资产都是国有的，赚了钱还是在国资委的安排下，支持国企改制改革，帮助它们走出困境，帮助它们安置好下岗分流的职工；此外，还要根据政府的安排，对一些地方金融企业和ST上市公司进行债务和资产的重组，这些都是需要花钱的。我们赚钱的目的和用钱的目的是高度一致的，一句话：都是为直辖市的公共利益服务，为国有企业的改革发展服务。”

“对你们这些老总和员工没有关系？”

“没有！赚钱多少与员工和老总们的个人收入没有关系。”何智亚肯定地回答，“公司所有的职工包括董事长在内，工资和企业大的开支由国资委核定，在国资委统一的规定之下进行企业的成本计算。”

“那——公司的积极性在哪里体现呢？”我有些困惑。

“在我们的使命和责任上。”何智亚回答得很自豪，“渝富公司的员工和其他‘八朵金花’的员工一样，许多人过去就是公务员或国有大企业的骨干，公司的同志们对重庆直辖市建设具有强烈的责任感，以振兴重庆为已任。所以我们可以自豪地说，渝富公司的员工，他们作为一批驰骋于所从事事业的经济工作者，绝大多数同志不仅对工作非常负责，而且具有经济头脑和专业水平，干得非常出色。渝富公司在短短的3年之内从最初的注册资本10亿元，到现在的资产总值150亿元，这是值得骄傲的事。因为我们是在为直辖市建设增添实力。你不是看到了今天重庆的变化了吗？可谓日新月异。啥叫日新月异，就是一天一个样。今天的重庆真是这样。靠什么？当然离不开钱！我们感到自豪的是，这几年政府通过资本市场融资取得了很大的成功，使我们能够做一些过去想都不敢想的大事。”

“能说说渝富公司今天在做什么吗？”

“当然。”何智亚的镜片后面闪动的是一双智慧的眼睛，“渝富公司从开始单纯为国有企业打包打折解决债务和解困，已向自身的资本运营方面发展。通过不断增大公司实力，为政府承担更大的责任，回报社会和重庆人民。在渝富公司整个成立、发展、壮大的过程中，得到了市委、市政府的关心、支持，特别是充满了市政府分管经济、金融工作的黄奇帆常务副市长的高瞻远瞩和智慧心血，他的准确判断和果断决策，为重庆经济、金融工作的发展和每一个具体项目的运作奠定了胜利的基础。比如说，不久前我们介入了西南证券的重组。由于种种原因西南证券经营情况极差，到了举步维艰的地步。这样的公司让它死亡很容易，可是一个直辖市如果没有一个在全国具有影响的证券公司，与重庆长江上游经济中心的地位很不相称。市政府正是看重这一点，渝富公司根据黄奇帆常务副市长和国资委的要求，投入10亿元资金到西南证券，其中4亿元补充股本金，6亿元填窟窿，再加上引进战略投资者，完成了该公司的债务重组和资产重组。同时帮助西南证券积极推进上市准备，使其良性发展。你想一想，4亿元股本金，一旦它上市，就可能变成几十亿元，资产就大大增值了！另外，市政府又要求我们介入组建三峡库区产业发展担保公司的工作。国家开发银行将通过担保公司的担保，为三峡库区产业发展提供达二三百亿元的资金支持，这对库区的发展将是非常重要、非常有益的事……”

“我特别还想补充一点。”这位城建专家出身，现在又开始从事投融资和经济工作的董事长话锋一转，要我记住重庆比较“特别的一点”：“这特别的一点是关于重庆的房价，重庆的房价并不高，是你们北京的三分之一左右水平。可重庆建楼的成本其实比一般城市要高，它是山城，房子建在山坡上。这几年主城区的建房量每年在2000万平方米左右，销售量也基本接近这个数，房价的涨幅与居民的生活收入涨幅是基本平行的。什么原因？其中一个重要的原因，就是市政府通过包括渝富公司在内的、具有土地一级储备职能的国有公司对土地资源进行合理调控和运作。外地人都羡慕重庆的低房价，重庆的房价对老百姓而言的确是一种福分，应该说这也是重庆在直辖市建设过程中落实科学发展观的一个成果。但重庆的房价是呈稳步上升的态势，重庆整个经济的发展也是呈稳步上升的态势，它使我们重庆像一轮新太阳一样冉冉升起，充满朝气和活力！”

说得多好啊！在城市投融资方面，重庆市委、市政府领导当年的一个符合市场规律的科学决策，带给新直辖市的难道不正是一轮新太阳吗？

今日之重庆，正如一轮新太阳，那新太阳的光芒，多彩而生动，热情而奔放，每丝光芒中都带着金色的深沉和高贵。

面对阳光，一位哲人如此说——

阳光虽然不说话，却让我们久久倾听。

我们倾听过四季的阳光，也倾听过人生各个阶段和历史深处的阳光，阳光既照亮了高尚之路，也照亮了卑微之源；既照亮了天堂，也照亮了地狱。阳光毋庸置疑，阳光天天都在我们的心上。

春天的阳光，温馨和煦；夏日的阳光，热情豪放；秋天的阳光，丰实可信；冬天的阳光，格外值得珍惜……阳光种种，种种阳光。阳光让我们记住了“一刻千金”的时光准则，让我们决不辜负倾听中的阳光的辉耀之美。

阳光是最好的老师，阳光是最好的语言。

阳光改变着世界，也改变着我们体内的青春。

阳光在领着我们为实干而宣战的时候，也领着我们向理想迈进！

而我要说的是，阳光正在普照中华大地，光耀着我们的民族。

这阳光里，有新重庆独特而奇彩的一束光芒。

也许重庆人自己已经习以为常了，但我们这些外埠来的人每一次“山城之旅”都会惊诧地发现：重庆除了美丽的桥、美丽的路、美丽的城令人目不暇接外，这里的商业气氛异常火暴与浓烈，似乎重庆人格外爱购物、爱餐饮、爱逛商场，爱把每一条大街、每一个城镇集市搞得红红火火……

这是极其有意思的现象。

与上海和北京等大城市相比，重庆的商贸气氛很有特点，不像上海和北京仅有外滩南京路和王府井西单那么几个特别著名的地方，重庆的商业圈子好像异常多似的。解放碑一带自然不用说，而与解放碑相连的朝天门码头批发市场和沿江的一片轮船码头所组成的商品市场，你会感受整个渝中半岛皆是一个巨大的商场；再往江北走，那里的商业市场所形成的热闹程度同样不比解放碑商业区差多少。南岸的商业区是以滨江路为特征的夜市，你去一次就会迷恋上那儿——在北京是无论如何也找不出这种地方的：吃火锅、观江景、看如梦如幻的夜幕灯海……你不陶醉才怪。如果你再往主城外走，到近的江津、永川，到远的涪陵、万州，你都会感受到那里的商业气氛异常热闹。这个现象很是新鲜，又很是独特。我几次采访来到重庆，从机场出来，总会看到满街的彩旗和广告飘扬，那一定是又一个什么博览会正在举行——重庆真的是一个大都市，一个充满了商业气氛、商业情趣与商业文化的城市。

2007年三四月份，我连续到重庆采访，先是遇上全国糖酒博览会，不说满街喷香洒芳的糖酒广告和实物宣传品，单说市民对这样的博览会的参与热心，我绝对可以说在北京上海是不会有的！你看市民们对糖酒博览会的热情，从路边的“棒棒军”，到放学回家的孩子们手中举的糖酒广告彩旗，从机关干部奔忙于各大宾馆和会展中心的匆匆步伐，到市民们如潮水般拥进博览会现场的那份热情与喜气，你会突然感觉这个城市完全沉浸在过节一般的“赶市”之中……“刀旗、跨街门楼、充气立柱、特装造型……重庆真的被这些漂亮的广告宣传画装扮得太艳丽了！我们真的有种过节的感觉。”在街头，一些市民们扶老携幼地站在一幅幅创意别致的巨型彩色广告宣传画前不停地留影照相。“从来没见过这样大规模的广告，像过节一样。”在街上观看并留影的市民无不感叹。糖酒会属纯商业盛会，铺天盖地的广告几乎挂满了重庆所有大街小巷。据博览会组委会介绍，这一届糖酒会的户外广告中，各酒商颇为豪爽，不惜血本打造形象广告。有一家本地企业在博览会期间，斥资户外广告费就达1300多万元。市科普中心前的斜坡上，撑起一幅达4000平方米的平面广告，据悉这是此次博览会面积最大的“广告巨无霸”。来自安徽的一家酒企则独树一帜，其广告门楼高 16 米，相当于 5 层楼高度，而宽度更是长达 80 米，创造了本届糖酒会户外广告“第一跨”。菜园坝火车站、朝天门、江北机场……这些主要通道几乎被客商的广告包装得五花八门，而解放碑碑体便成为各客商争抢的“香饽饽”。最终，一家酒厂以 36 万元将解放碑碑体“包下”，投放了 5 米高的形象广告。

博览会就博览会吧，嗨，你想想看，重庆人竟然会在博览会期间利用如梦如幻的滨江路，连续两个晚上搞了个十几万人一起吃火锅的超级大餐——据说那 12 万人一起吃火锅的晚上，食客们光吃掉的毛肚就达 30 吨！ 3 月 21 日晚上我采访回来已经很晚了，主人并没有安排我去参观“火锅盛宴”，但我还是偷偷地到北滨路瞧了一眼，简直吓人：北滨路上一桌又一桌地摆满各种大小不同的火锅，小的火锅如食饭之碗，大的火锅竟能让 56 个人同时坐在四周食用，直径达 10 米之巨！凡参食者只要出 50 元钱，即可吃上“火锅盛宴”里的 50 个菜品。重庆人吃火锅可不是“胡吃”，他们吃得极端有水平，光来自重庆本地以及像东来顺、小肥羊这样的全国著名餐饮名店就有几十家参与；什么“世龙锅”“鸳鸯锅”“仙女锅”“全家福”……反正你想得出的和想不出的，在这里尽可享受到，常常是评头论足间你会有惊喜的发现和满足。

10 余万人同食大餐，2 公里多长的火锅摆阵，领导与市民、老人与小孩、贵宾与好友、男人与女人……一起举杯同饮，一起举筷涮锅，你不开心才怪！

这样的热闹场面，这样的经商之道，只有重庆人才干得出来，只有在火锅之城的重庆才能出这种气氛！

仅与糖酒博览会相隔才一个多月的 4 月份，全国书市又在重庆举办。

主题为“倡导全民阅读，建设和谐文化”的第十七届全国书市（第一届全国图书交易博览会），首次在重庆举办，参加本届书市的展位有1444个，参展单位提供了21.5万种图书和4.5万种电子音像制品参展。5天书市，不仅创下成交码洋15亿元人民币的历届书市之最，更重要的是在重庆形成了一次有40余万人次参加的购买图书的商业市气和全民阅读的热潮。

重庆的商业气氛如此壮观与热闹，是直辖市成立以来市委、市政府一直把建设西南商贸中心的目标当作建市的一大战略任务来抓所致。

一个城市的发展与繁荣，从某种意义上讲，就看它的商贸发展程度。直辖市成立之前，重庆的个体商业有一定的自发繁荣水平，但并不成大气候。重庆的民营商贸真正快速发展还是在直辖这10年里。然而，今天的重庆商贸之所以如此发展和火爆，关键在于国有商贸做得遍地开花，如火如荼。

“直辖以来的几年，是重庆商贸设施建设最快的几年，商贸设施平均每年以200万平方米的速度在增加。”据市商委人士介绍，目前全市现有商业设施面积2750万平方米，比直辖前的1996年增长了1.5倍。中央商务区建设初具规模并引领着区域经济的发展，解放碑、观音桥、沙坪坝、南坪、杨家坪这5大商圈气势恢宏，西部城市购物中心魅力初步显现，都市商务功能逐步增强，流通集聚优势明显，人气足，市场火，销售旺。有“西部第一街”之称的解放碑商圈早在2005年销售就突破了200亿元，继续引领时尚潮流。解放碑、观音桥、沙坪坝成为中国著名商业步行街，万州、涪陵、黔江等9个区县和中心镇的商贸中心建设加快。南滨路、北滨路、高新区信息通讯等一批独具特色、风格各异的商业特色街亮点纷呈。

“重庆商社”是重庆的商贸旗舰，董事长邝正平的介绍可以让我们领略到直辖10年重庆商贸发展的一个势态——

重庆商社现有职工7万人，资产90亿元，年销售规模达到

180 亿元，是目前西部最大的商贸企业，在全国百货零售行业位居第四，连续 5 年进入中国企业 500 强，去年是 275 位；也是全球华商 500 强，位居 246 位，同时还是西部唯一一家国家重点扶持的 20 家大型企业基地。如果不是邝正平董事长的介绍，我不可能知道重庆的商社竟会是如此出众。

“重庆商业在上（二十）世纪五六十年代还算比较繁荣。但 70 年代后，成都超过了重庆，这是因为重庆过去一直作为工业城市来建设的，对商业较为忽视，再加上消费水平比川西低，另一个主要原因是直辖前的重庆市商业网点、设施、技术落后，再加上后来一商局、二商局的解散，大批国有企业严重亏损，以至于落到了最低谷。20 世纪 80 年代末至 90 年代初，个体户占了大部分，在朝天门、新华路最容易看得出来。用一句话形容，当时的商业情况，就是国有的一塌糊涂，民营的一统天下。当时除了‘重百’，友谊、五金、交电、化工、百货、纺织全都垮掉了，那时重庆确实就像小县城……”邝正平感慨道。

“重庆商社成立于 1997 年，但是前 7 年的发展相对差一点，真正的发展是 2003 年以后，这与市政府给予的支持是分不开的，当然更是在直辖市的经济和社会生活水平全面提高的巨大动力推进下才有了大发展的今天。直辖前除‘重百’外，几乎所有的国有商业企业全都垮掉了。直辖后，市领导做出正确决策：把国营资产集中起来，成立了重庆商社。商社的底子是五金、交电、化工等商贸业务。在这 3 个业务单位的最终组合下成立了‘新世纪’，经营百货。后来又先后把‘友谊商店’整合起来，逐步做大做强。经过 10 年发展，重庆商社已经从亏损型企业发展成持续发展的商贸集团。1997 年商社成立前，五金、交电、化工 3 家商贸单位实际亏损达 3 亿元之多。这 10 年来，我们的销售收入增长了 6 倍，利润增长了 579 倍，总资产增长了 6 倍，权益净资产增长了

40 倍，网点增长了 8 倍，营业面积增长了 28 倍，资产负债率降低了 20%（为 77% 左右）。特别需要说的是今年一季度，我们实现销售额达 76 亿元，同比增长了 29.1%，利润 7000 万元，同比增长了 30%，这说明企业是持续发展的。商社成立后，呈快速稳定发展趋势，增速每年平均达到 20% 以上，预计今年销售突破 200 多亿元，实现利润 2 亿元！有这样的业绩，我们感到很自豪。”邝正平十分得意的一点是，重庆商社现在不仅是重庆商贸界的“巨无霸”，而且其业绩在西部也是无人可比的。而“重庆商社现象”已经被国家商务部和北大、清华等高校关注和研究。

“我们的商社以前没有搞百货，现在在西部地区能够站起来确属不易，学术界就对商社现象很感兴趣。现在重庆商社是全国唯一的一家国有独资企业，又地处西南，是一家在全行业竞争中发展着的国有商业企业。其他地方的同类企业全都硬性地退出了行业商业竞争圈，原因是在中外著名商业企业的挤压下，一般的国有商业全都败下阵了。可我们重庆商社不但没有倒，反而持续做大做强。我们的经验和体会是：改革运营体制是我们商社发展的原动力，说到底就是真正把企业推向市场。重庆商社在这一方面是具有代表性的。一是我们企业真正是一个有市场意识和竞争意识很强的企业。二是按市委、市政府的要求去经营发展。三是有比较好的队伍，可以说很多国资型企业都比不上我们的队伍。四是有一个好的企业理念和企业文化。我们提了一个口号是：发展商社、致富员工。在这种情况下，我们的文化氛围非常浓厚。我们的职工都有共同的价值观。共同的价值观，可以使企业的经营行为提升为一种企业文化，最后也有了我们自己特色的‘重庆商社现象’。对此，我觉得有几点体会值得总结：第一，我们把社会主义制度优越性和资本主义商业的一些特点结合得比较好；第二，把国有企业和民营企业管理经验结合得比较好；第三，把中国文化和西方文化结合得比较好，当然这也是具有中国特色的。比如拿目前的沃尔玛、家乐福、麦德龙来说，当我们问起他们在中国经商的感受时，他们反映在中国其他地区都没有压力，一直很强势，但唯有在重庆总有压力，这压力主要来自于与重庆商社的竞争。而国内著名商家如北京的华联、银泰、王府井等，全都竞争不赢重庆商社。原因是什么？是因为我们的经营方针过硬：你无我有，你有我优，你优我廉，你廉我转。这 16 字方针是我们的法宝。他们玩不过我们。”

邝正平一脸荣光。

“持续的制度创新是我们得以在激烈的商业竞争中取胜的一个关键环节。”邝正平说，“重庆商社把国内国际较好的管理运行模式吸收过来，比如很多模式都是重庆其他企业没有用过的：全面预算管理、业绩考核、标杆管理、信息化管理等，在我们企业内都搞得有声有色。再比如，今年我们又提出‘双走’方针，所谓的双走，第一是走出重庆，目前在重庆主城区‘重庆商社’的商业网点已经全部覆盖，下一步是逐渐向云、贵、川发展。第二是在我们大直辖市的农村建立网点。重庆有万村千乡的广阔农村，2000 多万农民的市场，做好这一块的商业流通，前景巨大。有一句话叫作‘大道无形，大隐无声’。重庆商社现在的定位是要向中国一流的具有国际竞争力的大型企业发展，下一步打算进行产权制度改革，准备整体上市，给企业带来本质变化，真正把商社打造成西南商贸中心的旗舰，为重庆成为西南经济中心铺好流通领域的金光大道。而从这个意义上讲，我们重庆商社在今天的中国西南乃至整个中国商界，可以称之为正在冉冉升起的一轮红太阳……”

难道不是吗？

新重庆总让人热血沸腾……

第三章　黑色悲壮

在中国古代文化中，唐诗宋词占有特殊地位，而在唐诗宋词中，李白杜甫的诗最为耀眼夺目。李白杜甫的诗中，写三峡的诗又是所创作的诗歌中最为经典的。杜甫写巴渝的诗歌有470余首，占他一生创作诗歌的三分之一，足见这位诗圣对巴渝文化的厚爱。人称“诗仙”的李白诗歌中，流传最广的当数《早发白帝城》了——

朝辞白帝彩云间，千里江陵一日还。
两岸猿声啼不住，轻舟已过万重山。

诗仙的这首“白帝城”歌，将三峡的江山之美、之险，写得熠熠生辉，惊心动魄!

从重庆成为直辖市的那一天起，可以说既是机遇，更是挑战。重庆直辖市的发展是国家和民族所赋予这个“大城市大乡村”的人民共和国“第四直辖市”的一项历史性任务，那便是要“努力把重庆建设成为长江上游的经济中心”。尤其按照西部大开发“以线串点、以点带面、重点推进”的要求，重庆在实施西部大开发战略中有条件也应该走在前面，发挥更大的作用，争取有更大的作为。

党中央和全国人民给予重庆重托。

然而，重庆的作为在哪里？从20世纪70年代末80年代初开始的中国改革开放大潮，如汹涌的长江之水，大有“千里江陵一日还”之势。作为共和国的“第四直辖市”，此时的重庆经济发展比其他 3 个直辖市晚了许多年。与沿海的一些中等城市相比，少说也有 10 年的差距。在重庆成为直辖市前的 1996 年，全市生产总值才有 1179 亿元。而这个时候的深圳已达万亿元，就连青岛、大连、苏州、宁波等非直辖市的城市生产总值也均接近或超过重庆水平。

人民共和国的“第四直辖市”惭愧啊!

而让直辖市领导者感到汗颜和紧张的是，此刻的重庆在刚刚欢度建市的喜庆后，主城区约有 100 多万下岗大军正在酝酿一场向政府讨工作、要饭吃的大动作……

这就是直辖后的重庆所面临的极端困境!

自古中外的城市，皆是以工业发展和实力来作为衡量它是否进步的标准。假如一个城市没有了工业的支撑，这个城市就不能称其为城市；假如没有一个巨大的工业经济支撑着这个城市，那这样的城市无论如何也完不成从一般城市过渡到现代化大都市的过程。

重庆曾在近代中国历史上有过辉煌的岁月，一个重要原因，就是因为它有过强大的工业实力。开埠之初，重庆的经济实力是以它的航行和商业著称的，那时的重庆挟富饶的西南之门户和长江上游运输之要道，成为中国当时屈指可数的强盛之都。尤其是国民政府从南京“迁都”此地后，重庆工业更是一度达到举国之首的水平。新中国成立后，重庆的工业同样有过举足轻重的地位，特别是“三线”建设时期，重庆作为国家六大重工业基地之一的荣耀岁月至今让老重庆人沾沾自喜。

“那时候，我们重庆的工业真是龟儿子的硬气呵！造枪造炮还造大轮船！那时代的军工企业带给老重庆人的只有一个字 ：牛！”当时的重庆真的很牛。

可是，随着国家改革开放迅猛发展的大潮在全国各地汹涌奔腾，重庆似乎成为一个渐渐被人遗忘的角落，昔日进门都要登记、查问再三的那些军工企业不是转行，就是关并停产……

二十世纪八九十年代，正当深圳和沿海众多城市争相比雄称天下时，重庆市领导和市民们整天听到最多的就是八个字——亏损、下滑、倒闭、破产……

“我从大学毕业后就一直在重庆工作，后来调到四川省政府当领导，前二三十年并不感到重庆多么落后，可到了20世纪八九十年代，像成都市这样的‘小弟弟’也是一天一个样，远远地把重庆甩在了后面，更不用说广州上海那些现代化城市了。1997年6月18日重庆直辖市正式挂牌，我再从省里回到这儿任职，有机会仔细地看看这个曾经与之相伴了二十几年的城市时，我才猛然发现重庆被飞速发展的时代甩得太远了！”直辖市第一任市长蒲海清谈起10年前的重庆光景时，感慨万千：“白天你走在大街上感觉还是五六十年代时的样子，晚上再看这个城市，简直就是一个小县城，连片像样的灯光都见不着。有一次我到一个企业检查工作，下岗工人把我围住了。工人们情绪非常激动地要跟我这个市长对话，他们举着牌子呼着口号，要让我这个市长给他们饭吃，给他们工作做。重庆是个老工业城市，‘文化大革命’以后的一二十年里，它落后了，新的产业又没上来，原来一些名噪一时的企业纷纷倒闭或者缩小规模，下岗职工成批成批的。那天我到一个地方，工人们反映说他们现在连基本生活都非常困难，我当时听了特别的冲动，拳头捶在桌子上咚咚响。围在我身边的很多工人愣了，继而反问我你这个市长发啥子脾气？你不给我们饭吃你还恼怒？我说我不是冲着你们来的……我是一市之长，我心疼我的百姓过着这种生活！自己也没长三头六臂啊……”

一市之长的蒲海清当时的内心如此悲怆，市民们心头的感觉更不用说了。

昔日辉煌的重庆落后了，荣耀了数十年的重庆工业更是一片萧条加凄凉的景象。计划经济体制下曾经名噪一时的著名企业关门了，成了职工闹事、要饭吃最多的“重灾户”，占全市工业产值总量比例过半的300多家国有大中型企业中严重资不抵债、产品缺乏竞争力的近三分之一，整个重庆的工业企业亏损面超过50%！ 1996年，全重庆的工业总效益是亏损！严重的亏损！一个没有工业的城市算什么城市，一个工业巨大亏损的城市算什么现代化城市，一个不能靠强大工业效益支撑的城市又怎么可能叫得上直辖市！

重庆呵重庆，你的落后的工业效益让3000多万新直辖市人汗颜！

新诞生的直辖市面临如此困境，中央不相信，市委市政府的领导不相信，沉浸在建立直辖市热情中的重庆人民更不相信，原来自己一向感到骄傲的故乡竟然如此破落了，破落得男人们连干活的地方都找不到。

眼泪与悲愤的火焰绞动着痛苦的心。

于是，山城颤抖了，川江呜泣了……新直辖市的领导们心如泰山压着，沉重得有些喘不过气来。

怎么办？出路只有一条：改革！

改革国有企业的旧体制，开拓工业发展的新思路！

怎么改？中国的农村改革，邓小平一句“包产到户”和“承包责任田”，让中国农民陈积了多年的粮食问题和生存问题很快得到妥善解决，有田种就有饭吃，有饭吃就不会天下大乱。可工厂企业就不那么容易了。

蒲海清在重庆与四川没有分家之前是省里的常务副省长，主抓工业。他在宜宾搞国企试点，做得很成功，受到中央的关注。这是因为这里有个“肖大胆”，从1988年就开始在宜宾县搞国企改革。“肖大胆”真名叫肖健康，是宜宾县常务副县长，后任县长，又当县委书记。这位年轻县官凭着手中的实权，在宜宾县掀起了一股“消灭国有企业”之风。他认为那些规模小、效益低、产品又没有市场的国有企业的存在，就会“对国家和百姓有极大害处”，所以应当统统“关门”，或者干脆全部“私有化”。他敢说敢干，几年间把县里的那些半死不活的“国有”企业基本上全都给“消灭”了。这在当时可是了不得的事，香港《大公报》用显赫的标题报道，说宜宾是“中国第一个走资本主义道路的县”。《光明日报》也发表文章称“宜宾从此要消灭国有企业”。这事惊动了中央，有高层领导责问四川省。四川省领导就把这事交给了蒲海清，蒲海清一个电话把肖健康叫到成都“问罪”。肖健康便如此这般地跟蒲海清说：“宜宾是个100多万人的农业大县，所谓的国有企业都是些五六十年代合作社和工商资本家改造过来的作坊式企业，如今几十年过来了，除了能生产一些简单的生活、生产产品外，基本上是以养人为主，完全不符合新形势需要，所以我就来了一个‘狠招’——或关门砍掉，或转制卖掉，总之县上不再背这块负担，一心一意带领100多万人民轻装上阵奔四个现代化。”

“资本主义为什么发展那么快，其所有的奥秘，就是因为四个字：产权负债。产权，就是企业经营人、生产者得清楚自己与工厂与生产出的产品在产权上是什么关系。产权不明确，企业管理者、经营者和生产者，就不可能有真正的主人翁意识和自觉行动。负债则是资本主义企业和经济发展的基本定律，几乎所有的资本主义国家的企业发展史，都是一部负债史。中国的儒家思想不求，也不讲欠债经营，遏制了社会经济与资本的发展。但你可以去查一查，无论是美国还是老牌资本主义国家的英国等欧洲国家，有哪一个、哪一家企业不是靠负债来发展自己的？邓小平讲了，一切人类先进的技术和先进的思想都可以为我所用。我们中国搞现代化建设，为什么不能在经济工作中把资本主义的产权和负债的先进理念为我所用呢？”肖健康一番充满激情和新颖的理论，让一向对新鲜事物格外敏感的蒲海清顿时茅塞顿开，于是两人侃侃而谈了整整一个下午。

“好，你在那儿好好试验，如果确实对我们搞经济建设和四个现代化有利，我本人第一个支持你。”蒲海清告诉肖健康，他将向省委建议：宜宾的国企改革试点，将继续搞。搞好了全省推广，搞坏了，我们省里负责。“至于你个人，我同样要向省里建议：把你这个县长保护起来，不管什么情况，你的职务不能随便动，必须由省里点头。”

“1992 年，邓小平同志‘南方讲话’，讲了‘三个有利于’，我当时听了简直高兴得跳起来。之后，我搞的宜宾那一套，得到了中央的肯定，江泽民同志有次在四川听取我的汇报后，甚至题词‘走宜宾之路’。”肖健康现在是重庆市安全生产监督局局长。他是重庆干部中少有的一个经济理论专家和实践探索者。回忆当年从宜宾到重庆工作的经历，肖健康依然难抑心头的那份激动“从那时起，我的宜宾改革经验在全国很多地方传开，经常到外面去做报告。我到重庆做的第一场报告是 1996 年 11 月 23 日，当时重庆人都知道重庆马上要改直辖市了，海清同志已经过来当代市长。重庆的国有企业改革已经在新的重庆市领导班子中开始酝酿。我来重庆做报告就是这种背景。我当时讲的就是要把国有企业全部卖掉，这对重庆这样的老工业基地的干部们来说，简直有点晴天霹雳的味道。报告会上，张德邻书记很赞赏我，对蒲海清代市长说：‘这小子可以，调他过来。’我就是这样从此与重庆直辖市的命运捆在了一起……”

既然两位主要领导如此欣赏肖健康的理论和他在宜宾的实践，

因此，肖健康的命运后来多少与重庆国企改革的命运相关联。重庆企业改革经历的10年风雨尤其是前几年，用悲壮来形容并不为过。

重庆直辖市一成立，市委、市政府做的几件大事中，首当其冲的自然是国企改革问题。那时，重庆特钢厂已经面临“最后时刻”了。这个曾经为新中国立下汗马功劳的钢铁厂已经无法过日子了，职工闹事已经闹到连中央都知道的地步。而像特钢厂这样的情况，在当时的重庆国有企业中，其情形都差不多。国有企业占主导地位的重庆工业和重庆经济，如果不把国有这一块搞好和稳定了，重庆直辖市将面临“翻盘”的可能，这已经不是简单的企业亏损或不亏损的问题，而是一个严重的政治问题，一个严重的地区社会问题，一个影响中共高层威信的政党问题——成立重庆直辖市在一个时期内不是没有争议，这争议是在中央从开发西部大战略思路和中国未来发展的全局高度做了大量工作后才得以顺畅的。重庆新直辖市如果不能从根本上改变国有企业存在的问题，不能让国有企业获得新生，这将意味着影响中央成立重庆直辖市的决策威信和伟大战略部署。

重庆人是深知这种责任的。

然而，国企到底如何改？亏损面那么大，又不像沿海地区有那么多民营经济、合资与外资企业支撑着社会生产力的整体发展，山城重庆虽然从躯壳上因直辖市的成立而变得光彩，其实当时的山城重庆仍然是一个非常封闭、非常落后、非常没发展门道的地方，与沿海地区和其他3个直辖市相比，不是一般的落后，至少有10年甚至更长的距离。即使在西部，重庆是从四川省分出来的，当时的四川省会成都市，远比重庆城市要漂亮和时尚得多。

不是没有人在一旁准备看重庆人的笑话。这一点重庆人心里是清楚的，而也许正因为清楚这一点，所以他们格外慎重并严峻地对待着他们的国有企业改革这件事。让党中央少操心，让广大国有企业的职工能安稳下来，并有个好盼头，这是重庆直辖市历届领导时刻挂在心上的一个工作准则和行动指南。

但有些话好说，实际操作起来问题却非常复杂。从经济学角度考虑，国有企业的问题是个亏损问题，既然是亏损就用关门和破产来解决不就完事了吗？可重庆在成立直辖市之前就进行过5家国有企业的破产试点，结果并不理想，其实施的破产过程之长、障碍之多、成本之大，实属罕见。说白了，当时的国有企业，在观念上、方法上都还不成熟。无论从领导者到普通职工们所想所思的，仍然是计划经济时长期形成的“生是国家人，死是国家鬼”的观念。直辖市成立后，重庆需要以全新的面貌出现在国人和世人面前，没有经济的大发展，“大县城”的旧貌就改变不了，经济上不去，“长江上游经济中心”只能成为一种笑话。但几乎超过60%以上的亏损面，又怎能让年轻的直辖市承受呢？

改革必须进行！改革是唯一出路！即使要杀出一条血路，我们重庆的国企改革也不能拖全国的后腿。中央曾在1998年提出国企要在3年内实现扭亏为盈的目标，重庆一度向中央反映过希望多给他们一年时间。最后得到的答复是：不！这就是说给重庆堵住了国企改革时间上的后路。所以不论是第一任的市长蒲海清，还是第二任的市长包叙定，他们在位的大部分精力必须放在国企改革上，而第一任书记张德邻、第二任书记贺国强也不得不为国企改革“保驾护航”。

在中国足球比赛场上，曾经有一个词风靡一时，那就是“雄起”两字。这个词是重庆人发明的。重庆直辖市成立之初，没有哪一样东西是可以在国人面前拿得出手的。于是重庆人看准了足球，并且将自己家门口的足球比赛演绎得风风火火，“雄起”就是他们叫出来并叫响全国的。“当时我们重庆各行各业需要提高士气，足球场上大家喊的‘雄起’，正是这种士气的表达！”蒲海清向我阐述当时的情况。

重庆的国企中有一大部分是中小企业，这一部分企业有相当一部分又在三峡库区。朱镕基任总理时告诉重庆同志："要紧紧抓住库区移民这一千载难逢的机遇，着力调整经济结构、产业结构和产品结构，加大搬迁企业改革调整力度，不搬污染源、不搬亏损源、不搞重复建设。下决心关闭和淘汰不适合库区生态环境的落后企业。"重庆同志根据中央的三峡移民政策和中央领导的指示，很好地利用了这一机遇，将一大批亏损的、无产业前景的、污染的库区中小企业采取了就地关闭的做法，收到既安置了人员又为当地经济甩掉了包袱的效果。如万州区是三峡移民的大区，全区有淹没的工矿企业370多户，然而这些企业的经济效益十分低下，亏损面达65%。按照原来的思路，即使是搬迁和改制了，仍是一个巨大的负担。万州区政府在市委、市政府指导下，抓住有利的政策支持，及时调整了搬迁企业的思路，实行了以关闭和破产为主要形式的措施，使得库区搬迁企业有了质的变化和新生的可能，最终实现关闭和破产企业面达60%以上，基本解决了国企的亏损面。像万县化学工业公司，以前是万县地区有名的亏损大户，资产1.11亿元，负债却有2.5亿元，搬迁前全面停产已有5年时间。万州区借中央政策的东风，大胆对该企业实施破产工作，效果非常理想。而像这样的做法，重庆在整个库区先后关闭破产的国有中小型企业达1000多家，基本达到了预期目的。

在非库区，重庆的国有改革则要艰巨得多，所付出的代价也相当昂贵。即便如此，市委、市政府依然从来没有动摇过改革国企的决心。他们采取"抓大放小"等战术，将国有大企业统抓在市里统一部署改革，把那些中小企业放权到区县处理。这一招，同样起到了事半功倍的效果。剩下的市属市管大企业的改革，则是一场场可以用惊心动魄来形容的战役。在这些战役中，重庆人和重庆企业经历了生生死死、死而复生的一次次历练与涅槃。

还是让我们选择几个闪耀光芒的改革浪花来叙述吧——

9．浴火重生，“病人背死人”的奇迹[①]

1999年的国庆，对年届56岁的唐民伟来说，过得太异常、太仓促了——9月28日，也就是北京刚刚召开的中共中央十五届四中全会做出的《中共中央关于国有企业改革和发展若干重大问题的决议》发表第六天，身为四川省冶金工业厅副厅长的唐民伟，被调回到曾经战斗工作了28年的重庆钢铁集团公司任董事长、党委书记和总经理一职。

8年了，离开重钢8年的老唐没有想到“重钢命运”竟然会在这时候又落到了自己头上……唉，老天就是这样，人生初始从何处走出，其归宿常常也在那里结束。唐民伟临离开成都时，对省长张中伟和省委副书记秦玉琴说了实话：厅里待了8年，真要离开，很是舍不得。56岁重返企业，实在心中无底啊！”

“是祸是福我不敢断言，但祸兮福所倚。调你这位大员去重钢扭亏脱困，也算是我们四川省委、省政府对兄弟的重庆市人民的一份情谊，相信你一定不负众望！”张中伟省长紧握唐民伟的手，眼里充满了寄托。

唐民伟回重钢的消息在当时的重庆钢铁集团乃至整个重庆都可谓是一条“特大新闻”。因为对重钢而言，唐民伟的此次“回家”意义很不一般，这一点重钢人都知道：唐民伟1964年在重庆大学冶金系毕业后，就来到重钢，从轧钢厂的小技术员一直干到重钢集团的第二把手（集团第一副总经理兼总工程师），因

---

① 本节资料来源：新华社2001年1月8日相关报道。

工作需要，在1992年，唐民伟被调到四川省冶金工业厅，那年他才48岁。那时全国的钢材市场行情看涨，重钢的日子比较好过。而8年后的现今，重钢不仅日子难过，而且可以说是极度的困难。他老唐“回家”后粗粗从财务报表上了解了一下，从1999年年初开始，全重钢月月亏损。更让他心惊肉跳的是，按订单可安排的生产只能维持到当月的17日，也就是说全重钢几万职工将立马没有活干！没有订单，没有活干，意味着什么？意味着几万人就要回家，意味着热火朝天了几十年的重钢要关门了！可重钢是国有企业，关门也得每月支付1亿元以上的职工工资，还有设备折旧，其他各种必须支付的开支每月也在1亿元以上……这样的老板怎么当啊！

重钢人把唐民伟当作救星期盼，可他们知道这年头又没有救世主。

重庆人对唐民伟回重钢也特别关注，因为重钢是重庆市管的第一大国有企业，且不说它的工业产值占全市工业产值的十分之一比例的重要，问题是现在它是一个亏损大企业。如此一只“大船”不仅不能为新直辖市的工业发展使上前劲，相反还拉倒劲，这让重庆领导们苦不堪言。更为严重的还不在这儿，重钢在职职工5万余人，还有2万多集体工、合同工、临时工，另加1万多离退休人员，就是近10万人，如果再加上职工家属，这个数目还得增加一倍。重钢地处重庆市主城区的大渡口，过去就有一句话叫作“大渡口歇一口气，整个山城就要抖三抖”，意思是重钢要出点什么事，这整个重庆就会地动山摇。这不，这些年，重钢的“小兄弟”——重庆特钢就是一个让重庆领导们头疼万分的企业。重特规模比重钢要小，一万来职工，可就这一万来人的企业濒临倒闭，职工不停地到市政府门口要求解决问题，让重庆的领导们既难受又难堪。想管又无能为力，几亿元的负债、上万人的安置，年轻而贫穷的直辖市哪来这么大的力量？而且重特的事不仅在重庆本地闹出号了，在中央领导那儿也是挂上号的。一个重特已经让重庆直辖市不堪重负，如果重钢再出现风雨飘摇，那年轻的直辖市真的要摇摇欲坠了……

其实，此时的重钢已经风雨飘摇了，只是还没有像重特的职工们那样开始高唱《国际歌》而已。然而，接过重钢第一把交椅的唐民伟清楚：重钢时下的景况只是多数职工还不是十分清楚，一旦知道底细，那重庆街头的《国际歌》歌声肯定会将山城震得山响。

重钢的生死，与年轻直辖市的前途息息相关！

事实上，把唐民伟从四川省冶金工业厅的要职上“弄回来”，也是重庆市领导的一个“蓄谋已久”的动议。早在这年的6月初，重庆市领导委派工交工委副书记边其善与唐民伟取得联系，约请老唐回重庆“看看”。这回“看看”可就看出名堂了，唐民伟后来的“重钢涅槃”生涯由此开始——

“同志们，我先给大家谈点心里话：我是服从组织的分配才回来的，没有多少思想顾虑，也没有多少个人打算。当中共重庆市委和四川省委交换意见，点名要我回来的时候，我感到非常突然。主要原因是：第一，情况不明，离开公司快8年了，时过境迁，事态变化太大，怕不适应了。第二，年龄大了，人老了，干不成气候。第三，举家都在成都，家里人都不愿过来。但是最后下调令时，我并没有多的话讲，我服从了。作为一个共产党员，这是起码的组织原则。不瞒大家说，我回来还有一个重要原因，就是自已过去在重钢生活工作了28年，是重钢养育了我。受滴水之恩，当涌泉相报，重钢现在处在困难境地，我身为一名老重钢人，显然有个义不容辞、知难而进的问题……回到重钢，我与班子的成员见面，问大家当下有什么紧迫的情况需要研究，有什么紧迫的问题需要处理，大家非常明确地告诉我两桩事：一是国庆之后无钱发工资，怎么办？二是部分集体职工正在酝酿聚众上街闹事，又该怎么办？是啊，怎么办？这两桩事一件都不能小看啊！可我想，这两件事都围绕着一件事，那就是我们重钢得找到饭呀！有了饭吃，发工资就不成问题了，职工也不会聚众上街闹事去嘛！重钢要吃饭，到哪儿要饭吃呢？你们说——”

这是唐民伟上任重钢一把手后在第一次召集的各分厂和分公司及机关各部门、各系统党委书记会议上的开场白，这开场白没有半点客套——严峻的重钢现实，已经容不得半点客套来对干部群众说了。

唐民伟的话在会议室内外久久回荡。

“我看当务之急是要解决5件事……这5件事中，抓订单，回货款，维持生产正常运转是最重要的事。没有订单，就会全线停产，这对重钢集团公司而言，无异于是一场灾难！收不回货款，就是无效生产，长此以往，可能出现崩溃的局面。还有，重钢为什么多年来持续亏损？就是在于采购这个源头漏洞太大。矿石、煤炭的采购成本异乎寻常的高，与国内一般水平相比，我们的炼焦、炼铁、炼钢、轧钢等生产环节费用没有一样不是比别人高的，这怎么可能有市场竞争力呢？

“当前重钢最重要的是凝聚力量，让广大干部群众了解我们的‘厂情’，向大家讲清楚，如果再而三地这样亏损下去，重钢倒闭和破产的可能性完全存在。现在全国上下都在进行企业改革重组，国有企业同样不能完全由国家养起来！只有大家提高对企业的向心力、凝聚力，从上到下一起努力，我们才能找到救世主！救世主是谁？是我们重钢人自己！

“我还要告诉大家一个其实已经客观存在的严峻事实：重钢现在的亏损不是几千万元，而是2.37亿元！这是我前些天让财务处的同志认真仔细审计后核算出来的准确的数字。今年——1999 年，还有两个多月时间，我们要实现一个最基本的目标，那就是让亏损的下坡状态停下来！争取哪怕是一分钱的赢利也是我们重钢人的伟大胜利！”

“一分钱的赢利也是我们重钢人的伟大胜利！”这对曾经有过一年创造几亿元利润的重钢来说，简直听起来有些可笑。然而在此时此刻，它胜过其他任何一句豪言壮语。因为生死关头的重钢，此时能实现一分钱的赢利，就意味着向死亡告别，开始出现生的希望！

重钢要实现“一分钱的赢利”，此刻显得多么悲壮！多么意义非凡！

此时，关心重钢“一分钱赢利”的不仅仅是重钢人，而几乎是年轻直辖市的所有人。来渝 4 个月的市委书记贺国强来了。这位平时不易慷慨激昂的书记，在唐民伟上任的第七天，便与市委副书记刘志忠，还有市委办公厅、市经委、市工交委及市劳动、财政、工商、税务、金融等部门的领导来到重钢。

“同志们，我今天和志忠等来重钢，有两个目的：第一个是为了落实党的十五届四中全会精神，为即将召开的市委全委会做调查。第二是看望重钢的同志们。重钢对我们重庆非常重要，重钢资格老、规模大，有三个第一：资产总额第一、销售收入第一、职工人数在市属企业中第一。”贺国强在列举重钢的几大“第一”之后，转而目光严峻地扫向在场的重钢干部，说：“重钢在我印象中，1998 年是个赢利企业，但后来财务报表证实，是亏损的，亏得不算多，2000 多万元。可今年 1 月至 9 月就亏了 9000 多万元，这个局势就非常严峻了！我希望重钢在落实党的十五届四中全会精神的过程中，一定要把当前生产抓上去。生产上不去，别的就无从谈起。民伟同志提出重钢在今年最后两个月当期止亏。市委对重钢的要求是：明年不能戴亏损帽子，要把亏损帽子甩掉！”

市委书记的话掷地有声。唐民伟和重钢人感到肩上担子沉甸甸的。

关于唐民伟当时的真实心态，旁人其实并不十分清楚，他在重钢干部会议上的“就职演说”多少还是带有些鼓动式的。5年后，有记者问到底是什么原因促使他下决心挑起危难之中的重钢这副担子时，他才坦然地吐露心声道：“其实在领导找我谈话后，我下定决心回重钢的真正原因还是我喜欢干企业。我的工作动力是六个字：责任、荣誉、兴趣。第一是责任感，国家把企业交给了你，你是共产党员，难道你没有责任吗？必须服从。第二是荣誉，我很看重荣誉感，但我的荣誉感很难和受益的荣誉感挂钩——我没有获得过什么荣誉称号，甚至连什么车间、科室的先进都没有当过。我的这个荣誉感是：你的思路、举措、成果被人接受。讲好一次话，开好一个会，与会者有响应，这就是荣誉。第三是兴趣，我一向主张兴趣是最大的动力。我两次大的人生转折都是逆潮流而动。1992年钢材大涨价，市场好转的时候，我调离红火的企业，到清贫的机关。1999年9月又从稳定的政府机关到一个前途未卜的企业，这又是逆流而动。我就是逆流而动的人……”

正是唐民伟这样胸怀大志的“逆流而动”的人，才在一艘被产业和成本及市场拖得顺水下滑并呈惯性的“亏损巨轮”面前保持着昂扬的斗志——

那些日子里，唐民伟如同大决战前的一名前线指挥官，时而前往市长办公室讨教，时而奔走在市府相关部门进行协调，而更多的是出现在重钢的干部与职工面前……从分厂到车间，从职工食堂到机关科室，唐民伟时而仰天大笑，时而沉思不语，时而慷慨悲愤，时而洗耳恭听。仰天大笑是面对一些向他和重钢人投来的嘲讽；沉思不语是面对老职工老干部们提出的一句句叩动心扉的疑问；慷慨悲愤是面对频频亏损而有些人仍麻木不仁；洗耳恭听是面对技术部门和专家们制定的一项项“拯救方案”……

夜，又一个夜……重钢人看到自己的新“掌门人”，每天在那个只有一张沙发、一张写字台、一台电视机的“家”里，有盏小台灯常常彻夜不熄。

“民伟同志，我们虽然过去未曾谋面，但看到你的劲头和魄力，我很高兴。好好干吧，我们全力支持你！”王鸿举市长伸过来的手掌和投过来的目光，都是异常的炽热。

“谢谢，谢谢王市长！”唐民伟的眼里盈着泪水，这位不易动情的“老钢铁”人，此时此刻太需要市委、市政府领导的支持和理解了，因为外人只知道此刻的重钢是个亏损企业，其实他们并不知道此刻的重钢已经有2.37亿元亏账了！

“重钢集团公司的亏损不是1999年才出现的。1998年账面上的亏损额虽然只有2000万元，但它是用重钢集团公司1992年和1993年钢材价格暴涨时沉积下来的最后一笔利润填补后的数字。我坦率地告诉大家，据我了解，我们重钢的真实家底是：从1994年开始，由于市场的低迷，当然也包括管理上的滑坡，重钢每年的当期生产经营效益都是一个负数，即都是亏损状态！如此积累下来，到今年底，我们重钢的实际亏账是2.37亿元！”集团高层干部会议上，唐民伟向大家撕开了一直掩在重钢这个曾经让重庆人自豪的国有大企业脸面上的“遮羞布”，实事求是地公布了大家无法接受又必须接受的事实。

“难为老唐了！”市委、市政府领导得知这个情况后，向唐民伟打来电话安慰他。

“唯有背水一战，扭转亏损局面！”唐民伟现在能想的只有这一条路，就是泰山压顶，压得粉身碎骨，他也只有这一条路了。

市委贺国强书记说得清清楚楚：2000 年，重庆全市企业要实现扭亏为盈，你重钢是重庆的“老大”，“老大”拖了后腿，重庆直辖市的日子怎么过？再说，至 2000 年，年轻的直辖市已经 3 岁了，还处在全市工业无赢利的亏损状态，重庆人这脸面往哪儿搁？

唐民伟好像站处在长江和嘉陵江的交汇处，稍不留神，将被汹涌的巨澜卷入江底……而重钢人的命运与唐民伟的命运丝毫无异。

唐民伟有动作了：43 岁的郭德勇从规划处处长的位置上被提拔到管生产的集团副总经理岗位；51 岁的罗福勤，从经济运行处处长的位置上被调任到主管营销的副总经理岗位；44 岁的工贸公司经理陈亚雄被升任为销售处处长，主抓营销……唐民伟的理由是：提拔这些人，是因为他们“懂行、实干、为公、合群”。当然，与之相反的另外一些干部被调离原来的岗位。重钢面临生死关头，再像过去照顾这人顾虑那人的日子一去不复返了！唐民伟明确告诉大家：谁想在重钢混日子，没有门了！除非我唐民伟不在这儿当家！

从唐民伟所选出这几个强将的阵势便可以看出他对市场的特别关注。市场和营销是我们走出困境的第一要务。抓好市场，重钢就能全盘皆活。可市场是要靠人、靠能人去争取的。“今天的市场是动态的，你把脉把好了，你就是主动的一方。它又是可开拓的，这要看你是否真正下了功夫，功夫到了，水到渠成。市场又是可挤占的，我们重钢与其他钢厂比较虽然有劣势，但只要我们的措施得当，就能以弱胜强，挤占一席之地。最关键的是，我们要突出自身的特色，找准市场定位。”唐民伟也许自己也没有意识到他原来还是个非常具有战略意识的鼓动家，他的经济理论变成鼓动口号时显得非常有力量。你听：“领导干部要抓一线，精兵强将要上一线，政策激励要到一线，科技护航要保一线。”“有效益才有分配，没有效益，不论功劳、苦劳、疲劳，一切都是徒劳……”有人觉得，离开重钢8年后的唐民伟在大机关没白待，水平就是不一样！

嗨，重钢有这样的领航人，3个字：有希望。

“福勤，睡了没有？你过来一趟。”半夜，唐民伟突然心情有些急躁，便拨通了股份公司副总经理罗福勤家的电话。不一会儿，罗福勤敲开了唐民伟的房门。

“福勤啊，新年伊始，我心里忧虑着如果集团公司在采购这一块成本降不下来，我们要想实现全年扭亏目标是非常难的，所以想找你这个主管采购和销售的副总商量商量，看看你有什么新招。”罗福勤屁股未坐定，唐民伟便开门见山道。

罗福勤翻开笔记本，便娓娓道来：“重钢的成本比别的钢铁企业大，这是我们的老问题，原因是我们重钢不像其他钢铁企业，他们大多是建在矿山附近，或者在沿海城市和地区，运输成本自然而然地比我们低。这是我们重钢的天然不足。但我们应当变劣势为优势。因为现在是市场经济时代，既然是市场经济，只要我们掌握好市场信息，善于分析和把握好市场的动态，并采取得当的措施，策略运用好，就有可能使被动的高成本转为采购与销售的相对低成木……”

唐民伟的眉头有些舒展了：“细细讲来听听……”

“唐总您想，我们重钢的矿石和洗煤不都得靠国内、国外两个市场进来吗？都得需要巨额资金去支付供应商吗？这看起来是劣势，但如果把握得好，我们在市场上可能就是那些矿石和洗煤企业及销售商们的‘衣食父母’，在货源充足的时候，是他们求我们而不是我们求他们呀！这个时候，只要策略运用得当，我们就能进行低成本的采购，如此一来，就能使企业成本大幅降低，产品的销售更有市场……”罗福勤侃侃而谈，唐民伟听得眉飞色舞。

"谈谈你的具体战法！"

"我们初步从四个方面着手：一是抱住'西瓜'；二是货比'三家'；三抓运输方式的优化；四为运输线路的优选……"

"好！你们的这些方法我都赞同。我只提一点：所有采购原料必须按照'精料方针'进行。用高品位的矿石取代低品位的矿石，用优质煤取代劣质煤，这样支付了同等运费后，原、燃材料就会出现质的提升，最直接的效果是：可以促进运输成本的降低，更可以依靠精料的综合技术经济效益来实现我们对全集团企业的产能扩大、消耗降低！"

"'精料方针'——这真是太精确的战略方针了！"这回轮到罗福勤激动了，他在笔记本上将"精料方针"4个字写得大大的。当他再次抬起目光时，一股敬佩之情油然而生。

"成本是第一竞争力，对我们重钢这样的企业而言，这是一条真理！"

"对，成本就是第一竞争力嘛！"

东方欲晓时，新一天的重钢到处都披满了七彩的霞光，显出少有的生机……

战局已布定，各路兵将也上任，誓在背水一战的唐民伟正欲辞别1999年的最后一个月的时候，那天他刚出席完重钢集团的职代会，端起中午的饭碗想美美填一下肚子时，秘书告诉他，市委办公厅来电，要他立即到市政府开会。

"什么事那么急？连饭都不让吃……"唐民伟还没有见过这么风风火火的事。

"重特那边出大事了！"秘书惊慌地报告道。

"重特？特钢公司那边又出啥子大事了？"唐民伟虽然回重庆才两个多月，"小兄弟"特钢公司那边的事多多少少也知道些，于是便自言自语道："不就是快破产了嘛！叫我去开会干啥子？"

“听说那边有上万人上街堵路，整个交通都要被他们弄瘫痪了……”

“有那么严重？”

“嗯，要不市里咋连饭都不让您吃完就命令去开会嘛！”

搁下饭碗，唐民伟乘上小车直奔市委办公厅。本来一个与自己没多大关系的会议，他唐民伟并没有放在心上，可当他走进会议室的那一刻，突然意识到会议气氛异常，主持会议的王鸿举常务副市长一把将他拉到自己身旁的椅子上。“民伟，你就坐在这儿。”王市长带着异样的目光对唐民伟说。

“不不，我还是坐在一边去。”唐民伟觉得这不合适，起身要去换座位。

“今天这个位置专门是给你留的。”王鸿举用手重重地按住他的肩膀。

唐民伟有些莫名其妙，尴尬地朝其他与会的各部门领导笑笑，说：“不好意思，这市长身边的交椅哪轮得到我嘛！”

“唐总你就别客气了！这位子非你莫属……”有人一语双关地朝唐民伟挤挤眼说。

“对，民伟同志，这位子确实非你莫属了！”这是王鸿举同志的话。

唐民伟有些摸不着头脑地瞅着市长，脸色泛红，半真半假地说：“市长，你可别吓唬我啊！”

“我没有吓唬你，民伟同志。”王鸿举一脸严肃，没有一点玩笑的意思。这回轮到唐民伟有些紧张了，他按捺住性子，等候市长的下文，“重特这个濒临破产的企业，由于长期资不抵债，闹了好些年了。这回因为缓发了统筹外的养老金，从昨天开始就有一些职工上街堵国道……”

“事情这么严重了？”唐民伟吃惊不小。这些日子他一心埋头在重钢的桩桩头痛的事务之中，没想到市委、市政府还有比他更难的事。唉，重庆啊重庆，怎么会……“民伟，今天市委、市政府特地请你来，就是想先给你打个招呼，让你有个思想准备！”市长那只有力的手臂压在唐民伟的肩膀上，一下打断了他的思绪。

“啥？我有啥子思想准备？”唐民伟感到唐突，两眼茫然地看着王市长。

王市长的目光炯炯，丝毫无玩笑之意：“是这样，民伟同志。重特的问题已经有些年了，他们的事这些年中央领导也没少批示过，由于种种原因，原先准备的实施兼并计划被无限期地拖了下来。中央对此已经很不满意了。这回又出现这种情况，所以市委、市政府决定，对重特必须立即进行兼并计划，这既是一项关系到眼下重庆能不能稳定下来的头等政治大事，同时又是我们国企改革能不能往前推进的关键一役。重特的问题积累时间长，又是全市最大的亏损大户，到今年6月底，累计亏损17亿元，另有潜亏5.5亿元。目前仍拖欠职工集资款本息1.2亿元，欠发全体职工工资也有四五个月了……他们的问题已经火烧眉毛！可重特的情况你也是清楚的。他们是个老企业，诞生于1934年，比我们在座的年龄都长，在抗日战争时期和新中国的建设中立过大功。七八十年代时，曾达到了35万吨的年生产能力，是国家屈指可数的重点特殊钢铁基地之一。可这些年进入市场经济后，由于他们的观念滞后，管理水平跟不上，生产设备又陈旧，渐渐成了资不抵债的亏损大户。我们直辖市底子本来就差，一直想解决他们的问题，可又感到无能为力。所以问题拖了又拖，这回再拖也说不过去了，弄不好会把我们整个重庆新直辖市给拖垮的。怎么办？这么个亏损大户谁来兼并？除了你们重钢就没有别人了……”

“王市长，可我们重钢自己也是个亏损户啊！”唐民伟终于明白了，明白之后他立即从座位上跳了起来，冲市长说，“你清楚我们的账，重钢现在的亏损数是2.37亿元啊！”

“特钢除去中央的补贴专款和市里的相关款项，还有3.59亿元亏损额，比你们的数额大。”市长说。

“是啊，2.37亿元的亏损户，去兼并一个3.59亿元的更大亏损户，这是什么事嘛！”唐民伟的嗓门有些放高了——这绝对不是为了他个人！

“这叫病人背死人！”

“病人背死人？”

“对，就是病人背死人！”这回轮到市长王鸿举站了起来。只见他神色凝重地盯着有些激动的唐民伟，然后轻轻地将其按在座位上，带着几分恳切而又坚决的语气道，“民伟同志，这就是中国特色，这就是我们重庆这个新直辖市国有老企业能否闯出鬼门关所必须迈出的决定性一步！现实情况确实是强你所难，但我们也想不出更好的法子……重钢和特钢毕竟都是钢铁企业，在业务和技术上比较接近。特钢死亡在所难免，重钢则不同，虽然也有些亏损，但它船大，尤其是你民伟同志上任两个多月来已经出现了不少新的景象。如果我们再利用好相关的政策，再加上中央和市委、市政府帮助你们一起想些办法，重钢与特钢的兼并，一定会让‘病人背死人’背出个新重钢来！这一点我们市委、市政府充分相信老唐你和重钢人！”

“对，老唐，这着棋也只有你才能下活它！非你莫属！”会场上终于有了几分活跃气氛。

唐民伟是谁？是共产党教育了30多年的老共产党人。当他从市长的话中知道自己肩头的重担是想甩也甩不掉的时候，他便下定决心挑起这份千斤重担。共产党员嘛，在党的面前还能说什么？

“那行。既然如此，我有些想法和要求……”唐民伟在官场上“修炼”了不少年，知道此时应该做些什么。为了重钢和特钢职工的命运，他不想失去一些机会和可能。

“说说。”这回王市长倒是十分痛快，脸上也露出了笑容。

唐民伟端起茶杯，饮了一口水，说：“重钢下一步的改革和整合也刚刚开始，尤其是我们所要进行的薄板技改项目的立项，希望中央支持，具体地讲，就是希望中央对我们重钢集团债转股问题网开一面，这样会有利于减轻我们的一些压力……”唐民伟说这话时，想到的是前些日子他向国家经贸委负责人提出这个问题时，得到的回答令他非常失望，而薄板技改立项和债转股对重钢的生与死却影响巨大。现在他要借上级把重钢与特钢“拉郎配”的机会提些要求与条件了。

“这个——这个我们一起出面向中央做汇报，争取国务院的支持。我想问题不会太大，因为此次党的十五届四中全会精神中最主要的就是关于国有企业的改制问题，你们的想法和做法符合中央意见。”王市长态度明确而坚定。

“好，我还有一个具体的请求……”

“说。”

“特钢出现今天的这种结局，是有多方面原因的。但近几年，他们得到市委、市政府和冶金总局的关怀，现在的领导班子主要成员都是从邯钢那边过来的，能力和管理水平都不错，因此我建议，兼并后的重钢集团班子主要成员中，要有原来特钢的领导人参加。”

“好啊！仅凭这一条，你民伟同志就是高风亮节！我个人是举双手赞成！”王鸿举伸过双手，握住唐民伟的右手。

会场顿时响起热烈的掌声……

谁也不曾想到，这场“病人背死人”的重钢与特钢的兼并工作不仅没有使原来就不堪重负的重钢直不起腰来，反而成了一场生龙活虎的加油赛，在唐民伟为首的一班人手里干得轰轰烈烈。

岁末时分，一份由国务院赴渝工作组写给总理和副总理的报告被送到了朱镕基和吴邦国两位领导手中，这份以“我们的建议”为名的《报告》有以下5条内容：一、立即实施国务院已经批准同意的重钢兼并重特的计划，核销重特欠国家银行的利息5.32亿元。二、在此基础上，完成重钢、特钢的资产重组，重组后的重钢集团实施整体债转股，初步核算共需债转股额度44.31亿元。其中，重钢29.57亿元，重特14.74亿元。最大债权人工商银行40.7亿元。三、债转股后进行清产核资，鉴于重特几年来累计亏损加上潜亏已达22.5亿元，债转股后仍不能从根本上扭亏为盈，建议债转股后进行清产核资，核销部分资产，冲销呆账。四、加大财政债券对重组后的重钢（含重特）技术改造项目的支持力度，主要淘汰落后设备，搞好产品结构调整，生产特钢棒线材和重钢热轧、冷轧薄板等市场短缺产品。五、切实充实和加强企业领导班子建设，深入学习邯钢，加强企业管理。

这份“五管齐下”的报告很快引起吴邦国的重视，他做出“原则同意”“照此办理”的批示。不几日，日理万机的朱总理也对此做出批示。

1999年12月30日，关于重钢和重特的兼并工作专题会议，在副市长的主持下，再次召开。会上统一了两个兼并厂的班子成员的思想认识，大家对“新重钢”的前景充满信心，尤其是对中央和市委、市政府的关心支持充满感激之情，决心大干一场，让重钢和特钢获得真正的新生。

重庆两大“钢铁巨人”的重组兼并，让重庆市领导格外关心。2000年元旦刚过，常务副市长带着副市长和市政府及相关部门的一大帮人来到重钢。

这一天的重钢“红楼”会议室里，气氛异常。因为大家心里明白：重钢和重特的兼并之战真的要开始了！唐民伟代表重钢班子全体成员向常务副市长一行做了 5 点表态，其口气有点像出征前的誓词。

随即常务副市长即席讲话道：“新的一年日历已经翻开。今年是国企三年脱困攻坚的最后一年，重钢集团在攻坚战的最后一年里承担了新的使命，这对重钢集团领导班子成员的党性是一次严格的考验，对重钢集团全体职工的品质也是一次严格的考验。老实说，像重特这样一个在国际、国内都有一定知名度的国有企业，确实不能简单地采取破产的办法来解决所面临的问题。如果我们的国有企业有了困难，出现了亏损，都搞破产，国民经济就会土崩瓦解，共和国就会失去支撑。我想，从这个感情上讲，重钢的同志对同一条‘根’的特钢的兄弟姐妹也不会置之不理和不管的。我希望你们成为真正的一家。只有你们真正成了一家，我们整个重庆直辖市才会安宁，才会有好日子过！”

“放心，市长，我们一定把重特当作自己的亲兄弟、亲姐妹！”

“不不，重特和我们本来就是亲兄弟、亲姐妹。我们一定会团结得像一个人一样，把新重钢建设好，为重庆直辖市建设做贡献！”

重钢人你一言我一语地争着向市长表态、表决心，说得市领导热血沸腾，连声道谢：“谢谢，重庆人民谢谢你们！”

然而，“已泊城楼底，何曾夜色阑。”当《重庆日报》2000 年 1 月 18 日报道重庆市“钢铁航空母舰”正式组建的消息传出后，人们的怀疑声自然而然地跟着就来了：病人背死人，能有啥子前途？唐民伟真有三头六臂？别到时候死人没背走，把病人也累死了呵！

还有更多比这更难听的话灌到唐民伟和重钢人的耳朵里。但此刻的唐民伟和重钢人已经没有时间去管这等风言风语了，他们需要用十倍的“只争朝夕”去拼杀。

别的不说，光面对 1999 年账面上出现的 5.96 亿元这个亏损数字，光面对只有 180 万吨年钢产生产能力，却要养活 63000 名全民职工、24000 名集体职工和 32000 名离退休职工……

唐民伟和新组建的重钢班子每天都在苦思冥想。说是“五管齐下”，可真到了“管下”时，每一次“管下”时，都会让你感觉惊心动魄，心惊肉跳。

哪儿动得了？

重钢本厂动得了？你还没有动哪一块，有人便直起嗓门告诉你：这儿是当年张之洞办洋务时就有的“中国钢铁第一！”你不知道？那给你来上上课：我们重钢是中国最早的钢铁厂，它的前身是汉阳钢铁厂，成立于 1890 年，满清时期就是“国有企业”了。当年的汉阳钢铁厂，是张之洞从欧洲的工业发源地德国引进的主体设备。因为钢厂用的是大冶的铁矿，萍乡的煤，所以后来又改称为“汉冶萍公司”。1938 年武汉沦陷前，经蒋介石的手谕，才落户到重庆，取名“101 厂”，它是国民政府的“国有”，打日本鬼子的枪炮和装甲武器多数是我们造的。在解放战争时期，是我们厂的地下党组织了著名的“三二三”大罢工。解放前夕，又是我们厂的地下党用生命保护了钢厂的设备没被国民党政府搬到台湾。新中国的第一条铁路——成渝铁路所用的钢轨，全是我们厂出的。在人民共和国初期建设中，我们重钢与鞍钢、太原钢厂齐名，成为中国“钢铁三雄”。即使在改革开放年代，我们重钢也有过辉煌的历史。是我们在计划经济条件下，第一个在行业中把超产的部分钢材作为商品上了市场进行销售；是我们第一批进行补偿贸易；是我们因技术改造需要第一个在国内发行企业债券……重钢是中国最早的国有企业，也是人民共和国国有企业的杰出代表。怎么，你们想把这样的“功臣”毁灭？门儿都没有！

你想动重特？厂里的一块破铜烂铁你要敢轻易把它扔了，十多万职工就会不答应。咱特钢的一砖一瓦是你能动得了的？

那是咱人民共和国的基石之一，它的功劳和苦劳都是百分之百的含金量！敌人的大炮都打不穿用咱重特生产的钢板和舰艇，你想靠啥子“改制”能让我们死去？门都没有。

唐民伟去了重特，去了那个让他看了伤心又悲痛的地方：那厂区清冷败落，烟囱不冒烟，炉膛没红火，车间不见人，有的只是满院疯长的杂草……

耻辱！地狱！不死亡就不能新生！唐民伟从重特回来的路上，内心只有这几个词汇在心头如峡江之滔，汹涌地冲击着他的胸膛。于是随后有了他的六大施政方案——

第一招：调整班子，创新体制。这一点可以略去不说，但却是最重要的一环，没有好的领航人，即使再好的客观条件，也会迷失航途。峡江之谷，天下最险，而这里却能轻舟漫流，是因为执掌船只的舵手有超人的勇气，超人的毅力和超人的智慧。

第二招：调整机构，裁减冗员。这事最难，但再难也得举刀往下“砍”。国有企业之所以不堪重负，主要原因之一就是人浮于事。市场经济讲究的是效益，机构臃肿、人浮于事是计划经济条件下积累的问题，现在必须决断处理。于是重组后的特钢公司，光厂级、处级干部就精减了111人，减幅达52.79%；科级干部精减281人，减幅也达46.8%。另有24个机构被撤销编制。

第三招：推进技改，争取立项。这是新特钢生存和可持续发展的希望所在。新特钢的汽车线和摩托车及特殊钢材生产线的技改项目，经努力得到国家批准，总投资9.3亿元，这可以说是一个“伟大胜利”。

第四招：精干主线，分离辅助。意思是把原先一线生产的单位强化起来，将后勤等辅助单位分离出去。所有分离出去的非钢产业子公司全部实行断“皇粮”，自负盈亏，独立核算，自主经营。很清楚，按市场规律办事，你有本事自己养活自己，没本事就关门歇业，没人再养你。

第五招有人说狠了一点，唐民伟等班子成员说，不这样狠，重钢和特钢就不能真正实现“浴火之炼”。于是重组的当年，原特钢的十多万名在册职工全部下岗，然后再按“双向选择”的原则，重新竞争上岗。最后，一线生产人数从原来的10000人，减少到4300人。光这一项，企业一年负担减少多少？你算一算吧！

第六招是经济运营账，我不管你采取什么招术，在全集团公司的统一规则下，所有部门和子公司，你必须保证记住一件事：不做赔本生意，谁亏谁负责！

唐民伟不是经济学家，搞经济的不能没有钢铁人的性格，没有钢铁意志的人是办不成大事的。

就这么照干！干不了的换人！

当然，唐民伟还是党委书记，党委书记就得有动员和教育职工之本领，于是在重钢一边进行市场和技术改造与改革的大动作的同时，轰轰烈烈的厂情教育、士气鼓动在党、团、工、群，甚至家属和青少年中间，遍地开花，热气腾腾。那些日子里，重钢所在的大渡口区，到处可以听到类似高唱“英特纳雄耐尔”的战斗进行曲，其势其声，威壮无比，犹如山呼海啸、惊涛骇浪……

更新观念，调整思路，精心设计，周密安排，步步为营，重点出击，各个突破，左望右观，上看下察，前行后动，内炼外助，高开低入，今杀明冲，你死我活……重钢人在新世纪到来的2000年开年后的每一分每一秒的时间里，都在进行着从未如此紧张、如此激烈、如此壮丽的举动和战斗。他们在为自己的命运而战，为新重钢而战，为第四直辖市而战！

战得那么波澜壮阔，那么风起云涌，那么上下一心，那么步调一致，那么精彩无比，那么刻骨铭心——后来，人们看到和听到的是：活着的活得更好了，死亡的重新站立了起来，成为了新的活人！

呵，浴火炽炼——炼出一个霞光满天的新天地。

呵，浴火炽炼——炼出一道道如虹的金光大道。

2000 年 9 月的最后一天，财务部负责人将集团公司的产销成本账送到唐民伟手里：“唐总，特大喜讯，全集团公司在填补特钢公司当年累计亏损的基础上，赢利 501 万元，提前三个月实现全年扭亏为盈的目标！”

“是吗？”唐民伟双手拿着报表，两眼盈着闪亮的泪珠。他忍不住站起身，走到窗前，推开窗户，喃喃地说了一声：“该喝酒庆贺。”

这一年的国庆，十里钢城，一片酒香……

重钢的整体扭亏为盈，可不是件小事，它对重钢自身和重庆的意义远远不在简单的一个数字上，它标志了重庆直辖市工业生产的一个里程碑！

贺国强书记为此做了热情洋溢的批示；

国务院副总理吴邦国做了热情洋溢的批示；

国务院总理朱镕基也做了热情洋溢的批示！

并且，2001 年元旦刚过的第四天——1 月 5 日，国务院总理朱镕基来到了重庆，来到了重钢人面前——

朱镕基总理问：“你们过去真是全国冶金行业第一亏损大户？”

唐民伟答道：“是。没有比我们亏损更多的了……但去年我们在中央和市委、市政府的关怀帮助下，全集团公司干部职工奋力拼搏，一举实现了扭亏为盈。”

朱总理道：“可喜可贺！”

那天，安排唐民伟向总理汇报的时间是半小时，结果国务院总理与重钢总经理的一对一答，整整用去了一个多小时。

“那才叫痛快！总理对我们重钢太关心了！”数年过去了，唐民伟每每谈及那次难忘的与总理的“对话”，总是压抑不住内心的激动。

唐民伟的精神风采和重钢人的扭亏为盈，给总理留下了深刻印象，因而有了不到一个月之后的国家经贸委下发的那份“93号”文件——《关于重庆钢铁（集团）有限责任公司板带生产线技术改造项目建议书的批复》。这是唐民伟和重钢人最想得到的，它是扭亏为盈后的重钢人得以“雄起”的一个关键性项目，即32亿元的板带生产线技术改造项目的上马。

“这是总理对我们重钢人的特别关怀！是党和国家对我们重钢人的特别关怀！”唐民伟拿到这个批复文件，逢人便如此说。

重钢后来的路走得豪迈而潇洒，直到今日，他们年年赢利过亿元。2004年，成为重庆市市属企业中第一家年销售收入过百亿元的企业。2006年，重钢的销售收入是124亿元，为直辖市之前的1996年的252%的增长率。职工收入也比1996年增长了233%。

在直辖市建市10周年前夕，我到重钢采访时，老领导唐民伟已经离岗退休了，他的家人都在成都，即便如此，老唐仍经常回重钢，过着普通重钢人的生活。现在的重钢“一把手”是董林，这位专家型出身的新董事长，更是一名管理能手，在以他为首的重钢班子的领导下，今日重钢人有了更加远大的奋斗目标。现在他们正在做两件大事：一是在重庆长寿区建一个现代化的新重钢；二是在西昌矿石基地建一个年生产钢铁量达250万吨的“第二重钢”。几年后，这两个新重钢建成时，它们的年生产钢铁能力为800万吨。

“北有鞍钢，南有重钢”，这是二十世纪五六十年代时在中国钢铁行业里流行的一句话。几十年过去了，重钢人丢失了很久的曾经的荣耀。现在，他们又开始在梦想这句话，而这一次他们一旦重新找回那份荣耀时，便永远不想失去了！

在重庆国有企业改革中，“浴火重生”的企业何止重钢一家，那些国企的“老总”们也都有与唐民伟类似的经历。现任诗仙太白集团董事长的朱治平，便是其中之一。

朱治平以前一直在万州区政府机关工作，当“诗仙太白”老总之前是万州区财办副主任。2000年，重庆国企改革进入攻坚阶段。这年有一天，万州区委书记聂卫国突然找到朱治平，说区委已研究决定，让他到诗仙太白酒厂出任政府工作组组长，任务是整顿该企业的问题。

“不行不行，我身体不好，这副担子我挑不起来，你还是另找人吧！”朱治平敢在区委书记面前当场拒绝组织的任职，身体原因其实是一个借口，主要是他认为自己能力有限，对诗仙太白酒厂这样的单位实无起死回生之力。可不，政府门口此时此刻还围堵着许多“诗仙太白”的人，他们甚至喊着口号要政府给他们饭吃。一个酒厂，职工连吃饭问题都要找政府，可想企业之烂！

而“诗仙太白”现今在重庆街头，到处可见其宣传广告，特别是外地人一进入重庆地域，满街跑的出租车上都是“诗仙太白”。但2000年前的“诗仙太白”可是一塌糊涂，让万州区领导头疼不已。

说起“诗仙太白”，其历史可不浅。1917年秋，当时的万州大富翁鲍念荣是个实业资本家，他远赴泸州，花巨资买下了具有400年历史的最古老的温永胜酒坊的两个酒窖（国窖）的窖泥母糟，顺江而下在自己的家乡办起了酒坊。这就是“诗仙太白”酒厂的前身。因唐代诗仙李白流放夜郎，滞于万县西岩，把酒吟诗弈棋，尤其钟情于万县的大曲酒，后人为纪念李白，遂取名诗仙太白，这便是“诗仙太白”的历史源头。

1959年，“诗仙太白”被推荐为国庆十周年国宴用酒，4次蝉联四川省名酒；1984年获国家商业部优质产品金爵奖；1988年荣获国家优质产品银奖。虽然荣誉获了一箩筐，“诗仙太白”仍逃不出它的历史命运。因生产经营管理不善，酒厂举步维艰。在三峡库区工矿企业兼并浪潮中，1998 年 11 月，主营饮料、生物制药的武汉北斗集团，以承担债务的方式兼并诗仙太白酒厂，并更名为北斗集团重庆太白酒业有限公司。

照理说，“诗仙太白”是个运气不错的国企，它沾了三峡库区移民政策的实惠，同时又是直辖市国企改革的第一批“关停并转”的企业，政策优势占了不少，包括与武汉北斗集团的这种兼并。然而，国企在改革中虽然有些措施做法是好的，但实施过程中的各种险情危情无法料及。北斗集团兼并诗仙太白酒厂后，职工发现养老保险费没有如期缴纳，合同规定的第二期 1000 万元的资本金也没有到位，而且北斗集团还在第一期注入的 1000 万元中抽走了 710 万元。北斗集团显然是在违约。诗仙太白酒厂的职工因此纷纷上访，并在厂内贴出标语：“追究违约责任，保护国有资产，维护职工利益，拯救太白酒厂。”矛盾由此逐渐升级，甚至发展到最后，职工动用武力，将北斗集团的代表赶出了酒厂。

“诗仙太白”从此处于停产、半停产状态，时达 5 年之久。如此一个老国企，成了重庆区县级国企改革中的一个重点企业。

聂卫国当时刚任万州区委书记，了解“诗仙太白”的情况后，征求区委其他同志的意见，有人推荐了朱治平：“此人，曾先后将 3 个特困企业扭亏为盈，在万州有‘扭亏将军’之称。”

拒绝任职只是暂时的，这一点朱治平也清楚。不几日，又有其他领导找他谈话：“政府已经决定了，你上也得上不上也得上。”领导还向朱治平交了底，只要能将职工稳定下来，“诗仙太白”立即改制为私营企业，政府出点钱都可以。

也许这是句照顾情绪的话，却激起了朱治平一身革命豪气：“我就不相信国有企业搞不好。”领导暗暗一笑：“老朱的牛脾气又犯了！你听他说什么呢，‘搞不好我爬着回来！’”

这回朱治平自知话说过了头，他到酒厂一看，情况比他想象的还要糟得多。

2000 年 2 月 11 日，春节刚过，朱治平瞒着极力反对他上任的妻子，出征“诗仙太白”。上任时真有些悲壮——两名警察和一名医生陪着朱治平，这是政府领导考虑朱治平的安全，特地做的安排。这阵势在中国国有企业改革史上恐怕是独一无二的。

“这哪像个酒厂！”朱治平踏进厂区，看到的是长得比人还高的杂草，那杂草丛中的鸡鸭悠闲地在晒太阳……一问，说都是职工自己养的。厂区内看不到几个工人，却见得到贴满的标语和大字报。

“马上通知职工来开会，告诉他们：要想有饭吃，就过来开会！”朱治平对看守的一位干部说。

破旧的车间里，被武汉北斗集团兼并了一年多的诗仙太白酒厂第一次职代会在此举行，81 名职工代表群情激愤，一致要求解除兼并合同。朱治平面不改色地静观着现场，突然只见他跳上一个包装台，奋力举起两瓶酒，“啪啪”地砸在了地上，酒水顿时洒了一地。现场顿时鸦雀无声……

“告诉你们……我是共产党员，真正的共产党员！我今天既然来了，就不相信国有企业搞不好，就不相信诗仙太白搞不好！”

朱治平的凛然气势震撼了职工，职代会最终还是正常地召开了。朱治平当晚没回家，住进了招待所，而且一住就是半个月。这半个月中他没回过家，天天在厂里处理当急要务。

第一件事自然是与违约的武汉北斗集团解除兼并关系事宜。在事实面前，武汉北斗集团不得不同意退出“诗仙太白”。

接下来，诗仙太白酒厂要不要破产，便成了困扰当时万州区领导的一个棘手问题。据称，到 1999 年底，诗仙太白酒厂已经负债1.28亿元，负债率高达148.3%，严重资不抵债。而“诗仙太白”所面临的问题远不止“资不抵债”那么简单，不足千人的这一酒厂，文盲就有100多人。由于管理混乱，厂里偷盗成风，有的甚至将成品酒别在裤裆里带出厂，有个女工每次最多偷7瓶酒。有的用衣服浸，然后装在塑料袋里提出去。更有甚者，用塑料管把酒从生产车间直接引出厂去……这样的国有企业，怕天下难找第二家。

朱治平是个极具挑战能力的共产党人。他意识到，要救活企业，首先要从加强管理入手，凝聚人心、鼓舞士气。上任第二天，他就连夜制定管理规范，堵塞偷酒窃料之风。同时，朱治平又组织职工到五粮液、茅台等酒厂参观，让他们看看真正的企业是什么样，真正的企业职工是什么样。职工们回来后，感慨万千：不看不知道，一看吓一跳。人家干的是人事，我们干的连贼都不如。贼还知不吃窝边草呢！朱治平顺势开展了“企业破产了我该怎么办，企业发展我该怎么办”的主题演讲比赛，让职工看到希望，教育职工怎样做企业的主人。

紧接着，朱治平要求领导干部带头“戒腐、戒浮、戒烟、戒酒、戒贿、戒赌”，并“约法三章”：领导在厂里就餐必须跟职工一样到食堂排队打饭，出差不准坐轿车、不准住宾馆。干部像了样，职工自然也开始精神振奋起来。

2000年5月20日，朱治平被任命为诗仙太白酒厂法人代表、董事长、总经理兼党委书记。

然而改革仅是开始。朱治平带领“诗仙太白”要走的路还长着呢！好在朱治平是个“扭亏将军”，所以一路走来，他招招得胜。

诗仙太白酒厂在他的引领下，内提升管理水平，外力争市场份额。同时，他还积极争取到了将“诗仙太白”酒成为重庆市政府“接待专用酒”，大打直辖市招牌酒的经济仗，取得明显收效。

经过6年的发展，如今，“诗仙太白”已经从一个濒临倒闭的小厂，发展成了年销售收入达4亿元的集团公司，累计上缴财政2亿多元，成为重庆工业50强。

朱治平和他的诗仙太白酒厂是重庆国企改革中的一个亮点，这亮点闪着泪光……

10.“车轮滚滚”——民族英雄这样炼成

在年轻的直辖市，有个每年一度的奖项特别引人注目，这就是1999年由市政府出面组织的“振兴重庆争光贡献奖”。该奖项是直辖市为表彰那些在某一方面为重庆做出特殊贡献、争得荣誉者的最高荣誉。能够进入这一奖项的都是在重庆响当当的人物。因为这奖项的评选完全来自市民的投票，所以公众认知度之高，超过所有其他荣誉。我见过一位在重庆大名鼎鼎的人物，她说自己得过“全国”甚至是“世界”一类的荣誉不下十几个，但却格外看重“振兴重庆争光贡献奖”这一荣誉，“我们是重庆人，如果在自己的家乡得不到这个荣誉，就意味着你在外面干的事业再火，牛皮吹得再大，可也得打折扣，因为家乡人民没有认可你。”

“振兴重庆争光贡献奖”含金量很高。然而，有一个人却在1999年和2001年两次获得了这一奖项，这人叫尹家绪，在重庆人人皆知；在中国工业界和经济界，知道他名字的人也很多。他就是素有“中国微型汽车之王”称号的重庆长安汽车集团前任总裁、董事长尹家绪。

1998年9月14日，受命于危难之际的尹家绪总经理走马上任。

我们知道，一说“受命于危难之际”，肯定是原先企业的境况堪忧。“长安”是个比“重钢”还要早诞生20多年的“老国有”。该厂成立于1862年，是真正意义上的中国工业鼻祖，在130年前就造出了第一挺中国牌的马克沁重机枪。“长安”也是抗战期间搬到重庆的中国工业“元老”级企业。小说《红岩》中的不少英雄人物，就是这个厂的地下共产党员。全面抗战中，搬迁到重庆的该厂改名为“21兵工厂”，在当年的反法西斯战争中立下了汗马功劳。1949年后，厂名改为“长安厂”，也叫“456厂”。1958年，“长安”作为国家的军工企业曾经搞过第一台民用吉普车，并取名“长江”牌。在新中国成立10周年的国庆检阅方队中，“长江”吉普车队非常自豪地出现在全世界人们的面前。因为一位元帅说了句“长安还是要专心搞军品”，所以吉普车的“专利”让给了北京——“北京吉普”由此名扬至今。其实，“长安”才是中国自制吉普车乃至中国自制汽车的发源地。

到了和平时期，军工企业出现严重的“吃不饱”。特别是进入改革开放后，大批军工企业因为没有了计划任务而出现无活可干的局面，转民用产品是当时中央为军工企业指出的一条继续生存的活路。可由于军工企业体制与机制等方面存在的问题，加上设备老化，人员和机构臃肿，生产成本高，市场效益差，因而日子非常难过。名声显赫的“长安”，开始以为自己在制造汽车方面有足够的优势能在市场上拼搏，但后来情况并不如人意。尤其是1995年与另一个兵工厂合并之后，内部管理和领导层的问题，使企业元气大伤。到了重庆直辖市成立之际，“长安”已经像一头病入膏肓的老牛，半死不活地走在别人已经飞速行进的中国汽车工业的“高速路”上……

尹家绪执政“长安”后，他在总结导致长安“内忧”的诸多内因之后，提出以深化改革为动力，抓好人才工程、新品工程、精品工程、成本工程和营销工程等五大工程的治企兴企战略。1999年8月13日，新品工程的代表作——“长安之星”，在北京清华园的汽车碰撞实验室里进行了碰撞试验，各项指标均达到国际通用汽车碰撞安全测试标准。在成功推出“长安之星”SC6350的基础上，长安一鼓作气，拓展新品，很快形成了SC6350A、SC6350B、SC6350C等系列车型，使“长安”在全国名噪一时。

不过“长安”在跑向全国时，运气不太好，总出问题。1999年7月20日上午，特别要面子的“长安”老总尹家绪气急败坏地抡起铁锤，在众目睽睽之下“哐！哐！哐——”地将有质量问题的5辆“长安”和10个未定型的车身砸了个稀烂……这事在“长安”，甚至在全国汽车界影响都很大。有人说尹家绪有魄力，有人说尹家绪是自己扇自己的耳光。反正，这回老总“砸车事件”，使长安人上上下下震动极大。精品意识和质量意识由此开始，从而使“长安”汽车在市场上渐渐建立了真正的竞争力。

1999年11月30日，长安新一代轿车“长安羚羊”也顺利通过汽车碰撞试验。到这一年年底，“长安”实现年产销汽车突破15万辆。尹家绪因此获得首届“振兴重庆争光贡献奖”。

紧接着，尹家绪打出“实施成本工程战役”旗帜，并不遗余力地进行“眼睛盯住市场，功夫下在现场”的成本意识宣传，号召全厂职工从“干毛巾里拧出水”。结果，“长安”的总成本在2000年、2001年连续两年分别下降3.5亿元和4.9亿元。同时，他对外大打“营销战”，在全国2000多个县发起了一场“主体营销”攻势，并在全国300多个地级市场普遍开展试乘试驾“长安之星”新型车活动，使长安车在用户中的知名度、可信度、美誉度大增。从而取得2000年产销汽车突破20万辆，2001年累计实现汽车产销100万辆的业绩，该年“长安”全年完成工业总产值1184425万元，同比增长23.65%；实现工业增加值179046万元，同比增长42.14%；实现销售收入1028364万元，同比增长27.49%；实现利税84697万元，同比增长75.83%……长安汽车在中国市场的占有率达9.74%，其中，微型车市场占有率高达31%，

"中国微型车老大"的地位确定。尹家绪的"中国微型汽车之王"也因此叫响。这一年，他老尹再度登上"振兴重庆争光贡献奖"的领奖台。

"长安"开始步入如日中天的命运，尹家绪当然是同样的命运。但外人不知，在尹家绪的心目中，汽车生产的数量并不是他唯一追求的目标。他是想当中国汽车业的"民族英雄"。

"汽车是西方发达世界的宠儿。"这话后面的潜台词是：发展中国家包括你中国人在内，别想在汽车行业有所作为。尹家绪不这么看，而且更不同意这个观点。泱泱13亿多人的国家，充满活力和拥有几千万辆汽车市场的国家，没有自己自主开发和生产的汽车，这是一种民族的耻辱！

汽车工业领域的"民族英雄"情结，由此在尹家绪的心中扎下强烈的根，这根成为他脉搏中永远奔涌的热血……2006年4月下旬，在上海举办的第11届上海国际汽车工业展览会上，让"长安"和尹家绪有了真正的一次"民族英雄"的感觉。因为以往的国际汽车展，基本上都是国外名厂的汽车占主导地位，而这一次，他们"长安"与中国著名的一汽、上汽等企业都拿出了自主开发的品牌产品。尤其是"长安"新产品，成为耀眼的明星。

有人这样评价：如果简简单单地用规模和新车数量评价第11届上海国际汽车展的成功，恐怕太过平淡。的确，这是一届相当成功的展会，一次具有划时代意义的展会。这是自主品牌第一次抢了世界名车的风头，这是第一次从中国人看外国车变成外国人琢磨中国车，这也是第一次世界汽车巨头对合资企业的中方发展自主品牌公开表示赞赏。

用尹家绪的话，更直接：与往届展会最大的不同是，我们看到了中国自己民族的品牌完全能够做大做强的希望。

经济学家胡鞍钢这样概括："英雄者，胸怀大志，腹有良谋。

民族英雄就该创造历史，为民族振兴做出贡献。每一个伟大的民族都会产生她的民族英雄；每一个伟大的时代总会产生这一时代特征的民族英雄。民族英雄是民族的最优秀代表，时代的最突出的特征。”那么，在大力发展经济的时代，担当起振兴民族经济的责任，企业家义不容辞。

可惜的是，中国汽车业的企业家考虑眼前的太多，胸怀大志的太少，而既有理想又能够卧薪尝胆将一个企业从小做到大的，少之又少。尹家绪就是这其中最为杰出的代表。

尹家绪说：“看不清楚长安的历史，就没办法真正读懂长安。”

在成立至今140多年的多数时间里，长安一直是中国“具有特殊地位”的企业。在它的头上，有着无数光环：第一个近代兵工厂，第一个学习国外先进技术的国有企业，抗战时期为前线提供武器装备最多、贡献最大的企业，中国第一辆吉普车的生产企业……当然它也有过连续3年年产七八万辆车徘徊不前的低迷，有过被人质疑的失落，这些，长安人并不忌讳谈起。

如果一棵树长到百年，人们可以看到它愈发稳健的树干和超乎寻常的生命力。

如果一个人活过百岁，老天则赋予他更多的阅历与智慧。

如果一家企业能如长安般发展了140年，它展现给世人的该是更为丰富的东西，那便是百年发展史赋予它的蓬勃的生命力，是融入了厚重阅历与现代科学的智慧，是由于对市场的把握和深刻理解而更加稳健的步伐，是面对大起大落的宠辱不惊，更是自觉担负责任的强烈使命感。

这是一个历经风雨的百年国企，所有国企面临的种种问题，长安经历的更早更多。也正因为如此，尹家绪从不认为国有企业的前途有多么渺茫，即便是1998年企业最困难的时候，他也没有把“微车王”作为自己的终极理想。正如今天的中国汽车业，落后是落后，但我们的理想绝不该仅仅是“世界工厂”。

百年或许不能成为被人人尊重的理由，理想远大又能为之奋斗终生却可以。

在全球竞争的市场环境下，中国能否诞生世界级的汽车巨头？这个问题一直困扰着中国汽车界。当所有人都把中国定位在“世界工厂”时，一批有梦想的中国企业家相信，他们可以用中国人的智慧，为企业赢得机会。

比起那些新兴的汽车企业，人们现在似乎更愿意把长安看作民族汽车品牌的代表。因为从长安身上，人们看到的是自主品牌成长壮大的一条清晰可行的路线。世界汽车工业的每一次飞跃往往由一个伟大的人、一项伟大的技术或一种伟大的理念而发端，由此人们这样猜测，既然尹家绪已经率领长安打破中国汽车格局，那么，尹家绪能否率领长安实现中国汽车的一次飞跃？

原本低调的长安仍然被一篇言辞激烈的网络文章唤醒了。尹家绪清楚地记得，那是2003年6月。从那以后，尹家绪就习惯了被媒体追逐，习惯了人们出于好奇而提出的各种问题，习惯了长安成为人人都关注的谜——

“同为当年四大微车企业，在产品和规模并没有很大差距的情况下，为什么只有长安脱颖而出？”

“为什么长安微车的产量只占全国微车产量的1/3，利润却占到70%～80%？”

“为什么长安能够实现裂变式发展？”

“很多企业都很难在合资合作中赢得主动，长安为什么能够与世界第二大汽车公司福特签订具有排他性的战略合作协议？”

“长安是如何做到在合资合作中坚持自主开发的？”

“长安是怎样在与福特合作的同时，仍然赢得‘通用系’的铃木公司更为密切的合作？”

在尹家绪宽大的办公室，他接待一位记者时笑言："不止这些。还有长安为什么能够控股江铃，为什么蒙迪欧的车上可以写上中文字'长安'，为什么去年增发股票能够成功，等到3天后长安、福特、马自达三方宣布共同组建发动机厂的时候，人们还会问，长安为什么能够占到50%的股份。"

尹家绪，这位地道的重庆人，1998年出任长安集团总经理之前，在长安当过两年的挂职常务副总经理。他领导长安从年产微车七八万辆到今天汽车总产量接近60万辆，使长安集团从不知名到今天成为进入中国汽车第一阵营的唯一一家三大集团以外的企业，在国内汽车综合集团里，能够带领企业凭借自身实力获得如此业绩的人，恐怕只有尹家绪一个。

"长安这几年发展靠什么？"A型血的尹家绪端起硕大的茶杯喝了一口，说："企业的成长和人是一样的。只有一个方面好，当然不能称作健康。凭一两个诀窍，一次偶然的机遇，投机取巧，企业不可能长远。做企业就要实实在在，当然也要抓机遇。"

尹家绪之所以是尹家绪，正是由于他虽然张扬却不外露，温和而又当仁不让。也正因为如此，福特汽车的一位高层私下对记者评价他是"谈判时立场坚定手腕却灵活的生意人，稳健却不保守，甚至思想超前的领导者，注重落实、锲而不舍的实干家"。如果想了解长安能实现裂变式发展的真正原因，不妨也参考这位福特高层的答案："虽然与现实有很大差距，但他心里很清楚要把企业带到什么境界，他已经勾勒好企业的蓝图，有想法、有部署。这是很特别的一点。"

"有想法"，对于尹家绪而言永远是个关键词。2004年，长安汽车产销量分别达到581531辆和579091辆，在全国汽车行业位居第三。尹家绪提出的"三年再造一个长安"提前实现。之后，他又提出"四年翻番跨百万，六年收入过千亿"的新的发展目标。

尹家绪说："当时提出'三年再造一个长安'时，谁都不信，但我心中有数。"

与其雄心同样重要的是，尹家绪知道该如何去达成目标："简单地说，如今作为竞争比较充分的商品，汽车的竞争虽然体现在市场上，竞争力却体现在企业的现场。和打仗一个道理，打不打得赢，功夫不在战场上，很多是在战场以外，在战争开始之前。这几年，市场上体现出来长安有所发展，市场占有率有所提高，合资合作也在深入等，这些都是表象。实际上，这些年我们做了很多工作。"

"……故善战者，立于不败之地，而不失敌之败也。是故胜兵先胜而后求战，败兵先战而求胜。善用兵者，修道而保法，故能为胜败之政。"(《孙子兵法·兵形篇》)

两千多年前，我国古代杰出的军事家孙武就对胜利者做了如下的归纳：善于打仗的人，总是确保自己立于不败之地，同时不放过任何击败敌人的机会。所以，胜利的军队总是先创造获胜的条件，而后才寻求与敌决战；而失败的军队，却总是先同敌人交战，而后企求侥幸取胜。善于指导战争的人，必会修明政治，确保法制，从而才能掌握战争胜负的决定权。

看来，尹家绪已深得其中精髓。当初的低调，是在创造获胜的条件；而人们所说的"裂变"，则是积累过后的爆发。

后来，那位记者非常用心地叙述了尹家绪的这份"造车理论"——

"欧美的企业注重'术'，也就是科学的规范和程序；中国的企业更多强调的是'道'。而日本和欧美的企业也有所不同。具体到现在的中国企业应该如何取舍？我认为'道'和'术'，也就是管理思想和科学方法都要注重。在'术'中融入'道'，知识就成为智慧。"

道和术的相融与运用，是尹家绪领导智慧的核心。

在尹家绪看来，任何国外先进的管理手段都是“术”，刚性而严格；“道”则指思想与经验，无形却贴近实际。“道”与“术”的密切结合，就构成了长安开放而具有生命力的管理体系。

“大企业的管理者不一定清楚车间应该怎么做，工人怎么想，应该用什么文化什么思想去教育员工、管理车间。我可是工人出身，我知道工人在想什么，我知道车间需要什么，我知道怎么去关心工人、管理工人，怎么去规范工人。”

自诩工人出身的尹家绪深谙国有企业的中国特色。怎么奖，怎么罚，怎么激发兴趣与斗志，怎么持续保持兴趣与斗志……当经营管理者的管理思想真正融入员工的血脉时，一套独特的企业文化日渐丰满完善，支撑起长安的未来。

事实上，如果说一部长安发展史就是一部内涵丰富的教科书，那么，尹家绪在任的这 8 年时间里，则用生动的事实告诉那些有志于挑战世界汽车巨头的中国企业家：长安的经营管理的思想宝库中充满玄机：因为实际情况与不同阶段的差异，使得长安不断创造出新鲜、有效的管理方法，以牢牢地将员工的行为统一到企业战略之下；同时，长安的经营管理思想宝库中又什么秘密都没有，因为当战略方向一经确定，剩下的事无非是用合适的人分解执行战略，在规定的时间内达成既定的目标。譬如，他在 1999 年提出：长安本部的现场管理要在半年内超过长安铃木。

那天，尹家绪刚刚到工厂里突击检查 CPS 的执行情况。CPS 实际是借用福特欧美系统的一种科学管理方法。长安开始推行 CPS 以来，尹家绪他们就在研究在中国、在长安、在现场如何推行更有效。而长安最出名的 MLDQ 管理体系，即以市场(market)、现场（locale)、素质（diathesis)、品质（quality）为重点的系统化、流程化、科学化的管理体系，其中包含了日本精益生产方式、准时制、海尔 OEC 管理、美国福特 APQP、企业资源计划 ERP 等中外先进管理方法的精髓，经过以我为主的融合提炼，被长安人戏称为“迷踪拳”。

在“术”中融入“道”，可以看作是中西方管理的有机结合。尹家绪说这是“管理思想的优化”。在他看来“术”是知识，融入了“道”就变成了智慧。智慧比知识高，因为知识是书本上的，智慧却是书本与经验的浓缩。当尹家绪用浓重的川音笑着总结出“不能把李逵的板斧拿来劈柴用”时，意思分明是，国外好的方法要在国内企业发挥作用，就要凭借中国企业家的智慧。在国内 70% ～ 80% 的企业应用都不大成功的 ERP，经过一番结合实际的重新设计后，如今让长安收获颇丰。

“我不喜欢公司其他人来和我谈战略。战略我来考虑，你们只管执行。曾经有人问我你最担心什么，我说我最担心的是我现在还没有担心的事，也就是说，我们的班子包括我缺乏一种创新的思维、创新的能力，或者是发现问题的能力。不能发现问题就是最大的问题。”

“管理的本质在于结合实际，管理的成功在于方法正确。结合实际提出管理思想，但是还要寻求方法，方法就要大家去想。”尹家绪从来都没有把战略看成是一剂良药，他和他的管理班子把大量的时间都花在了分析这些战略到底应该如何实施上。

如何实施更有效？用什么方法能够让员工既知道该做什么又清楚该怎么做？

长安人对战略执行细节的钻研可谓“用心良苦”，他们相信，通过控制过程可以改变结果。在外人看来，或许尹家绪做的事很多都不能获得短期利益，而且要投入很多资源。然而，这种对过程的追求与挑剔恰恰显现了其高人一筹的战略思想。

MLDQ 管理中有 500 条规定，长安有办法让人人都记住；

都搞质量工程，长安有办法让人人都刻骨铭心；

降成本是财务的事，长安有办法让它变成大家的事；

都说人才难得，长安有办法让人人认识到自己的价值……

模仿“开心辞典”的一年一度的闯关活动，18 本有条款、有漫画、有小故事的 MLDQ 管理手册，为每个有技能的员工出书刻盘，每年都有的合理化建议新车大奖，不断提出的朗朗上口的理念，甚至惊心动魄的砸车，都构成了长安战略思想、长安文化的一部分。

尹家绪不喜欢传统手法，每当他的下属和员工提出一个新的思路、新的方法、新的发明时，他都感觉如获至宝“关键在于提高。新，就意味着提高。”譬如，长安提出要创造性地抓成本，全过程抓成本。“工人常年在生产线上，他们对工作的思考比谁都深入。一点小改小革，带来的效益就不得了。”

搞合理化建议也需要企业智慧，否则为什么很多企业都在搞，成功的却很少？“一方面要落实，提出建议给奖励，实施以后还要奖。在上报建议时提到的能产生多大效益，正式实施时就要达到，来不得半点儿虚的。另一方面，还要了解中国人的心理和文化，奖励不掀起一个高潮不行。每隔几个月我们就拿汽车来抽奖，在电视台上直播。吸引员工的眼球和增强企业的凝聚力。”从 2000 年尹家绪颁布总经理令起，合理化建议已经为长安本部节省了几亿元。2005 年第一季度，因合理化建议而节省的资金达到 6000 万元，而面积为 300 亩（1 亩 =666.7 平方米）的长安第三工厂以 22 万辆的年产量，成为“亩产最高的工厂”……这些，对于那些质疑长安高利润的人来说，的确难以想象。

独创的“两条腿走路”的营销系统则充分体现了长安“借力”的巧妙。在厂家力量大于商家的地区，销售以厂家为主；而在商家力量更大的地区，则以商家为主，厂家为商家服务，以充分利用社会资源。“调动两方的积极性肯定比只有一方有积极性好。”

兵法的5条基本原则“度、量、数、称、胜”（地域大小、物质资源、兵力多寡、军事实力强弱、获胜把握）中，长安并不占优，但“做任何事都换个思维”的风格，却让长安能够巧妙而充分地利用资源、组合资源，充分释放企业的潜力。还有一个不错的例证是，2004年资本市场上长安用11亿元撬动300多亿元的出色表现。

不久前，一家国际知名汽车集团的高层发出这样的感叹：“尹家绪说的话、做的事永远超前，这点太可怕了，说不定用不了3年又能再造一个长安。”在经过8年的苦心经营后，长安已经成为世界汽车巨头在中国颇为忌惮的对手。

虽说不喜欢谈战略，但必须承认，长安在以重庆、南京、河北为主的“地域三角”布局以及以长安、福特、铃木为主形成的“产品三角”的战略联盟，一系列的合纵连横，巧布棋局，无疑是极具战略眼光的成功之举，凸显尹家绪作为企业家和战略家的大气与天分。

长安汽车重庆基地是长安汽车一个重要的战略中心，也是长安、福特、铃木“大三角”布局的主要体现之一，主要由长安汽车本部、长安福特、长安铃木、长安工业园等构成。长安汽车本部除了微车领域在国内占据绝对领先地位外，在开发自主品牌汽车道路上更是力度惊人。长安福特主要立足中、高档轿车领域，与国际水平同步进行产品拓展和新品推出，随着新车型的引入和产销规模的扩张，长安福特将成为公司未来几年重要的赢利增长点。长安铃木是国内第一个日本在华的合资企业，旨在打造高性价比的经济型家用轿车领域。经过一段时间的沉寂后，铃木已与长安达成加强合作的协议。按照协议，每年将至少推出一个新车型。之前奥拓和羚羊在车市的表现足以让人对长安铃木的未来有所期待。位于重庆渝北的长安工业园，是长安汽车倾力打造的未来的整车和零部件生产基地。

南京基地和河北基地是长安汽车通过低成本扩张和兼并重组等方式实施“东进北上”战略的典型示范。2003 年，长安汽车对南京长安和河北长安的不良资产进行了彻底的清理，并对两大基地生产管理和销售渠道进行了整合。再加上与江铃的握手和长安福特马自达南京项目的设立，长安汽车已经初步构建了中国汽车市场的战略布局。

一切看起来那么顺利，那么理想。可在成功的背后，尹家绪不知头疼了多少次。“长安曾经出现过三种语言的人坐在一起谈判的情景。马自达、福特、长安，三种语言，三种文化的磨合与冲突。关键在于如何处理好这些关系，驾驭好这些关系，运用好这些资源。”

困难的时候，想办法解决困难矛盾。与外方合作，文化不同，利益不同，肯定有矛盾，尹家绪心里清楚，追求与合作伙伴永远的平等是不可能的，但必须把握住自己的原则和底线。

“我的国格、人格、尊严绝对不能丢。一般情况下，都不要说不行。不管再大的矛盾，与我的底线原则有冲突的时候，也要积极地寻找解决的办法，尽量地引导他们平等地看问题，平等地待人。另外，谈判的时候也需要合情合理，当然理大于情，有时候也会运用法律的武器。不要锋芒太露，有时候也要让些步。”

尹家绪善于总结。他说做领导也有讲究，应该具备“三气三有”的素质。三气指气度、气质和气势；三有指的是有知识、有智慧、有资历。凭借这些，尹家绪不仅在合作中为长安赢得了地位，更在竞争中赢得了对手的尊重。

作为人大代表，尹家绪连续 3 年递交提案，即坚持两条腿走路，边合资边发展自主品牌。人家是为了合资而合资，尹家绪是为了自主而合资。对于这一点，他不仅理直气壮，而且名正言顺地得到了合作伙伴的认可与支持。

2001 年 4 月，由福特汽车公司、福特（中国）投资公司（福特汽车的全资子公司）和长安汽车共同投资 9800 万美元并分别拥有 25%、25% 和 50% 股权的长安福特项目正式落户重庆。这次合作着实不易。20 世纪 90 年代，上海福特与通用之争，在重庆再次上演，只不过，这回福特成了赢家。

面对“长安为什么弃通用而选择福特，还差点得罪了铃木”的疑问，尹家绪笑称“不愿意做‘二房’”。现在想来，其中更深层次的原因应该是长安不想仅仅成为跨国公司全球战略的一部分或成为某一种车型的生产基地。长安有长安的战略，有自己的长远打算。期间，尹家绪和长安人没有忘掉重庆直辖市领导对长安这次与美国福特合作的全力支持。市长亲自出面做工作，与日本驻华大使沟通情况，耐心做说服和理解的工作，让“长安人”记忆犹新。

其实重庆人心里明白：“长安”的日子好过了，重庆人的生活就像姑娘们见到雨过天晴后的那种“太阳出来喜洋洋”的感觉一样。

长安的发展影响着直辖市工业发展前景的天平。

长安未来的产品结构战略是“微车为本，轿车为主，发展商用，进军服务”。要把已经具备一定规模的轿车培养成优势，就要依靠合资合作；而再利用合资合作中学来的本事，将现有的优势——微车变成强势。合资与自主相结合，最终达到“成本领先，产品领先”的目标。从市场战略看，合资企业的产品一般只能在国内市场销售，那么，在国际市场中历练的任务就需要自主品牌的产品来担当。让合资合作成为企业自身战略的一部分，国内汽车企业中除了长安，恐怕还没有第二家。

同时担负着繁重的国防建设任务的长安，太清楚自主开发对于中国企业、对于中国汽车业、对于中国的意义。采访中，尹家绪两次发出“心有不甘”的感慨。第一次是因为“你要别人把核心技术给你是不可能的，企业自己掌握核心技术也不可能，把别人的核心技术拿来当自己家的东西用更不可能，因此没有说话的本钱”而心有不甘；第二次因为“买别人的技术，别人只给你结果，如果知道过程即便结果错了也还可以验证，只知道结果却连验证的方法和思路都没有”而心有不甘。

“汽车人就应该有远大的理想。”在国企工作多年的尹家绪知道，除了适应市场的机制以外，理想才是国企领导者的原动力。所以，他才能在自主路上如此坚定不移，他才敢历时 5 年投入上亿欧元第一个到海外设置独立法人技术中心，才敢将全年销售额的 5% 投入到新产品开发中，他才会为长安选择一条循序渐进的品牌之路：“与其来料加工赚点儿辛苦钱，不如扎扎实实做出自己的品牌。时间虽长些，辛苦些，但是可以今年明年做成县一级的品牌，后年大后年做成地区级的品牌，再做几年做成省一级的品牌，再做 10 年做成中国品牌，如果连这个起步都不愿意，那么永远也没有可能用一天时间就成为世界品牌。”

比起那些新兴的汽车企业，人们现在似乎更愿意把长安看作民族汽车品牌的代表。因为从长安身上，人们看到的是自主品牌成长壮大的一条清晰可行的路线。当一个企业具备了工业基础、厚重的文化、领导的智慧、扎实的作风、创新的意识、向强大的合作伙伴学习的机会以及自我发展的理想，它就拥有了捕捉机遇的能力，中国汽车人的梦想也就不再遥远。

用尹家绪的话说：“中国人的汽车梦就是民族工业的现代化之梦，中国汽车人的梦，就是我们要在世界之林立于不败的民族英雄之梦。”

关于“长安”，还是让“长安”人自己去说最好——

长安汽车（集团）有限责任公司党委常务副书记、工会主席时玉宝：成功一定要有好带头人

当初我是硬着头皮上任的。尹总调我来长安最初是担任办公室主任，其后任常务副总经理，1997 年让我担任长安汽车的厂长。说实话，我不愿意当这个厂长，因为当时是长安最乱的时候，产量始终上不去，工人无心工作，工作环境更是恶劣。当时的冲压车间遍地是油，戏称油田；焊接车间到处是水，戏称水田，穿着皮鞋在车间里走一圈，鞋就翘起来了；总装车间螺钉满地扔；涂装车间工人随地方便。长安曾经请过一个日本人做厂长，拿着 100 万元的年薪，可是厂房车间面貌依旧。不过既然领导要求，就不能考虑太多，于是我硬着头皮开始了工作。

但是怎么做？我曾在日本工作学习了很长时间，日本的汽车企业我都去考察过，于是我就把日本的管理经验和中国国有企业的实际情况结合起来，制定了管理制度，都是看得见、摸得着、操作性非常强的。那个时候，我提出在我的任期内长安的管理要超过长安铃木，可是说说容易，做起来却很难。我花费了大量的时间最终拟定了 500 条管理条款，都是很细节的，比如厂房休息区茶杯怎么摆放、员工上岗必须要穿工作服等。员工做到了就奖励，做不到就重罚。就是为了通过对细节的严格管理，培养员工人人抓管理，事事讲规范，管理重规范的意识。结果半年后，我们的管理就超过了长安铃木，并且巩固到今天。现在长安的管理还在不停地吸取各种管理理念的精华，不断完善，从 MLDQ 到 CPS 一直如此。

通过抓管理，最直接的体现就是产量的逐步递增，从当年徘徊在六七万辆的产量，到年产 10 多万辆。现在通过技术改造，已经达到了年产 20 多万辆。我们可以自豪地说，长安的工厂是世界上“亩产最高的工厂”。长安厂的发展当然不仅仅是通过管理的改革，而且是在尹总领导下的全方位的改革才能实现。

一个企业要想成功一定要有一个好的带头人，如果没有尹总带头，长安可能还要徘徊很久。

尹总是一个什么样的人？我认为他是一个项羽加刘邦式的人物，他有着很强的管理能力，又能够选用合适的人到合适的岗位，发挥每个人的专长。现在长安领导班子里的十几个人，各有各的个性、各有各的长处。作为几万人的企业的老总，尹总能把长安管理好是一种艺术，他善于总结，有很强的战略思想，他认为长安的核心竞争力就是：科学的战略，严格的管理，完美的执行。

尹总是做事业的人，我们能给尹总当好助手，就体现了我们的人生价值。

长安铃木汽车有限公司副总经理　李珍祺：长安只超越自己

我现在是长安铃木公司副总经理，我于 1985 年大学一毕业就分配到了长安，曾在厂部担任秘书工作。这段经历让我对长安有了非常深厚的感情，所以我是以一个老长安人的身份聊聊长安。

要说长安最大的特点，我觉得，第一，长安人一直有一种气势，这种气势看不见，摸不着，可是又无处不在。做什么事都想做到最好，这种气势的形成应该说是一种历史的传承，也是长安能够发展到今天的一个主要原因。第二，长安军转民时选择了一个很好的项目——微车，既符合中国的国情，又为长安做大打下了很好的基础。第三，就是尹总到长安以后，表现出很强的开创精神、极强的魄力，特别是他能够对企业的未来进行战略角度的思考，给长安带来了非常快速的发展。

长安已经进入中国汽车第一阵营，很多人都说，长安已经超过国内很多大厂了，再加把劲争取得第一。其实，长安一直在做超越的事情，这一点没有错。但是，长安从来不提超越别人，只超越我们自己。长安的老厂长说过这么一句话，我到现在还记得：“长安厂就像一棵黄葛树（重庆的市树）从岩石缝中生长出来，在恶劣的环境下长大，而且会越长越大。”中国的汽车企业那种在国家的保护下发展的情况不会维持太久，毕竟，发展才是硬道理。只有早点儿参与竞争，锻炼自己，才会有顽强的生命力。

这两年，长安的发展是裂变式的，兼并重组的步子也非常快，业内有些人担心长安消化不了，如果认真剖析就会知道，长安已经具有二十几年做汽车的基础，而长安铃木和长安福特两个合资企业为长安带来了先进的管理理念和方法。这些支撑起长安的裂变，而非一蹴而就。况且，长安走的每一步都是按照自己的企业发展战略、产品战略来的。

要问我对尹总的看法，尹总可是我的偶像！对工作的要求非常严格，对人又很宽宏大量，平易近人，还很幽默。如果说长安是支军队的话，尹总就是非常优秀的元帅。

长安汽车（集团）汽车制造厂综合管理处副处长　危来安：人的思想像水，需要容器来盛

长安的管理是独具特色的，是在大量学习、融合提炼后形成了自己的一套开放体系。1998 年以前，长安还有国有企业比较松散的毛病，而实施 MLDQ、生产精益化，以及准时制之后，企业变化非常大。不仅半年达到长安铃木的管理水平，而且还超过了它。当时大家就觉得，抓现场管理和行为规范，原来可以挖掘出这么大的潜力。现在我们三工厂每天下线七八百台车，1 分 40 秒的生产节拍和国外先进生产企业都不相上下。

MLDQ 的规定确实多，也确实细。比如上班穿什么，戴什么，杯子怎么放等都有，500 条。做到了，每条奖励 1 毛钱，全部做到就奖 50 元钱。没做到就要罚，当然还是以奖励为主。每天都要检查。现在随着企业的发展，这些规定还在不断调整。因为管理要结合实际，脱离管理对象的管理就太虚了。而且，管理没有先进的、落后的区别，关键是在合适的时候用合适的方法。

管理确实严格也琐碎，但是我们要传达给员工一个概念："严格管理是最大的爱。"比如，管理后大家工作的环境好了。原来每年都有因为操作不规范致残的工人，现在也没有了。流程控制好了，人的操作规范了，而且看到谁不规范，大家都有权力制止，这样严格管理的效果逐渐显现，慢慢大家就都理解了，而且自觉执行。

人的思想就像水，需要容器来盛。管理确实是件麻烦事，也很累。比如《红楼梦》里的王熙凤，压力也大。但是，当你看到公司在发展，人才在成长，员工收入多了，企业的凝聚力强了，这是最有成就感的时候。

管理的确很重要，不过要在正确的经营思路下，管理才能发挥作用。而且，就算是国外顶尖的管理方法，照搬到国内来，也不一定有用。为什么？水土不服。管理对象、企业机制变了，管理方法也要随着变。

长安汽车（集团）有限责任公司宣传部　靖艾平：不计个人得失是长安人的特质

我清楚地记得，尹总是在长安最困难的时候来的。第一次见到他是在全体职工大会上，那时我就发现了尹总上台讲话时中气十足，嗓音洪亮，给人的感觉是他很有信心、很有底气。而他传达出的种种信心一下子就把职工们的心稳定住了。尹总真是受命于危难之时，当时的长安连续几年的产量都徘徊在七八万辆，始终突破不了。尹总一来很快就把长安上上下下摸得很透，少说话，多办事。先是召开职工大会，向大家剖析形势，阐明利害关系，理顺了两个企业之间的关系，消除了内耗、稳住了人心。然后就是通过砸车事件，提出了“如果谁砸我的产品我砸谁的饭碗”，让大家从内心里意识到产品质量是企业的根本所在。

尹总是很会用人的，比如为了做好长安厂的销售工作他请来了陈永强。陈永强是搞销售出身的，有不少窍门。来到长安后做了很多工作，虽然当时看好像花了不少钱，但是却为今天长安汽车销售奠定了坚实的基础；而且他通过对销售渠道的整理、建立基层网点，使得长安汽车又重新出现了1988年、1989年的火爆局面。还有时玉宝书记，尹总当年任命他担任长安厂的厂长。在时玉宝厂长的领导下，长安厂的工作状况很快就改变了。是否会用人是很重要的，小到一个家庭，大到一个国家，都是这个道理，如果不会用人，企业就可能失败。

长安有着悠久的历史，长安人有着强烈的责任感和使命感。这一点在长安开始制造汽车后的历届领导人的身上表现得特别突出。谭西民把长安制造汽车的历史推到了第一个高峰。在20世纪50年代艰苦的环境下，他带领长安人一步一个脚印，从无到有制造汽车为长安今后的发展打下了一个好基础。杨善志任职的时候长安正面临着困境，可他还是提出勒紧裤腰带也要建成10万台生产线。现在长安能够很顺利地实现20万台的产量，杨总立了一大功。尹总也是如此，从不计个人得失，一心只想引领长安走向辉煌。一代代的长安人就是这样前赴后继为了中国民族工业的兴盛而奋斗着。

福特中国副总裁　许国祯：与“长安”的合作是场“百年约会”

其实在与“长安”合作之前，我们还和其他国内有名的汽车企业都谈过，但最后“福特”和“长安”互相选择了对方。这不只是“福特”选择了“长安”，“长安”也选择了“福特”。

双方走到一起是因为两个公司的本质相同，更重要的是远景相同。如果追溯长安的源头，100多年前是赫赫有名的“汉阳兵工厂”，那是中国民族工业多么值得自豪的一段历史。同样，“福特”也是全球规模的百年大企业，本质相同的是这两个企业都肩负着百年以上历史的重任，也经历了百年的历练，对事情、对市场已经形成了系统的看法。远景相同是两个企业都想在中国做出一番事业，要做汽车企业的领头羊。经过双方讨论，我们合二为一。“福特”和“长安”的关系定位是战略合作伙伴，“福特”在中国大的项目或者以后要发展一些项目都会和“长安”一起做。比如不久前“长安”和“江铃”重组成立控股公司，这是一个很好的契机，因为双方都是“福特”的合作伙伴，它们两家结成“亲家”，“福特”自然在旁边高兴得不得了，我们希望通过这样的方式合作能够更紧密。

至于如何看待“长安”坚持自主开发，我认为，“长安”的进步，也就是“福特”的进步，“福特”的成绩里面有“长安”的贡献。“长安”本来就是一个汽车企业，重庆“长安”“长安铃木”这些都是在福特和长安合作前已经既存的企业，它们不可能因为一个新成立的企业就不做了，我们的业务发展基本上是互不干扰，但又是相辅相成的。作为“长安”的战略合作伙伴，说到对于他们坚持自主开发对我们双方合作的影响，这要看从哪个角度看，有的人会产生防范之心。但我们认为两个合作伙伴如果在技术、业务操办的经验上都比较贴近的话，事情反而更好办，更容易沟通，思路更契合。长安集团对于福特的文化，包括做事方法、产品开发、投产、现场管理、安全、环境，甚至细小到厂里通风设计，都会有深入了解，就可以扬长避短。合作伙伴体力越来越强健，对我们而言是好事。

尹家绪在重庆是家喻户晓的人。然而这个神秘而值得人们尊重的人，现在已经悄然地离开重庆，到中国南方工业集团公司任老总去了。但尹家绪这个人的影子会在很长时间内一直留在“长安”、留在重庆人的心目中。透过浩如烟海的中国“微型车”世界的那层神秘面纱，让我们来真正认识尹家绪这位在中国汽车行业中为重庆人争得极高荣誉的“民族英雄”。

尹家绪把“长安”从一个只能年产几万辆的危难企业，发展到2000年的20万辆、到2005年的60万辆……50岁的尹家绪于2006年初离开“长安”出任中国南方汽车公司总经理。但“长安”快速发展的步子丝毫没有减慢，2006年的年生产汽车总量达70万辆，收入达432亿元，占重庆市生产总值的10%左右。

没有人做过这样一个设想：如果将“长安”年产的70万辆车排成队，同时起步，那阵势不知有多么壮观和气魄！那阵势，真的是车轮滚滚，惊天动地！

其实我知道，在重庆，“长安”仅仅是直辖市“车王国”中的一个“诸侯”而已。它还有名声和实力不相上下的“嘉陵”“建设”“庆铃”“精通”“宗申”“隆鑫”等汽车摩托车企业。据2005年统计的数字表明，重庆以汽车和摩托车为代表的“车子工业”所产生的工业产值就达800亿元左右，占全市生产总值的25%以上。重庆的汽车产量使其稳坐“中国四大汽车生产基地”之一的宝座，而重庆摩托车的700万辆的产量水平，则稳居“全国第一”。

重庆“车轮子”的厉害，国人早有所闻，并且载入中国当代工业史册。

说到重庆的“车轮滚滚”的队列中，我们不得不提到同样有着“民族英雄”情结的一位重量级人物，他也姓尹。那便是通过党的政策，顺应直辖市的发展轨迹，靠个人的力量跻身于中国车业“霸主”之一的尹明善先生。

尹明善在重庆和全国的名气都不小，外地人知道他是因为尹先生在2000年时，就以重庆力帆集团董事长的身份，以总资产18亿元而跻身美国《福布斯》杂志评出的“中国大陆50位富豪排行榜”。之后，尹先生多次被列名“中国富人”榜。然而他是典型的民营企业家，是重庆民营企业家中的杰出代表。

尹先生在外第二次出名是在2000年8月19日，他以5580万元的代价买下了“寰岛”足球俱乐部，改旗号为“力帆”。这回使名不见经传的“力帆”从此扬名神州大地。尹明善当时说，足球是绝对的朝阳产业，我希望我能成为中国的尤伯罗斯。

尹先生第三次在外出名是在2003年，他当选为重庆市政协第二届委员会副主席，成为改革开放以来全国首位进入省级政协领导班子的民营企业家。“想不到，实在没想到。”尹先生在描述自己成为政协副主席时非常激动：“我只是一个普普通通的商人……当中央组织部找我谈话的时候……我就跟他们讲老实话，我是连科长都没有当过的人，怎么一下子把我提得那么高？”从那个时候开始，尹明善的名片上一直挂着这样四个头衔：全国政协委员、重庆市政协副主席、重庆工商联会长、重庆力帆集团董事长。

尹先生第四次在外出大名是在2005年。他尹明善在这一年向全中国宣布：麾下的“力帆集团”要进入汽车行业，并且出资24亿元，砸出了一款力帆520。“不信神州无此时，家家买得香车归。”老尹以诗言志，誓言要拿全部身家进入汽车行业。如当年的浙江台州“汽车狂人”李书福一样，老尹的话很是惊天动地。尹先生还有一套“论斤说车”理论：在研究了摩托车的价格后，他得出的结论是，“125 毫升排量的摩托车在 1997 年是 1.6 万元，现在只有 3000 元，合 14 元 / 斤。捷达、桑塔纳大概是 50 元 / 斤，我预测 8 年之后这些车会降到 20 元 / 斤左右。”尹先生想告诉世人，目前轿车利润很高，力帆轿车的价格很便宜。

“当年追车儿，今朝造车人。恍然如梦中，幸运中国人。”60 多岁的重庆人尹明善一腔造车热血，显示了他要像“长安”老总尹家绪那样，成为汽车工业中的“中国制造”的民族英雄。

这一年，尹先生以 5000 多万元义款捐献给光彩事业，从而获得“中华慈善家”的美名。

在重庆“车轮滚滚”壮丽事业中，尹明善其实只能算是个后来者，但这位人物的“车业传奇”使他同样成为今天新直辖市的一位标志性人物和 3000 万新重庆人心目中的英雄。介绍他的文章多得很——

尹明善是地道的重庆人，出生在重庆涪陵的一个破落的地主家庭。对童年的往事，尹明善记忆犹新 ：“我出生的时候家里生活是挺好的，不需要养猪，天天买肉吃也没什么问题。”但地主家庭的身份，注定了 1949 年后他的日子不会太好过。“我和母亲被发配到郊区的一座山上住……那段时间，我和 50 多岁的老母亲相依为命。”为了谋生，12 岁的尹明善向人借了 5 角钱，开始做卖针头线脑的小生意。“我手端一个小盒子，里面放着几十根针，以批发价卖给别人。”尹明善介绍，他到城里买针，花一角钱买 50 根针，再回乡下每根针卖一分钱，一次买一角钱的人可以买到 20 根针，因而利润不错，一天能卖针赚一角多钱，3 天就可以帮母亲买一升米，剩下的还可以买些油盐和菜什么的。他由此成了家里的顶梁柱。

童年的“经商”经历，使尹明善从小就有了浓厚的商品意识。“通过卖针，我居然还学到了现在才兴起的资金调用和拆借。”他说，自己一般是先在乡下卖掉针，赚到钱后再到城里进货。一位相识的卖鸡蛋的年轻人则是先到乡下花钱买鸡蛋，再拿到重庆卖掉。于是，尹明善和卖鸡蛋的年轻人商量，采用“融资”的办法，把两人的资金合在一起用。“我把在乡下卖针得来的钱都交给他，这样他可以多收购一些鸡蛋，到重庆他卖掉鸡蛋后再把钱交给我，我又可以多进些针头线脑。”一年下来，尹明善居然赚到对于当时的他来说是个天文数字的几十元钱哪！

有了比别人多的钱，在安顿好母亲的生活后，尹明善便来到重庆求学。校园里的尹明善如鱼得水，成绩一直很好，深得老师和同学们的喜爱。

由于种种原因，尹明善年轻时一直不顺。直到 1979 年，生活才走入正轨。尹明善心里暗暗发誓道：姜子牙 81 岁出山，我今年 41 岁，还年轻，一切从头做起！

从骨子里说，尹明善是个文化人，他在 41 岁之后的几年里，仍然没有超越于他的“文人情结”，先是去当电视大学的英语教师。再后来，他应聘去重庆出版社当了一名编辑。20 世纪 80 年代中叶，在“下海”浪潮的冲击下，尹明善的那颗不安分的心也跟着“跳动”起来——之后便是他的数年“书商”生涯。

然而几年过后，尹明善清楚：再大的书商也融入不了重庆这个以“车”为代表的“经济新王国”的主流之中，更成不了被人注目的英雄。

此时的重庆，以“长安”和“嘉陵”为代表的车业经济如火如荼，尤其是“嘉陵”引发的中国“摩托热”，将处在“万元户”水平的中国人惹得整天都在做“摩托梦”——摩托市场让重庆人风光无限。

尹明善也要做摩托了！当时像他这样想在“摩托”这块大蛋糕上分一勺羹吃的人多了去了，但没有几个人相信“书商”出身的尹明善会干出什么大名堂来。

然而他成功了！重庆“车王国”成就了一位吟着小诗走天下的文化人向大企业家转型的全部过程——

1992 年的一天，当他站在轰达车辆配件研究所不足 40 平方米租来的车间里，向手下的 9 名员工宣布“我要造出全中国、全世界没有的发动机”时，没几个人拿它当真，甚至有人偷偷地在底下嘲笑这个“连摩托车轮子怎么转都搞不清”的“尹书呆子”是在发神经病。而在泱泱重庆“摩托帮”的大海洋里，他尹明善更是个不入流的无名小卒。

改革大潮造就英雄豪杰。无名小卒加“老人革命”的尹明善(他在加入“车业”行列时已年过半百)，谁也没有将他当回事，尤其是后来被他甩在后面的几家“摩托老大”，“尹明善？尹明善是谁？嗨，别管这类小个体户。”人家这么说。

可弹指一挥间，10 年之后，重庆没有人再不把这个尹明善放在眼里了，他竟然超过了所有“摩托老大”，坐上了中国“摩托老大”的交椅。

10 年的时间太短，一瞬间的工夫。而就是 10 年工夫，尹明善使自己的事业和重庆人在全国人民面前大大露了脸。看看有人给他记述的这段“发迹史”吧——

55 岁入行的尹明善，要在夹缝中杀出条生路，只有剑走偏锋。尹明善的“绝活”是一个老得不能再老的招：创新。

他没有重复其他小企业为大厂做边角料的老路，一开始就直指摩托车“心脏”——发动机的生产。因为他看到，尽管当时的摩托车市场热浪灼人，但发动机一直是瓶颈，国内只有 50 毫升和 70 毫升两个型号，其余大多从日本进口，当地摩托车小厂还不得不远到河南买质次价高的国产发动机。

尹明善的判断是：“做摩托车尽管市场空间不大，但技术空间很大，创新空间更大，利润空间无限大。”不懂技术的尹明善，把市场琢磨透了。他发现，把“建设集团”维修部的发动机配件买来，自己组装后再卖出去，成本仅1400元，而卖价高达1998元，这是一条当时无人知晓的捷径，“建设集团”对此也浑然不觉。于是，他开始悄悄分批从“建设集团”趸来发动机零部件组装销售，同时积极联系配套厂，设计自己的零配件。4个月过后，当“建设集团”突然醒悟，下令一个零配件都不许卖给尹明善时，他自己独立设计的关键配件已横空出世，企业“轻舟已过万重山”。

只有过时的思路，过时的技术，没有过时的市场。短暂的原始积累过后，尹明善有了500多万元资金，他一狠心拿出50万元搞开发，研制出当时全国唯一的100毫升四冲程发动机。消息传出，浙江钱江集团主动上门要求一年包销8万台。接着尹明善又一鼓作气，投资100万元开发出100毫升电启发动机，两个“全国没有”，一下子就为尹明善搏回3100万元。

尝到创新的甜头，尹明善一发不可收拾。此后，他的企业几乎半年就推出一个新品，现在每月就能推出一个全国没有，甚至全世界没有的新机器。舍得，舍得，有得必须能舍，在科技投入上，尹明善是慷慨的。公司每年要拿出销售收入的4%搞新品开发，创出全国同行业的纪录。公司最火的时候，厂商提前几个月打来预付款，天天到厂门口排队取货，以至于公司每星期都得到机场包机发货，这在同业里也是破天荒的新闻。

创新是企业的马达。7年来，尹明善在业内创出8个全国第一、3个世界第一，其销售收入70%来自新品，他创办的力帆集团，也借此打败业内老字号。

面对一些人的“摩托车行业将要成为夕阳产业”的预言，尹明善信心十足：只有夕阳的技术，没有夕阳的产业，只要创新不断，制造业永远是不落的太阳。

熟悉尹明善的人，都知道他是一个民族意识很强的山城汉子。在一年一度的全国“两会”期间，朱镕基总理就台湾问题答中外记者提问后，尹明善连夜写下“我拥护”的短文，在报纸上以自费广告的形式刊发，被称为“爱国广告”，拳拳之心跃然纸上。这种精神用在商战中，那就是让民族品牌走向世界，“用足社会主义的政策，赚足资本主义国家的钱，为中华民族争足光。”

走进力帆集团工厂的大门，迎面就是“国内赚钱，市场好汉；海外获利，民族英雄”的大幅标语，充满豪情和霸气。人说力帆三件宝：创新、出口、信誉好。尹明善开拓国际市场的成功经验，彻底改变了人们对民营企业“内战内行，外战外行”的普遍看法。

当别的企业正在国内市场上大打白刃战的时候，尹明善及时把目光投向了海外。不算不知道，一算吓一跳：原来摩托车出口的利润是内销的4倍以上！于是，尹明善集中了公司的最强阵容力拓国际市场，他和同事两年之内跑了20多个国家，平均每三天中就有一天待在国外。走出去天宽地阔。现实给尹明善上了生动的一课，原来这个市场大得很，原来我们的东西不比别人差，对国际市场我们缺的是了解，缺的是开拓。

当时东南亚流行弯梁摩托，恰好力帆弯梁车享誉全国，转眼间，力帆顺势席卷东南亚；白种人喜欢高架跑车，这种车我国仅两家生产，力帆又由此赢得阿根廷、乌拉圭等国的市场。

在越南、印度尼西亚等国，过去是日本摩托车大行其道，在力帆的强力攻势下，日货节节败退，力帆在当地占到80%左右的市场份额，打破了国内制造业“逢日必败”的神话。如今一辆辆奔驰在大街上的、有中国制造标志的摩托车，已成为东南亚当地一道独特的景观。过去并不把中国同行放在眼里的外国摩托车公司，一觉醒来忽然发现，自己的传统领地已经被这位不速之客冲得七零八落，其惊讶可想而知。他们成立了同业协会，联手对付力帆，并建立了专门机构，研究力帆的一举一动……生产全球化、技术全球化、人才全球化、资本全球化，是尹明善推行其市场全球化路线的4只轮子。

如今，仅拿下自营进出口权两年多的力帆，已在南非、伊朗设立了组装厂，并还计划在越南、印度尼西亚、美国等地设厂，初步实现了生产的全球化。在技术全球化上，尹明善计划投资100万美元购买国外“软技术”，以图“站在巨人肩上谋发展”。

“企业做到几百万时是自己的，做到几十亿时，就是大家的了，一个没有国际资本进入的企业，注定是个做不大的企业。”胸怀世界，放眼全球，尹明善的气魄是宏大的。仅仅只有一年多时间，力帆出口量就超过有10多年出口历史的“嘉陵”、“建设”和“轻骑”，雄踞全国同行业第一。

2005年，力帆集团实现销售收入73.2亿元人民币。

2006年，力帆推出的“520”新款车实现年销售量20000辆，其集团公司总销售额超过100亿元，占重庆全市工业总产值的2.5%。尹明善一个人创造的“力帆”，为直辖市撑起了如此一片巨大的天地！这样的人物，难道不令我们肃然起敬地称他为“英雄”吗？

是的，在重庆直辖市的庞大车阵方队中，尹家绪、尹明善、靖波、陈永强、左宗申、付中秋……他们都是我们伟大民族复兴中的真正英雄！

11. 燃烧的“西南铝”①

2002年，对老工业基地的重庆来说，是个具有划时代意义的年份，因为亏损亏出了名的重庆国有企业第一年整体实现了赢利，

① 本节资料来源：《重庆经济年鉴（2003）》，重庆出版社2003年11月版，新华社2002年5月25日相关报道。

至2002年12月30日，市政府新闻发言人向新闻界发布消息说，全市这一年国有工业企业实现利润32.9亿元，是直辖市成立5年来第一年有了赢利，也是重庆市国有企业自19年以来第一年实现不亏反而赢利的年头。别小看这一笔利润，这对重庆经济和新直辖市意味着非同小可的历史意义。搞经济工作的同志知道，这一亏一赚，从简单的正负数字来看，它是效益的双倍差数，而对一个城市或者区域经济来说，它就是拉倒车与加速式前进的两种截然不同的景况。2002年，是中国共产党十六大召开的年份，胡锦涛当选为党的总书记。重庆直辖市的第二任主要领导调任北京，尤其是市委书记贺国强出任中共中央政治局委员、中央组织部长一职，引起世人注目，也成为重庆人一时的骄傲。市委书记升任党中央的重要职务，说明中央对重庆工作的充分肯定。

重庆工业经过数年的“负重爬坡”，终于扭转历史乾坤，让直辖市能够轻装上阵，其成就可歌可泣。

在重庆的老国有企业中，西南铝可以说是个非常典型的老国有“代表”。早在20世纪50年代人民共和国大建设时代，西南铝加工厂[后改制为西南铝业（集团）有限责任公司]作为苏联援助中国的158个项目之一，原计划选址在甘肃红古士城一带，由于中苏关系恶化，毛泽东发出了自力更生发展中国铝业的号召，并由周恩来亲自抓了九大重点装备建设，西南铝作为第二个中国铝加工企业，后经中央批准选定在重庆。据说，当时是邓小平与时任四川省领导的李井泉乘直升飞机考察后选定的西南铝厂址。西南铝的厂址是个远离重庆市区的一片丘连着丘、岭挨着岭的荒山野岭。第一代西南铝人点煤油灯，喝稻田水，走泥泞路，住干打垒，建起了中国铝业的“王牌企业”。建厂初期的西南铝，主要承担国家军工产品和尖端工业产品，肩负着特殊使命。在这个外人“不得入内”的企业里，有我们国家依靠自力更生制造出来的“四大国宝”，其中之一就是 3 万吨水压机。当年，曾经轰动一时的由我国研制的“万吨水压机”向世界公布时，着实让“文化大革命”中的中国人扬眉吐气了一番。其实那时，中国的 3 万吨水压机已经制造出来了，只是为保密起见没有向外公布，而这台至今仍为世界级水平的“国宝”其实已悄悄安家重庆郊外的“西南铝”，开始为人民共和国国防产品生产发挥着作用……

如所有的军工配套企业一样，从 20 世纪 80 年代中后期开始西南铝一方面由于生产能力一直只有 1 万～ 2 万吨的水平，同时又因为国防军工产品的大量压减，而此时国民经济的飞速发展，使得民用铝品业市场空前火爆，需求剧增。

按照国务院几位副总理巡回考察有色金属和铝加工业所确定的“重点发展有色金属，优先发展铝业”的战略方针，西南铝积极响应党和国家的号召，抢抓机遇，开始了以民品为主的“第二次创业”。他们的创业计划原被列入国家“八五”重点项目，本来应有国家资本金注入，哪知后来国家政策作了调整，对国有企业的投入由拨款改为贷款。西南铝由此一下陷入了困境，因为他们面临既要边生产边建设，又要边借款边还贷，这样的“买卖”对一向处于计划经济的企业来说，无疑因背负沉重的债务而不得有喘息的机会。原本两年多就可以完成的建设项目，结果拖了 8 年。而在这 8 年企业所承担的银行贷款利息又多次上调，加上西南铝进口的不少设备用的是美元，美元在那几年里的汇率也增加到 1∶8.8，原先 6 亿元的工程成本一下增加到 22 亿元。西南铝的“第二次创业”，因逢调整政策性的拨改贷和汇率及利息的几倍升高，其债务不堪重负，怎么干也是一个字：赔！大大的赔！赔得曾经走路都是挺着雄赳赳胸膛的上万名光荣军工企业职工人均一年只能拿到 5000 来元的工资。生活环境也没有改善，西南铝所在地距重庆市区需 3 个小时路程，还得翻山越岭。一年亏，两年三年还是亏，五年六年继续亏，直亏得西南铝人喘不过气来……

怎么办？

是把厂子解体了？是让职工各奔前程？还是亏钱就不搞装备改造了？不，我们是毛主席、周总理和邓小平一手扶植起来的国家军工企业，再难也要挺直腰杆，挺起胸膛！于是，全体西南铝人在厂党政一班人领导下，以“精神支柱不倒，队伍人心不散，工作热情不减，发展理念不变”的志气，硬是背着重负在陡坡上前行，以非凡的拼劲和韧劲，完成了第二次创业的技改项目，构建了适应市场和世界铝业生产竞争势态的21.3万吨主机生产能力，将其铝加工规模扩大到中国第一、亚洲第一的水平之上。这一步，西南铝人走得艰辛，但走得特别值得。

现任总经理赵世庆在谈起当年的这役“背水一战”的岁月，依然感慨道：“那时我们上上下下过的日子，绝对不比老一辈人苦度三年困难时期的困难少，是物质和精神上的双重压力，如果没有一点军工精神，西南铝就不可能有今天称雄世界的地位。虽然技改项目结束后一时没有充分发挥作用，但我们靠勒紧裤腰带、背着巨额银行贷款的债务而投下的钱一分没乱花，全部用在了一步到位的先进生产力的构建上，使西南铝的装备有三分之一具备了国际领先水平，三分之一具备了国内先进水平，荟萃了我国铝加工设备的精华。如果没有当时全体西南铝人的这种创业求先进的闯劲和拼劲，我们西南铝就可能永远不会有今天在同行业中的绝对优势。”

直辖市成立之际，西南铝迎来了连续三届坚强有力的班子，使这个老军工配套企业从此一路凯歌——

孙华山出任公司总经理后，西南铝迎来与市场拼搏的第三次创业期。这期间企业的产量增幅很大，但铝业市场混乱，扭亏为盈的任务依然繁重。他带领职工打破陈旧观念，强化管理，每年以万吨的增速提高市场占有份额。孙华山任期2年8个月，逆势而上，但终因“爬坡的路很陡、很难”，公司每年仍有1亿多元亏损。

1999年7月，肖亚庆出任西南铝的“掌门人”。这位具有敏锐市场意识，又特别注重管理出效益的总经理，抓住国家宏观政策和国际经济复苏的机遇，举全公司之力、聚全公司之心、集全公司之智，将企业产品和技术能力瞄准当今铝业市场的“高、尖、精”方向，不断出奇招。西南铝人那几年在肖亚庆的领导下，怀着振兴民族工业、创立国货品牌的凌云壮志，顺应经济全球化的趋势，充分利用国内外两种资源、两个市场，大力实施可持续发展战略。他们在紧盯国内铝加工发展前沿的同时，倾力着手推行了新一轮战略性的大规模技改：

——建成我国第一条铝合金特种型材生产线，结束了我国不能生产地铁、高速列车等车厢用铝合金特种型材的历史，使地铁车辆价格比进口价格下降了一半，西南铝因此在国内蓬勃发展的地铁和高速列车界成为独占鳌头的产品供应商。

——将闲置了20年的6000吨预拉伸矫直机和九辊矫直机经过技术改造，建成了集拉伸、矫直、淬火、时效、抛光、剪切为一体的亚洲第一条年产万吨的大规格铝和铝合金中、厚板材的预拉伸板生产线，这条堪称“中国铝合金预拉伸板加工之王”的国际先进生产线，为西南铝赢得了中国市场和产品出口的主动权。

——率先建成的我国第一条当代国际先进水平的高精度铝板带材热连轧生产线，使西南铝的加工生产能力一下上升到年产30万～50万吨。

生产能力的先进水平，加之新产品的不断研发，以及对国内外两个市场的齐头出击，使西南铝在2000年实现了从1991年以来的首次扭亏为盈，当年利润1530万元，而肖亚庆接手公司前一年的1999年仍是2亿元的亏损。

“1530万元利润，现在看来是个很小的数字，可当时对我们连续亏损9年的西南铝人来说，那是个历史性的数字，它预示着西南铝的一个新时代的到来！如果拿大庆油田王铁人为代表的石油工人把中国贫油的帽子扔进了太平洋来比喻，那么2000年实现1530万元利润，就是我们西南铝人把亏损的帽子终于扔进了长江。我记得，当肖亚庆总经理把这一消息告诉全厂职工时，西南铝厂区一片沸腾，比过年还喜庆！”赵世庆至今对前任的功绩怀有敬佩之意。

“我们西南铝能够在2000年扭转连续9年亏损的局面，还有一个重要的因素，就是当时以肖亚庆为首的领导班子敢于从国有企业的实际情况出发进行大胆改革，而且这种改革是始终建立在一种保持团队精神和团队力量的基础上的有自己特色的改革。”赵世庆介绍。

“1999年，肖亚庆上任后，西南铝抓住作为国家首批实施债转股的企业，积极稳妥又大胆地推动公司生产关系的改革和调整，实行了全公司的整体改制，理顺了产权关系，建立起以法人治理结构为核心、股权结构多元化为主体的母子公司管理体制，形成了生产系统、专业系统、分公司、子公司4种管理模式。企业内部，以资产为纽带，以资本运营为中心，完善了现代企业的制度。合理配置岗位，激活用人制度和效益分配机制，压缩机构，以提高效率为目的的一整套措施。全公司精简科级机构120个，行政管理部门6个，15000人的职工队伍精减到8000人。

“但值得一提的是，尽管我们进行了如此大幅度的精减人员，可公司没有让一个职工下岗。这是我们西南铝在改革中一直坚持的做法，即不把国有企业的人多当作是包袱，相反作为一种资源，利用主业优势条件，积极灵活地大力发展辅业，使主辅两个战场、两个市场上的每一位西南铝人都有一种责任感、使命感和有奔头的光荣感。所以说，我们西南铝虽然有‘国宝’级装备、世界先进水平的生产线，然而西南铝最宝贵的财富还是每一个西南铝人。正是因为他们的无私奉献，企业才有可能为中国航天航空和国防军工提供数千种规格的高精尖铝材；正是因为他们，西南铝才有每年获得国家科技进步奖，才有可能今天称雄国际铝业界的业绩。中国的第一颗人造卫星、第一颗试验核弹、第一艘飞船上天、第一台出海的核潜艇、第一辆新型坦克战车……还有很多很多的‘中国第一’上，有我们西南铝人研制的材料……”

“西南铝人的可贵品质，在于市场经济需要我们下海搏浪时，我们是一群不畏险阻和艰难的水手；当国家和民族需要我们去为不求代价的战斗付出时，我们就是一批无私奉献的军工将士。也就是说，国家利益、国家需要，是我们西南铝人始终如一的第一位重任，为这，我们可以牺牲规模、牺牲效益、牺牲利润，甚至牺牲干部职工的个人利益。当国家需要我们多创经济效益时，我们同样能够全力以赴，依靠自己的智慧和干劲，赢得利润和效益的最大化。”

赵世庆，一个与当年的肖亚庆一样年轻有为、充满朝气和激情的西南铝“掌门人”，在他的心目中，今天的西南铝，又是另一番世界——这世界是斑斓和绚丽的……

“今天的西南铝，可以说是中国铝加工业的航母。在管理上，我们秉承了肖亚庆提出的‘严、细、实’的管理理念，并将其作为全体职工的工作准则。严，即严明纪律、严肃工作态度、严谨工作作风，做到严格照章办事，严格执行工作规程和工作标准，严格岗位职责行事，考核过硬，奖惩分明。细，就是从细微入手，细化指标，细心工作，做到计划准确，措施细致，布置周密，各项工作都要规范化、程序化、标准化、制度化。实，即从实际出发，实事求是，脚踏实地，实实在在。这严、细、实听起来似乎没有多少新鲜东西，但过去国有企业存在的效益不好，在很大程度上就是管理上不严、不细、不实所造成的。”赵世庆在他办公室犹如指点江山似的介绍说，“当装备先进、产品对路、规模具备和市场形成之后，管理便成为一个企业能否实现跨越式发展的关键，管理是内动力，而要使这个内动力发挥到最大和最佳的水平，人的素质与人的向心力则是根本。西南铝这些年来，狠抓的就是干部职工的主人翁精神、敬业精神和素质与技能的培养……”

此时，办公室外面突然响起了下班的高音喇叭声，那广播里嘹亮激昂的歌声让我不由感到惊奇与好奇，因为这样的高音喇叭声已经在我们的耳边久违了，而西南铝厂区竟然保留至今。

赵世庆对我的惊奇坦然解释道：“前些年确实有人提出过是不是把高音喇叭拆了，因为全国各地的工厂企业在一二十年前就几乎全部没了高音喇叭，可后来我们还是留着它。原因是，我们认为它是西南铝光荣传统的一部分，这高音喇叭每天早、中、晚 3 次响起，播放的内容都是西南铝人熟悉和爱听的激昂的旋律和催人奋进的内容。这样的宣传与娱乐形式，西南铝人喜爱，所以我们就把它保留了下来。”

原来如此。当听完赵总的这番话，回神再倾听高音喇叭声，感到的是一种西南铝人的力量，一种西南铝人的精神，一种西南铝人的情操，于是我的内心顿时荡漾起一股亲切与和美之情，虽然这种感觉和感情似乎已经有些久远了，但它也显得特别珍贵。

让我们把镜头重新拉到 2002 年那个令西南铝人难忘和幸福的时刻吧——

这一天是 5 月 22 日。上午 9 时，西南铝的干部职工传出江泽民总书记要来厂视察的消息，这消息像长了翅膀，迅速传遍了西南铝的每一个角落。职工们压抑不住激动的心情，成群结队地拥向大塘厂区门口的大道两侧，等待他们所敬爱的人的到来。

9时25分许，一个特殊的车队徐徐驶向西南铝……这时，只见行驶在前面的一辆大巴车在距欢迎人群200米左右的地方缓缓停下。车门随即打开，西南铝人熟悉的一个身影出现了，干部职工们顿时欢呼雀跃起来。

“总书记来啦！”“江总书记真的来啦——！”

“同志们好！职工们好！”江泽民一边微笑着向西南铝人招手致意，一边健步向欢迎的人群走来……于是中央领导和群众彼此呼应着，问候着，那情那景，永远烙在西南铝人的记忆中……

在曾庆红、贺国强等领导的陪同下，那天江泽民兴致勃勃地参观了西南铝的铝箔厂和锻造厂。一路走来，江泽民向公司负责人询问生产情况，向劳模和一线工人表示慰问，驻足察看机器的运行，端详一件件技术含量较高的新产品。从加工工艺到产品性能，从产销管理到职工生活，江泽民都一一仔细了解。在3万吨模锻水压机前，工人们正在紧张而有条不紊地工作着，江泽民凝视良久。他向公司负责人详细询问了这台水压机的性能。听完公司负责人的介绍后，江泽民满意地点点头。他说：“我国的综合国力和国际地位在很大程度上取决于许多这样具备很强技术能力的国有企业。一定要下大气力，把企业办好、办强。”

江泽民要离开西南铝了，成千上万的西南铝人向即将远去的车队拥来……

“江总书记好！”

“欢迎江总书记再来——”

这一幕将永远留在西南铝的历史上。

次年，一个土生土长的重庆人因总经理到中央党校学习而主持西南铝的全面工作，他就是赵世庆。39岁出任“中国铝加工之王”的西南铝“第一把手”，这在著名军工企业历史上是少有的，而在几任厂长（总经理）中，他也是唯一的土生土长的重庆人。

赵世庆是个农民的儿子，老家离西南铝厂区只有10多里路。这位从技术员、班长一直干到公司总经理的年轻人，其成长的历程中渗透了西南铝人的所有热血与情感。“从风雨中走过来的西南铝，今天在我的手上，感到的就是一种责任，一种使命，或者说是一个新起点。我的责任就是要在自己的家乡这块土地上建起‘中国铝加工之都’；我的使命，就是要把西南铝做到世界最强、最大；如果说起点，那我把自己主政第一年实现全公司铝产品突破20万吨作为一个起步点，2005年实现产量30万吨则是迈出了起步的左腿，而2006年产量达到54.22万吨则是迈出了起步的右腿……‘十一五’期间，西南铝要进行第四次创业，在装备上要实施老线填平补齐、军工配套和冷连轧三大系统的技术改造。到那时，我们就能再造一个‘西南铝’！到‘十二五’时，我们的企业将是个年营业收入突破200亿元的世界一流铝加工龙头企业。要干就要干世界最强的，这是我的信念和理想。”

赵世庆似团火，西南铝似团火，西南铝人更似一团火。这火在重庆这块英雄和充满生机的热土地上熊熊地燃烧着，光耀着，灿烂着……

12.“山城之鸽”——飞起来如此美丽

古书记载，今重庆的始祖为巴人。巴人的鼻祖在传说中为“伏羲”。“伏羲生咸鸟，咸鸟生乘厘，是司水土，生后照，后照生顾相，降处于巴。”宋代罗泌在《路史》中写道：伏羲与咸鸟作为巴人的始祖，我们无法从古书上获得更多的论据。但巴人的先祖始于一种神鸟的传承，似乎在漫长久远的历史中一直延伸至今天，我们仍然能从巴人的后裔身上寻找到神鸟精神。

直辖市后的重庆人，现在越来越熟悉一个值得骄傲的名字——“鸽牌”电线电缆。也许连重庆人自己还不是十分清楚他们的这只骄傲的“鸟”现在已经飞得有多高了。重庆市国资委的同志在我来到重庆后安排采访的第一个企业对象竟然是这样一只飞得很高的“鸟”——

在鸽牌电线电缆公司，董事长、总经理和党委书记集于一身的段彩均递给我的一份企业宣传材料上，我看到的是醒目的4个大字——“搏击长空”。让我好奇的是，这4个字本来应该形容雄鹰气魄，但这里竟是一对飞翔的鸽。

“鸽，代表一种和平，蕴意我们的产品联结千家万户，也蕴涵着我们为客户传递一种诚心和信誉。”段彩均向我解释他们的“鸽牌”品牌的含义。

很有意思。这“鸽牌”创始于50年前的人民共和国公私合营时期的重庆电器厂。那是个作坊式小厂成长起来的国有企业，规模不大，几百人的厂子。这样的中小型国有企业在重庆非常普遍和具有代表性。在计划经济年代，它们或以解决本地劳动力和生产资料需求，或是跟着社会生产发展运营而生，因为没有实力，只生产每个城市或地区都需要的一些一般性供需产品。进入市场经济之后，沿海地区的民营企业和南方的合资企业，在一夜之间以先进的技术和更加过硬的产品，又加之更加低廉的价格，将这样的国有企业及其产品挤到了边缘和灭亡的地步。重庆老“鸽牌”厂属于这样的企业。虽然当年也有一段曾经的辉煌，其前身还在“工业学大庆”时一度被评为“大庆式企业”。

“我是1987年学校毕业后被分配到机电设备进出口公司的下属一个单位，但一去后，人家说那儿没有进人的名额了，就问我愿不愿意去重庆电线总厂。我就问那企业怎么样？人家满脸敬佩地告诉我说，电线总厂可是大庆式企业，厂里还有一辆桑塔纳呢！

就是‘大庆式企业’这块金字招牌和一辆桑塔纳把我的命运给牵到了现在这个企业……”段彩均谈起当年参加工作的这段往事颇有感慨。

“鸽牌”厂在计划经济年代吃的“客户”，都是上面给的，不用自己费力，所以当时的职工中有句流行的话：搭上飞鸽，能坐吃30年也不愁。

哪知进入20世纪90年代后，国内电线产品的供销全部市场化，没有准备好的重庆电线总厂这只“鸽”一下失去了飞翔的天空，到直辖市成立之时，产值萎缩到连职工的工资都不能按时发放的地步。与此同时，重庆的另一个电缆企业——重庆电缆厂也出现了同样的命运。市机械局不得不采取整合措施，让这两家单位合二为一。这回电线厂与电缆厂的合并采取的方法与重钢和重特有些相仿，只是形式变了一下，不再是“病人背死人”，而是小个背大个——电缆厂只有600多人，电线总厂有1200多名职工。由于电线总厂欠银行的钱多，“小个背大个”的好处是可以消化欠银行的钱，于是乎600多名职工的电缆厂完成了兼并1200多名职工的电线厂。新企业的名称叫作“重庆电线电缆有限责任公司”。

段彩均这时任副总经理。细心的人会发现，此时的电线电缆公司，无论从企业名字和主业产品上已经没了那只名噪一时的“鸽”了……

山城之“鸽”，面临一场前所未有的生死博弈。

有关部门将两个半死不活的企业合并而一的意图很明确，希望他们起死回生。其重要手段是通过精简厂区、更新产品结构和压缩人员来实现企业的活力，简单而言，变没钱为有钱——把厂区置换出来，换成能流动的资金，或用于支付拖欠职工的工资，或用于再生产的投入。想法很好，但结果却并没有见效。新组建的电线电缆公司出现了许多国有企业合并后的一种结果——不合是死路一条，合了死得更快。由于种种原因，这个濒临倒闭的企业一直拖延到 1998 年，已经奄奄一息。

还别说，就在这样一家在风雨飘摇中的国有企业满地长荒草时，有人暗暗看中了，并借着机会一口将它“吞”了——有家民营企业为电线电缆公司偿还欠银行的负债而一下成了占 64.88% 股份的第一大股东。

名噪一时的电线电缆公司易主，山城之“鸽”从此彻底地消失了。

中国的国有企业有相当一部分是以这种命运结束的。其过程有的是犯了过于简单的转制错误，有的是肮脏的人为交易，有的则是经验不足之过，总之这样的企业命运，流失的是国家的财富，伤心的是广大企业职工们。

“那段时间里，虽然我们还是企业的人，还名义上挂着‘老总’‘副老总’的职位，可其实什么都不是了。我们和职工们都感到心头憋得慌，可又一下改变不了命运……”段彩均说。

两年过去，那个“大股东”根本没有真心想把企业搞好，从一开始眼睛盯的就是厂里所拥有的那些宝贵的地产。“大股东”前后所做的一笔大生意，就是将厂里的 30 亩地变成了钱并装进了自己人的口袋。电线电缆公司和职工的生活与饭碗丝毫没有得到改变，反而更惨。

“不行，再不能这样下去了！我们必须重新找到出路，‘鸽牌’职工不能困守沙滩，必须重新展翅！”年轻的段彩均以共产党员的强烈责任感和使命感，联合一群志同道合的中层干部，终于开始与命运抗争了。

他们借 2000 年底一次国家农村电网改造所带来的机遇，从已是“死胎”和变了味的原电线电缆公司中拉出一支 400 多名下岗职工的队伍，组成了后来的“重庆鸽牌电线电缆有限公司”，开始了重振“山城之鸽”威风的豪迈征程。

这是一次以12名共产党员为主要代表的新股份制国有企业的重振威风之举。

“当时我们12名新‘鸽牌’公司的股东，集资了128万元股金，其中我出了18万元，其余每人出了10万元。而后，我们将54%的股份转让给重庆机电控股集团公司，当我们到工商局注册企业为国有所有制时，人家都感到不可思议，说别人都是‘国有’转私有，哪有你们私有转公有的？我告诉他们：“我们是重庆老‘鸽牌’的人，我们今天12个人组建新的‘鸽牌’公司，不是为了自己赚钱，而是为了国有企业的荣誉！我们不相信国有企业干不好，更不相信国有企业的职工都吃不上饭！”段彩均如此说。

“这个信念至今我们没有改变过！”

鸽牌电线电缆公司在之后的5年中每年以80%的速度递增，靠的正是以段彩均为首的一班企业领导者的这种志向和精神力量。

很多人不能理解段彩均他们这些新“鸽牌”企业创始人的做法。在市场经济和国有体制不断深化改革的年代，有人借各式各样的“转制”机会和时代给予的特殊机遇，为自己聚财，合理合法又合情。少有段彩均这样的“傻瓜”。

“鸽牌”公司成立的第一年——2001年，就实现产值6053万元，除去各种成本与费用，利润368万元。

第二年即2002年，段彩均他们实现了又一个梦想，“鸽牌”商标正式成为重庆著名商标，电线电缆产品成为重庆名牌产品。

2003年，“鸽牌”公司用赚来的钱，置了一大块地产，为日后搞扩大建新厂区作了物质上的必要准备。

2005年，已经展翅飞翔的“山城之鸽”以其不可争辩的实力，受命整合重组重庆电瓷厂，开始由一只“飞鸽”变成一群“飞鸽”，在市场经济的广阔天空中展翅飞翔了……

2006年，“鸽牌”获得国家免检产品称号，公司也荣获了“中国管理100强”企业称号。

鸽牌电线电缆公司现在的资产总额已达6亿元。而据笔者所知，2001年组建时，段彩均他们12个人出资的那128万元注册股金中，当时没有一分钱的“国有资金”，后来到了年底，鸽牌公司将54%的股份转让给机电控股集团公司——今天的“鸽牌”国有企业就是这样走过来的。

对此，段彩均在有人提起这事时，会很坦然地笑着回答说：“我们12个老股东中有11个是共产党员，剩下一名同志也是对企业特别热爱、对国有企业充满感情的人。虽然按照当时的情况，我们完全可以把‘鸽牌’变成我们自己的私有财产，但我们没有这样做，而且可以说谁都没往那上面想过一下。从组建新‘鸽牌’那天起，我们就抱定国有企业也能做得好，国有企业的职工们也能过上好日子的信念。其他的我们真没有多想，过去没有想，现在和今后也不会去想。”

以为市场经济的今天人的脑子都被物欲所占据，以为当官的和有权势的人都在想着把自己的口袋装满，那就是他太不了解重庆人了！直辖市的共产党员和广大干部群众，他们多数人与段彩均一样，为了扭转处于困境的国有企业和振兴重庆工业经济，献出的何止是一种简单的物质利益！那是一种精神，一种誓将在民族和国家面前奉献出一个对得起历史的人民共和国新直辖市的精神！为这，他们忘却了自己，忘却了财富对个人的意义。

段彩均向笔者说了他一次出国时所激发的一种民族信念：那是他到匈牙利的首都考察，在一个广场上他看到了一尊成吉思汗的塑像。“当我站在这位民族英雄面前时，心头涌动的一股民族强盛感从此就再也没有消失过……我想，中国人做什么事，都应该让人瞧得起！”段彩均说。

“鸽牌”在2001年从段彩均他们的手中重新回归到“国有”后，如砸碎了困守的笼子，如添上了远行的飞翼，一发而不可收……

“在许多人眼里，国有企业似乎与生俱来就不如民营等其他体制的非公有企业，但我们不信。事情都是人干出来的，非公有企业能够实现效益的最大化，原因就是因为企业主把企业的所有一切当作自己的事业和生命去奋斗、去珍爱。我们国有企业也应该培养这样的意识，这样的理念。让我们的干部和职工，像爱惜自己的生命和热爱自己的家一样去爱惜和热爱企业，用艰苦奋斗和任劳任怨的精神与态度去做自己的本职工作。同时，把非公有企业成功的管理经验和管理机制引入到我们国有企业的每个环节，这就是我们‘鸽牌’获得新生的全部奥秘。”段彩均与他的年轻团队，始终把握着一个原则：“国有”两字，体现在公司的层面，即全公司的资产国有化，利益公有化。而在具体的企业管理与各个分厂及产销供等其他所有环节上，全部实行与非公有制企业同样的管理机制与利益分配的科学方法。你能干，你多得且受到重用；你浪费，你不讲究效益，你就得受罚；你心不在企业的发展和工作上，你将不能在企业的任何岗位上继续待下去；你依靠自己的聪明才智和辛勤劳动，为企业多做了事、做了好事，你就会受到奖励和升迁。

“鸽牌”电线电缆产品，靠的是质量和服务信誉。而质量和价格是产品满足客户所需的最核心内容。成功的中外企业经验告诉我们，现代工业产品的质量和价格，尤其是电业产品，赢家几乎都是利用先进的设备带出了效益。

段彩均他们能让“鸽牌”飞得那么美丽、那么壮观，靠的就是不断更新技术设备。“在国有企业有一种说法，叫作不搞技改的是等死，搞技改的是找死。可我们这些年是搞一个成功一个，搞一个使企业上一个台阶。这是为什么？因为我们搞技改，花的都是大伙儿拼命挣出的血汗钱，而大伙儿对搞技改的目的也非常清楚，是为了企业的生存，为了大伙儿自己的饭碗。所以在技改上，我们舍得花大钱，又学到了如何花钱，把钱花在刀刃上的本领。"段彩均自己说，这是他和他的企业最为得意的一笔。

"第一次技改是我们企业刚刚赚到一点儿钱的时候。因为银行那时还瞧不起我们这样一个起死回生的小企业，所以技改所需的800万元资金，全是我们干部群众不领工资硬挤凑出来的……因为有了第一次技改所尝到的甜头，第二次技改我们花的本钱更大，一下投放了3000万元。后来的第三、第四次的技改投入更大了，有一个5000多万元的，有一个上亿元的，甚至1.5亿元的改造项目。而正是这样的一次次更高水平的技改，使得我们的生产设备，达到或超过了国内先进水平，有的达到了世界先进水平，因此我们的电线电缆和电瓷产品在市场上越来越具有竞争优势，为广大客户所欢迎，连年销售量跃居全国同行的前一二位。"

"企业效益好了，职工收入自然水涨船高。当新'鸽牌'腾飞之后，我们首先想到的是要让曾经在老'鸽牌'厂里工作过的那些老职工们一起分享成果和丰收，所以在这两年中不仅给原电线电缆公司的老职工们每月发放了大米和食用油，而且还在逢年过节为他们发放丰厚的福利。每当看到老'鸽牌'的职工们手捧我们送去的'鸽牌'生活用品时那般热泪盈眶的情景，我和同事们心中涌起的是一种满足感。而这种满足感正是当年我们重新举起'鸽牌'的责任感和使命感的延伸。"

山城之鸽——重庆"鸽牌"，一个在2000年已经消失的品牌和一个死亡的国有企业，如今又在重庆人眼里成为一种自豪的象征。它展翅飞翔的英姿，给年轻的直辖市增添了一道亮丽的光彩。

"我们的目标是：到2010年，'鸽牌'公司的产销额要突破

20亿元，企业要成为中国最大的电线电缆基地、中国电工用铜型材加工基地。”段彩均站在一片具有中式风格的现代化厂区大楼顶上，举目远眺，豪情满怀地抒怀着他那钟爱的“鸽”文化——

鸽，具有搏击长空的豪情；

鸽，具有追求未来的斗志；

鸽，带着我们的理想与希望展翅高飞、高飞……

第四章　赤子情怀

伟大的三峡移民既是重庆的立市之本，同时又是当代爱国主义伟大行动的一次重大事件。重庆人民在三峡大移民中所做的特殊贡献，无疑是一页必将载入中华民族史册的壮丽诗篇。2002 年至 2003 年间，笔者有幸专门对三峡移民做了专题采访，其中有 3 个镜头令我终生难忘——

2002 年 6 月 6 日清晨，在大江边的一个山村路口，王朝珍奶奶就要离开她居住了 84 年的水市村了。她身边是成百上千人的送行队伍和喧天的锣鼓声，在无数遍叮咛、祝福中夹杂着的是无数声离别的哭泣。

欢送的彩旗飘扬在猎猎晨风中，载人的汽车发动了隆隆作响的马达。全村人都要走了，但谁也没有第一个登车，所有的目光都投向了王朝珍奶奶。

已当爷爷的长子过来想搀扶老母上车，不料老母轻轻将老儿的手一推。

“妈，咱走吧，乡亲们都等您哪，啊！”儿子有些着急。

老母不理会，一句话不说，转头寻觅了一下，找到了：她的目光落到了一岁的重孙身上。

“好娃娃儿，来，给老宅居磕个头……”老人缓缓按下重孙，自己又颤颤巍巍地双膝跪地……

“妈——”儿子大哭一声，随之跪在后面，俯首贴地。

“奶奶——”

“祖奶奶——”

全村要走的人都跪了下来。紧接着是一片朝圣般的祈福声……

“奶奶，你迁移到的江苏，是我的家乡，那儿也有长江，比这里还美……”我忍不住也挤过去同乡亲们一起将王朝珍奶奶搀扶起身，并从心底迸出这样一句话。

我看到老奶奶的眼里闪出一丝光亮，然后义无反顾地拉着重孙，头也不回地上了车，直到远远地离开了那个绿水青山的江边小镇……影子渐渐变得模糊，模糊……

我发现那是我的眼泪所致。

7月9日，上午10时刚过，炙热的阳光便开始朝头顶泼洒。

又是大江边的一个小村，又是成百上千人的送行队伍和喧天的锣鼓声，又是无数遍的叮咛、祝福和无数声离别的哭泣。

“怎么办？总指挥，已经超过预定出发时间两个多小时了。再这样等下去会耽误整批移民搬迁任务的呀！”镇长急得团团转，已经不知第几次向担任外迁总指挥的副县长请示了。

总指挥双眉紧锁，只见他不停地在大树底下的那块石板上来回急踱，却不吱一声。终于，他再一次抬头……从昨天下午到今天上午在同一个地方、向同一个方向，他几乎抬过上千次头了。但总指挥必须继续抬头，继续抬头观察那棵大树杈杈上的动静……

那是农舍前的一棵近百年树龄的老槐树，盘根错节。身后是柑橘满坡的山，前面是百米相望的大江。透过树干的丫杈，既可见逐浪翻滚的江流，又可见汽笛声声的舟船。

此时，树杈上有个用塑料布搭盖的小棚子，那棚子里坐着一个老人，一个与老树同龄的老人。她叫什么名字，村里已经没有几个人知道了，就连她的儿子、儿媳也记不太清，大伙儿只叫她“水娘”。

据说水娘出生的那一年长江发大水，江水一直淹到她家门口，大水一淹便是三七二十一天。水娘的母亲死得早，父亲和两个兄弟又被那场洪水吞噬了，最后只留下她和那棵槐树。

水娘和槐树从此一起饱受岁月的沧桑，是新中国给了她新的生命和新的家庭，还有满堂子孙。

有一天孙女告诉她，说政府要把家门口的这条大江修成大水库。

“咋修成水库？”水娘问。

“就是不让大江下游的人淹了。”

水娘点点头，明白了。

又有一天孙女告诉她，说我们要搬家了，搬到广东去，就是搬到大海的边边上。

“一定要搬？”

“一定要搬，政府说的。”

水娘再也不吱声了。

后来房子被拆了。孙女她们都临时住在亲戚家里，并且特意为“老祖宗”准备了一张席梦思床。

水娘执意不去。她对孙女说，她要再看一看大江。

可看不到呀——屋前有了新的人家。

“把我抬到老槐树杈上。”老祖宗瓮声瓮气地说。

儿孙们一听乐坏了，连夸老祖宗雅兴不小，说行行，满足您老。

一大帮人好不容易将老人抬到老槐树杈上，不想老人越看大江越发痴呆，不是流泪就是喃喃自语着什么。一句话，怎么劝也没用，就是不下来。

这可急坏了家人，急坏了村上干部，也急坏了镇上县上的领导。移民计划争分夺秒，就像战场动员，说谁走就谁走，说哪时走就哪时走，不可延误，如同军令。

村干部千呼万唤不见效果后赶紧请来镇干部。镇干部口干舌燥仍见树上的老人家“岿然不动”，不得不十万火急地搬来县领导。

指挥长面对已在老槐树上度过了4天3夜的老人家，还能说什么？“你们，包括我，有谁比得上水娘对故土的感情？对大江的感情？让她多看几眼吧！”指挥长含着眼泪对身边的干部和群众说。

“接住哟水娘，您渴了就喝口瓶子里的水，这是我特意从您家后面的山泉中灌的，甜着哩！”指挥长再一次向上递过一个小可乐瓶子。

码头上送行的船只，送行的锣鼓，还有送行的叮咛声和离别的哭泣声，都渐渐停止了，目光全都转向老槐树。

是风还是雨？老槐树突然动了一下，树叶尖尖上掉下了水滴……

“我要下来——”是水娘在说话，随即见她双腿向下一伸。

“快快，赶紧接着……”指挥长急忙命令。

于是，老槐树下“哗”地一下簇拥了不知多少只手。

水娘安然落在众人的手臂之上。随后她又像一尊庄严的大佛，被前呼后拥地抬向远行的外迁船队上。那场面庄严而隆重。

送行渡轮笛声齐鸣，锣鼓敲得更响更脆。远行的船队徐徐启动，留下长长的一片白浪在翻卷……

我发现自己的眼里又是泪。

这是另一年4月的某一日。又一次外迁移民要动身了，可村民黄德发却忧心忡忡地蹲在地上不吱声。

“走吧老黄，船都要开了你还在磨蹭啥子？”村干部过来催道。

黄德发哭丧着脸，低头道：“我一直还没敢给我娘说外迁的事呢！”

“你……这都什么时候了，你怎么还不跟老人家说清楚呀？”村干部急了。

黄德发来火了，双脚用力跺地：“我咋不想跟她说清楚嘛！可你不是不知道咱这峡江一带自古就有‘六十不出门，七十不留宿’之说！我娘她从进咱黄家后就没离开过一回村子，现在她都88岁了，天天守着那口大红棺材哼着送终的小调，你让我怎么跟她说？说让她现在挪窝？告诉她死后不埋在长江边？我……我能出得了口吗？”

村干部默然无言，只得叹气。

“发儿啊——”

“哟，是我娘在叫哪！”黄德发赶紧进屋。村干部也跟了进去。

“娘，你有啥吩咐？”

老母抬了下眼皮，不满地瞪了一眼儿子：“人家都搬了，就你落后！”

“啊哟娘你……你都知道了？”五十好几的黄德发“扑通”一下跪在老母亲跟前直请罪。

“起来吧，儿。”老母亲颤颤巍巍地从小木椅上站起身，慢慢地走到那口放在正屋中央的寿棺前，用手轻轻地擦了擦棺盖上的尘灰，又用手指头敲了几下木头，那寿棺立即发出几声清脆的音响。

老人的脸上露出一丝宽慰的笑意。

“知道这寿棺咋要大红色的？”她问儿子身后的村干部。

村干部点点头：“这是咱峡江人家的风俗。听说过去只有楚国的王公才用红寿棺，后人为了纪念这位曾经给峡江人民做过好事的王公，所以在咱峡江有划龙舟和老人去世后用大红寿棺的风俗。”

“你懂你懂！”老人挥挥手，然后对儿子说，“搬吧，带上我的这口大红寿棺！”说着，老人迈开小脚，一跛一拐地向外迁的队伍走去。

儿子黄德发恍然大悟，赶紧直起腰杆，满脸神气地朝村上的人喊道：“快来帮忙，抬我娘的宝贝疙瘩！”

“来啦，来啦！”村上的男人们老的少的全都过来帮忙。阳光下，那口大红寿棺格外醒目地出现在外迁移民的队伍中间……

“奶奶走好！”

“奶奶走好！”

村上的女人们老的少的全都簇拥在88岁的谭启珍老人周围，不停地亲热呼唤着。

“走，孩子们，咱到新家去。”

“走，到新家去！”

又一队浩浩荡荡的外迁移民告别三峡，走得很远很远。队伍里的那口大红寿棺则在我眼前不停地摇晃着，直到再一次模糊。

我发现自己的眼里依旧是泪……

百万三峡移民，对重庆人民是一次伟大的考验。这其中，重庆上上下下所有干部和群众为之奉献的爱国之心、赤子之情，令天地动容。

写重庆，不写三峡移民，就等于没写重庆。写三峡移民，如果少说了甘宇平这个人，就等于少了精彩的篇章。甘宇平虽然并不代表重庆三峡移民的全部，但甘宇平无疑是三峡移民中不可或缺的一个核心人物。在写本章的时候，我想先说说甘宇平同志，是因为我和所有知道那些从事重庆三峡移民工作的人都敬重他，就像敬重众多重庆市的领导干部一样。

历史是客观的，作为报告文学作家，我想自己有这种责任，虽然顾此失彼在我们笔下常有，但既然我们了解了一些历史，就应当像尊重客观世界一样去尊重它。

写甘宇平，首先是因为我们能从他那里知道许多老百姓并不知道的关于党中央对于三峡移民及重庆工作的非常重要的历史性决策和恩泽的形成过程，而对这，必须尽可能地记录下来——随着三峡工程的完工、随着三峡移民工作的结束，重庆直辖市的历史可能更多地偏向经济和社会方面的发展，这种变化随着时间的久远，人们也会对曾经有过的一段极其重要的三峡移民史渐渐淡忘，甚至到什么都不知道的地步。因此，记录下这个历史时期我们的党和当代政治家们曾经对重庆和重庆三峡移民方面的政治决策与恩泽，非常有必要。历史虽然是人民创造的，但英雄和领袖的作用绝不可少，这也是事实。

甘宇平可以称为“甘老”了，1939 年出生的他，是地道的四川人。西北工业大学毕业后被分配到重庆特钢厂，1984 年出任冶金部第 18 冶金建筑公司副总经理兼副总工程师。1989 年任四川省建委主任，1992 年任省长助理，主管三峡移民工作。1993 年任副省长，次年又兼任省政府秘书长。甘宇平经历了三峡工程开工后的几乎所有重大事件，中央领导对三峡工程尤其是移民工作十分重视，每年都要来库区视察，而多数是甘宇平陪同。1998 年，年已六旬的甘宇平陪同江泽民同志视察三峡工作。一路上，江泽民询问了许多三峡工程和移民方面的问题，并做了很多非常重要的指示。

有一次江泽民问甘宇平：“老甘你今年多大了？”

甘宇平回答：“总书记，我已到了您所说的软着陆的年龄了。”

江泽民听后笑了，用手指指甘宇平说：“你在劫难逃，继续干吧！”

中央有规定，副省级干部可以干到 60 岁，但甘宇平因三峡移民工作，中央一直没有让他退位，直到现在他已是 68 岁了，仍然在工作岗位上，只是现在他的职务换成了“重庆市政府顾问、国务院三峡建委委员、全国政协常委（正部长级）”。像甘老这样的年龄和职务怕在省部长级中是个特例。要不江泽民同志当年数次冲甘宇平笑着说他“在劫难逃”。这话的意思是：你甘宇平对三峡移民工作熟悉，如此重大的历史责任，非你莫属。

甘宇平自己说，他这十几年在从事移民工作中，有几件事印象深刻。

第一件事是在 1992 年 8 月访日时，当时的日本首相竹下登先生听说甘宇平是负责三峡工程中百万移民工作的官员时，曾感叹地对甘宇平说：“甘先生，如果我没有记错的话，世界上拥有 100 万人口的国家应有 30 个左右。你负责搬迁 100 万移民，相当于搬迁一个国家！”

“当时我听了很受震动，觉得自己肩上的责任很重。”甘宇平说。

第二件事是，1997 年全国人大会议期间，甘宇平作为人大会议新闻专场会上的有关三峡移民工作的新闻发言人，在此次记者招待会上，他面对美国等几个西方记者的挑衅，严正回答了有关三峡移民的问题。“这次记者招待会上，我明显感觉和体会到，百万三峡移民确实是个‘世界级难题’。西方人一直关心三峡工程，有所谓的人权问题、有环境问题、有工程和移民资金问题。记者招待会上，气氛非常紧张，但在私下，我同几个西方记者交流中用比较耐心的态度和客观的事实向他们作了相关的介绍，达到的效果比较好。这也进一步使我意识到自己所承担的工作责任。比如像三峡移民资金问题，后来我们提出了一句话叫作‘三峡移民资金是个高压线，绝不能撞’之后，各级在进行移民工作中始终牢牢记住了这一句话，效果非常好。”

第三件事是：对待三峡移民工作和三峡工程，从以江泽民为首的党中央到以胡锦涛为总书记的新一届中央领导，不仅一直很重视，而且在决策时始终坚持与时俱进和科学发展观。比如关于移民问题，1998 年前，三峡移民主要是靠就地后靠来安置移民。后来我们发现，由于库区人多地少，可容纳的移民十分有限。朱镕基在 1998 年巡视库区后明确指出：你们现在这样仅靠一个就地后靠的移民做法，就像是在螺蛳壳里做道场。三峡移民一定要尽可能地外迁，这既是百万移民任务的必须，也会对改善库区环境有莫大好处的。正是朱镕基同志的这一英明决策，才有了后来的外迁移民的战略调整。

“当时还有一个很大的问题是，在库区搬迁过程中的中小型企业问题。库区的这些企业当时搬迁不动，原因是这些企业大多设备陈旧，生产工艺落后，出来的产品没有市场。我们汇报后，朱镕基同志就非常明确地告诉我们，你们应当尽可能地将这样的企业关闭破产，拿钱走人！这一决策极大地解决了库区企业搬迁的难题，我们后来利用政策优势，对搬迁的 1397 户企业中 70% 以上实行了关闭和破产处理，不仅顺利完成了工矿企业的搬迁任务，而且为改善库区生态、调整库区工矿企业的产业结构，起到了一举两得的积极作用。”甘宇平对此极为感慨。

“朱镕基同志还有一个大手笔值得记住。”甘宇平说，国务院在研究决策调整移民外迁战略和对库区企业实行关闭破产处理的同时，有一天，时任国务院副秘书长的原重庆市副市长李德水突然从北京打电话给甘宇平，问甘宇平还有什么事需要“说说”的。甘宇平就说了随着三峡工程接近完工，库区的地质灾害问题应当引起高度重视，因为库区的地质灾害随时都在威胁人民生命和国家财产。这一天，甘宇平与李德水用红色电话整整为此事通了一个多小时的话。而正是这次通话后，“朱镕基总理在主持三峡工程工作会议时，亲自拍板从三峡工程建设基金中拿出 40 亿元治理库区地质灾害。朱镕基同志在会上说，我们绝对不能发生，在某一个晚上突然有一个移民城市垮塌在长江里的悲剧。一旦发生这样的事，就是不可饶恕的罪过！中央领导的决策和忠告，我是历历在目……”甘宇平对这样的事，记忆犹新，并为与李德水用红色电话通了一个多小时话的结果“时常感怀”——甘老说，他十几年从事三峡移民工作，这事是“最得意的”。

当然，甘老他们促成的库区地质灾害治理问题，功在千秋，自然值得骄傲一回。

“胡锦涛为首的新一代领导人，对三峡移民和库区工作更加重视，并且事事处处体现了坚持科学发展观的理念。”甘宇平印象最深的要算温家宝总理在对待三峡库区的污水治理和第三期地质灾害投入问题上的魄力了：“温总理主政国务院工作后，在第三期三峡地质灾害治理问题上，又一下拿出60亿元。同时对库区污水治理给予高度重视，在调查研究中认真听取库区同志的意见，要求有关部门拿出科学的治理方案。充分体现了胡锦涛总书记和温家宝总理等新一代领导人对库区人民的关怀。”甘宇平谈起这些事，满怀深情。

“有中央的与时俱进的决策和科学发展观的指导，才有了今天我们重庆百万三峡大移民工程工作的顺利进行。这一历史事实，我们谁也不能忘记。”甘宇平强调说。

是的，百万三峡移民工程正是在中央的上述思想和原则的指导下，才有了重庆人民破解“世界级难题”的伟大战役的胜利。

13. 世界级难题

纵观世界水利史，中国的三峡工程确实伟大，它是人类征服自然的又一次伟大实践。

长江是中国生存与发展的大血脉，影响着中国的前途与命运。

然而长江之水，在造福于民的同时，又因它的不驯性格，致使沿江特别是中下游地区的人民饱受洪水灾难之苦。

将来“高峡出平湖”后，三峡水库所形成的优势还在于它构筑起了一个效益巨大的长江航行新天地。预计到21世纪30年代，通过长江峡江坝址的年货运量可达5500万吨，客运约400万人次。届时，从重庆到宜昌所形成的660公里的深水航道，真正使我们看到“天堑变通途”的壮丽景象。

然而，三峡工程毕竟让所有的人感到在它能够带给我们巨大效益的同时，某些局部的牺牲将是不可避免的。移民便是其中最重要的关键的一项。

目前，世界上排在最前列的大型水电站有巴西、巴拉圭合建的伊泰普水电站，其移民仅为4万人，非洲的加纳沃尔塔枢纽移民为8万多人，印度的萨塔萨洛瓦水库移民为10万人。中国人太多，中国人又习惯随江河而居。在新中国建设的几万座水库中，移民共超过1800万人，单库过30万移民的就有好几个。它们是新安江水库，移民30万人；丹江口水库，移民38万人；三门峡水库，移民40余万人。这一方面展示了我们在社会主义条件下中国移民工作的卓著成就；另一方面，我们的政府也饱尝了没有安置好移民所造成的种种后遗症的尴尬。

三峡移民远远超过过去任何一座水库的移民，甚至是过去几大水库的移民总量。根据规划，三峡工程的全部移民实际超过120万人。这仅仅是人，迁移一个人，就会有与之同迁的物，而物的概念远远比人的数量大出几倍。长江三峡水库以后的水位基本稳定在175米，也就是说在这水位之下都属于淹没区。根据水利部长江水利委员会1993年向国务院报告的三峡水库淹没在175米水位以下的实物大致有：房屋面积共为3479万平方米，其中城镇1611万平方米，农村1087万平方米，工矿企业751万平方米，其他30万平方米。移民除了人和物之外，还有赖以生存的土地，因为三峡移民以农民为多，被淹的耕地、果园等面积就达48万亩。另有工矿企业1599个，码头593处，水电站144处……更有在外人不知情的城镇淹没这一大块。三峡库区淹没线以下的市级县级城镇13座，乡级建制镇114个。全淹的县城有8座，其中重庆占了5座，它们是巫山、奉节、万县、开县、丰都。以上这些县城别看它们在册人数只有几万、十几万人，但它们都是历史名城，而每一个城市它不仅供养着固定居民住户，还有与此成倍数的外来工。可见，三峡移民的概念何止是一个简单的百万移民。实际上每一个移民肩上担起的则可能是一个家园，可能是一个码头，可能是一条公路，也可能是一座工厂、一座城市……

1992年4月3日，第七届全国人大五次会议通过兴建三峡工程决议的那个场面，虽然我也是那次与重庆直辖市命运有关的“两会”的历史性见证人之一，当时我也同样很激动，但与此同时也有种感觉：我们的那些决策者中间有相当数量的人仍在担心三峡工程可能带来的种种问题。这些问题中，外界人都猜想可能是工程技术方面的，其实恰恰相反。三峡工程的技术问题，对我们中国这样一个水利大国和修建水电站非常在行的国家来说，已经不是什么大的问题了。因为在这之前，三峡大坝的不远处，中国建起了另一座大水电站——葛洲坝。由于葛洲坝的坝址地形、地势、河流等因素远复杂于三峡坝址，加上葛洲坝本身也是一座重量级大坝水电站，早在中央决定建设葛洲坝水电站之前，就提出了要将它作为三峡工程的实战准备。所以，业内人士早有定论：既然我们能建葛洲坝，三峡大坝就不在话下。可是，三峡工程毕竟是超世界级的人类从未有过的巨大水利工程，技术难题不是不让人担忧的。但专家们包括那些社会学家们甚至有相当的政治家们担心得更多的是移民问题，100多万人要搬出自已祖祖辈辈居住的家园，到陌生的地方去生存，这谈何容易！100多万人哪，等于一个小的国家要搬迁！更何况，伴随这100多万人的还有那些城市，那些乡镇，那些工矿企业、学校、医院……那些你想都想不到的其他！

这其他有实物的，有虚无的。实物的，你得好好给移民们安置，不说一成不变原封原样地安置好，你即使小心翼翼但仍然保证不了鸡蛋不碎背篓不散。更何况，百万移民真要移个家搬个迁，他身后何止是一个鸡蛋一个背篓的事嘛！至于那些虚无的什么精神负担啊心理问题啊，那多得不是能用筐和背篓所能装得完的。

今天的移民，移的不单单是一个个活脱脱的人。今天的移民，移的其实是堆积成的物质大山……还有思想、愿望和扯不断的顾虑与怀旧情愫……

三峡百万移民问题因此被称为世界级难题。

西方不止有十个百个的权威曾经预言：中国也许完全有能力建起世界上最宏伟的水利大坎，却无法逾越百万移民的难题。

移民在一些国家和地区，其实是难民和贫困及包含不安定的危险因素的代名词。

是你们中国人有特别的能耐？你们以往建过的水库移民不是已经有过极其痛苦和惨重的教训吗？三峡移民人数之多，所处的时代人们要求和愿望也多了，你们扛得起这100多万移民可能带来的政治、社会及文化的巨大冲击波？

“我们不仅能扛得住，而且要使百万三峡移民都能搬得出，稳得住，能致富！”中国领袖们如此说。

“万众一心，不怕困难，艰苦奋斗，务求必胜！”1994年金秋时节，江泽民总书记再次来到三峡库区，面对滚滚东去的长江，他以深情和期待的目光，向百万三峡移民发出总动员。

那日，他在三斗坪坝址工地上，按动了三峡工程正式开工的电钮——世界再次以敬佩的目光注视着中国的伟大征战！而当代中国人以充满自信的气概破译“世界级难题”的行动也全面拉开了战幕。

外界也许谁都不清楚，假如不是三峡移民，中国到 21 世纪的若干年以后仍然不会出现第四个直辖市。

重庆人太幸运了！重庆人得感谢三峡，重庆人更得感谢三峡移民。重庆是三峡移民最多的一个市（占百万移民总数的 80% 以上），重庆又是为三峡移民付出代价最沉重的市。

真正的“百万三峡大移民”时代，是从重庆直辖市建立后开始的，它因此成为江泽民总书记亲自给重庆市领导交办的四件大事之首！百万移民，重庆占了 85.5%，总人数达 103 万；同时还涉及 862 平方千米面积的淹没区域中的 16 个区县、273 个乡镇、1424 个村、5483 个生产组和淹没 2 座城市、7 座县城、101 个集镇及 1397 家企业，还有一大批港口、公路、桥梁、水电站及沿江浩如烟海的珍贵文物。

举世瞩目的三峡工程，成败与否，关键在移民，而移民的关键在重庆。百万移民，古今中外，前所未有。这就是新直辖市面临的第一项大任务：一个全球注目的“世界级难题”。

“难题”难在何处？

什么事最难？我们似乎对此可以列出 10 个、100 个，比如上大学难，生孩子、找工作难……

难，恩爱百年难，打击恐怖难……但到过三峡库区或者从事过移民的人才知道，世上最难最难的不会是养儿育女，也不会是像上大学找工作做恩爱夫妻这一类问题，当然像反恐怖什么的也不是太难的事，只要心思和精力花上，它们就不再是什么大不了的难事。

千难万难，难不过移民的工作。到了三峡，到了移民一线之后，我才真正明白为什么有人将三峡移民工作称为“世界级难题”。

也许国际人士之所以将它比作是“世界级难题”，更多的是从三峡移民的数量，以及可能带来的种种社会问题考虑。即使如此，这“难题”上要冠上“世界级”的也足够分量。但有一点无论是外国的专家还是政要，他们绝对不会理解和懂得中国的三峡移民还有许多远比他们想象的难题多得多的问题。那是中国百姓特有的民情民风，而且不少在过去一直还是被颂扬的美德呢！如对故土的留恋，对土地的依赖，讲究亲情，注重家庭……然而所有这些都给移民带来了更大的困难，这样的国情只有中国人自己知道……

难在情上

有一首歌中这么唱道，“谁不说俺家乡好”。确实，我们中国人是个特别看重“家”的民族，而且尤其注重尊重“祖上”，怀恋故土。即使是个功成名就的伟人，也会非常非常地看重“叶落归根”。更何况普通人家，庶民百姓。

无论是三峡移民，还是其他移民，只要是个移民，第一面临的就是必须告别故土，告别原有的家园。而这恰恰是中国百姓最为看重的，他们甚至可以不惜生命的代价为保卫和固守家园和故土而战斗到底。

三峡移民工作首先遇到的就是劝说移民们离开自己的家园和故土。不知情的人，有个普遍的认为，三峡地区穷，让百姓搬迁不会是难题。其实情况恰恰相反，几乎所有属于三峡库区的移民他们原先居住的地方都是当地比较好的地方。三峡水库与其他水库不一样的地方是：它是以江建库，即以长江本身的基础，在宜昌三斗坪处建高坝后，利用宜昌至重庆间的630多公里的江段进行蓄水，使长江在这一段形成一个巨大的高水位库肚，实现“下可发电防洪，上可航行泄洪”之目的。库区的移民，便是在这江段蓄水后所造成的淹没区内居住着的人们。

君不知，中国人自古以来就有沿江河栖息繁衍和以水促富饶的传统，中华民族的灿烂文化和辉煌历史几乎都是因为遵循了这一定律才有今天。这是因为近贴江河的地方都是些好滩好地，能植能耕，而且总会使人畜两旺，俗话说有水则灵便是此道。三峡一带更不用说了，当年衣不蔽体、四面受敌的巴人之所以安身峡江两岸，就是因为这儿除了能守能攻之外，还到处都是临江富饶之地。诸葛亮劝说刘备定国此地也更多地是从这些独特的地域优势考虑的。

三峡大坝建起，沿江被淹之地几乎无一不是那些过去临江的最好地段和最肥沃的滩地与坝子。移民们首先遇到的就是不舍的故土情感。

在三峡工程建设初期，国家实行的移民政策基本上是“就地后靠”，即从 175 米的蓄水线以下居住地，往后退移，搬到更高的坡岸和山丘上。后坡岸和后山丘都是些什么地方呀？高，自然不用说，在那儿几乎找不到陡坡 25 度以下的地方，关键是这些地方不是荒就是秃，哪是人待的地方嘛！

移民们无法接受与过去那些“不耕也能自然熟”的家园相比的现实。

搬是不可更改的。难题于是出现了——

上过中央电视台《东方之子》的云阳县普安乡的移民站副站长汪学才向我举了他所在村的事例就很能说明问题：他家的那个村叫姚坪，是三峡库区几千个村落中的一个普通村落。千百年来，人们习惯了在这里日起而作，日落而息，自食其力，饱暖即安的生活，世世代代与世无争。但三峡工程打破了这种宁静，上级要求全村的人舍掉过去熟耕熟作的土地，搬上175米淹没线之上的山坡。老汪告诉我，他们姚坪村过去基本都居住在水淹线以下，而且所有可耕种的田地也都在这个位置。三峡移民政策下来后，村上的人所面临的就是彻底告别原来的生活地，退到后岸的山头上。那是个什么地方？那是个坡陡的乱石山冈。村民们就跟干部们嚷嚷起来了，说我们愿意响应国家的号召，可在乱山冈上咋生活？咋盖房？咋种地？啥子都没有嘛！

干部能有天大的本事在乱石冈上重新给村民们建一个同样的家园？于是问题就出来了。但办法还得想，而且国家搞的移民试点经验也借来了，那就是在这个陡坡上开垦出可以盖房安家和种植收获的地来。谁来开垦荒山？不用说，还是动员村民们自己来干。中国的老百姓太好了，国家的政策一下来，干部们一动员，大家就动了起来：各家各户每人每月出8个工作日的劳动力，而且有规定：谁家完成不了的每个工日交5元钱罚款。峡江一带是农民南下打工最多的地方，剩下的家里人尽是老的老，少的少，新的问题又出来了。

啥法子？继续动员呗！于是像汪学才这样的村干部就得一家一户地去做工作。做工作也不一定有人理会你呀！干部们只好自己带头行动，从我做起。再找自己的亲戚带头，亲戚再找亲戚带头，就这么着一户带一户，个别“钉子户”只好就由干部们舍去汗水和劳力帮着完成任务。

汪学才能从一名普通的村干部，成为全国先进移民干部，受到中央领导接见和上了《东方之子》，就是因为他在“就地后靠”中把自己的村子搞得比过去的村子还要好，全村人过上了比过去还要幸福的生活，有了比过去还要美丽的家园。

可汪学才告诉我，从1991年至今的十余年间，他本人从一名全村最富裕户沦为最贫困户——1981年时他靠双手致富，家中存款就有7万元，而为了帮助全村实现“就地后靠”有个更好家园的“移民之梦”，他不得不倾家荡产。村民们没有资金开荒垦殖，他借钱送苗；筑路筹资款到不了位，他垫着。这七垫八送，自己家的存款就全都流了出去。“咱是党员，能让村民们按照国家的号召搬出水库淹没线，就是头等任务。要敢舍得小家为大家。”汪学才说他过去身体非常胖实，体重在140斤左右，可搞移民工作后，瘦到了98斤。而他所在的姚坪村在他的带领下后来成了全库区的移民先进村，家家户户的生活水平、居住环境、耕种面积，都比以前好，移民们一百个满意。

汪学才后来因为工作突出，乡里招聘他当了乡移民站副站长。之后的工作就不一样了，全乡移民人多，有的村连“就地后靠”的乱石冈都不好找，于是有一批人得搬迁到外地。汪学才的任务是动员一批移民到重庆的江津市。

“这回工作难度可就大了！”汪学才向我介绍说，在本土本地，搬个家园就非常有难度，让乡亲们离开故土搬到一个人生地不熟的地方，感情上的问题就困难得多。本来嘛，江津也在重庆市区域内，不算远，而且那儿的条件要比云阳好得多，可移民们舍不得生活惯了的故土。

为了让移民们顺利地搬迁，老汪说，他们先是到江津选一块好地方，可以盖房种地。每家每户的房子盖得尽量要比过去的好些、宽敞些。可移民们的要求更高，开始让他们派代表去选地看样板房，大家是满意的。后来房子盖好了，有人就提出，我们过去的家门前有路有水，可现在的路在屋后，水也见不着，我们不习惯。老汪他们只好再同当地商量，改道劈水。有的移民啥都满意，突然提出自己原来的家门前有排树林，夏可乘凉冬可挡风，希望在新的家园前也能有一片树林，否则就不搬。老汪他们又再折腾回到江津，一户一户地按照移民们的要求设计。

这么着，前前后后用了一年零七个月，当老汪第17次带领移民们前去新家园参观时，大家方才点头露出笑容，说：“这跟咱云阳的家一样，该有的都有了，云阳老家没有的，这里也有了，我们搬！”

“移民们对家乡的留恋和感情，有时你工作做得再细也是无法照顾和想象得出的。”老汪在这方面的体会再深切不过。

前年，他接受的任务是安排1300名移民到江西落户。有人一听到江西，就嚷嚷起来：“咱是三峡人，过去算四川的，现在算重庆人。不管四川还是重庆，都比江西强。让我们离开三峡老家到个差地方安家，我们不同意。”老汪说：“江西也不是所有的地方都比四川、重庆差，四川、重庆有的地方怕还不如陕西、甘肃呢！”后来老汪等人逐一做工作，动员移民代表到江西安迁地实地参观。移民们看后喜形于色地说：“想不到江西还有这么好的地方呀！”于是最后有1144人主动到了江西落户。

巫山洋河村的村支书郑昌省遇到的村民们不舍故土恋家园的事比汪学才的更有趣。老郑今年不到50岁，论“官”职也是全库区最低的一级，可他的名气在三峡库区甚至不比重庆市市长的影响小。因为大伙儿都知道老郑现在是“省长”。

我采访出发前在北京就知道他是“省长”，见到他后第一句话就笑问他到底是怎么回事。

老郑憨憨一笑：“因为我的名字里有个‘省’字，在做村里移民工作时我们最早，属于提前搬迁，所以村民们说我是操的省长的心，日久天长，大伙儿干脆叫我‘省长’了。开始有些嘲讽的味道，后来乡亲们从提前搬迁中尝到了甜头，大伙儿再叫我‘省长’时，更多的是一种亲切和希望……”

后来我知道郑“省长”确实与众不同，他的经历真有些省长的非凡气度和真知灼见。

老郑所在的洋河村处在一块草肥羊壮的坝子上，三峡水库蓄水后得淹掉大半个村子的好地。乡亲们感情上实在难以接受。为了让乡亲们日后能过上好日子，老郑跑遍了村头村尾，左看右看，最后看中了村头的一大片坟地。那坟地地处淹没线之上，“风水”不错，一旦三峡水库建成后此地依山傍水，会有别样光景。老郑把村上的干部和村民代表叫到一起，商量着平坟地建新村的想法。

村里的干部群众几乎都要移民，大伙对“就地后靠”不离开故土当然很高兴，但对老郑提出的移坟建房有些想法，主要是动坟谁都可能不干。

果不然，决定一下来，村民们就闹了起来：“建三峡工程是国家的大事，我们支持，也甘当移民。可不能失了家园还要掘老祖宗的坟啊！”

有人甚至扬言说，谁敢动他们祖上的坟，就先砸了他的脑壳！这话显然是对着村支书老郑说的。

有人则放言说迁坟盖房这事成不了，因为村上的人都知道他老郑家兄弟姐妹都是孝子孝女。大伙儿一听明白了：老郑家先逝的父母的坟也都在那片坟地上，现在只是老郑“积极”，可他还有6个姐妹兄弟就未必都像他一样“连老祖宗都不要了呀”！

全村的移民们暗暗瞅着老郑自家的这一关能不能过哩！

“来，我在这里向兄弟姐妹们先敬一杯：希望你们多支持我的工作，也让养育我们的父母能有个更好的地方安息……”一日，老郑让儿子将自己的6个兄弟姐妹叫到家，然后备了桌酒席，他开门见山举杯说道。

“哥，你当村干部这么多年啥事我们都依着你，这你心里特清楚。三峡移民我们也不难为政府，但搬坟的事我们没法同意。你不是不知道，咱们的父母才过世几年，两位老人家入土后的魂灵还没安顿下来，你要动他们的土，我们不答应。”最小的两个弟妹首先站起来反对，于是一桌热腾腾的饭菜谁也没动一下筷子。

当大哥的老郑找不到一句管用的话可以对兄弟姐妹们说的。老郑那只端起酒杯的手颤动了半天，最后还是放下了。他知道兄弟姐妹们对亡父亡母的感情，所以最后只得挥泪下跪在兄弟姐妹们面前：“……好兄弟好姐妹们，我的心情跟你们一样，可你们想想，三峡水库马上就要建成，父母的坟地是早晚要搬迁的，总不能以后让老人家的坟泡在水里呀！那才叫真正的不孝。再说，坟地不搬，大伙儿就不能重新安个好家，亡父亡母真有灵知道的话也不会安宁的是不是？你们看在大哥我的面上，我一定挑块更好的风水宝地让我们的父母、让全村的祖先们安息，啊，我当哥的就求你们这一回了！”

老郑一边抹泪一边向兄弟姐妹们磕头……

兄弟姐妹们说啥好呢？一个个抱头痛哭了一场。但他们无法接受亲自动手去给自己的父母迁坟。于是老郑只好请了几个外地民工，自己和他们一镐一锹地将父母的坟墓掘开，然后再搬迁到一块新坟地。

这一幕，乡亲们全都看在眼里了。后来老郑动员大伙儿搬坟时，多数人配合得非常好，可也有人家死活不干的，甚至只要见老郑上门就张口大骂，说你们当干部的让我们搬家挪窝已经够损的了，还要掘墓挖祖坟，天地不容！

无奈老郑只好苦口婆心地一次次做工作。别人骂，他默默听着，别人骂渴了，他端上一碗水；别人骂累了，他再跟人家掏心窝谈话，直说得人家不能不点头称是。

那就搬吧？！

搬，可以答应你，但我们有一个要求：不管怎么说，让埋在地里的人再挪动迁移，是不孝的事。你支书得为我们祖上的人穿丧戴孝，否则我们就不搬!

老郑闷了一口气，知道只有这样了。为了三峡工程，为了完成百万移民，我老郑就当全村那些先亡的老祖宗们的孝子吧!

于是，村上每起一口棺材，老郑就按照当地的风俗，全身上下披麻戴孝，一路护送灵柩到新的安葬地入土。进而双腿跪下，磕上 3 个响头……全村 34 座坟墓，老郑他都一一这样做了。

但当老郑要动手搬第 35 座坟墓时，墓主的后代却怎么说也不干了，并且出来一大家的人阻挡，“姓郑的，你有能耐在别人家的祖坟上动土我不管，可要想掘我家的祖坟，你姓郑的就算从我裤裆下钻过，老子也不会让你动一铲土!”

已经当了 20 多天“孝子”的老郑哭笑不得，说：“全村的人要住新房，现在就等平整你们这个坟穴了，这么着，我老郑为了全村移民给你们求情作揖，给你们祖上当回孙子总成了吧?”

峡江有个风俗，当孝子的是要披麻戴孝，当贤孙的可得跪地走火盆哩!那可不是闹着玩的。

“你就是让全家人都出来当老子的孝子贤孙也不成!”人家把话说到绝处。

面对一个 70 多人的大家庭，无奈的老郑不得不暂时放下铁锹。将刚刚扮演孝子的那张哭丧的脸又变成笑脸，他请这个家庭的几位长辈和主事的人都到自己家里，丰丰盛盛地备了两桌酒席。可人家根本不理那一套，吃也吃了，吃完抹抹嘴照样不让迁坟。老郑欲哭无泪，左思右想，没个结果。一日，听人说这个家族中有个人在县城公安局工作，老郑便连夜赶到县城，给这同志讲移民道理。人家是党员干部，到底觉悟不一样，“郑书记，你甭多说。三峡移民道理我知道，走，今晚我就跟你回村上做家族亲叔老伯们的工作!”

在这位同志的帮助下，这个家族的人终于同意迁坟了。但在挖坟时又出现了一个奇怪现象：那座百年老坟是用石灰砌的，坟上长着一棵枸叶树，树根顺着石缝往下长时，正好覆盖了半个坟穴。待扒开掩土后，家族的人一看这“奇观”，又大嚷起来，硬说这是他们家族千年不衰的“风水”，谁都不能动！而且说谁动了这“风水”，必会“天诛地灭”。几十个人无论如何再也不让老郑他们扒坟土了。

老郑急得无计可施，“扑通”一下跪在地上，两眼泪汪汪地乞求道：“大伯大叔婶婶嫂嫂们，如果这树根须正是你们家‘风水’的话，动了它要真出事，我老郑愿拿全家人的性命给你们作抵押！”

村支书老郑的这一跪，真把这个家族里那些尚有点唯物主义思想的人打动了，他们相互做起工作来：“算了算了，‘省长’铁心帮大伙儿平地建新村也是为大家好，相信老祖宗看在这份儿上也会原谅我们的。”

当这口百年棺材费力地从墓穴中被人挖出并抬起时，满身披麻戴孝的老郑仍一丝不苟地跪在那儿……好在什么事都没有发生，“风水”仍旧让这个家族的人原谅了老郑。

那天，老郑迁完最后这穴墓，回到家时已是深夜。当已是饿得肚子咕咕直叫的他轻轻推开有十几天没回的家门后，顾不得拉灯就直扑小厨房，掀开锅盖，伸手抓起里面的东西就“哗哒哗哒”地吃了个透饱。吃完后，他怕吵醒了妻子和孩子，便蹑手蹑脚钻进被窝躺下。可不足一小时，便觉得肚子不对劲，然后越发“咕咕”作响，胃中不时泛出酸水……

“爸，你啥时回来的呀？干啥子翻来覆去？肚子疼？”女儿被吵醒了，倚在他的床头问。

“那锅里是啥子东西？我吃了就，就疼……哎哟——！”老郑实在忍不住地在床上打起滚儿来。

女儿一听，大叫一声后便“呜呜”地哭了起来：“爸，那是馊了几天的剩菜剩饭，是准备喂猪的呀！你吃它干啥子嘛？呜呜……”

老郑不由自嘲地苦笑道：“傻闺女，哭啥子？是爸给村上搬坟饿馋了才吃错的呗！”

女儿哭得更凶了：“爸，你就不能心疼自己一点吗？我难过死了。呜呜……”

乡亲们就是在老郑的这般虔诚和真情下，心理得到了平衡，搬迁和建新村的工作因此顺利开展起来。

经过一个秋冬，整整齐齐的移民新村矗立在高高的山坡上，就像外国电影里经常看到的“城堡”一样漂亮。这时候的村民又有新的意见了：郑书记你不能偏心眼，我们过去住的老宅基风水好，现在也不能比别人差嘛！

难题又出给“省长”了。

老郑在村里工作了几十年，太了解农民们的那点心思了。他灵机一动，说：“明天大伙儿都到村委会开会。”

第二天，村民们都来了。

只见老郑双手叉在腰际，高声说道：“为了公平、公正分配移民新村的房子和宅基地，我已经提前将新房子编成号。大家知道，绝对地让我老郑要按照过去大伙儿住的房子和宅基好坏来分配，肯定没法子分了。别说我这个假省长，就是真省长来了我想他也没有这本事。因为我们三峡移民不可能将过去大伙儿住的老宅基一模一样地搬迁过来。但有一点大伙儿比我看得明白，现在我们盖的移民新村要比大家过去住的房子好，而且又有自来水，宅前宅后又有能通车的宽畅的道路。所以我们只能捂住心口凭良心做事，求得大伙儿心服口服。啥子办法呢？我老郑只有土办法一个——抓阄。有人说抓阄虽然是硬碰硬，但希望运气多一些。那好，我事先已经想好了，这回我们不是一次抓阄定乾坤，而是两次抓阄，即先抓一次阄是确定正式抓阄的序号，第二次抓阄才是按先前抓出的序号进行房号宅基地的正式确定。大伙儿看这样行不行？”

“哈哈，‘省长’，你想得挺周到的，信你的，抓吧！”

“对，抓吧！”

老郑会意地笑了，说：“好，抓阄的方法大伙儿没意见了。不过，为了保证大伙儿对抓阄过程的放心，因此我想这么做，大家看行不行啊——”只见老郑先拿出一双筷子和一个只留下一个小孔的铁盒子。

“省长”要魔术了！乡亲们好奇地围上前去观看。

“看明白啥意思吗？”老郑逗大家乐。

“嘻嘻，不明白。”众人摇头。

于是老郑一本正经道：“用手伸进盒里抓阄，容易让人感觉是不是会作假，筷子抓阄可是假不了的呀！不信谁试试！”

可不，筷子抓阄，绝对的一是一！

一件本来难上加难的事，经老郑这么扳上来扳下去一番，乡亲们怀着高高兴兴的心情，自觉自愿地选定了自己的新宅基。且每户门口都建立了一块非常醒目而且永久性的三峡移民标志石板，上面写着：某某某，响应国家号召，光荣当上三峡移民，于几几年搬迁到新村。现为几号房，共几口人。原淹房面积多少平方米，淹房补贴多少元，迁建面积多少平方米。砖瓦结构，开支多少钱等字样。

洋河村的村民们不仅家家户户有这样一块光荣的“三峡移民”石匾，而且他们在郑昌省的领导下，利用提前搬迁几年的时间，在别人仍在为苦别故土挥泪时，便已经重新走上了致富之路。

洋河村的移民虽然比别人提前建立了对新家园的感情，但他们在告别故土时的那份情感同样难舍难分，只因为他们比别人幸运的是有位好“省长”。

巫山出过另一件有意思的故事：

一对年轻的农村夫妇，他们在被政府列入移民名单时才结婚不长时间。没想到这对新婚夫妇为了移民的事闹得差点分了家，离了婚。

事情起因是这样的：当村干部征求他们意见迁移到哪儿时，小夫妻很快统一意见说是要到广东去。经过接洽，移民干部们告诉说可以。小夫妻听后非常高兴，后来干部要求每户派一名代表到“新家”那儿去跟当地政府办理“安家”等对接手续时，丈夫就说从三峡到广东很远，还是他去合适。

“去就去呗，你得挑块好一点的地盖个大一点的家就是。”妻子吩咐说。

丈夫说：“那还用说，这次移民搬迁到广东，是为子孙后代造福的事，不光关系到我们这辈子嘛！”

不几日，丈夫从广东那边打电话回来说，广东太好了，当地政府对我们三峡移民也特别好，选的地方好，房子盖得也好。丈夫在电话里一口气至少说了十几个“好”，末了，他说：“我第一次出来，一起来的人他们怕花钱要先回去，我准备再待几天，好好到广州玩一玩，看看广东这边，人家太开放了……喂，说好了，我在这儿多待几天……”电话就这样挂断了。

开放？小媳妇放下电话，一琢磨，从头顶到脚心全都凉了。

“呸！说什么也不搬！”移民干部再来这对新婚夫妇家时，小媳妇一反往常，连门都不让进，说话也是咬牙切齿的。

小丈夫回来了，满面春风，并且大包小包地带了很多东西。

小媳妇没好脸理他。

入夜，她悄悄打开大包小包：口红！避孕套！……

“你个死鬼！你是个不要脸的天杀死鬼！”小媳妇愤怒地将大包小包扔到丈夫的头上，然后“呜呜”地大哭起来，震得寂静的山村全都醒了。

“你疯啦？”莫名其妙的小丈夫不由吼了起来。

“好你个龟儿子，家还没搬到广东，你就野啦？你野呀野呀——”小媳妇真的疯劲上来了，上前一口咬住小丈夫的胳膊。

“哎哟——”小丈夫疼得忍不住抬腿踢起。妻子倒是松口了，可他的胳膊直淌鲜血。

“你说清楚，你到广东干啥子了？”小媳妇不依不饶，从地上站起来继续责问。

“你说我干啥子？老子去安家知道吗？”吃了一肚子冤枉气的小丈夫两眼泪汪汪。

“那你包里还带口红、避孕套……！”小媳妇穷追不舍。

“你……你为这跟我吵呀？哼，真是傻瓜一个！”小丈夫一听就像被阉了一样地瘫坐在地上，直摇头，“我们结婚时没能上重庆一趟给你买个口红，这次顺便到广州挑个洋牌子带回来，没想你尽往邪处想……”

“那……那避孕套是啥子事嘛！”

“这……这不人家城里人会玩嘛，我看着那玩意儿也跟我们以前用的不一样，所以就买几个回来试试，看能不能让你更舒服些……”

“你个龟儿子！”小媳妇“噗”地笑出了声，满脸通红。

第一次与广东“对接”的风波就这么平了，但小媳妇的担忧并没有解除。尤其是看到自己的男人在以后的半年里打着到广东去看看新房子的招牌，连续3次出峡江，而且每次回来不是嫌她土就是说广东那边如何如何的时尚。最让小媳妇产生疑心的是，他每次回来晚上亲热的时候总要“换换花样”。这“花样”虽然让她感受也是“爽得很”哪，可“爽”完后的她心里越想越不对劲。于是她认定：千万不能移民到广东，要那样他准会变坏！

这一夜她辗转不眠，见一旁被“花样”累得鼾声如雷的他，心火不由从胸中蹿起。打断他的腿？这样可以让他永远别想到广东玩“花样”了！可她一想，不行。那样还得反过来一辈子伺候他。用剪刀给他那玩意儿割了？也不行，吃亏的日后是夫妻两个人……怎么办呢？小媳妇思忖了半宿，突然想起小时候见父亲为了制伏一头总跳圈的猪崽子，便用尖刀给那猪崽的后腿挑断了一根脚筋，后来那猪崽再没能耐跳圈了。

嘻，这一招好：既管住了他，又不碍大事。

天亮前，她悄悄下床，从柜子里摸出一把剪刀，然后对准男人的脚心，狠狠一挑……

“妈呀——！”男人号叫一声，疼得从床上滚到床下。

后来是干部出面了。问小媳妇到底怎么回事？

“我……我怕移民到了广东他会变坏，所以……”小媳妇终于吐出了真情。

干部们听了哭笑不得。

这桩“夫妻私案”虽然后来以双方的相互谅解为皆大欢喜地了结了，可在移民中像类似这样的一方担忧另一方在搬迁到他乡特别是到了开放地区后会不会“变坏”的情况绝非个别。

这是世纪之交的三峡移民们所能遇到的情况。故事听起来很离奇，但所反映的问题却是非常现实的，即一些原先比较落后和封闭的地区的人们，一旦到了相对开放的地方后，观念和行为的变化，是一些移民所困惑的。他们因此惧怕离开家乡，惧怕离开习惯了的三峡地区的生活方式，惧怕改变亲人间情感表达的原有形式与内容。

在库区，有位移民干部告诉我这样一件事：

他们那儿有两户人家本在第一批外迁就要走的，可到了7月份第三批外迁时，他们还没有同镇政府签订“外迁协议”，急得干部们不知如何是好。定下移民名额，就像下了“军令”一般，到时必须人走户销。完不成任务，干部要下岗是小事，接收地那儿房子盖好了、地划出来了，该花的钱都花出去了，但该去的人没去，咋办？一个人一户人这么拖着不搬，后面效仿起来不误大事吗？

干部急得直骂娘，可人家就不理不睬。你骂呀，我当作没听见。真要我听到了，我更不走了。移民们心里这么说。干部只好一次又一次地去做工作。吃住在那儿，不分日夜地跟主人磨啊磨，直到你松口同意走为止。

我听说后，很想看看这两户到底是怎么回事。于是就到了那两户移民家。

两户移民得知我是北京来的，不是移民干部，他们也就没有了抵触情绪，便跟我掏心窝地说出了为什么拖至今日的缘由。

原来这两家有一对老姐妹，她们都是新中国成立初期从另一个村一起嫁到这个沿江的坝子村的。老姐妹俩虽不是亲生姐妹，却情如手足。二老现在都是七十五六岁的人了，走路颤颤巍巍的，可据村上的人讲，她们年轻时可是村上远近闻名的“铁姑娘”。

20世纪50年代“大跃进”的时候，她们跟着男人开山造田，甚至还到县城里参加过劳动比赛得过奖状呢！她们的孩子都是那个时候生的，巧得很，都是一男一女。张家的儿子取名福，李家的儿子取名桂，蕴意着两姐妹期待后代的“富贵”。三峡库区原本是个经济落后地区，三年困难时期，村上的男人出江搞运输养家，这两姐妹的丈夫有一次同船出江，在回来的路上，触礁翻船在瞿塘峡险滩，连尸骨都未见。失去夫君的两姐妹从此更加相依为命，有米同煮，有奶同喂给相互的儿女。

后来儿女长大了，女儿都出嫁外乡，留下儿子们也开始成家立业。儿孙们各忙各的，老姐妹俩似乎渐渐成了生活中多余的人。三峡移民开始后，干部们动员外迁。当家做主的儿子们带着媳妇一户到江苏一户到广东看中了各自的地方。回来后才跟各自的老母亲说了这事，打这以后这对老姐妹就开始跟儿子媳妇较上劲了：她们说啥也不愿意分开，坚决不同意走。

这两家一个福儿是个孝子，老娘说不走他就没辙了。桂儿因为从小没爹后干什么都听母亲的主张，这老母亲不同意走，他也傻了眼。就这么着，干部来做工作无数次还是做不通。定好了到广东的福儿知道问题出在母亲不愿与邻居的老婶就此一别，便暗地里做媳妇的工作，说我们干脆依着母亲，同桂儿他们家一起上江苏算了。偏偏福儿不仅是个孝子，还是个“妻管严”。婆娘眼睛一瞪：“不是已经到广东把房子都定好了吗？为啥子又动歪念了？你娘要不了几年就入土了，我们和孩子的日子可是长着呢啊！要想依你娘，那你跟她一起去，我们不管！”

嘘，这是啥子事嘛！福儿再不敢多言了，顺其自然吧。

就这么着，移民的事又一拖一两个月没结果。哪知这时候说来就来，桂儿的老母亲突然生了一场病，几经折腾也没有抢回命来。老妹子的不幸去世，令福儿的母亲哭得死去活来。这么着，有移民干部来动员福儿一家快办销户手续时，福儿的母亲干脆说自己不走了。

“老妹子走了，我孤单单地跟你们迁到老远的地方有啥子意思？不是三峡水库要到 2009 年才放满水吗！你们就让我在这儿再待上几年，死了也好陪陪老妹子嘛！啊，娘就只有这个要求了，你们跟干部们说说行不？”福儿的老母亲流着泪恳求儿子，说完就摸黑上了老妹子的坟头趴在那儿一直哭到天亮。老人家一把鼻涕一把眼泪地只说着一句话，“老妹子呀，我就是舍不得你啊！舍不得你孤单单地一个人躺在这冰冷的荒山野岭里呀……”

这样的邻居亲情使一部分特别是上了年岁的人不愿迁移他乡。

我还听说过另外一位老爷子的事。

1999年，有一户老人因为儿子在城里工作，所以按照移民条例他可以“投亲靠友”。上儿子家后不到半年，老伴因病死了，剩下的老爷子怎么也过不习惯。因为城里人住的都是楼房，各家各户互不来往。平时家里人都上班去了，就剩下老爷子一人在家，他又不爱看电视，整天便像关在笼子里似的。想跟邻居说说话，人家见他这个“乡巴佬”，躲还躲不过来。老爷子没过上一年，就说啥也要回乡下的老家住。

“爸，咱老家那块地方是淹没区，早晚得搬，你不到城里来跟我们一起住还能跟谁在一起嘛？”当副局长的儿子以为自己很有道理地劝说父亲，哪知老爷子朝他一瞪眼，背起包袱便出了门，屁股后面扔下一句话：“老子跟邻居他们上安徽也不想在你那个城里享清福。”

据说后来这位老爷子一直在乡下住到8月底，最后他还是跟了一户邻居上了安徽。那儿的条件比起城市的儿子家显然差了不少，可老爷子愿意呀！他现在跟在过去农村的老家一样，白天种地，晚上跟一起搬迁到那儿的同村老哥们儿搓麻将唠闲嗑。儿子曾经专程到过安徽移民点接老人回城，但老爷子就是不干。过惯了农村那种邻里之间的亲近生活，许多像这样的老人无法适应因移民搬迁后带来的新生活环境。

这是中国农民们之间特有的亲情，它在某种时刻胜过儿女夫妻间的关系，尤其对那些孤独的年长者，他们早已习惯了那种推门便见邻居，关门就是同村的酒友和麻将对手，即使是吵闹打架，那也是有滋有味，有情有义，温温暖暖，笑也笑得痛快，哭也哭得安逸。那才是日子！

面对这样的百姓，你没有任何权力剥夺他们的这种与生俱来的习性和亲情。一个城市和一个陌生的地方，怎么可能会有如此其乐融融的熟悉了的农家人的生活环境呢？

难在理上

都说中国的老百姓是最讲理的。百万三峡移民更是如此！

但有时候，怕就怕讲理了。比如说早先的三峡移民条例上明文规定，那些表现不好，吃过官司坐过牢的人是不允许列入搬迁移民的名单中的。这让许多本不想搬迁到他乡的人感到不理解。噢，我好端端的良民一个，就是因为恋着自个儿的家乡不愿搬迁，你们干部一次次上门做工作，逼得我们非走不可。那些坐过牢犯过事的人倒好，还可以安安稳稳地待在库区不走，这是哪门子的理呀？

没有人回答得出来。移民干部非常伤脑筋。

解释只有一种：国家考虑为了不让三峡移民给迁入地的政府和群众带来麻烦，所以做出了如此一条规定。

政府想得如此周到，但在实际工作过程中却并非让做移民工作的迁出地和迁入地干部群众满意。

迁出地的三峡库区认为，既然承认当三峡移民是需要牺牲个人利益而服从国家利益的，那么为什么能让普普通通的百姓做这种牺牲，而那些曾经犯过事，对国家和人民欠过情与债的人就不能牺牲牺牲？

不想走的人盯着这一条问你们移民干部 100 遍，你干部未必解释得通。既然解释不通，那么一句话：我也不迁。

犯过事的人也有理呀：好好，过去我是犯过事，做过坏事。可现在我出狱了呀！改造好了呀！是个普通公民不是？那为啥就不能让我们也为三峡建设贡献些力量？牺牲些可以牺牲的利益？别人不愿意搬迁，我们愿意呀！我们愿意做一名光荣的三峡移民呀！

三峡移民工作中就有这么多谁都有理的事，你说咋办？最后当然只能服从国家政策一个大道理。但具体的工作却难上加难了。

难也得把移民的工作做了，而且要做好。要不，咋叫三峡移民工作是“世界级难题”嘛！

真还是的嘛！

那一天，负责到安徽对接的干部回来了，辛苦了几个月，瘦掉了十几斤肉，总算有了收获。当干部们正拿着移民们的“对接合同书”在“总结成绩”时，突然听得门外有人大声嚷嚷：“出来出来，你们这些干部都是些骗子！我们不去安徽了！安徽那地方我们不愿去！不愿去！”

这是怎么回事？县委书记责问负责对接的副县长。

刚才还春风得意的副县长紧张得不知说什么好：“这……我们没有虚报成绩嘛，是他们自觉自愿在合同书上签的字嘛，而且多数还交了部分建房定金的呀！”

“骗子骗子，我们坚决不去安徽那个穷地方！”门外，黑压压的几百个移民聚集在那儿“振臂高呼”着，群情激愤。

“同志们安静，有啥子事可以说清楚嘛！是我们工作没做好，我们就改进。是大伙儿不清楚的事，没有理解透的，我们再跟大家一起学习领会。”县委书记赶紧出来调解。

“我们只想问一句话：是不是你们说的，安徽那儿比我们这儿条件好，生活水平高呀？”移民代表说。

“是啊，今年你们要去的凤阳全国著名，那儿的条件无论是经济还是自然条件都不比我们这儿差呀！你们去了以后一定会在比较短的时间实现致富嘛！”县委书记一副真诚的态度。

“扯淡！”有人毫不客气地打断他的话，一针见血地反问，“既然比我们这儿好，为啥那儿还有人到咱三峡来耍猴呀？”

“是啊，那儿为啥子还有耍猴的人？”一个人的话变成了几十个、几百个人的声音。

“耍猴？哪儿来的耍猴？”县委书记感到莫名其妙。

“别装腔作势了！你们当干部的就知道把我们老百姓当猴耍，还能干什么呢？”有人尖着嗓门嚷道。

“这话从何说起？有意见可以提嘛！我们什么时候把你们当猴耍了？”县委书记有些生气了。

“怎么着，不爱听？那好，给你找个证据来！”人群里，有人将一个安徽耍猴的艺人拎到了前面。

“喂，耍猴的你老实说，是不是安徽来的？”

那个耍猴人不知自己犯了什么错，吓得连连点头承认：“是是，我是安徽的，我有证明呀！身份证也有。你们看，你们看嘛——”

可愤怒的人群并没有再理会他。大伙儿只是一个劲儿地责问县委书记：“看清楚了吧，安徽的，还是凤阳的。就是你们要我们去的那个地方！”

县委书记终于明白了，又不得不苦笑起来：“好好，同志们，我们明白大家的意思了：既然过去我们一直在向大家宣传安徽比咱三峡这边好，可人家那儿却有人到咱这儿来耍猴糊口不是？好，这个问题最好还是请耍猴的安徽老乡来回答如何？”

吵吵嚷嚷的人群突然静了下来，并且窃窃私语起来：“是嘛，啥子好啥子坏，让人家自己说说到底那儿是穷是富嘛！”

“来来，安徽老乡过来，不用怕！”县委书记亲自将那个吓得躲在一旁的耍猴人叫到众人面前，亲切地问：“老乡，我们这儿的人怀疑你们那儿生活条件和经济不如这三峡一带，你说说是不是这样？”

“谁说的？我们那儿是农村改革的发源地，这一二十年变化可大了！老百姓生活条件比你们这儿要好，整体上要好嘛！”耍猴人一听是问这，便开始挺直起腰杆来。

“那你干啥还要出来耍猴？不会是出来耍猴要饭吃吧？哈哈哈……是不是这样啊？”

“胡说！”耍猴人的嗓门高了起来，你们知道我这猴是什么猴吗？它是我花了两万多元买进的北美‘雪上飞’！知道吗，两万多块钱呢！”

“好家伙，耍猴人也是小财主呀？”众人开始议论纷纷。

“好了好了，我已经完全明白大家想要问我的话了。这样吧，关于你们要远迁的安徽凤阳那边的情况，特别是那儿到底是比咱这儿好还是差的问题，我们一定尽快弄清楚。我想最好我们还是眼见为实。为此我提议：如果大家同意的话，我们从你们中间选派一些代表再到对接地安徽考察和调查一下，直到大家弄清楚为止。看这样你们有没有意见？”县委书记笑容可掬地征求移民们的意见。

“这当然是好嘛！”众人言。

“好，既然大家同意，那我们就立即着手准备。”

一场已经冒了火药味的群体事件就这样平息了。

可县委干部们还没有等到睡下个安稳觉，第二天上班一看，办公大楼前又集了黑压压的一群移民……

“又是怎么回事？”县委书记大惑不解。

“书记，昨天你只说那儿条件比我们这儿强，可我们还是不愿意去！”群众说。

“为什么？”

“那儿是血吸虫病区！我们不愿当大肚鬼！”

县委书记感到纳闷：“谁说那儿有血吸虫病？”

“毛主席说的！”

“毛主席？毛主席什么时候说的？”书记感到十分唐突。

“你不会背七律《送瘟神》？绿水青山枉自多，华佗无奈小虫何。千村薜荔人遗矢，万户萧疏鬼唱歌……”

书记笑了：“看来我们是同时代人，很高兴你能把毛主席的诗词背得这样滚瓜烂熟。”

“怎么书记，你还没有听出我们想说的意思？”

“我不算傻，当然知道你们为啥子背这首诗嘛！”书记笑道，“不过你们也得用发展的眼光看问题嘛！别说毛主席写这首《送瘟神》已经有30多年了，就是毛主席当时写这首诗时，那儿的血吸虫病不是已经被当地的人民像送瘟神似地送走了嘛！”

“那——我们也不太放心。假如我们新迁的地方是个血吸虫病区，老子可就惨了啊！”一番“舌战”后，众人的口气不再像起初那么冲了，但心头仍有疑虑。

“这么说吧，我们不是还要组织代表去那边考察调查吗？如果大家发现那边自然条件不像我们介绍的好，如果还有血吸虫病流行的话，我在这里可以向大家表个态：要真是那样的话，我第一个支持你们不往那儿搬迁！咱这一批移民可以往后再说！你们说怎么样？”

“好嘛，有你书记这话，我们就放心了。”

“对对，要得嘛，这样就好了！”

又一场讲理把“险情”化解了。

然而这桩理刚断，新的理又出来了，而且是个更难断的理——

那是重庆市进行的有一批外迁三峡移民，规模大，时间紧，所要处理的问题千头万绪。不想，有个县的移民局反映了一件他们无法处理和解决的事情：该县原定的几百名移民突然因为对方拒绝接收而闹着退出本年度移民计划之列。

这还了得？移民任务每年的指标必须到时完成，就像军令一般，从市长到县长，从县长到移民局长，再到乡镇的领导，村上的干部，那可是铁板一块的任务！在三峡移民区，从上到下的干部们都有一个共同的概念，那就是干其他任何工作，完成了七八成，干了个大概就算是“圆满”完成了任务。但唯独三峡移民不一样，你可以超指标，但绝对不能说100个指标的任务，最后只去了99个，那你的任务只能打上“不及格”！

怎么回事？重庆领导立即出面过问事情原委。

“移民们说，某省接收地原来对我们这边的移民计划谈得好好的，可突然提出有一批移民他们不能接收！”

“啥子原因嘛！”

“说是我们的移民中有相当数量的人，不符合他们那边的计划生育政策。”

“怎么个不符合法？”

“说是这边的移民已经有两个孩子了。”

“这没什么嘛，他们多数是农村贫困地区的，按照国家的计划生育政策，并没有规定他们一定只能生一个孩子嘛！”

“是啊，这没问题。有问题的是接收方的政府部门说了，你们移民来可以，但必须按照他们那边的规定：凡生两个孩子的父母必须有一方要做结扎绝育手术，否则就不能进他们省。这是他们的地方法！”

“这……怎么又冒出这问题来了？他们那边的规定，那边的法也不能强用到我们这儿来呀！我们的三峡移民已经非常不容易了，他们背井离乡，远迁他乡，要付出多大的牺牲嘛！现在要让他们结扎完了再搬迁过去，这于情于理都说不通嘛！让我们怎么做工作？噢，通知移民们说：你们必须先到医院结扎了，才可以走！这不添大乱才怪嘛！”

重庆方面的领导和干部们气不打一处来。

移民们闹，闹得是有理的。有理的事，处理起来就更费劲了。

如此大是大非的问题，一个是移民迁出的重庆市，一个是接收的某某省，谁也说服不了谁。这边说我们并没有违反国家政策，移民该走还得走。那边说，我们的“地方法”是经过人大通过的，不能因为你们三峡来的移民就特殊，计划生育是国策，谁违反了谁负法律责任！

怎么办？

向中央反映呗！

于是国务院三峡建委的领导办公桌上摆上了一份“急件”。可这码事却让“统管”三峡工程事务的三峡建委领导们也不由犯难了：国家计划生育政策可不是哪个部门随便能说一句话就行的。

于是这一问题的“急件”又摆到了国务院领导的桌上。

此事应由国家计划生育委员会出面协调处理！

出路终于找到了！

重庆方面、接收省方面、三峡建委方面和国家计划生育委员会方面坐到了一起。经过激烈而务实的讨论，难题终于有了各方都可以接受的解决方法：三峡移民的计划生育问题，在迁出地时按迁出地的政策规定办，移民到迁入地后按迁入地的法规办。也就是说，你是个超计划的育龄移民，在迁出之前你可以执行本地“计生”政策，一旦外迁到新的省市就必须执行当地的“计生”法规。

迁出地和接收地的领导们终于松了口气。

移民们也不再为此事闹着不搬了。他们因此更明白了有理是可以走遍天下的。

一次性的百万移民，中国首次，世界同样无先例。工作千头万绪，找个理来说事还不容易？

在巫山，我遇见了移民老张和老付，两人同在一个县，不是一个乡。老张是第一期移民，第一期移民多数是“就地后靠”，即虽也属百万“三峡移民”之列，但仅是从淹没的老宅基地搬迁到了后山的坡上。当年干部动员老张家搬迁的时候，他大喊小叫着不愿搬，说是原来住在江边的土地如何如何的肥沃，家里的橙柑如何的丰产丰收。“后靠”的山坡虽然干部们通过努力帮助他盖起了比以前更大更好的房子，但老张心里总有怨气，因为除了认为自己新家没有老宅基地的风水和耕地好外，主要还是看到像老付他们没有搬迁。

当时没“后靠”的老付心头有点幸灾乐祸，见了老张总是拿他寻开心说一声：“老张啊，你可是三峡移民的先锋啊！”谁知这话说了不到两三年，这回老付家被列入了外迁移民，而且一迁就迁到了安徽。于是老付大喊小叫自己“亏”了：凭什么老张他们可以“就地后靠”，我非得背井离乡到安徽？干部做工作，说为了保护以后的三峡环境，国家政策作了调整，加上库区没有那么多耕地，外迁可以使你们比较快地实现致富。当然，还要想到我们是三峡人民，要为三峡工程建设作贡献。老付到安徽一看，确实不错，干部们没骗自己，瞧，房子是新的，地也比老家的多，以后发展肯定有潜力，于是痛快地同意了外迁。

老付跟老张的攀比算是有了个明确的结果。

突然有一天，老付碰上了本县另一位老相识老章。一问，人家老章也是这一年的外迁移民，不过去的不是安徽，是广东。

广东那地方好啊，人家真把咱当作亲人看待，地给的是最好的，房子盖的一律是新洋房，有水有电还有卫星电视……哈哈，一句话：老子值了！

老付不信，悄悄自己掏钱走了趟老章他们外迁的点上，真是不看不知道，一看气呆了：人家广东这边就是比安徽那边强嘛！

一样是移民，一样是外迁移民，干啥非要安排到安徽，别人他们凭什么到有小洋房住的广东，听说到上海、江苏和山东的也能住小洋房？老付回来后便找到了移民干部问究竟。

老付说完上面的话，还留下一句更尖刻的话：我也是积极响应国家号召的好公民，三峡移民中的积极分子呀！从鼓励角度你们也可以安排我们到广东或者上海等好地方去嘛！不会去广东、上海那边的移民中有你们干部的亲戚吧？

像老付提出这样的问题绝对不是非理，平心而论，应该说是有一定道理的。

你自然要答复，而且要答复得令人家心服口服。

难就难在这里。难就难在该到什么地方的你还必须到那儿去。国家要安排百万移民，不可能绝对的一个自然条件，一个规格模式。广东上海富裕，愿多拿出些钱为移民盖“小洋房”；安徽湖北的政府和人民热心呀，他们派人来一对一、一帮一地为你发家致富送知识、送经验。只要再往细里深里长远里想一想，看一看，原来不管外迁到哪儿的移民们都得到了实惠和特别的关照。“后靠”的更不用说，你不用经历背井离乡的外迁遥途与不适，你可以在淹没期前的几年间就获得那些闲置地的双倍甚至几倍的收成，你还可以享受以后三峡工程建成后的源源不断的好处……

理，有大的小的，短期的和长期的，就看你从哪个出发点寻思了。

移民们能不寻思嘛！他们天天在寻思，每一次寻思就想出一大堆理来。三峡移民工作就是在这千寻万思中不断解决问题，又在不断解决问题后出现新问题的过程中进行着。

难在说不清的事上

说不清的事在三峡移民过程中太多太多，多得通常令政府和主管三峡移民工作的部门也无可奈何。然而国家定下的三峡工程建设时间表是全国人大以法律的形式决定下来的，“水赶人走”的现实是绝对不能发生的。

百姓凭什么要搬迁？你让他搬迁，除了必要的觉悟外他会向你提出种种有关他自身利益的问题，只有当他认为所有问题都可以心满意足了，才会同意搬迁，才会与政府签约，才能销户走人。倘若不是这样，他可以爱理不理，你政府和干部急得像热锅上的蚂蚁，他照常只管拎着草帽遛江边去纳凉逍遥……

在奉节，当时主管县城搬迁的陈县长给我诉说了他当了6年“移民县长”的万般苦处。“中间最难办的就是那些说不清的事。说不清的事，是指有的是合情不合理，有的是合理不合法，而有时许多事是既合情又合理，也合法，但就是国家可能一时还没有出台相关的政策。但上级下达的移民任务是死的，什么时候走多少人，走到哪个地方都是铁板一块，想改也改不掉的事。我们就得硬着头皮去处理那些像乱麻团一样的事，而且必须处理好。”

他举了奉节县城搬迁中百姓们提出的事，比如城镇居民要搬迁了，县里按照当年长江水利委员会统计的实物数据，他们奉节县城内大约有私营经营门面房800多家，县政府和移民部门就开始按此规划在新城建设并按上面的数据安排相应的店面。但后来真正开始县城搬迁时，发现这里面出入太大。移民中的私营经营门面房一下多出一倍多，达2000来家。800与2000之间可是个差异巨大的数字，放在奉节这样的小县城可是完全不同的概念，国家的移民政策和移民补偿款也都是铁板一块，不是想改就能改得了的。同样，老百姓的利益也不是想砍就能砍得了的。动员百姓为三峡作贡献虽然能起一些作用，但如果他们应当获得的正当利益得不到，移民们绝对不会干，这一点也非常确定。

“立即重新调查！”县长代表政府发出紧急命令，这是关系到奉节全县整个移民进程和新城建设的大事，弄不好还会给三峡工程都带来影响！

移民局的同志们，会合工商、公安等部门开始不分白天黑夜地工作，挨家挨户，一个门面一个门面地调查核实，结果发现除了一些借机谎报外，确实有几百个门面房漏登记了。再细问移民们到底为什么在1992年长江水利委员会来人进行实物调查统计时没能实事求是报登时，这些私营业主说出的种种理由有的听起来能笑掉大牙，有的还颇可同情。

某店主说，长江水利委员会来调查统计时，他正跟老婆因为财产问题闹得不可开交呢，老婆背着他悄悄将店面连同房产卖给了别人。而长江水利委员会的调查人员当时说，你拿不出房产证，最多只能算你是租赁的业主，移民实物补偿这一条你就不符合条件。等到这位店主跟老婆打清官司要回房产权后，长江水利委员会的调查统计工作早已结束了半年多，自然在几年后三峡移民真正开始时，这位店主就找不到自己的那份房屋补偿款了。

另一位业主更有意思：实物调查统计的工作人员找到他家时，他只管忙着干自己的事。第二次人家又来找他时，他干脆在门上贴了一张告示：此房已出售。长江水利委员会的人根据规定就不再对他进行房屋登记了。几天后此君从外地办货回城了，见长江水利委员会的工作人员正在别的店铺内左右前后忙碌着，他偷偷直乐，心里说道：“瞧这些人瞎忙乎什么呀！三峡工程闹了几十年，从我爷爷辈，一直闹到我这孙子辈……”几年后全国人大通过决议，三峡工程真的动工了，他这才着慌了，自知吃亏已成现实。

上面两位仁兄的事例特殊吧？不特殊！在三峡库区这种情形实在太普遍了。你不能全怪老百姓不明事理，不懂世事。走一走库区你就会知道，多少年来关于三峡工程上与不上的争论早已把三峡人弄得疲沓了，不少人根本不信这辈子能看到“高峡出平湖”的壮观景象，权当那是子子孙孙的梦吧。而当梦醒时，他们才发现自已做错和想偏了许多事。一旦政府让他们移民搬迁时，即使是红着脸也不得不硬着头皮去找政府。

人民的政府能不管这类“扯淡”的事？不行，管是无疑的。但管一下有时问题更复杂，复杂也得管下去，直到管彻底。管不彻底的事，移民就无法进行。

外国人评说中国的三峡移民是难以啃得动的“世界级难题”，那是从表层的意义上理解的，或者是从过去那些失败和痛苦的水库移民教训中得出的结论。在他们看来，三峡移民难在数量上，难在中国的国力薄弱，难在还没有一套完整有效的安置经验上。固然这几个原因非常直接，但中国人自己理解和感受百万三峡移民的难，是难在还有一个极其重要的方面：今天的移民，他们中有人将党和国家的照顾政策，将各级领导和干部们的热忱呵护，将社会的百般关照，将世人格外关注三峡工程，看作了自己当移民的特殊，内心深处充满了这样的优越感，似乎国家和社会都应特殊地向着他们一样。

巫山有位移民，人称“国家干部”，那是因为从 1999 年开始动员移民外迁后，此人便干脆利索地跳出了“农门”。开始跑到县城待着，后来到了重庆待着，再后来便一步跑到了北京。他的全部理由是：国家拨了移民款有 400 亿元，那么百万移民每人该拿到 4 万元。可为什么我们偏偏没有这个数呢！他到哪儿都慷慨激昂地述说他的“不幸”，他说他家 5 口人，干部“贪污”了他家的移民款，只给了十一二万元，至少让他“吃亏”八九万。不知详情的人听后深为同情这个移民。

可不，用于三峡移民的款是400多亿元，这是全国人大会议上公布的数字，百万移民，每人4万元，准确无误、天经地义嘛！

有一天，镇党委书记总算“逮”到了这位“几年不见其人，只闻其声”的“上访专业户”，问他学习过国家的《移民条例》没有？

那人摇摇头，一脸的不屑。

书记就告诉他：国家说的三峡工程款用于移民安置的预算确实是400多亿元，但并不是说这些钱都是给移民本人的，因为这中间还有迁出地和接收地的费用。这一点你明白吗？理解吗？

那人点头了，脸有些红了。

书记说，那好，我再问你：你学过国家有关的计划生育法律文件精神吗？

那人的脸一下就白了。

书记的脸也跟着严肃起来，说：“国家允许一对夫妇生一个小孩。我们重庆市对农村特别是山区的那些家庭缺少劳力的最多允许生两胎。你家生了几个？3个吧？是违反政策吧？违反国家计划生育政策知道要接受什么样的惩罚吗？违反计划生育政策还想获得移民资格，还想伸手向国家要钱，你自己说有没有理？”

那个移民的头昂扬了几年后，此刻终于垂了下来。

最难最难的是政府

在三峡库区，我们到处可见“舍小家顾大家，愿为三峡作贡献”这样的口号。这里的“大家”自然指的国家。咱中国老百姓听惯了国家这个词，国家在他们的心目中是神圣的代名词，是庄严的代名词，是幸福和兴邦的希望，是从胜利走向胜利的保障。

但国家不是一个空泛的概念。国家也是有人支撑的一个机构和一个群体组织，它只是由无数个百姓的“小家”组成的大家而已。俗话说，各家都有各家的难事，自然“大家”也有“大家”的难。在三峡移民问题上，“大家”其实绝不比百万移民的小家难事少。

三峡移民最难最难的是国家和政府。

先说说为啥一项谁都知道利大于弊的工程要拖了几十年才兴建？

当然是国力问题。

然而国力问题是唯一的吗？否！没有一个统一的思想，没有一个被全民族接受的振兴大中华的战略，没有一个这样的战略下的精心论证的科学方案，有了国力也照样不可能上马三峡工程。

关于三峡工程的问题，毛泽东没有实现“高峡出平湖”的宏图大略；邓小平举起改革开放的旗帜，在全国各行各业都有了充分准备的基础上决断三峡工程“早上比晚上好”；以江泽民为首的党中央从人民群众的根本利益出发，实现了三峡工程的建设。

三峡工程的难，难在工程技术之外的事上。

就百万移民一事，国家的难比百姓想象的不知要难多少！

就一个到底应该移多少人的问题，便够国家难的了。

早先的方案是尽量少移，因为过去的50年间证明，凡一次重大的工程移民，几乎都忧白了多少民政干部和领导人的头发！为了处理这些移民的后置问题，国家的钱像在填一个无底洞……

少移民就是好？

不见得。少移民就会使本来可以发挥巨大库区容量的三峡工程变得不伦不类。要想发挥三峡枢纽巨大的水力资源作用，就必须把水库蓄水位往上提，提得高高的。于是，移民就这样变多了。

三峡工程决定了它必须是大量移民的伟大工程。

于是，国家在这样不可更改的客观面前，开始考虑尽量少让淹没区的移民们背井离乡，中国人对故土的恋情甚至超越于任何一种人间的情感。“就地后靠”的思路正是鉴于上面的因素——完全的一个为民着想的思路。

然而，三峡地区本是山高水险之地，可耕面积人均不足1亩，三峡水库所淹没的正是原先老百姓们耕种的最好土地，大片的沃土在此间荡然无存，本就缺少耕地的库区更是无地可耕。土地是农民的命根子，没有土地的农民只能沦为孤苦的难民。难民多了，国家还能稳定？政权还能巩固？

其实，根据卫星航测，三峡库区可耕面积应该能够至少达到1000万亩，真正淹没的仅几十万亩。不过，老百姓的担心也不是没有道理，因为可耕面积和实种耕地之间是需要时间的，即一块山冈乱石坡，你要让它成为有粮可收的耕地，没有三五年恐怕难成现实。

矛盾就这样出来了。国家得想办法。

国家也终于想出了办法，而且办法想得非常非常之早，就在建设三峡工程的决议尚在一遍又一遍地无尽地论证时，试验在“后靠”的山冈上开垦种植柑橘的战斗早已拉开——

还好，白花花的银子扔在那些乱石山冈上真还种出了郁郁葱葱的果树，适合三峡地区生长的柑橘林让移民们看到了一丝希望与安慰。于是种柑橘成为一项缓解移民生存危机的措施被广泛推广，但没过多久，真正的大规模移民开始时，市场经济的风暴突然把三峡移民的“柑橘致富梦”吹得一干二净：土生土长的柑橘哪能打得过洋货洋果？就连本国本省的水果也可以将屈原老先生千年传下的柑橘打得稀里哗啦，一分钱不值！

移民们哭了。

办法还得重新想。

于是，新的《长江三峡工程建设移民条例》中有了这样十分醒目的内容："农村移民应当以发展大农业为基础，通过开发可利用的土地，改造中低产田地，建设稳产高产粮田和经济园林，发展林业、牧业、渔业、副业等渠道妥善安置；有条件的地方，应当积极发展乡镇企业，发展二、三产业……"是啊，"有条件的"地方当然好办，问题是三峡库区真正有条件办二、三产业和乡镇企业的实在不多。至于其他诸如"可利用土地""稳产高产粮田"等都不易有嘛！

即使上面的都有，田有、地有、乡镇企业也有了，二产三产也有了，突然有人提出一个更大的问题：三峡库区不能再走过去一些水库的老路，千万不能让这一伟大工程和伟大的水库成为一个人畜满患的"大粪池"，保护环境是三峡水库和大坝的根本。

好嘛，国人的环境意识都加强了，好事一桩！可百万移民都"后靠"到山上去了，三峡水库必定带来生态的严重后果！

国家又出现了一个大难题。为了解决未来三峡水库环境问题，总理一出手就是几十亿元人民币！但这还是解决不了一个根本问题——库区百万移民问题。

"就地后靠"便成了问题中的突出问题。专家们的尖锐意见，就差没当面指着国家领导人的鼻子说话了。连国外的好友和敌人也跟着对此问题大加评论，比讨论自己家的事还起劲。

迁！迁出库区！国家经过反复论证和思考，决定二期甚至三期的移民尽可能地外迁到他乡。

开始是在本县本市本省解决，后来本县本市本省也不好解决了，就决定迁移到其他省去。

选哪个省？自然首先想到了人口少土地多自然条件还比较好的黑龙江和新疆。

组织外迁移民吧！于是经过千动员万动员，总算组成了首批赴新疆的移民2000余人，去黑龙江的也有几千人。

“新疆是个好地方，满地的葡萄香又香，还有那姑娘美如花……”巫山等地的2000多三峡移民，怀着美好的向往不远万里，到了新疆。果然不错，因为他们到的时候是8月份，正是新疆最美的季节，姑娘也确实美。移民们感到特别的新鲜，看惯了峡江的水和山，再看看新疆的天和云，真的让移民们心都乐开花了：那天真蓝……

可是，这2000余人在不到第二年的开春时节，他们无一例外地全都回到了库区。怎么回事？不是好好的嘛！咋都回来了？

啥好嘛！回来的移民们拍着身上的寒气，说：“那不是我们南方人待的地方！冷得出门撒尿都成冰棍了不说，我们一年四季干惯了活哪有闲得着的时间。可新疆倒好，一整个秋冬全都窝在炕上连个家门都不出，那日子老子没法过！”

原来如此。

黑龙江方面情况基本一样。

试点外省市（区）的三峡移民“全军覆没”。

怎么办？往哪儿迁移才能“走得出，稳得住，逐步能致富”？

国家面前又出现了难题。

既然三峡工程是有利于全国人民的事，理当那些因三峡工程而得益的长江中下游省市在安置三峡移民方面作贡献。对，长江中下游省市又都是经济比较发达的地方，安置一定数量的移民应该不成问题。三峡移民到了那些地方日后发展和稳定相对都会好多了！

这个方案可行！中央领导圈定此举为上策。

这么着，列出了上海、江苏、浙江、福建、广东、江西、湖南、湖北、山东、四川还包括重庆市未淹没区这些自然条件相对好、经济比较发达的，且以后能在三峡工程建成后得益多的11个省市，接受安置三峡外迁移民任务。与此同时，中央发出了对口省市向三峡库区支援建设的通知。

后者收获多多，各省市特别是江苏、上海、广东、浙江等省份，财大气粗，友谊深厚，大量资金无偿给了三峡人民。今天我们到库区去走一走，你所看到的最好的建筑，几乎都是上述兄弟省市人民支援的。至2005年底，全国对口支援三峡库区的资金上百亿元，充分体现了社会主义大家庭的温暖和情谊。

不过，说起安置移民则碰上了另一些难题。某省一听说他们也有万余名三峡移民安置指标，觉得“多一事还不如少一事”，笑眯眯地跟上面和三峡库区的同志商量：“要不你们也别把移民送过来了，我们按每个移民几万元钱给你们，人嘛还是留在三峡算啦！”

不行！中央说话了。移民外迁就是为了解决将来三峡水库的人口压力，平衡地区发展和环境问题，这是百年大计、千年大计的事。

好好，中央说了算，我们坚决听从中央的安排。不过，既然要让我们安排移民，那就得有安置费吧？

这个自然。

别以为国家就那么容易，其实“大家”办事有时跟“小家”做事形式上有许多相似之处。兄弟姐妹之间要讲究平衡，儿女之间也不能偏心眼，该重该轻，都得有技巧和尺度。

但现在地方的政策和权力也不小啊！比如上面说到的计划生育政策，比如有的省市为了表现他们在安置移民上怎么地出力卖力就不惜拿出最热情的态度和本钱盖“小洋房”、安闭路电视啥的，这过冷过热的做法，看起来都不是什么大事，但对百万移民来说，情况就大不同了。为啥让我们结扎了再搬迁？为啥别的省市移民能住“小洋房”而我们住不上等问题，你让国家怎么个回答？

不回答也不行。老百姓逼急了，敢到北京去上访。

国家还得出面协调，解决。对一些重要的问题还得用“规定”“条例”甚至是法律来确立。但法也是人制定的，时间往往是这些法的掘墓人。

就拿关于对移民的淹没财物和生产资料的补偿来说，国家有多难，只有知道内情的人才明白。

先是永远确定不下来的工程上马时间，再是如此630公里长的近1000平方公里面积上的大到一个几万人的工厂，小到农民宅前宅后的几棵小树，你都得一一登记实测，仔细丈量。老百姓可不会像你那么粗粗扫一遍便完事了，假如你稍稍马虎将皮尺斜拉了一下，他可瞅得清清楚楚，不跟你玩命，也会骂得你狗血喷头。仅这淹没地的实物和土地统计测量，国家花的钱不说，几千人的队伍整整干了两年多。

这你以为就完事啦？非也，事实证明，不论当时担任这一重要工作的长江水利委员会的技术人员是多么地细心和负责任，漏报虚报假报的情况还是存在。错的可以改，漏掉的还可以补，但有一点却无法修修改改，那就是移民们和淹没区域内的实物补偿到底以什么时间为准这一点是修改不得的。

你说《关于三峡工程建设决议》通过的那一日截止？之前的可补，之后的就没有补的了？那好，几千人的实物测量和统计队伍能在那一天之内将全库区1000平方公里上人们的食居宿行全部统一吗？你能保证那一天内没有十家八家的农民在盖新房？能保证那一天内没有三五十个产妇要生孩子？能保证那一天没有百个十个新门面开张，十个百个老企业关门倒闭？谁也没有那本事！难啊！可不断定哪一天作为截止实物统计的日子，你三峡工程预算这一块能出得来吗？三峡大坝什么时候建得起来呀？

不行。绝对不行！

于是，国家以1992年12月某一日为杠杠划出了一条截止线，即你这一天之前经长江水利委员会统一登记在册的房子将来在确定你为移民时就可以得到国家的补偿，如果在这之后再盖的房子就不会得到补偿。当然，这里面还考虑了当时国家认为比较合理的因素，如你虽然在1992年12月某日之前没有把房子盖起来，但你已经办了相应的建房手续，那么长江委员会也给你登记在册，以后的补偿同样能够得到。人口也是这样，假如你的孩子是在那一天之前出生的（还要是不违背计划生育政策的）就可以在日后得到移民补偿。相反，在这之后出生的就是差一天也不能在日后领到移民补偿。同样，当时国家还考虑了认为比较合理的因素，如女同志可以证明你已经怀孕的话，也可以将小孩放在常住人口之册。问题是，具体的情况远比人们考虑到的可能因素要复杂得多。

我在采访中了解到，三峡移民中工作最难做的大概要算这方面的事了。比如关于房子问题，老百姓对此最为敏感，也最为较真。其实换了谁也都一样。

举例：某村的张三，他在1992年12月某日前确实只有3间房，但他的儿子要结婚是早先定了的事，结婚时间定在1993年春节，但因为当时张三家里经济有些困难，还有一些材料未备好，所以当时长江水利委员会来统计房子时他家既没将新房子盖起来，也没有来得及到有关部门去办相应的手续。可后来为了赶春节能办喜事，张三动员了亲戚和村上的力量，赶紧着在一个多月内把房子盖好了，儿子的喜事也办了。这事村上的人都还记得。但时间过去后，移民的补偿政策下达了。张三家都是要搬迁的移民，结果在办理房屋补偿时，他1993年春节盖的另外3间房子根本不在册，所以也就没有补偿。张三为此大为不满，说干部不向着他，在搞腐败——张三指的是一名村干部比他房子盖得晚，却拿到了补偿费。

其实那干部的情况是这样的：我们暂且说那干部叫老林

吧——老林是个明白人，当时他确实还没有把房子盖起来，材料还备得不足，可人家聪明呀。一听长江委员会派人来实测统计淹没生产资料情况，他便赶紧到有关部门办理了建房的手续，啥子建房批件，样样齐全。长江水利委员会的技术人员一看：没错，老林的预建房可以登记入册。后来老林的房子在张三盖房子的半年后才动手建新房。几年后三峡移民办理房屋补偿时，老林他顺顺当当地领到了几万元房屋补偿费。老林对此理直气壮，说我根本不是啥子腐败。

这还不算是最蹊跷的。

某村的菊花与兰花是同岁的一对好姐妹，从小一起长大的情谊使她们在嫁人时也选择了同一村，而且结婚日子都是同一天。后来，她们的小宝宝也在同一年出生。可在三峡移民时，菊花家的孩子是有名分的小移民，也按照规定领到了几万元的安家补偿费。但兰花家的孩子却没有领到，因为孩子不是在册小移民——尽管孩子也必须跟着父母搬迁走人。原来，在当时长江水利委员会来村上登记户口时，菊花正好在家，又上医院做了B超，向乡计生委的干部出具了生育证明，于是菊花家成了事实上的3口之家。可那年那时兰花正随丈夫一起南下打工去了，虽然也接到了家里来信，可就是没有到医院检查身体，其实那时兰花也已怀上了孩子，就因当时的“大意”，结果几年后吃了大亏。

像移民兰花和张三这样的“具体情况”提出来，你政府和干部回答得了吗？移民们够实事求是的，可你政府和政策也能简单按此“具体情况具体办”吗？不能，至少非常困难。

难题因此增加！难题的难度也在增加！

有人说国家一天一个章法。那么我想友善地问一声：假如你来当这个国家的家，你又将怎么处理这样的问题呢？

我们的政府是人民的政府，当然不能在百姓面前这样说话，可实际工作中确实有许许多多的难题连国家和政府都是非常为难的。

在三峡移民问题上，国家就处在这种境地。

百万移民本无先例，今天的移民又与过去“喊政治口号”的年代不一样，市场经济条件下百姓也知道讲价钱——讲价钱本身并没有错，更何况三峡移民是非志愿移民，什么样的问题随时都可能出现，即便是当初认为最合理最科学的政策，几年后却发现完全行不通。

然而三峡大坝已一天比一天高地矗立起来，长江之水在一天比一天上涨，移民必须在规定的时间里搬迁，这是建设工程的需要，这是中国历史的需要，这还是不可抗拒的民族命运的需要！

在一项决定民族未来和社会发展的伟大工程面前，在人与水的较量过程中，人有时必须退却，必须让步，必须离开你那热恋的故土与家园……

三峡移民工作就是这样的艰难与不易，光荣而伟大。

14.“移民镇长”的国事与家事

长江经过三峡时，有条非常有名的支流叫大宁河，大宁河边有个美丽的古镇叫大昌古镇。

开埠1700余年的古镇有过辉煌的历史，它是长江在三峡地区的第一大支流大宁河边上的一颗明珠。凡要游长江小三峡的人都会去大昌古镇游览观光。

这个古镇虽比我的故乡苏州的周庄、同里小一些，但它依山傍水的景致有着独特的秀美。尤其是从长江的巫峡口逆大宁河而上走完小三峡的雄奇峡谷之后，呈现在人们面前的是一望平坦的大昌坝子（平地），伴着碧绿见底的大宁河在这里做一个婀娜多姿的曲腰展姿的舒缓动作，让人看去不能不有种世外桃源、人间仙境之感。宽阔平展的河滩，白如酥胸的贝沙，嵌在群山环抱之中，天格外的蓝，地格外的静，无法想象在大江汹涌滔天的险峡旁边还有一个如此温馨宁静的栖息之地。有人比喻，三峡像是一个充满冒险精神的猛男，而大昌则是伴随在三峡这位猛男儿身旁的一个柔情秀女。雄秀搭配，构成了大昌和三峡不可分离的天赐阴阳合一之美。人未到大昌，就有人告诉我当地一句名言，叫作“不到大昌，等于没来三峡。到了大昌，就不想回家”。

千里三峡库区，走一次就得一二十天。采访移民，即使一次走马观花，少则也需个把月。对我这样一个有单位工作缠身的人来说，走一趟三峡实则不易，可我却两赴大昌，时长10余天。可见大昌的秀美是多么地诱人！

然而我两赴大昌，更多的则是被这里的移民工作所吸引，被一位同是当过兵的镇长所吸引。

我知道，在整个三峡库区，要说起移民任务，还没有哪一个干部可以与大昌镇镇长王祖乾承担的任务相比。他肩头的任务之重，我们可以从下面的一组数据看出：全镇35000余人，却规划安置移民15243人，外迁移民11582人，共计26825人，几乎是全镇3个人中就必须动员一人搬迁到省外。

一个乡级小镇如此繁重的移民任务，落在一个年龄不足40岁的退伍军人出身的镇长身上！

问题是，大昌镇的外迁是真正意义上的外迁，即必须远远离开这块美丽故土，到省外，到外地，到一个完全不可能如此美丽的地方！大昌的移民比普通移民多了一份牺牲，这份牺牲是他们必须告别天造美景。我称这样的过程，是一次向最后的美丽的诀别。因此，大昌的移民们要走出他们美丽的坝子，其心理上、视觉上的痛苦和难舍，比别的地区移民都多。

再痛苦再难舍也得走。全库区的“倒计时”是统一的。

县上对大昌镇的移民难度从一开始就有足够的心理准备，于是县委在2000年底就做出一个决定：调原大溪乡党委书记王祖乾到大昌当镇长。

第一次见到王祖乾镇长，就知道这是位只知默默工作，却不会自我张扬的实干家。用部队的术语说，这是个打仗时只知冲锋向前的“坦克”。战场上的司令员最喜欢用坦克。县领导将王祖乾放到大昌镇的意图不言而喻，更重要的是，在这之前，王祖乾在3个乡领导过移民，是位名副其实的“老移民干部”。

镇长，在中国行政管理体系中，是个最底层的一级吃国家粮的官员。在移民区，每个干部都有责任，从省长市长到区长县长，但在第一线担当责任的却是镇长。镇长虽然还可将任务分解到各个移民干部头上，然而每个移民与政府签字画押还得面对面地跟镇长一个个签才能完事。

镇长，在移民问题上代表着国家，也代表着党的形象。王祖乾刻骨铭心地记着这种责任。他的难处可想而知。他每天面对的是移民，移民为了自己的利益，哪怕是一棵小树，一只不慎突然死去的小鸡，他们也会拿来说事。王祖乾不行，他的后面是国家和政府的一项又一项铁板一样的政策，铁板一样的规定。他不可能有丝毫的退路。只有面对，只有去想法解决，用自己的耐心和对政策的理解。但他的耐心和对政策的理解常常不能被移民们理解。愤愤不平的照常愤愤不平，想伸手的决不退缩。移民镇长面对的是如此的难题，你干还是不干？不干，对得起党的信任和培养？不干，移民的问题谁来解决？

镇长必须干下去，而且必须干好。

铁骨铮铮的王祖乾，在陌生人面前显得很腼腆，他说因为见了我这个比他在部队多待了几年的老兵有些不好意思。用他自己的话说，他在我面前只能算是个“新兵蛋子”。也许是这种缘故，他没有在我这个老兵面前掉过一滴眼泪。其实当我了解了他所经历的移民工作的艰难历程后，感到他完全可不顾及部队的传统（部队里的新兵不可在老兵面前摆资格），让英雄的泪水畅流又何妨？

都说移民工作最苦，苦到可以想起上甘岭的战役，苦到可以想起红军二万五千里长征，苦到可以跟董存瑞、邱少云、焦裕禄、孔繁森相比，苦到你想都想不出来！

三峡库区一路采访，我听到无数移民干部甚至是身为省部级的高级干部们，向我讲述自己做移民工作时曾经不止一次说过这样的话。我完全相信这样一个事实，因为我们现在是处于和平时期，工作的对象是自己的人民，正如有位移民干部说的那样：要不是看在移民的面上，要不是看在党和政府的面上，我干吗要白白受那么多委屈和埋怨啊！每当被移民误解时，我心想：如果换了在战场，我宁可往前一冲，死了算了。可对待移民不行啊，他们误解我们时，我们得赔笑脸，这笑脸实在太难太难。我们也是人哪，也是有血有肉有感情的人哪！同样有自己的喜怒哀乐，可我们在做移民工作时，只能把自己的情绪深深地压在心底，将党和政府的阳光雨露与温暖，用我们的微笑和耐心去传递给广大移民。他们背井离乡那份奉献和难舍故土的感情实在不容易，我们还有啥可说的呢！

王祖乾更没有什么说的了，因为他是镇长。一头担着的是国家，一头担着的是移民百姓，正是处在镇长的特殊地位，正是像大昌那样原来生活环境特别好、外迁移民任务又格外重的地方，镇长王祖乾才有了比别人更无法想象的经历。

在大昌，在巫山县，在重庆市，移民干部们都知道王祖乾镇长有过一次生死“大劫”：事情发生在 2001 年 8 月下旬那一次护送一批移民到安徽宿松的过程中——

本来并没有王祖乾镇长的事，因为他护送移民刚从广东回来。那天，县移民指挥部来电话，说时任护送移民外迁到安徽的总指挥长马副县长不熟悉对接工作，点名王祖乾镇长协助马副县长到安徽走一趟。这样的事，在移民工作过程中常有，能者多劳，劳者不怨，是广大移民干部共同的崇高献身精神，王祖乾镇长自然不用说了。人家县长也是在帮助镇上加强领导的，遇到难事时，镇长理当一马当先。

一路还算平静，但当王镇长他们到达移民安置点时，情况就出现了异常。29 日下午，早先到达的原河口村移民找到护送移民干部的住处。有人伸手向王镇长要来一支烟后，声调怪异地说了声："你王镇长总算来了呀！"

王祖乾当时并没有在意，从事移民工作这些年中，比这严重的吵吵嚷嚷几乎天天都有，所以他并没有在意。

"镇长，好像这儿有些不对劲！"一起来的派出所民警晚上悄悄向王镇长报告道。

"有啥子异常？"王祖乾问。

"我刚才出门见我们住的地方都有好几个移民守在门口，好像他们是要监视我们！"

"那我们不是睡得更香嘛！"王祖乾不由得笑起来。

"镇长我说的是正经事，看来他们要找你麻烦！"民警着急了。

王祖乾依然淡然一笑："他们真的有事找我，我躲也没有用。谁让我是镇长嘛！虽然从理论上讲，把他们送到这儿就不再是我管的人了，可移民初来乍到，会觉得有些问题没有得到十全十美的解决，可能怨气还不少，大伙儿人生地不熟的，有怨气也想冲我们发嘛！你躲得了吗？睡吧，迎接明天的考验吧！"

民警同志似乎还有什么话没说完，可见王镇长泰然自若，也就不好再说什么。其实王祖乾内心并不平静，他已经预感到一场生死考验即将来临，但是他明白任何人都可以躲避这场“暴风骤雨”，但他这个镇长却万万不能躲。

等待吧。暴风骤雨终于来临，而且来得比想象中更猛烈。

30 日一早，王祖乾和护送干部们还没有起床，他们的房门就被“咚咚咚”地砸得震耳欲聋。

“起来起来，老子要跟你们说话！”有人在门外出言不逊。

随即，是更加猛烈的砸门声。王祖乾打开门的那一瞬，门外的人潮水般地迎面扑来。三四十个群众将他团团围住，不时双手轮番戳向他的鼻尖和脸颊……从那一刻起，他失去了人身自由。

下午，他被人架到会议室，与移民们对话。

群众提出的问题主要有 3 点：我们听说移民补偿费是每人 4 万多元，而不是我们拿到的每人 3 万多元！

国家给当地每位移民一万元生产安置费，听说他们才花了 8000 多元，你们应该帮我们把剩余的钱拿回来！

房子盖得太好了，我们用不着这么好。你们当干部的肯定从中捞好处了，把建好的房钱退给我们，我们自己重新盖！

王祖乾一听，知道今天移民们冲他而来不是想解决问题，而是来找碴儿的。第一个问题，显然是有人不知从哪儿听来的不实之词。第二、第三个问题是接收地的事，再说人家也是一片好意将移民们的房子盖得宽敞些，用料好些，这有什么不好嘛！

“不好就是不好！你姓王的不是镇长吗？在送出三峡时你不是说我们永远是你大昌人吗？好啊，现在我们就找你，你是跟我们签协议的人，不是代表政府和国家吗？那就把给我们盖好房子的钱退给我们！”

“对啊，退钱！”

“退！我们要现钱！”

“一分不能少！”

“立即兑现！”

对话已经演变成一场蓄意的责问和围攻了。

干警见情况不妙，立即采取措施，将王镇长和群众分为左右各一边，中间画上一条杠。之后的对话，一直持续到晚饭，时间过去几个小时，移民们提出的要求王镇长无法解决，讲理已经失去可能。

移民们大概也看出要想从王祖乾嘴里和口袋里获得他们想要的东西是不太可能了。晚饭后的时间和这一夜的工夫，是移民和王镇长他们双方都在谋划对策的时间，所以暂时没有发生什么事，只是20多名巫山来的护送移民的县相关部门人员包括民警在内，在出入招待所时被“行动起来”的移民们限制了。

31日上午，县领导主持召开的紧急对策会议在招待所二楼会议室召开。马副县长刚刚开口说了不到两句话，突然听得楼上楼下吵吵嚷嚷，一片喧哗，并不时传来“把王祖乾揪出来”“捶死王祖乾”的叫骂声。

“祖乾，又是冲你来的！你快躲一躲！”马副县长和其他干部的心立即提到了嗓子眼儿。王祖乾正在犹豫之时，几位干部随手将他推进会议室旁边的一间茶水间。

“别再犹豫了，王镇长。他们在火头上，找到你会出事的！”同事们的话音未落，会议室的大门就被8个彪形大汉踢开了。

“王祖乾在哪儿？”他们大声质问。

茶水间的王祖乾知道事情万分紧急，必须躲避一下。可小小的茶水间哪有地方可躲？除了几张草席，就是些堆放着的香皂、毛巾之类的东西。已经不可再迟疑了，只见王祖乾随手捡起一张草席，一个360度转圈，恰好把自己围在了里面。马副县长说时迟那时快捡起一块毛巾往草席上一扔，便端着一只水杯，佯装刚从茶水间倒水出来。

“姓王的躲到哪儿去了？”进来的人横冲直撞，扒开干部，在里外寻找。

“王祖乾呢？”

“你们不是看到他没在吗！”会议室的干部有人回答说。

“哼，谅他没那么神，跑得了和尚跑不了庙！到其他房间搜！”这些人开始在招待所内的各个房间搜索起来。

“祖乾，快快，上楼顶去！”这时，马副县长和另一位移民干部将王祖乾从茶水间叫出，然后乘人不备，将他推进楼道尽头通往楼顶的一个井口样的天窗里，随即端掉了梯架。

王祖乾一看，虽然地方只有烟囱那么大，但不够天也不搭地，如果没有梯子谁也上不来，是绝对安全的藏身之处。他心头涌出一股对马副县长等同志的感激。

下面依然吵吵嚷嚷，并不时传来“乒乒乓乓”砸门摔东西的声音。后来王祖乾知道，那群失去理智的移民因为找不到他，就将招待所的好几个房门砸了，还动手打了马副县长及县人大副主任，3 名值勤的公安干警也没有躲过雨点般的拳头。

在一些别有用心的人的挑唆下，移民们疯狂了。围攻王镇长他们的人数多至上千人，形势万分危急。

一个个紧急的电话从安徽传到三峡的巫山老家。县委书记王爱祖用颤抖的声音在手机里跟被困楼顶的王祖乾通话：“王镇长，让你受委屈了！千万记住，越是这个时候，我们当干部的越要冷静，再冷静。同时也要保护好自己……我们等着你和同志们平安回来啊！”

此时此境，能听到远在千里之外的家乡领导的声音，王祖乾心头百感交集，他真想大哭一场，可不能出声，一出声他可能再也完不成王书记交代的“平安回三峡”的任务。“书记放心，我王祖乾向你保证，群众就是打死我，我也不会还一下手的。”王祖乾说这话时，眼泪夺眶而出。

“好好，王镇长，我们会想法平息这场事端的，你和同志们千万要相信组织，一定要注意人身安全啊！”王书记再三嘱咐。

然而此刻的楼下，已经被愤怒的人群全部封锁。马副县长等干部只能在乘人不备之时商议这场突发事件的对策，而保护王祖乾的安全成了整个事件最重要的大事。四五个小时过去了，滴水未进的王祖乾还贴在滚烫的水泥楼顶上被夏日的骄阳煎熬着。

“这不是个办法，那样会出人命的！”马副县长急得团团转。

“可楼上楼下全是人，转移到哪儿去也不安全呀！”同志们更着急。

“无论如何得把王镇长从楼顶上转移下来！”马副县长下决心这么做。

“好的，我们想法引开楼道上那些看守的人，你们以最快速度设法转移。”

“就这么干！”

马副县长一声命令，移民干部们分头行动。王祖乾被从天井口接下来，并迅速转移到 3 楼的一个房间。这是一个当地施工队负责人住的地方，那天是休息日，他没有出门，就在里头床上躺着。马副县长说明情况后，他非常爽快地答应帮助王祖乾躲在他的房间里。可房间很小，也很空荡。除了一张床外，就没有什么地方能藏人的了。

“我看席梦思垫下可以藏人！”王祖乾机智地拉开床垫一看，那里面是空的，约 15 厘米高，“我人瘦，能卧下！”说完就往里一钻，严严实实，丝毫不露。

“只好如此了。”马副县长等人谢过那位坐在床头的施工队负责人，赶紧出了房间。

此时已是 31 日晚上 7 点左右。

愤怒的人群找不到王祖乾并没有罢休，依然在招待所里外的每一处搜索，就是施工队负责人的房间内，他们也先后进来过七八次，而且门口一直安排了专人监视。

那一夜对王祖乾来说，真是终身难忘。十四五厘米高的地方，不可能翻动一下身子。为了保持同外面联系，他把手机设在振动上，贴着耳朵，需要联络事项时蚂蚁声似地说上几句。外面跟他联系也是如此。

此刻，远在三峡腹地的巫山县委县政府对王祖乾一行移民干部的安全万分关注，县委连夜召开紧急会议，并立即向重庆市做了汇报，重庆市领导高度重视，马上与安徽省领导和省公安厅取得了联系。

“必须保证移民干部的安全！”一项营救计划很快做出，两地领导亲自指挥。

9 月 1 日凌晨 2 时 30 分左右，王祖乾听到马副县长向他悄悄传来的消息：营救行动马上就开始，请做好准备。

未过半小时，只听招待所门外响起警笛声，这是当地公安部门开始行动了。公安干警以检查治安为名，开进招待所，训练有素的干警们迅速冲进了王祖乾躲藏的房间，动作麻利地将席梦思垫掀开，迅速地将躺在地上的王祖乾连拖带抬地往楼下抬走。这时，有人将早已准备好的一套警服警帽套在他头上。当他进了警车，围攻的人群还没有反应过来，警笛已经响起，车子飞快地驶出了招待所大门。

被困 44 小时的王祖乾，这才摘下警帽，将头伸向车窗外，深深地透了一口气。此时，东方旭日冉冉升起，王祖乾的眼里不由得淌下两行激动而伤感的泪水。

经过那次“劫难”回到大昌后，许多日子里同事们都不敢再在王祖乾面前问一声发生在安徽的事，他照例什么都没有说，只是照样天天从早到晚忙碌着下一批移民搬迁的事。

过了很长时间，有人小心翼翼地问王祖乾为什么受了那么大的委屈连句牢骚话都没有发呀？王祖乾笑笑，说谁让我是大昌镇的镇长呀！我能说什么呢？怪移民？可移民有怨气不向我们发向谁发！这就是王祖乾的胸怀！

此时，安徽方面的移民他们在想什么？他们依然在寻找王祖乾，不过这一回他们不是要追打王祖乾，而是要向自己的“父母官”表示深深的歉意。

“劫难”的余痛仍在心头流血，大昌镇新一批的外迁移民工作已全面展开，他王祖乾想躲也躲不过了，更不用说静下心来歇几天。

那一天，他从凌晨 4 点钟被人敲开房门后，一波又一波地接待了 30 多个移民，直到深夜 11 点办公室里才算安静下来。11 点就想休息了？这是不可能的事。镇党委书记过来说还要召开一个紧急会议，研究下一步几个难点移民村的动员工作——半夜开会在移民区基层干部中是常有的事，大昌镇就更不用说了，这已成为他们的习惯了。

那天超纪录的接待，又加上会议的疲劳，书记宣布会议结束后，留下书记和他一起往宿舍的路上边走边商量些事。走着走着，书记忽然觉得不见了后面的王祖乾。

“祖乾，祖乾——”书记打着手电四处寻找，发现王镇长竟不省人事地倒在了一个花坛上。

“怎么啦，祖乾你怎么啦？啊？说话啊！”书记吓坏了，扶起满脸是血的老搭档，拉着哭腔大声喊了起来，“快来人啊！镇长出事啦！”

住在镇机关的干部们全都惊醒了。大伙七手八脚地将镇长火速送到医院，医生诊断是由于过度疲劳导致的休克。那个花坛让王祖乾缝了七八针，并在鼻子和嘴唇中间的位置上留下了永远的疤痕。

“不行，我得回镇政府去，那儿的移民们正等着我呢！”第二天一早，王祖乾醒来就跟医生嚷起来。他的手上吊着针，医生不让他乱动，可他却坚持要求回办公室。

“你的身体根本没有恢复，耽误了，你自己负责？”医生问他。

“移民们到了规定时间走不了，是你负责还是我这个镇长负责？”他反过来把医生问得哑口无言。然后他笑着说：“求你了医生，吊针我还打，但可以搬到我办公室去，这样我可以边治疗边处理移民们的事，这样总行了吧？”

“不这样我又能怎么样？唉，当移民镇长也太难了！”医生长叹一声感慨道。

2001 年，在河口村做移民动员工作，村主任陆某最初表现还算不错，带头到了外迁地考察参观和选点。这一关，在整个移民工作中非常重要，通常如果移民们在未来的迁入地如意了，下一步就比较容易地回来办理正式的搬迁。可河口村的陆某从安徽回来后，不仅没有向本村群众宣传迁入地的情况，反而一溜了之，连个人影都不见了。王祖乾和镇上的干部非常着急：村主任撂下工作不管不说，关键时刻竟然不向群众介绍和说明迁入地的情况，竟然溜了，这让村民们怎么想？

还用问？肯定我们要去的那地方不好呗！要不连村主任都躲着走了嘛！群众这么说是在情理之中的。

王镇长到处派人找姓陆的，有人说他躲在亲戚家，有人说他跑到广东打工去了，总之就是见不到人。河口村的移民工作因此无法开展下去。这把王祖乾急得不知如何是好。他不得不亲自来到河口村，想找个难度大一点的移民家住下。可人家连门都锁死了，白天黑夜见不到人影。

“都到哪儿去了呢？”王镇长问村民。村民们对他冷言冷语：“找到村主任就知道了呗！”“就是，村主任不带头移民，还能动员其他人吗？”

王祖乾三番五次找到那位村主任的亲戚朋友，终于得知陆某到了广东。电话里，王镇长一番推心置腹，感动了陆某——

“老陆啊，现在我跟你说话，不是啥命令，也不是干部跟干部说话。你就当我啥都不是，一名普普通通的三峡百姓，你也不是啥村主任，跟我一样也是个普通的三峡百姓。你老哥说说，国家要搞三峡这么个大工程，世界瞩目。水库早晚是要建起来的，建水库就要涨水，就要淹没一些地方，那儿就出现了移民。你说国家总得给这些被淹的地方百姓一个新地方生活嘛！我们大昌淹的地方多，走的人也多。说句实话，早走了心里早踏实，家也早点安下，这对家人对孩子都会有好处嘛！你说这么大的事面前国家怎么可能光照顾一个人两个人不让走呢！所以老陆啊，你得想开些，得往大的方面想一想，既然你全家都是按规定确定了移民身份，早晚都得搬嘛！你现在一走，一直在外面晃荡，也不是啥好办法，总不能一辈子没个安身之地吧？或许你自己能在外面常年待得下去，可你不为家里人想一想，以后的孩子咋办？你上了年岁咋办？静下心你想想是不是这理啊？”

电话那头许久没有一丝声音。

“喂喂，老陆你听见了吗？你在电话机旁吗？”

“镇长，我听着呢！”

“好好，在听就好。我……”

“镇长，你啥都别说了。我明天就往回走，一个多月在外面，我的日子也没法过呀你知道吗？呜呜……”

“老陆，你千万别着急，有难事我们马上给你想法解决啊！”

陆某很快回到了村上，王镇长亲自掏腰包为他洗尘。河口村的移民工作从此开始迎头赶上。

一波刚平，一波又起。

有一次，王祖乾正在办公室处理事情，突然听到外面吵吵嚷嚷的。他刚要出去看看咋回事，门口就被拥进来的人群堵得水泄不通，一张张愤怒的脸全都冲他而来。

“对啊，今天我们来就是让你端平这碗水，你要是端不平，那我们就砸碎你的脑壳！”

嘿，来者不善啊！王祖乾心里早有准备，凡是移民找上门的，几乎不会是心平气和的。应该这样理解：如果没有事需要干部解决，移民们也不会找上门来骂骂咧咧！

“有话好好说，有事一起商量好吗？”王祖乾赔着笑脸，招呼勤务员打来几瓶开水，又自己动手一杯杯地给在场两百多名男男女女移民倒上。

原来这是杨河村的“就地后靠”移民，为首的姓黎。他们提出自己是前期移民，为什么与现在的二期移民补偿有差异，要求镇长回答并如数补上，否则他们就“吃住在镇政府”。

又是一起对政策的理解偏差。王祖乾不得不重新拿出上级的文件一遍又一遍地给大家学习，学完了再作逐条解释。农民们有时很固执，他认为你亏了他，他就死活不听你讲啥子大道理，只认一个理：你补钱我走人。口干舌燥的王祖乾只好再赔笑脸继续一遍又一遍读文件，作解释。

“不听了，不听了！我们饿了，要吃饭了！”

“对对，你镇长平时不是说你们干部最关心我们移民的冷暖嘛！今天我们要吃你镇长做的饭！”

“对对，镇长也不要做官当老爷嘛，我们今天也要享受享受镇长大人做的饭菜如何？”一群女移民尖着嗓门，表现得不比爷们儿逊色。

王祖乾还是笑脸："好好，大家来一趟不容易，今天大家看得起我，那我就露一手。吃饱了大家有话再说。"说完，他捋起衣袖，进了镇政府的大食堂。不出一个小时，满头大汗的王祖乾和食堂几位师傅，抬出满满的几笼热腾腾的白馒头和蒸饺，外加三菜一汤，香喷喷地端到了移民们面前。

"香香！香！"

"没想到王镇长这一手还真不赖啊！"

"可不，看这人也不像是说假话哄人的主嘛！"

移民们边吃边窃窃私语起来。

"怎么样，大家如果没吃饱，我就再下趟厨。如果都吃饱了，我们就再聊怎么样？"王祖乾见大伙吃得差不多时，依然赔着笑脸大声问道。

"你快说，快说嘛！"

"对呀，是你带我们来的，咋又不敢张嘴了呢！"只见移民们将那个姓黎的支到王祖乾面前。

"嘿嘿，王……王镇长，大伙说你……你这个人蛮实在的，不像是骗人的主。所以大家请你有时间到我们村上帮大伙学学政策，解解心里的疙瘩。"

"行，我一定尽快安排时间，同大家共同学习、商讨。你们如果同意的话，今天就先请回去。明后天我一定到你们村上去。大伙说这样行吗？"王祖乾依然赔着笑脸。

"好吧，我们在村上等你王镇长。"

"走哟——"移民们纷纷离开镇政府。几位妇女走过王祖乾身边时，"咯咯咯"地笑着说："王镇长你这个人在家里也一定挺温存，挺孝顺的吧？"

"是吗？哪点看得出？"王祖乾非常开心地问。

“嘻嘻，刚才你给大伙做饭端水的样就是嘛！”妇女们带着一串欢笑走了。

空荡荡的镇政府大门前，只剩下镇长王祖乾孤单单地一人站在那儿，他抬头望了望身后的高山，那山后是他的家，家里有他的老母和妻子及两个孩子。到大昌一年多了，他仅仅回过两次家，而每一次都是匆匆而归，又匆匆而离。

关于自己的家，他已在8年前开始从事移民工作后就全部交给了妻子。在这期间，他能留给家里的，仅仅是码头上匆匆塞给妻子的几件脏衣服和从妻子手中换回的几件干净衣服而已。他的妻子和孩子也是移民身份，唯一可能的是将来按政策可以随他这个当镇长的落户到某一地。至于母亲，王祖乾一直不愿提及，因为这是他的一块心病。他觉得这几年中最对不起的是自己的母亲。

“如果说我对自己的母亲拿出了对移民所尽努力的二十分之一作孝心，那我将是世界上最好的孝子了。”不善言辞的王镇长不止一次对我说过这样的话。

后来，当我了解王祖乾家里的情况后，我才明白其意。那真是一段催人泪下的故事：

王祖乾镇长目前是巫山县乡镇一级干部中从事移民一线工作时间最长的一位镇长。

“百万移民，从中央到省市，再到县上区上，我们镇一级是必须与移民们面对面一个个落实的最后一道政府组织了。再下面就是移民了，村级干部他们本身就是移民，镇干部还能指望往下推？推给谁？让移民们自己想法解决自己的问题？完成自己的任务？这显然不客观。镇干部因此是执行百万移民‘世界级难题’的最后的也是最前沿的演绎者和解答者。2001年，我和全镇干部经过努力完成了近一万外迁移民的任务。今年任务下达后，我们组织了3批移民代表到迁入地考察对接，结果移民们都没有看中。我一下感到压力巨大，因为通过前两年的大量工作，该走的都走了，没走的拖在后面的大都是些‘钉子户’，他们中间除了一部分确实思想上有问题外，不少人是有方方面面的客观困难。可上级一旦把移民指标下达后，我们镇一级政府就必须完成，这跟打仗一样，山头拿不下来，我这个当镇长的年底只能拿脑壳去见县长呀！这话你听起来觉得重了，其实脑袋倒不一定掉下来，可我这个镇长引咎辞职是跑不了的。镇上的工作到底有什么难度，能做到啥程度，我当镇长的这一点还是最清楚的。所以年初移民任务一下达，加上 3 批外迁对接‘全军覆没’，我实在急得走投无路了。可我是镇长呀，走投无路也不行嘛！找啥办法解决呢？在我无路可走时，我突然想起了自己的母亲。因为在小时候，有一次我从学校摸黑走山路回家吓得痛哭时，母亲她边给我擦眼泪边对我说：‘娃儿，别哭了，啥时候没辙了你就找妈呗！’在以后的成长岁月里，我多次碰到难事时，就找母亲，她总能帮我化险为夷。母亲是我生命的依靠。但我没有想到的是，在我自己的孩子也已经上学的时候，难以逾越的难题竟然还要依靠年迈的母亲来帮助解决。想起来确实有些伤感。但为了百万三峡移民，为了我当好镇长，为了大昌移民工作不拖在别人的后面，我又一次回到老家乞求起 76 岁的老母亲……”

王祖乾说到此处，声音开始哽咽。

“你可能不知道，我打从事移民工作后，就极少顾得上照顾母亲。1994 年，也是在移民工作最忙的时候，我父亲突然病故，那时我在另一个乡当党委副书记兼武装部长，也是负责全乡 1000 多名就地后迁的移民工作。父亲病逝时我都没时间与老人家见最后一面。当了乡长、乡党委书记和大昌镇镇长后，一年见母亲没超过两三回，更说不上照顾和孝敬她老人家了。今年 4 月，我回到我的老家曲尺乡。

“在回老家之前我向县领导作了请示，希望把大昌镇今年的一部分外迁移民指标给曲尺乡。县领导开始怀疑这一方案能成吗？我说能成，曲尺乡是我的老家，他们那儿没外迁移民指标。领导说，你们大昌镇外迁任务重，指标落实有困难，人家曲尺乡的百姓就愿意走了？我说我试试。这样县领导才点头。其实我心里也没底。我自已早已不是曲尺乡的乡干部了，人家凭什么一定要把难题弄到自已的头上嘛！说心里话，我也不是想让人家为难，我知道这个难题还得靠我自已来解决。我唯一的能耐就是找我母亲，想请母亲作榜样当移民。我知道我家族人多，如果把他们动员外迁了，不就可以完成几十个外迁指标嘛！不就可以少给政府些压力嘛！

“我回家后见过母亲，向她重重地磕了 3 个头，然后把我的想法告诉了她老人家。母亲万没有想到一年回不了几次家的儿子，好不容易出现在她面前一次时，竟然向她提出了这么个要求！我见母亲的嘴唇抖动了半天没有说话。大哥知道后，狠狠地将我奚落了一通，那话是很难听的，说我当干部当得六亲不认，现在连自已 76 岁的老母亲都想骗走啊？听了大哥的话，当时我心里十分难受，确实感到自已是不是过分了。可母亲这时说话了，她当着家人的面斥责了我大哥，说你弟弟现在是国家的干部，忙着三峡移民的大事。他有难处，来找我这个当妈的商量有啥子不对？母亲的话让我流下了眼泪。但我觉得再也无法向老人家开口，动员她外迁当移民。可我心里还是着急，一面让在外面打工的妹妹回来做母亲的工作，让妹妹给母亲讲外迁地方的好处。母亲还是不表态，只冲妹妹说了一句：‘你父亲的坟边已经有我的一个墓穴，我过几年就陪你爸去了。’妹妹把母亲的话告诉了我，我知道母亲心里想的是什么，便把母亲接到自已的家，让她老人家跟我媳妇和两个孙儿在一起住。

"经过一段时间后，有一次母亲见我回家，便主动跟我说，祖儿，妈知道自己当不当移民无所谓了，如果孩子们以后能在外迁那个地方有发展，我答应你。我一听母亲的话，忍不住跪在她老人家跟前，痛哭起来，连声谢她老人家支持我的工作……"

此时此刻，我的眼前仿佛呈现出一个电影镜头：在那战火纷飞的岁月里，一位白发苍苍的英雄母亲，面对敌人的炮火，她面不改色地对自己的儿子说：走吧，孩子，革命需要你！假如有一天你牺牲了，妈会永远地守护在你的墓前……王祖乾镇长的母亲不就是这样一位伟大的母亲吗？

"听说我的母亲愿当外迁移民了，而且由她出面做我的大哥和家族叔婶们的工作，很快曲尺乡的90个外迁移民指标全部得到落实。我高兴得不用提了，而且特别特别地感到自豪。当我母亲和大哥他们正式在乡政府那里办完迁户手续时，我特意回去表示祝贺。我告诉母亲说，儿自从去部队当兵到现在，大大小小得过不少奖励，但所有奖励加起来不如这一回母亲带头当三峡外迁移民这么高兴。母亲红光满面地拍着我的头说，你妈是通情达理的人，能帮你为三峡移民工作做一份贡献，就是献上这把老骨头也值呀！当时我听了她老人家的话，就想着一件事：如果哪一天我出色地完成了移民任务后，上级领导给我个啥子奖状或其他什么荣誉的话，我第一个要给的人是母亲，因为她才够这个奖。你知道吗，她老人家一共动员了我家直系和旁系亲属共65人！他们中除了我母亲外，有我哥嫂全家，有我妹妹全家，有我老姨全家，还有亲叔亲婶……"

这就是一个移民镇长的国事与家事。

李美桂与王祖乾在同一个镇，是这个镇的女副镇长。

到古镇之前，我就知道李美桂这人，她是三峡库区远近闻名的一位女移民干部，代表着数以万计的移民女将形象。在见到本人后，我暗暗有些失望，因为在我想象中这样一位出名的女干部，应当性格特别柔情，而她倒像个假小子。有人早先给我介绍说李美桂非常会做移民的思想工作，镇里一些连镇长书记都做不通工作的“钉子户”，只要到了李美桂手里就能乖乖就范，愉快搬迁。

“我生来像男孩，性格特别。”她笑着告诉我。

“嗓门也是天生的？”

“不不，那是干移民干出来的。”李美桂恢复了女性的一丝羞涩，毕竟女镇长才 30 岁刚出头。

“听说你以前是镇里的计生干部，都说计划生育是天下第一难，比起移民工作来，哪个更难？”我一直想就上面的问题寻找到答案。

干了 10 多年计生工作后又转到移民工作的李美桂应该最有判别权，她毫不犹豫地这样回答我：“比起移民工作来，计生工作简直不在话下……”

“真的？”我瞪大眼，笑里带着疑问。

李美桂马上明白，用这样的话回答：“计生工作确实也很难，但那有非常清楚的政策界限，几十年的宣传和工作做下来，全国人民都明白应该怎么做才对，而且它也有比较简单的技术措施，比如避孕、结扎等。可移民工作就完全不一样了，你是要动员人们把过去一切的生活环境、一切的生活方式和一切的生活基础全部改变，甚至深连着根的祖坟都要给人家搬掉，这绝对不是用什么钱和补偿能解决与代替得了的。如果换了我们自己，说不准比移民更想不通，工作更加难做。但再难也必须做，三峡工程建设的时间表放在那儿，上面分配我们的移民任务放在那儿……”

是的，我们的女移民干部李美桂就是在这种情况下，被镇党委从计生的岗位调到了破解“世界级难题”的岗位上，这一调几乎要了她的命。

都说女人泪多。其实在移民工作过程中，男人的泪水并不比女人少。奇怪的是，女移民干部李美桂说她自己几乎没流过泪。

动员移民，需要细致入微的思想工作，需要像小溪流水般的耐心说服。无数刚性的男干部不得不在移民面前收敛往日的粗嗓门而表现得温文尔雅，他们知道要动员一户移民搬家走人，靠喊几嗓子，发几次脾气，效果绝对适得其反。男人们因此改变了自己。

把李美桂调来充实移民工作的力量，镇领导想的是发挥女人柔性的优势，以便啃掉那些硬骨头。李美桂就是因这样一个原因被安排到了移民工作一线的。

然而，李美桂发现，那些移民们的所思所想，远不是女人简单的柔情所能打动得了的。女人的柔情同样失效。

第一年，分给李美桂的移民任务是 92 户，共计 362 人。

第一天走进那个村子，李美桂不曾想到的是几百个村民中竟然没有一人肯与她搭话。“哥，他们干啥子恨我嘛？”晚上回镇的途中，一肚子委屈的她，跑到哥哥家想寻找答案。

“还不是因为知道你要动员他们到广东去呗！”哥哥说。

“广东不是挺好的吗？他们还不愿意呀？”李美桂不解。

“你们干部说好，那是光在嘴上说的事，人家能那么容易相信吗？”

李美桂敲敲脑袋：“哥，照你这么说，要让移民相信，就得我们干部把工作做得实实在在才行喽？”

“这还用说嘛！”

李美桂一边帮哥哥做饭，一边寻思着方法。当她抬头看自己的亲哥哥时，突然闪出一个念头：“哥，你家反正早晚也要搬迁的，干脆这回你先报名到广东去，我再把这事跟我正在做动员工作的那个光明村村民一说，看他们还有啥说的。你说怎么样？”

“不怎么样！”哥哥万没想到事情会这样，“嘭”的一声将切菜刀往灶上一扔，扭头就进了里屋。

“哥，我跟你商量嘛！”李美桂要跟进去，却被“哐”的一下关在门外。

哥哥气得三天没理她，李美桂却像找到了一把开展工作的钥匙，一次又一次地跑来跟哥哥磨。那嘴也比过去甜了许多，手脚自然更勤快……

“哥，你不能看着我当妹妹的丢人嘛！移民任务那么重，今年的外迁时间又没几天了，你不帮我还有谁帮嘛！求你了啊，好哥哥亲哥哥！”李美桂整天像小时候似的跟在哥哥的屁股后面就是不离步。磨呗！

“这是你求的事吗？搬迁！一搬就要搬到广东，知道吗？”哥哥火不打一处来。

“我懂，这才求哥哥你帮我的忙嘛！”妹妹也不示弱，照旧软磨硬泡。

“你真要把我气死呀？！”哥直跺脚，然后回头瓮声瓮气道，“好了，算我上辈子欠你的债，我搬广东去吧！”

“哥，你同意啦？”李美桂兴奋得高喊起来：“我哥万岁！万万岁！”

“得了，哥能不被你气死就不错了。”哥哥不由得苦笑起来。

第二天，李美桂昂首阔步，意气风发地来到光明村，面对全体村民们说道：“大家还有什么要说的？广东确实地方不错，比咱三峡不知好多少。不信，我哥哥就是个例证，他也要搬到广东去了！”

村民们面面相觑，不知如何对付眼前这位小个头的女移民干部。

没辙，大家默默地回到各自的家。有人开始思想活动起来，有人则把大门一关，背起包裹，从此不知去向。

李美桂没想到人家对付她还有这一招，急得嗓子直冒火。听说有一户上了巫山县城亲戚家去了。“马上就走，到巫山！”她租来一辆私人摩托车，跨上后座就出发。

弯弯山道，一路上见不到一丝灯光。5个小时的颠簸，才赶到县城。深更半夜，怎么能随便敲人家的门呢！又饥又饿的李美桂只得蜷缩着身子在一个水泥管子里等到天明……

“你来干啥？再不走看我打死你！”人找到了，可人家怒发冲冠地抓起一根铁棍冲她要打。

李美桂自己都不曾想到为什么格外镇静：“你打死我可以，但你得先为我准备好一口大棺材，还有两口小棺材——我两个孩子的爹前年已经死了，你打死我了她们也会活不成的……”

那村民一听这话，顿时软了，就差没掉下眼泪。

“我跟你回去办搬迁手续吧。”那人无奈地垂下头，丢下铁棍，瓮声瓮气地说。

……

“别以为你是个女人我就不敢打你！老子看你下回再敢踏进我家门，走着瞧！”又一位不通情理的村民怒气冲冲地对李美桂说。

“只要你不办搬迁手续，我就会天天来找你的！”李美桂毫不畏惧地回敬道。

又一次上门。

又一次关门。

上门者一脸平静的微笑。

关门者一脸激动的愤怒。

“劝你别动手！”

“我打你咋的了？”

顷刻间，男人的拳头从空中落下。李美桂一闪身，但还是没有躲过——重重的拳头落在她肩膀上。

“哎哟——”

“不好，打人啦——”

“谁打人啦？”

“移民干部呗！他们不打人谁打人嘛！”

“你瞎说！”李美桂痛得牙齿“咯咯”直响。

镇党委书记知道了，看着自己累得又黑又瘦的女干部被人打的惨状，不由得怒发冲冠：“太不像话！命令派出所干警把那打人的家伙给我铐起来，拘留他十天半月！”

李美桂赶紧阻拦：“别别，书记，千万别抓人！”

“为啥？”

“就因为他们是移民。还是我们去做工作更好些，您说呢？”

书记不再坚持，同情地对李美桂说：“太委屈你了。”

“没事。只要能把移民工作做好，就是再打我两拳也认了。”

书记扭过头，擦着眼眶里掉下的泪。

第二天，李美桂忍着肩膀的伤痛，再次敲开那户人家的门。出乎意料的是，这回迎候她的却是一张张笑脸：“我们全都同意办搬迁手续了！”

这回吃惊的倒是李美桂。

“美桂，对不起，我浑，不该……”那天动手的户主很不好意思，不过，随即他还是颇有几分得意地说，“我将功赎罪，把村上的十几位村民也都动员好了。我们明天跟你一起到镇政府办搬迁手续去。”

这话使李美桂的脸上绽开了花：“早知道这样，我还想多挨几拳呢！”

一句幽默话，把村民们全都逗乐了。

都说战争让女人走开，但战争里有女人赢的可能性更大。

移民工作不能没有女人，女人使难题更容易得到化解。

这一年，分配给李美桂的92户共计362人的移民外迁指标全部完成，一个不落。年终时，她被人大代表们全票推荐为副镇长。有了官职头衔的李美桂，工作起来更是风风火火，干脆利索，因而渐渐有了“撒切尔夫人”之称。

你瞧她那股劲：有个移民为了躲避干部找他谈话，白天开着摩托车往外跑，深更半夜再悄悄溜回家。李美桂抱起一床被子，往那家的客堂里一铺，说：“你什么时候回家我就等到什么时候。”后来人家真的不回家了，东躲西藏，玩起“游击战”。李美桂也有招，她到周围各乡村甚至在巫山县城里，找了几十位朋友亲戚和小时候的老同学啥的，将他们全都发动起来，充当她的“线人”，布下“情报网”。一听说此人踪影，她便立即前往。最后认输的还是那位自称“谁也找不到我，谁也别想让我走”的移民，他第一个登上了远去迁入地的轮船。

“美桂，原定随移民到广东的同志有几位累倒了，人手不够，所以临时决定让你随队出发。现在是10点半，12点钟你到码头上船。”手机里，镇党委书记这样说。

“好的，12点前我准时到码头！”李美桂说。

12点整，码头上的轮船汽笛拉响时，风尘仆仆的李美桂出现了，她带给大家的还是那特有的爽朗笑声。

“美桂，这是今年最后一批外迁任务，全镇的干部基本上都用上了，可清库工作还得抓紧。所以决定由你带人执行，争取一个月内完成。你原先负责那个村的移民工作我们另找人代替一下怎么样？”镇党委书记又下达命令。

“不用了。书记，换一个人也不容易，我对那里的情况已经比较熟悉了，还是我去更好些。你放心，清库和移民任务我都尽力完成好！”李美桂说。

"美桂，实在太辛苦你了。千万注意身体啊！还有家里的两个宝贝孩子要安排好！"

"要得！"

到过三峡库区的人都知道，在那儿有两项工作是难度最大的，一是动员移民搬迁，二就是清库。前者不用解释；后者是指移民搬迁走后，凡175米水淹线之下留存的所有建筑物、树木和有害的污染物，要全部清理出库，这就叫清库。

李美桂接受这一任务时，正值我到达库区采访。于是我们有了直接的对话内容——

"我们镇是个移民大镇，占全库区外迁移民的1/10，数量大，工作任务自然也重。拿清库这事来说，压力就够大的。清啥呀？我接受的具体任务主要是两项：厕所和坟墓。这是最难的两件事。移民走了，他们原先居住的地方留下了大量污秽之物以及带不走的地下有害物。厕所和坟墓便是最主要的两大清理物。三峡水库要在2003年6月底开始蓄水，所以清理这些厕所和坟墓是一项非常紧迫的工作。在接受任务后，我用4天时间，跑了10个村，掌握了需要清理的225处厕所、217座坟墓，外加339处猪羊棚的情况。当时镇里连我就给安排了4个人，而且全是妇女。清库的标准很高，为的是以后不给水库留下污染源和有害物质。

"别小看了处理这些厕所和坟墓啥的，其实这过程非常复杂，比如处理一个厕所，至少要4道程序：先是察看，估测出有多少污秽物，然而再找人将这些污秽物转移到淹没线以外。第二步是消毒和夯实，这是主要的一道工序。最后是检查测定并入档。所有处理过程，我必须全部在现场参加，特别是第一道察看和估测，更需要亲自进厕所现场丈量其残留污秽物的容量等。干这活的时候，都是在夏天，一天下来，臭气熏得根本吃不下饭。这样的活一般大老爷们是不愿干的，而且干得未必细致。镇里让我这个女同志来干，可能是考虑到做得更符合上级要求吧？处理厕所和猪羊棚的活比起清理坟墓还是要简单些。

“我今年接受的清理坟墓任务是217座。大家都知道，中国人是最讲究孝敬老祖宗的。掘人家的老祖坟，这工作比动员移民的思想工作不知要难多少倍！人家说了，你们从国家三峡建设需要，说服我们背井离乡当移民也就算了，可偏偏连我们的祖坟都要扒掉，接受不了！可水库建设的‘倒计时’牌像道无声的战斗命令，一天比一天紧地悬在我们这些当干部的头上，不抓紧行吗？所以再难的思想工作也要做。几乎是每搬一座坟墓，我就得跟坟主的后代或亲属展开一场‘拉锯战’。说不通再动员，动员后出现反复就再动员。这个亲属做通了，另一个亲属又跳出来你还得做工作。

“在处理一家祖坟时，留在村上的亲属都同意了，我们正要动手掘坟，突然他们告诉我说，死者的一个儿子在外地，正赶回来要给亡灵最后烧把香火。说起来人家的要求也不算出格，可对我们具体的清理工作人员来说，则麻烦大了。那么多坟墓，每一座坟都这么左一个事右一个事，来回不定，什么时候清理完呀？可为了不激化矛盾，我们还得百分之百耐心处理好这些特殊情况。那天等人家上坟祭祀完后，我们立即投入了清理工作，一直干到快天亮才完成。

“上级对处理坟墓是有特别要求的，入土不足15年的，要搬迁到175米淹没线以上；入土过15年的就地处置。这两样清理办法对我们来说都要遇上许多困难。15年以上的老坟就地清理，就意味着这些死者的后代或亲属们以后就再也找不到祭拜的地方了。所以一些人出来阻挠，闹得非常激烈。我们只能心平气和地做工作，直到平息为止。不足15年的新坟处理起来更难，你先得给人家选好新坟地，选完后就是掘土搬棺材。这等于重新给人家办一次丧事。本来村民在死者去世时已经受了一次感情上的巨大伤害，你这回再把人家的棺材挖出来重埋，不等于让人重新在伤口上拉一刀吗?

“我就遇到这么一户，死者是个十几岁的小孩，患病去世的。当时全家为这根独苗苗的突然死亡，伤心得几个年头没缓过劲，孩子的母亲因此成了半个精神病患者，男人为给妻子治病和赡养年迈的父母，出外打工时又受了工伤，一家人的生活过得凄凄惨惨，连看病的钱都很难找到。那男人平常总在嘴里念叨着：‘如果第一个儿子不死，也可以出去打工挣钱了！’但他的这个愿望已经早早地被埋在土里。我们要将他们家10年前死去的儿子挖出来重埋，全家三代人伏在坟上哭天喊地，这情景就是铁石心肠的人看着也会落泪的。为了给这户贫苦的家庭安葬好这座坟墓，我同其他几位女同志，几乎包下了迁坟的全部活儿。那是口薄皮棺材，才十来年就腐烂了，我们用自己的钱给死者买了口新棺入葬，总算让死者的亲属得到了一丝安慰。同时我还向镇政府汇报了这户贫困家庭的情况，争取给予他们必要的经济帮助。”

“听说在搬坟过程中，你们还得替死者的亲属哭丧？作孝子孝女？”我问。

李美桂点点头：“那是常事。谁都有祖宗，谁都难免遇到亲人过世，作为死者的家属都会非常悲痛的。库区的百姓为了三峡工程建设已经牺牲了很多，家园失去了，祖坟也被搬迁挖掘了。作为移民干部，我们的心情与他们是一样的，所以在清库时我们多了一项额外的任务，就是在感情上为死者的亲属们分担一份悲痛。别看我是个女人，但性格很硬，平时不轻易掉泪，可为了完成清库任务，我不得不为别人作孝女，行哭丧礼，那滋味其实也很不好受。

“有一次在为别人哭丧时，我竟然哭得泣不成声，收不住眼泪了。原因是那个死者是个男的，死期正好跟我男人去世的日子一样，而且家里也剩下两个孩子。我在为别人哭丧时，不由得想起了自己的不幸。我的两个女儿是双胞胎，就在家里最需要人手和经济支撑时，我丈夫突然甩手离我而去。一个女人家带两个4岁小孩，多么不容易啊！当时我虽是脱产计生干部，可我们这儿工资待遇低，一个月不到400元。我怎么养活得了自己和两个孩子呢？最要命的是我还得工作呀！后来镇上的移民外迁工作开始了，几乎所有的镇干部全部投入到了移民工作中，我也被抽调去搞移民工作。大家都是有任务指标的，镇领导说我能干，给我动员90多户外迁的任务。我可以给你一个参考数据，你就能算出我们这些移民干部每人的工作量是多少了：我做自家的亲哥哥的动员工作，前后用了5个工作日，光这也是磨了50个小时的嘴皮子。至于那些‘钉子户’，你至少得跑上十次百次。

“胡总书记和党中央对我们三峡移民特别重视，十分注重移民的根本利益，要求我们的工作标准也细致，一项项的规定非常具体也非常多。我们在实际工作中，就得一项一项具体落实，甚至是移民家的一棵小树，兄弟姐妹、邻里之间的一个口角，都得跑上十次八次才能协调处理得了。

“至于要求移民配合填写的各种表格手续等不计其数，这些你当移民干部的都得帮人家办呀！比如按规定审核你是否符合移民资格，就得看你的身份证、户口本、结婚证，孩子出生证啥的，各种证件齐全了才行。有的移民本来就不愿搬迁，你向他要这证那证，他说‘我没证’。这一句话，你就不知得为他多跑多少遍。是故意不给你的，你就得耐心动员他拿出来；如果真的没有了或者丢失了，你就得跑这部门那部门尽力补。你会说不能让移民自己去补吗？理论上当然是可以，但他移民连走都不想走，你能让他干这类事吗？还得你去跑。我们的时间有不少是花在干这种事上。这中间出现的烦心事没法用语言表达。有些人出示的是假证，他可能自己还不一定清楚，你还得先给他处理这些陈年旧账。

“我记得去年为一户移民的小孩子补办出生证，前后跑医院跑公安局跑民政部门不下30多次。你这么没日没夜地跑，移民也未必会买你的账。有一户说好证补齐了就办迁出销户手续的，结果当我帮助他跑完最后一个证时，他却翻脸不认自己的承诺了，硬说软说就是不同意办理销户。我着急啊！那时已经是8月份了，离外迁时间的‘倒计时’只剩下几天了！为了攻下这个移民困难户，我不得不连续5天做他的工作，那些日子根本没有时间回自己的家。

“为了做好移民工作，我两个孩子一个交给了住在县城的姐，另一个放在身边让邻居的一位老姑当保姆看着。咱这儿雇个保姆便宜些，可一月也得150元！是我工资的五分之二呀！可我就是天天吃咸菜也得找个看孩子的人嘛！要不怎么完成近百户人的移民工作？最让我受不了的是我没日没夜工作，天天起早摸黑，甚至经常不能回家。即使我有时能回家睡觉，可怜的女儿也见不着我——通常我回家时，她早已睡了，等早晨她还没醒时，我又先起来为她做上一些吃的，把脏衣服洗了，便赶紧赶到移民村上。这还不说，有时半夜得知某个躲起来的移民出现在某个地方后，就连给孩子一个热被窝的机会都没有，便匆匆离家了。

“那次我5天没回家，到第6天晚上时，保姆突然给我打电话说孩子找不到了。我当时一听，心都蹦了出来！飞步赶回家到处寻找，就是找不到孩子。小家伙叫向锦，我沿着古镇的大街小巷一遍又一遍地喊啊喊，本来就沙哑的嗓门火烧火燎的，可我还是拼命地喊女儿的名字，但我听不到孩子叫妈妈的声音。我哭了，哭得直不起腰，迈不开步……我越想越觉得自己对不起孩子。4岁开始，小孩子就没了爸爸，而我这个当妈的又长年累月整天不着家，除了给她洗衣服做个饭外，啥温暖都没给她。我越想越伤心，越想越恨不得马上见到可怜的孩子。可只有黑暗冲着我说话，冲着我嘲笑，我喊着走着，就倒在地上，一丝丝力气都没了……

“后来，镇领导们都知道了，打电话通知镇上所有干部，让他们全体出动，帮我找孩子，而且一定想法找到。大家找啊找，不由自主地朝河边走去，因为大伙听我的邻居说娃儿知道我是在河那边的村上工作，便经常在河的这边遥望着什么时候能见到妈妈。这时我的心都碎裂了，只有流不尽的眼泪打湿着脸颊……孩子最后找到了，小家伙见我一直不回家，就跑到了一个小朋友家。那家好心人知道我常回不了家，便带着孩子早早入睡了。虽然那是一场虚惊，可当我见到孩子后，我们娘儿俩抱在一起哭得让在场的人都跟着流了不少眼泪。

“去年，孩子到了上学的年龄，有一天，小家伙搂着我的脖子娇滴滴地说妈你带我去报名上学。我想这是孩子来到世上第一个非常重要的日子，加上我平时总不能满足她的要求，所以就答应她入学报名的那天我会像其他小朋友的父母一样送她到学校。小家伙当时高兴得手舞足蹈，还给我唱了一首《世上只有妈妈好》的歌，唱得我泪流满面。你说我们这些移民干部有多苦！弄得孩子都跟着得不到温情与爱。但我知道三峡移民关系到整个三峡工程的进度，关系到党和国家的形象，所以也对自己能直接参与百万三峡移民工作感到光荣和责任的艰巨，也就把自己及家庭的得失抛之脑后。

“那年 8 月 30 日，当我把自己所担负的 362 位移民一个个护送到行将出发的外迁船上时，我的心就像开启了一片艳阳天。因为明天我可以带着孩子去学校为她报名了！我当时觉得这是一件大事，是一个没有爸爸的、几年得不到母爱的孩子的大事，我能弥补一下，满足她一下，就是件好事。可就在这时我的手机响了。镇党委书记说，护送到广东的两名干部突然病倒，需要我简单准备一下立即上船跟移民们一起出发。这对移民干部来说就是命令，我不能不服从。从接命令到我上船前后不到两个小时，我这边没跟孩子见上一面就出发了。当船开动的时候，移民们此起彼伏的哭声，是为告别故土而流，唯独我一个人孤单地坐在船后，默默地为不能满足女儿的唯一一个小小的要求而流淌着同样发烫的眼泪……

“半个多月后，当我从广东回到家，孩子开学已经有一段时间了，由于她太小，不像其他孩子天天有大人接送，小家伙适应不了独立生活，学习因此跟不上。加上我回来后又投入了新的移民动员工作，孩子上了不到两个月的学，老师就把她退了回来。无奈，只好让她晚一年再上学吧！

“何作家，你说我怎么办？今年她又快要报名上学了，而我们今年的二期移民工作比往年更重，工作也难做得多。现在镇上已经定了，我今年还得参加护送移民到广东去的任务。现在只有三五天时间了，我都不知道怎么对孩子讲，我真的什么都不怕，工作再重再累，再难做的思想工作，我也不会流泪的，可想起孩子一直没人照顾，我就无法忍住眼泪……”李美桂说到这里，竟然在我这个第一次见面的陌生人面前哭了起来，看着她瘦削的脸庞，我心头很不是滋味。

是啊，许多人都知道百万三峡移民背井离乡多么不易，可是谁知道我们广大移民干部为了给百万移民一个满意的走法，一个满意的新家园，一个能够“逐步能致富”的环境创造各种条件，却默默地牺牲着自己，也牺牲着家庭，甚至连孩子的前途都搭上了。

“我们什么都不怕，就是怕孩子因为自己的工作忙不过来，影响了对他们的教育，影响了他们上学、找工作，那可是耽误了一代人啊！”不止一个移民干部对我说过这样的话。我感觉到的是一种代价，一种不是用金钱和荣誉能够换回的代价。而这种代价，几乎所有从事三峡移民工作的干部或多或少地都曾付出过。

在讲完两位镇长后，我不能不说另一位“乡官”，他就是大名鼎鼎的“移民先锋”冉绍之。

我认识冉绍之时，他已经是奉节县城关区的工委主任了。之前的10年间，冉绍之长期在乡镇当三峡移民干部。1992年，冉绍之在奉节县的安坪乡当乡长，后来当乡党委书记。三峡移民工程一期移民就是从他担任乡领导时开始的。第一期的移民主要是向后靠，可三峡库区的腹地，山地为多，让祖辈沿江而居的百姓往后山靠，说起来简单，做起来可就难了。好田好土都淹了，以后的日子咋过？一砖一瓦攒起来的家园，怎么舍得下？无数老人死活不肯搬，说祖祖辈辈要守着长江，看不见长江他们会哭，听不到江上的汽笛声会睡不着觉……再说，搬迁涉及方方面面利益，动迁划线时有人砍断绳子；改田改土时，炮眼刚刚打好又被人埋上。移民工作比登大巴山还要难得多！

时间不等人，移民工作是有时间表的，该走不走，库区水位到时会毫不留情地淹上来……

冉绍之自然知道乡亲们为什么舍不得故土的那份情，可三峡工程是国家的大事，不搬是不行的！这位有着8年军龄的峡江汉子长着圆乎乎的脸盘，性格却刚毅：国家的大事不能耽误！

怎么办？“换根板凳坐坐，多替群众着想。田地熟了，石头煨热了，说走就走，牵筋动脉呀！工作做得细一点，政策讲得透一点，一次不行两次、三次，十次八次，直到乡亲们理解为止。”冉绍之把部队里的那套做思想政治工作的传统用到做移民工作上来，他对乡里的移民干部们这样说。

一期移民工作中，建设好新的家园是关键。为了找到一块平缓的安置地，冉绍之5次带队，踏遍了安坪乡30多公里的江岸线。150公里徒步行走，10天下来，鞋底磨出了洞……因为不了解补偿标准，三沱村的30多个村民将前去做移民工作的干部团团围住，又拉又扯。冲突一触即发！冉绍之赶到现场，没有责怪谁，而是耐心诚恳地对乡亲们说："锅里有碗里才会有。为争碗里一口食，把锅砸了划不来。国家是我们大家的家，现在家里要做三峡工程这件大事情，做儿女的暂时付出一点。等三峡大坝建起来后，受益的是我们，是子孙后代。大伙儿把目光放远点！"

"冉乡长讲得有理。"

"老冉的话我们爱听，搬！"

乡亲们为冉绍之娓娓动听的话语所感染，再不说二话了。安坪乡近4000移民顺顺当当地搬到了新家园。

搬迁刚结束，冉绍之又在想：光有家园，没有通向致富的道路怎么行？为改天换地，冉绍之身先士卒，挽起袖子，顶着三十七八摄氏度高温，带领干部群众，手提肩扛，搬山填坑，在一条条荆棘丛生的山坡上，垒出了几千亩果地和通向外面世界的光明大道……

至1997年底，安坪乡人均收入比移民前的1992年增长了两倍。时任国务院总理的李鹏同志视察安坪时高兴地对冉绍之说："你们改田改土，堪称移民先锋。"

"移民先锋"的称号从此挂在了冉绍之的头上。1998年，冉绍之调任朱衣区副区长。此时，有位村支书记悄悄对负责移民工作的冉绍之说，村里有些移民自己联系想外迁到湖北江汉平原的农村和农场，问冉绍之怎么办？原来，奉节与湖北接壤，当地不少移民的祖籍就在湖北，远一点的可以说是历史上的"湖广填四川"时来奉节的，近一点的说他们中间不少人与湖北那边都有亲朋好友的关系。如今江汉平原上的农村经济发展较快，很多农民已经进入城镇从事二三产业，留下农村大量土地无人耕种，房屋也空置着。因此奉节这边的一些移民有了“回填湖北”的念头，并经当地政府一联系，人家非常欢迎。

“这是好事呀！支持他们外迁！”冉绍之心想，三峡库区本来山多地少，移民后靠也并不是最好的办法。如果有人想搬出库区，这对三峡库区以后的生态环境保护是件大好事。于移民、于湖北、于三峡库区都有益处的事干吗不做嘛！冉绍之在朱衣区悄悄进行的“外迁移民”做法，引起了重庆市和国务院三峡办领导的重视，并且充分给予了肯定和支持。之后的两年里，冉绍之所在的朱衣区有 1000 多个三峡移民外迁到了湖北，并且有了比在自己家乡更好的家园。

“摸着石头过河，摸不着石头也要过河”的冉绍之精神，成为三峡移民工作中的一种探索创新精神。而他成功实践的“靠路安居，靠山乐业，靠江致富，靠城发展”的移民安置模式及外迁移民的做法，则为整个三峡百万大移民工作提供了可贵的经验与学习的榜样。

前面说的 3 位乡镇长，仅仅是百万大移民中无数从事移民工作的干部中 3 个不知名的干部，在中宣部、国务院三峡办和重庆市委宣传部组织的“三峡移民精神报告团”中还没有他们的名字和事迹。因为时间关系，我没有来得及采访报告团里的那些先进人物，但从重庆市移民局那里看到的刻成光碟里的事迹，仍然让我感动不已，尤其是那几位因移民工作而牺牲的同志的事迹，令我难忘！其实我所知道的在重庆移民工作中，还有无数可歌可泣的人物，他们默默无闻地在一线工作。比如我所熟悉的移民局老局长刘福银。

四年前，我第一次采访他时，我俩是在街头的一家小铺子里边吃边谈的，工作太忙，刘局长根本没时间专门接受采访，我们谈的两个多小时里，他的手机不断在响……刘局长是直辖市的第一位移民局长，这位当了地厅级干部近20年的农民的儿子，当年在四川省政府三峡移民办公室任常务副主任之前，是一个地委的书记，领导看中让他出任移民官，就是因为他“能干一点，踏实一点，可靠一点，拼命一点”——刘福银这样评价自己。而我知道他的这么多比别人多“一点”的品质，成就了重庆和三峡的百万移民工作得以顺利完成。刘福银在重庆移民工作中处在一线位置，其责任重大，工作之艰难与繁重非常人所能想到的。2007年当我接受本书的任务后，我就想到了他，可当我再次来到移民局时，负责宣传工作的郎诚处长沉痛地告诉我：刘福银局长已于去年患绝症去世了……这消息我听后久久不能平静!

为了百万移民，为了三峡工程，重庆人民牺牲了多少利益，牺牲了多少优秀的儿女！其实在从事移民工作的干部中，他们每一个都值得我们记住。就是多次接待我的移民局的这位郎诚处长本人就是位令我敬佩的同志。郎诚在1997年时就是奉节县的县委副书记，当时北京正在开决定重庆直辖市命运的“两会”，那时他正在奉节一个工地上现场办公。北京方面定下直辖市事宜后，重庆市这边的工作就连轴转起来了，新直辖市的机关一下少了干部，郎诚是被当作能写写材料的笔杆子调到准备召开直辖市首届党代会“写作班子”的。直辖市挂牌后，领导征求郎诚意见，问他是留在市委，还是安排哪个好一点的工作岗位，他郎诚选择了移民局。从这以后，他在移民局一干就是10年，直到现在，职务依然是处级。当年与他同样职务的，许多人都在市委、市政府当厅局领导了，郎诚则仍默默无闻地干着他的移民政策法规和宣传工作……“我从没后悔，虽然我也动了3次手术，但比起累死的刘局长和其他牺牲的近20名移民干部，我的命还算好。所以我不后悔，也愿意再为重庆和三峡移民工作做自己的贡献。”郎诚很坦诚地告诉我，绝没有一点虚假。

我之所以敬佩郎诚这样的人，是因为他们也许永远不被别人所关注，但他们同样是移民工作的先进工作者，他们的无私精神同样值得我们永远记住。我想奔腾不息的长江也会记着他们，永垂千秋的三峡大坝也会记着他们，党和政府以及广大移民更不会忘记他们……

15. 峡江“石头女”情怀

不知怎的，自见她第一面后，我一直认为她就是当年铁凝笔下的那个“香雪”。与我年龄相仿的人大多读过铁凝20来年前发表在《人民日报》上的那篇她的成名作《哦，香雪》。我记得铁凝笔下的那个在小山村的香雪，提着卖鸡蛋的小篮在火车轨道旁与同村的小伙伴们一起争着为一天一次路经她村边的客车上的旅客们卖煮鸡蛋的那一幕，那是彻底的纯情的美，那是中国式的山村女孩子彻底的纯情的美，那是今天难以找到的中国式的山村女孩子彻底的纯情的美，那是我们记忆中无法抹去的魂魄中自然流淌的美。

长江三峡工程如火如荼地建设着，百万三峡移民“为大家舍小家”的壮举也打动了全国人民。付绍妮就是百万三峡移民中的一个，是我所认识的峡江边的“香雪”。她的人和她的名字一样美。这种美只有在峡江边的幽谷深壑里才能滋润、孕育得出。

这位峡江女就出生在长江三峡支流上的那条幽谷深壑，名曰“大宁河”的河畔，这条河是长江在巫峡接纳的第一大支流。发源于陕西终南山，流经300里崇山峻岭和大大小小的峡谷，又一路上纳清流接悬瀑汇溪涧，然后舒舒坦坦地在巫峡西口注入长江。许多人在走过三峡，惊叹自然险景后，面对一江与黄河之水不相上下的混浊巨流，会不由对天叹一声："要是长江之水清绿该有多好啊！"然而这几乎是我们不可能看到的了。但一方面我们谁会想到过去的长江肯定不是现在这个样，同时谁会想到如今的长江沿途仍有无数条碧水绿流在向它汇拢，虽然这种一绿一黄的水景由于长江主流的黄色浊流太力大无比，势不可当而难以见到，但在巫峡之处的长江与大宁河汇合之处的巫山城脚下仍清晰可见。这就是大宁河与众不同的和长江万里沿线现在仅存的几处景观的独特魅力之一。

从巫山转船逆上大宁河，一路上更险、更窄、更曲折，船在水中行进，你常为擦肩而过的两岸峻峭的山壁而失色惊呼，又随时怕在清澈见底的河滩上搁浅而担忧问津，其实你什么都不用担心，有经验的船老大可以让你放心地穿梭峡江险流——这就是出峡又入峡，大峡套小峡的大宁河。其沿途有罗门、铁棺、滴翠、剪刀、野猪等七峡，人称"自古桂林甲天下，而今应让小三峡"的"小三峡"，就在大宁河段上。古人对大三峡留下了足有几万首不朽的诗篇，但却没有对小三峡绝佳景致的笔墨，这不能不说是一种缺陷。我认为，到三峡者若不游大宁河上的"小三峡"，那真是枉费了一番工夫。

我认为，大宁河是一个无法比喻的美女，她的清澈，可以让一切浊流变得自卑；她的纯洁，可以让一切肮脏退至地狱；她的温情，可以让一切欲望得以发泄。她的美态令任何人惊叹，腰的纤细处，柔软轻曼；胸的丰满处，其涓涓不息的乳汁总是供应着无数食尽人间烟火的善男信女们的生息与繁衍。大宁河的水总是四季碧绿见底，水中的游鱼，河边的卵石，岸头的沃土，构成了这里宁静而富饶的生活景致。

付绍妮正是生长在这里的一个农家少妇。在她接受我采访时还有并不多的时间就要离开这美丽的家乡，成为真正的移民。

付家生下兄弟姐妹 7 个，他们都已经作为前期移民搬至他乡，现在只剩下绍妮一个仍留在大宁河边。2002 年 8 月中旬我到她家采访，在她家邻居的墙上有一道用红色油漆刷写的大字特别醒目："第二水位——143.2 米"。这样的字样在三峡库区随处可见，即使在滔滔大江之中激流直下时，你坐在游船上也能不时看到耸立在两岸山体上的这类同样文字的标牌。这个标牌向每一位三峡库区的干部和移民们时刻提醒着这样一件事，即长江三峡库区将于 2003 年 6 月 30 日前蓄水至 143.2 米，而在这之下的两岸居民必须搬迁他处。这是一道刚性的生命线，也是一条铁的纪律线。谁也无法抗拒的大江之水届时将溢涨至此线，那时来的虽然是水，其实同样是一条法律界限——违者不仅受到道义的惩罚，同时也将接受自然的灾难。

付绍妮告诉我，那道红线标牌，从长江水利工程委员会的技术人员在 10 年前标出后的每时每刻都像悬在库区移民心头的一把利剑，断割着广大移民们对祖辈留下在家园和故土的那份情感。她说她应该算是村上的年轻一代，20 世纪 80 年代末就到过广东等地打工，见过外面的世界，可当真的听说三峡工程要上马了，自己被确认为移民的那天起，她的心就像断了线的风筝，从此没能安宁过。为了寻觅和挽留对大宁河的最后一份情感，她断然在全国人大通过三峡工程上马的决议那天从广东回到大宁河的家乡，从事起她童年就不肯割舍的那份"石头情"。

"我知道一旦大坝建成，我们这儿那清澈碧绿的小三峡之水是不会再有了，奇景险峰跟着逊色不再复还。我们的根都一起随涨水而飘扬远方，生活和生命都会发生变化。这是无奈的，抗拒也没有用。所以我想到了童年曾经有过的经历和编织的梦：那时，我们村上的女孩子们都喜欢上山下地去摘花，将自己打扮得美艳艳的。唯独我不爱摘花戴，偏偏下到大宁河滩上去捡石头玩。我开始只出于好奇，发现每次大水过后的河滩就变了样，细细一看，原来是滩岸边的石卵子翻了身，那一翻身整个河床就是另一番景致。这个发现让我兴奋激动。当我再低头捡起一块块大小形状各异的卵石时，更加惊诧地发现那石头简直是个令人陶醉的奇妙世界，有“山”有“水”、有“月”有“阳”、有“人”有“牲”、有“云”有“雨”……总之，天地人间有的东西，河滩上就能找到同样的卵石。那石可能是世界万物的变身，可能是万物世界的微缩，你只要说得出的东西，大宁河滩上就能有什么样的石头，只是需要你去仔细观察，真心寻觅。这个发现让我好高兴！我做梦也想自己忽而变成了河滩上的‘石头女’，想让人间变成什么样，就美美滋滋地变成什么样，世界上没有人比我有本事了，因为我可以拥有整个世界的一切……”付绍妮富有诗意地讲述她曾经破碎过的童年之梦。

破碎的梦本该随着岁月的磨蚀而渐渐消逝，然而因为三峡工程使付绍妮这位农家女不仅没有淡忘童年的梦，反而近年来越发勾起往事，尤其是10年前当长江水利委员会的工程技术人员到库区进行移民人数和被淹实物统计之日起，那用红色油漆标出的淹没水位的字样在家门前醒目地耸立起来后，付绍妮的心用她自己的话说是“再也不能安宁了，比女孩离开父母远嫁他人还整天七上八下的……”

在被确定是必须搬迁的移民时，付绍妮没有像有的女孩那样不是想法赶紧找个好一点的安家地，就是想法嫁给一户能留在本地的男人。她选择了与他人完全不一样的路，那条路是她童年有过的梦，这梦便是她与大宁河同枕共眠的梦。

那条路在弯弯的河滩上，那条路在清澈碧绿的江水的时退时涨间……

从此开始，扎着小辫子的付绍妮从早到晚只要一有空暇就独自跑到河滩，她忽而举目峡江两岸的青山神峰，忽而伸手捧起一泓河水，每每此时，这位多情的农家女便会两眼发湿……她说她曾有多少次当自己的身子融入大河之中时，就感觉浑身是那么舒展爽朗，于是干脆赤身裸体潜入水中，这时身边就会有无数小鱼簇拥过来，在你身边嬉水玩耍，你自己仿佛也像一条鱼儿，“其实很多时候我真的想变成条鱼儿，变成峡江水中的小鱼儿，它们多么幸福啊，无愁无忧，不用为库水涨起而搬迁，美丽的峡江水永远是它们的家园，永远可以在嬉水拍浪间欢歌跳腾。”

她说也曾有多少次在夕阳西斜后的傍晚，一个人来到河边，脱下衣服，裸入水中后仰躺在水面上，举目遥望星空，“这时候的我就特别想把自己变成瑶姬，她为大禹而触礁失魂，最后落地生根在咱巫峡岸边，变成了巍峨耸立的神女峰而永远伫立在峡江。瑶姬以殉身换得与峡江相伴的精神同样叫我神往。”

呵，神女峰的故事经这位即将离家远行的女移民之口一说，我更感觉在美丽传说后面多了几分悲壮的色彩。

“我知道三峡移民是国家定的政策，与法律联系在一起，我们不能不走的。到时候不管什么情况你都得离开。但谁能理解我对大宁河、对峡江边的家园的那份情，那份对自然美景和对祖先留下的有形和无形的遗产的留恋？你们外人是根本不可能有我们对大宁河、对峡江的每一泓水、每一块石头、每一座山峰的那种留恋。我觉得自己的生命与这里的一江一水一山一木融成了一体。我潜入河水时，觉得自己就是一条河中的鱼，那种舒坦，那种自由，那种欢欣，是无法用语言所表达；当脱水上岸时，我觉得自己吮吸的是清新的空气而让自己透体舒展滋润，没有别的意念，就是哪一天因父母之命非嫁人不可时，我也会第一选择的是男方必须是大宁河边的，神女峰峡江边的。真的，我一直这样想，才使我后来有了10余年的‘石头情’……”

付绍妮现在开设的是已远近闻名的“奇石馆”，就是她“石头情”的结晶。当三峡移民的时间表定下后，付绍妮不顾家人的反对，不顾村里人的冷嘲热讽，开始了捡石头的“留梦生涯”——她自己解释这对三峡移民来说，断梦和碎梦都不可取，唯独留梦是可以做到的。留梦里包含着对过去的怀恋，也包含着对未来的某种期待。

有个诗人这样说道：河滩上的石头最能试金，无动于衷者踩着它走，有情有思者拾它而起，拾起者爱恋收藏者是真正的诗人。

付绍妮应该是位不写诗的诗人。因为她是真正的拾石者，不仅如此，她对生活和自然的理解以及抒怀内心感受时的那缕缕情愫，其实就是诗。

石头历来造就诗人。峡江边的石头更能造就伟大的诗人。

在村里人不停地把家中一切可以拆卸的东西搬运出去的时候，付绍妮则将一筐筐石头背回到家里，然后逐一整理，排列编号，甚至对其中上乘之品还不惜从柜子里取出最好的布缎将石头裹包得严严实实。

有人见后笑她，说妮妮你把石头护得那么好，是不是以后做嫁妆呀？

绍妮回答：“可能吧！”

有人说你绍妮不绣花不做工，专门捡些石头回家，想靠啃石头过日子呀？

绍妮回答：“我啃石头比啃馒头更有滋味。”

有人长叹说现在移民要搬迁了，家里能变卖的都变卖了，多换几个钱就是最实际的“补亏”，你妮妮整天弄石头能弄出个金蛋蛋来？

绍妮回答：“我的这些石头个个都是金蛋蛋。”

村里村外的人都叹气了：“唉，瞧，移民搬迁把咱妮妮这么好的娃儿都整成疯子了……”

谁说我疯了？我好着呢！绍妮站起身，挺着胸，一脸灿烂地对大伙儿说。

可不，她不像是疯了嘛！人们好奇地等待这迷上石头的娃儿下一步出个什么怪招。

有一天，一位外地来“小三峡”旅游的客人路过付绍妮的家，见她正在弄石头，便好奇地凑过来观看，这一看不打紧，那老兄的眼珠子就差没被五彩缤纷的石头给勾出来。

“太神奇了！哪儿捡到的？”

“就咱大宁河滩上。”

“你能卖几块给我吗？”

“卖？”

“嗯。”

“可……可我不是为了卖才捡的呀！”

“不卖？你别骗我了，不为卖，你捡这么多石头干啥呀？是收藏？你们农民也收藏？哈哈哈，你逗我，你们连吃饭都要靠到广东打工挣的钱来维持，还搞啥收藏。”

这回付绍妮有些来火：“告诉你，这石头我就是不卖！有了它，我口袋里也会感到沉沉的，肚子也不觉饿的。”

外乡人发怵了，半天也不明白这峡江边还有这样“不懂世故”的农家女，便悻悻地走了。

付绍妮因此哭了半天。她为自己这份不被人理解的故土之恋所痛苦悲切，可哭过后她冷静思忖起来：人家对咱石头感兴趣想买也没啥子错，要是真的能把自己对故乡的这份“石头情”与别人分享，让天下的人能更多地了解长江三峡也是一件好事嘛！

姑娘想通了，突然感到自己那份孤独的乡情多了一个天地。

大宁河上的“小三峡”每天吸引着成千上万的游客驻步，他们也经常光顾像付绍妮家这样的农舍田间。于是有一天，付绍妮认真地挑选了几块比较好的石头放在家门口试着看有没有人来买。

“啊哟，快来看，这些石头真漂亮真奇特呀！”已经在屋里等候了不知多久的付绍妮终于听到了她想听又怕听到的人声。

“喂喂，这石头的卖主在哪儿呢？我们要买些石头呀！”游客们大声嚷嚷起来。

姑娘一听这嚷嚷声就赶紧从里屋出来，她不是担心到手的生意跑了，而是害怕这一嚷被左邻右舍瞧见她在“做石头生意”哩！

付绍妮看着围在她家门口的一群游客，脸顿时绯红——她竟然从来没有干过买卖。

“嘻，这小姑娘还挺腼腆的。”有位女游客拉过付绍妮的手，问：“这石头是你捡的还是从其他地方批发来的？”

“全是我自己捡的。不信你跟我进屋看看，还有好多呢！”付绍妮一下脸色绷紧了，一本正经道，“这石头除了咱大宁河边有，其他地方都不一样。”

“好好，相信姑娘说的实话。我们买几块行吗？多少钱一块？”游客们友善起来。

“这……”姑娘的脸又红了。半晌才喃喃地说，“你们给多少就算多少吧。”

“哈哈，这姑娘倒挺实在的。”游客哄笑起来，“那，一块，五毛……怎么样？”

付绍妮还是红着脸，只点头。

于是游客们高高兴兴地挑拣了不少石头，按每块五毛钱付给了姑娘。

“嘟——”一声汽笛，轮船载着游客们走了，远远地走了。可手中拿着十几张钱票的付绍妮则依然站在家门口发呆，她不知是喜还是悲，那手中的钱来得突然，来得令她不知所措，也搅乱了她原本对石头的那份质朴感情。

她依然一有空便到河滩捡石，并且在家门口竖起一块用纸糊的硬板板，上面写着："三峡奇石，欢迎参观。"后来又在"参观"后面加上"购买"两字。于是，付绍妮的"石头情"开始了一部分的"商业化"——而她自己坚持说这丝毫没有减弱她作为一个即将离开故土的移民对长江和大宁河的那份深深的情愫。

生活所需，无可非议。再说既然有人所求，物的主人贡献的不仅仅是创造了新一种物质交易，同样还更多地输出了一种精神和文化。

石头的收藏更富含精神因素。付绍妮开始并不清楚自己在与游客们交易"石头"之中，同时还扮演了三峡文化的传播者的角色。

她的"石头生意"变得日趋红火。

忽有一天，她发现她的左邻右舍的小姐妹、大嫂阿婶、婆婆老伯们都像她一样在自己的家门前摆起了"石头"小摊铺。而过去仅在他们那儿停留吃一顿午饭的游客们也渐渐把观赏购买"三峡奇石"当作一项"必须"的任务了。

这是付绍妮没有料想到的，左邻右舍那些过去瞧她不起、背地里骂她"神经病"的人如今一口一个"妮妮亲""妮妮巧"的，时不时凑过来向她讨教学艺。

姑娘一下感到她的"石头"成了灵性之物。那一天，她独自走到河边，张开四肢，伏在卵石堆上痛哭了好几个小时。

"我一点也没有为生意兴隆而兴奋，相反越来越感到忧伤，因为当我发现咱三峡的河滩之石一旦出现除精神价值之外还有丰富的商品价值时，我更感到作为一名即将离开三峡的移民的那份不舍之情。我因此痛哭不止，甚至想永远地像瑶姬那样一死成为与峡江永相伴的神女峰，那就可以不走了，可以不离开三峡，不离开我的大宁河了，可现实不允许我像瑶姬那样，我因此好不悲切……”

“石头女”，一个多情之女。她的那份忧情令人感动。

经过多年苦心经营，付绍妮的“石头小摊”变成了“奇石馆”，而且名声传遍十里八乡，在“小三峡”一带都知其名，甚至连外国的报纸都报道过。可有一样付绍妮始终没有改变，那就是她的“三峡移民”身份。

是移民就必须离开大宁河，离开大江那条淹没线。尤其是当自己家的兄弟姐妹都走后，付绍妮更觉岁月的无情，更觉得三峡蓄水期每天都在向她逼近……

她知道一旦水库建成，175 米的最高水位升起后，她家门前的大宁河将不再有如今美丽的卵石河滩了，即使那时她再回到大宁河边想捡些如夫如子的“三峡奇石”也是不可能的事了。

付绍妮比其他百万三峡移民多了一份割舍不断的情痛。

“我现在最想做的就是在离开大宁河离开三峡时多捡些奇石，然后把我家里所有存留的石头一起带到新的家园，在那儿开一个‘三峡奇石馆’，让更多的人了解咱们曾经生活过的故乡是多么的美！”付绍妮将心中的秘密告诉了我。

一场大雨刚过，千山万峰的涓流汇成一河，随之涌入大江，组成滔天洪流，惊得湖北、湖南和江西等地大堰摇摇欲坠，险情不断。然而大宁河依然是清澈的，只是河水涨起数米，小三峡因此变得更加涛声震耳，烟雨朦胧。

“石头女”未等天晴，便又背起竹筐直奔河滩。那河滩仿佛是刚刚化妆过的美女，艳丽无比，全然与雨前的景致不一样了。

“石头女”有经验地告诉我，她最喜欢这个时候上河滩来，因为经大水一番冲刷，河滩上原来“睡死”的石头，一下“醒”了——它们个个都翻了个儿，这时捡奇形怪状的石头就容易得多了。

“你现在还是天天到河滩捡石？”

“是的。一般早上到中午时间在家做家务和守摊，下午两三点钟后玩小三峡的游客们走后我就上河滩捡石。”

“每天都能捡到奇妙的好石？”

“不一定，有时一天能捡好几块，有时几天捡不到一块。”

“就在家一带的河滩上捡？”

“不。现在村里捡石卖石的人多了，她们常常跟着我走，所以我只能走到大宁河的上游去捡，一走常得花四五个小时。”

“最得意的时候捡过什么样的奇石？”

在付绍妮的小小“奇石馆”里，我看到一些放在特别装置的木柜内的精品，好奇地问她。

“你看这块石上的影子像屈原在唱《离骚》吗？这像不像两只腾飞的仙鹤？还有，看得出这像不像‘青藏高原’？……”我发现这时的付绍妮特别神采飞扬，连眼睛都格外发亮。

真是自然奇宝。我随手拿起一块半个手掌大的卵石，那上面清晰可见两只白色“猫儿”，尤为神奇的是其中一只“猫”的眼睛活灵活现，使得整块“双猫图”栩栩如生。

“像这样的奇石一定能卖个特好的价钱。”我有些爱不释手。

“石头女”伸过手来，笑嘻嘻地说：“这样的宝儿我不卖。”

“哈哈，我也买不起呀！”我们玩笑道。

付绍妮告诉我，每次轮船到后游客们向她索买这样的奇珍异品时，她说这时她最痛苦。因为一方面她特别希望有人过来识货；另一方面又极不情愿出卖这样的珍品。有一次为送第一批搬迁外地的哥哥一家离开家乡，作为妹妹的她想为侄女们每人买件礼物，可她身上除了石头，没有几个积蓄。无奈她把一块很有代表性的“神女峰”石卖给了一位游客，换得 1000 元钱。付绍妮说，失去这块“神女峰”石的感觉，就像自己被嫁出去一样痛苦。为此她哭过至少 3 次，因为这样的奇石珍品，一般不会第二次捡到了。

昔日的大宁河“石头女”如今已有了家室，而且选择的就是大宁河边的小伙子。木匠出身的丈夫并不能理解妻子的“石头”情结。1998年那场特大洪水，也使长江支流的大宁河咆哮起来，付绍妮的二层楼“新婚小窝”也被淹了一人多高。洪水来的当晚，全村人惊慌失措。年轻的付绍妮夫妇也投入了紧张的抢救战斗。当丈夫拼命将底层的粮食往楼上搬运时，只见妻子抱起石头跟他抢占楼梯。丈夫火了：“你到底是要这个家还是要你的石头？”

妻子怵怵地看了一眼丈夫，猛然一抹脸上的雨水和汗水，斩钉截铁地哭着回答道：“我先要石头！”

丈夫这时才真正明白妻子的那颗“石头心”。

“好吧，先搬你的石头。”夫妇俩在雨中抱成了一团。

这天，付绍妮特意给我这个外乡人看了两样“第一次给外人看”的极品奇石。

那是两组奇石。一组是“2—0—0—8”，由4块石组成，上面清晰可见“2”“0”“0”“8”字样。她告诉我这是特意为庆贺北京申办奥运成功收藏的，等再捡到“北—京”字样的奇石后，准备在2008年北京举办奥运会时献给国家。另一组“中国石”，由3块石组成，上面同样清晰可见“中”“国”“石”字样。

“这一组‘中国石’曾有个旅居加拿大的华侨要出5万元买走，可我没舍得。我要一直珍藏到2009年，那时三峡大坝已建成。我想捐赠给未来的‘三峡水库博物馆’，想用它来告诉世人：作为一个三峡移民，我们对故土的那份不舍之情……”

听了她的话，使我忍不住要过那组“中国石”细细端详，那石很坚硬，很有光泽，巧夺天工的3个字是那样的清晰逼真。我一遍又一遍地抚摸着，渐渐感到那奇石开始微微发热，直到发烫……我的心猛然一颤：这不就是一个“三峡女”的那颗对家乡、对峡江、对大宁河的赤诚之心吗！

渐渐地，我又感觉那“中国石”3个字变成了“中—国—心。”

是我的泪水模糊了眼睛？还是奇石真的显奇？

呵，我终于明白了，什么都不是，是我们的百万三峡移民热爱祖国、无私奉献的赤子之情在感动着我……

16. 举城全迁的壮歌

如果不深入三峡库区，就不会知道真正的移民工作重点在哪儿。到了库区走一走，才知道移民的最大战役是在那些城镇的搬迁过程中。

据统计，三峡水库淹没线以下的县（市）城13个，建制镇或者场镇114个。湖北的秭归、巴东和兴山县城；重庆的巫山、奉节、万县、开县、丰都和云阳县城基本全被淹没，还有涪陵、忠县和长寿县城大部分被淹没，这就是说，以上县（市）城内的居民都是移民对象。过去的街道、码头、工矿企业、商店、学校和医院等一切城市基础设施将随之搬迁。

没有比这更波澜壮阔、激动人心的大搬迁了！我“三下三峡”，亲眼目睹了库区城市的搬迁与建设过程，那种场面只有身临其境，才会有情不自禁的冲动。

那一天，与素有“中国诗城”之称的奉节县陈县长见面，正好是他刚刚从旧县城工地上赶回来的路上。当时的陈县长顾不得拍一拍身上的灰尘，颇为兴奋地指着身后如长龙般的车队对我说：“每天我们要派出200台大卡车，从旧县城向新县城搬迁。这已经搬迁3个月了！估计还得用个把月，才能把旧县城的人和物全部搬迁到新城。”

三四个月！每天200台大卡车！你见过这样的大搬迁吗？这不是一场波澜壮阔、激动人心的战斗又是什么呢？

陈县长还告诉我一条数据：在过去的 3 年多时间里，由于新县城正在建设之中，居民们大部分仍住在旧城，每天从老县城接孩子们到新县城上课的车队就有 50 辆之多（学校先搬迁到了新县城）！

我不敢相信在这样一个小小的县城，一个江边的小县城，一条在山体岩壁上盘旋着的公路上，要进行如此规模的如此长久的大搬迁，该是一种什么样的大战役？而作为战役指挥者的陈县长他们所要付出的心血和代价又是怎样的呢？

无法想象，也不敢想象。我知道即使在北京这样有宽阔马路、一流交通设施的大城市，每一次几十辆的车队要通过长安街时，指挥者的心总是吊在嗓门口——唯恐出一丝差错。

三峡移民的几十个城市，114 个镇（场），在几年中天天进行着这样的大搬迁！你我去那种地方当一回县长、市长、镇长试一试看看，敢吗？

三峡移民战斗中，我们的各级领导与干部们，押上的是自己的政治前途和身家性命。

然而，这仅仅是表象。

在三峡库区，几乎所有被淹的城镇，都是历史名城名镇，也就是说都是老祖宗们传下的宝贝疙瘩。怎么个搬法？怎么个建法？一句话：动一动，就是个怎么了得！

城市的迁移，决定着三峡库区的未来。每一个方案，每一个部署，都将影响子孙万代，科学的决策便显得至高无上。

开县的被淹可以说是“飞来横祸”。它距长江 70 多公里，许多当地的百姓，一辈子连长江是啥样都不知道，可三峡工程却使他们成了移民，干部们告诉大伙说是以后的三峡水库的大水要把这儿的房子和田地全淹没。这不是“飞来横祸”是什么？

开县是人民共和国开国元勋刘伯承的老家。这是一个“六山三丘一分坝”的特殊地区。在开县全境，即使登高远望，也见不到滚滚东去的长江。开县建县于东汉建安二十一年，是个距今1780多年的老县。现有人口140余万，人称“中国第一县”。此地虽山高路深，却是物产丰富、矿藏遍地的聚宝盆。县境内有个储量500亿吨的特大型天然气田。开县的柑橘产量在三峡库区名列第一，年产量达6万吨以上，素有“金开县”之称。

在三峡库区，那些依长江而居，吃长江水而生的人，此次因兴建三峡水库搬迁，是在情理之中。可开县人有些感情上不好接受：他们与长江“井水不犯河水”，偏偏回灌而进的长江水，将淹掉他们开县的面积高达85%以上，受淹的人口12万，接近三峡湖北库区的全部被淹人口。

当三峡工程“175米方案”传出后，“金开县”的上上下下几乎全都沉没在欲哭无泪的状态之中。一方面，建三峡水库是国家的百年大计，必须全力支持；另一方面，自古以来自产自足，年年丰裕的开县与长江“井水不犯河水”，恰恰现在要为长江而做出牺牲，而且这种牺牲几乎是“金开县”的全部代价——其实就是全部代价了，被淹的85%的地方都是开县原先最好的坝地和山丘，剩余的15%的地方都是高地荒山，是不可植种之地，更非适合人畜居住。而沿长江的其他被淹县市，一般都是“一条线”式的淹没，呈现梯级状态。开县则不然，它的淹没区呈一个巨大的葫芦体，地势平坦，高低悬殊几乎没有，一旦三峡水库蓄水，淹没将是一次性的彻底的淹没。开县领导算过一个账：县城和10个镇（场）全迁，按开县自身的建筑施工能力，需要35年才能完成。如果引进一支3000人的建筑施工队伍，在资金保证的前提下也得需要19年。作为纯粹的回灌被淹区，开县的损失还有一个最让人有苦说不出的隐性问题：由于地处水库回水末端，随着三峡电站的蓄水与放水所形成的涨落（汛期水位145米至150米，汛后冬季水位 175 米），如此每年 30 多米的“涨落”而造成的被淹区时裸时泡，必然带来严重的水土流失和气候变化。处在已退至高山丘地的开县人如何面对？而这一切又不是在当初长江委进行的实物指数调查中所能体现出的。

开县吃足暗亏。他们在高喊“支持三峡建设”的同时，心头裂开着一个血口。也许正是因为开县远离长江，所以在很长一段时间里，这个淹没大县和移民大县，却很少能见到高层领导巡视……

开县人默默地承受着，期待着。

终于有一天，他们盼来了中央领导，盼来了能够表达心里话的机会。

“真是不到开县看一看，就不知道三峡移民有多难啊！”全国政协副主席、“老水利”钱正英面对开县风景如画的秀山丰田，感慨不已。

国务院三峡工程建设委员会副主任郭树言看了开县的坝子，听了县领导的汇报，又深入到被淹农民家里，然后站在大片大片挂果飘香的坝子面前，久久不语。最后，他深情地说：“来开县两个没想到，一是没想到开县为三峡工程要牺牲那么大，二是没想到开县这么繁荣。”

三峡整个库区都难寻像开县那么好的坝子，淹没了太可惜！郭树言立即指令随同一起到开县的三峡建委移民局和长江水利委员会的负责人：“马上着手对开县淹没和移民情况重新做调查研究，以供国家最高层正确决策。”

一场尽全力保护“金开县”的战斗在轰轰烈烈的三峡工程建设中悄然拉开序幕。

同年 10 月，当郭树言再次来到开县视察时，随行的长江水利委员会的人便带来了《小江大防护工程规划设计报告》。这个

《报告》是建议在长江支流的小江下游云阳县的高阳镇修建“小江水利枢纽”，从而实现将三峡库水拒在开县门外，用电排抽小江水于三峡库内的“保开县”之目标。这个方案被开县人称之为“大防护”。

“谁说我们开县没人管？‘大防护’就是中央对我们开县最大的关心和重视！”开县人感激万分。但这并不能打消他们继续想从根本上解决问题的念头，他们为了保护好美丽的家园，力求争取得到更加完善的方案……

机会来了。1995 年 10 月底到 11 月初，国务院三峡建委移民局和四川省人民政府在北京联合召开了“小江防护工程规划”专家级评审会。历时 4 天会议上，专家组组长、中国工程院副院长潘家铮代表专家评审组表示：《报告》仍需继续研究。

会后的第七天，时任总理的李鹏和副总理邹家华便亲自来到小江坝址考察。

“开县的同志来了没有？”李鹏问。

开县书记、县长赶紧报告：“来了，总理！”

李鹏点点头，关切地问：“你们对‘大防护’方案有什么意见？”

开县张书记先发言。他没有直接回答总理的提问，而是说：“报告总理，我们认为这是长江水利委员会提出的解决开县移民问题的一种方案而已，我们认为还有其他方案。”

李鹏转头朝邹家华副总理笑笑，又饶有兴趣地问开县的同志：“你们快把其他方案说说。”

开县正副县长就赶紧将开县的地图铺开，然后在总理面前一番陈词：“长江水利委员会的大防护，固然是有可取之处，但我们开县被淹的面积中有十几个大小不等的坝子，如果也能用筑坝的方法加以保护起来，这样对我们开县移民和未来建设将有极大好处。”

听完介绍，李鹏总理频频点头后，陷入了思考。“你们的意思我明白了。”这时，总理站起身，分别与开县的几位领导握手，然后对邹家华副总理说：“他们的想法有道理，我看对开县的问题要从长计议，从长计议才对啊！”

次年12月17日至21日，决定开县的三峡移民问题和未来建设命运的会议再次召开。我国水电界泰斗、两院院士张光斗教授出席并任专家组顾问，专家组组长仍由潘家铮院士担任。28名国内外著名专家和71个相关单位的代表参加审议。争议仍在“大防护”与“小防护”之间展开。开县出席的是县长刘本荣，这位肩负140万人民重托的县长声情并茂，慷慨激昂，他的倾向性意见得到了专家们的首肯和赞同。最后专家组认定：从开县实际出发和科学的、长远的角度考虑“大防护”方案不宜采用，建议仍采用以移民为主的加之“小防护”并举的方案来处理开县的问题，以达到尽量保护好当地生态环境和减少耕地被淹之目的。

历时5年的“开县悬念”，就这样被化解了，那是一个符合科学和符合开县人民根本利益的方案。经过运用小防护的方案，开县最富庶的17块坝子全部保了下来。县城和赵家、安镇、铺溪、厚坝4个移民集镇整体搬迁……

从1998年开始，开县投入了紧张的城镇搬迁和大规模的移民工作。他们并没有忘记党和国家给予他们的关怀，在一边依靠政策及时合理和科学地安排好移民与搬迁的同时，积极培育未来开县140多万人口的生存与发展新天地，先后组织了30余万非三峡移民的南下“务工大军”。今天我们来到三峡库区，看到的开县移民新村新城里为什么比别的地方楼房更多，道路更宽，生活更富裕？原来就是这支30余万人的“南下务工大军”每年挣回的几十亿元人民币在起作用……

开县人从来目光远大，高人一筹。在三峡移民的举世战役中，他们又一次显示了非凡魅力。

奉节是三峡库区又一个全淹县城。奉节的淹没，对我等这样的文化人来说，是个极其痛苦的事情。

小小奉节县城，那是产生和存积中国灿烂文化的一个宝地。

“朝辞白帝彩云间，千里江陵一日还。”几乎每个中国人都会背吟李白的这一千古绝唱。“白帝城”就在奉节，奉节因此还有“诗城”之称。除李白之外，王维、杜甫、白居易、刘禹锡、陆游、苏东坡……都在此地留下了佳句。

“刘备兵败托孤”“诸葛八阵抵敌”的一个个历史典故与传说，无不向人昭示着奉节深厚博大的文化底蕴和沉甸甸的历史沧桑感。瞿塘悬棺的神秘，锁江铁柱的风烟，举世无双的天坑地缝，还有令鬼哭神泣的黄金洞、孟良梯……奉节的天造美景与奇观，留给中华民族的不仅仅是自然遗产，更多的是文学与文化方面的精神遗产。

也许三峡工程的主事者有意想强化水库淹没所带来的悲壮色彩，于是选择在奉节县城首先进行了昭示百万三峡移民伟大工程拉开序幕的“三峡库区第一爆”——

奉节县政府所在地永安镇。

“三峡库区第一爆”选择了4个标志性建筑：镇政府的6层大楼（始建于1991年的钢筋水泥结构建筑）、县教委大楼（奉节县城中唯一一个只有篮球场那么大的广场边的一座庄严大方的大楼，奉节人称其为“希望之楼”），还有城边的奉节火电厂和自来水厂（两个与当地居民生活息息相关的公益性建筑）。

真是一番“别有用心”。

权力象征走了，孩子上学要先迁了，水和电没了，还想留在老城怎么个活法？搬吧，这回是动真格的了！

爆破的那一天，奉节县城的百姓心情异常复杂。

2002年1月20日上午10点，爆破点方圆100米内的群众开始疏散。当地公安出动了300多名干警，后来又临时增加了几十名保安人员。但即使这样，仍然有不少群众不愿离开。特别是那些政府机关工作人员，他们尽管已经在10天之前就接到搬家通知，可似乎谁也不愿接受这一事实。6层高楼，在三峡库区的几十个老县城中，那是绝对的一流楼房，奉节人曾为它自豪过、光荣过。当地第一次进城的不少百姓，总是一定要看一看这座政府大楼。能把孩子送到那大楼里工作，这是许多奉节人的一个梦。

现在要拆了，马上就要化为平地。整个县城的百姓纷纷围聚过来，他们像送别自己的亲人一样，神情极其严肃地注视着那栋6层大楼……突然，前面的围观群众中出现一阵骚动，只见一个中年人不顾一切地跳过网栏，然后翻过已经被实施爆炸的解放军工兵战士打成千疮百孔的残壁，又飞步奔向4楼的一间屋子，便蹲下身子呜呜地大哭起来。有人说那是一个管文件的档案科室干部，他从参加工作的第一天起，就没有离开过这栋大楼……最后是4名公安人员硬将其抬出大楼的，从办公楼到爆炸隔离层之间的100多米空道上，那中年人撕人心肺的哭声，像撒在奉节人心头的盐粒，让现场成千上万的围观者跟着潸然泪下。

另一个爆炸点是广场教委大楼，那里聚集的人更多，他们中间多数是学生和家长，还有普通的市民。教委大楼和广场，是他们多么熟悉和亲切的地方。不知是谁的主意，几十个平时每天傍晚在广场跳舞休闲的市民们特意提来一台他们常用的扩音机，在爆炸现场指挥者宣布引爆最后10分钟的“倒计时”时，他们按响了那台扩音机，于是凝固了情绪的广场上空传来了雄浑的贝多芬《第九交响曲》……

先是孩子们掩面哭泣，后是老人们的失声抽泣，再后来便是全体围观者们跟着哽咽起来……后来奉节县的陈县长向我描述那场面时只用了一句话：“第一次真正感受到什么是悲壮！绝对的第一次。”

爆破时间定在2002年1月20日下午1时40分。首爆的是那栋政府大楼。指挥者选择政府大楼为“第一爆”，其用心显而易见。

下午1点40分正，解放军爆炸指挥者按动了电钮，随即“轰隆——”一声巨响，6层大楼顷刻间毫不犹豫地被夷为平地。21米高的政府大楼仅在两三秒间变成了一堆瓦砾……与此同时，广场边的教委大楼也消失在人们的视野之中。

下午2点25分，火电厂和水厂同时引爆，并同样“温柔”地倒下。

据说，“三峡库区第一爆”仅用了168公斤炸药，曾经让奉节人引以为自豪的四大建筑就这样在瞬间永久地消失在了大江边上。这回留给奉节的只有无限的追思，没有半点诗意。但“第一爆”对三峡建设和移民工程的意义而言，比诗更浪漫、更激情。

“诗城”奉节真的要搬迁了！

当消失的政府大楼、教委大楼和火电厂、水厂只能成为奉节人的记忆之物时，一个严峻的事实摆在了大家面前。

新县城在哪儿？还在美丽的长江边上？千古不朽的“白帝城”怎么办？“诗城”就这样“蒸发”了？103万奉节人民期待着答案的出现。

于是，新县城选址成为奉节拉开移民战役的首场决战，且关系到整个战役的成败和这座有2300多年历史名城的未来。

“诗城”是浪漫的，但建设一座什么样的新“诗城”则是实实在在的基础工程，浪漫在这中间退至后位，可没有浪漫的设想则显然首先就是一个失败。

奉节人为寻找一个理想的新县城地址而苦苦奋争了10余年。因为按照长江水利委员会的“绿皮书”告示：奉节在兴建三峡工程中，被未来上涨的库水淹没的全县有17个乡镇、97个村；县城属于全淹；与县城遥遥相望的白帝城将成为一座水中孤岛。

老城没了，新城该建在何处？去过奉节的人一眼就能看到，奉节老县城紧贴长江，两岸尽是高山峡谷，无论逆江而上，还是顺水行舟，见不着哪儿还有一块比现在的奉节县城更平坦的贴江之地。更何况，新县城必须建在未来水库 175 米水位线之上。

奉节县的领导们把未来新县城的选择权交给了 103 万全县人民。民意的结果是：新县城应该“不脱离长江，不脱离历史文化背景，不脱离白帝城风景区”。这“三不脱离”代表了奉节的全部历史和优势，人民的意愿一点也没有错。

但何处寻找这“三不脱离”呢？已经有几届县领导为此伤透了脑筋。

说起来，最早的那年应该要从 1984 年算起，在当时的四川省城乡建设环境保护厅牵头下，奉节县开始了第一轮的新县城选址。经过一番马拉松式的考察论证，最后提出了 3 个地址，即一是老县城上游的安坪一带，二是老县城后面的莲花池，三是近靠白帝庙的宝塔坪。

“安坪离老城太远，在那儿的话我们肯定不愿搬！”县领导坚决否决了第一方案。

“莲花池也不行，虽然那儿是属于老县城的就近后靠，可把县城建在离长江的海拔面太高，以后我们吃水难，出门的路也难走。莲花池不合适，我们不去！”第二个方案老百姓不干。

“宝塔坪看起来是好，可那儿地形陡峭，地质结构复杂，滑坡多，不利于在这样的地方建城市。这个方案我们不同意。再说白帝庙都要给库水围了，你们新县城再选那儿没有什么理由。”第三个方案被负责整个库区城市建设规划的权威部门长江水利委员会否定了。

“这么说咱奉节新县城要建天上啦？”有人开玩笑说。

建在天上是不可能的，但奉节新县城到底建在哪儿更合适真是成了比上天还难的事。长江委后来又提出在“朱衣”的地方，立即被奉节人否定了，原因还是“离老县城”太远，离白帝庙太远，离长江太远。

如此主观愿望的“三不离”和客观上的“三离”打了六七年的架，最后奉节人和有决定权的长江委总算有了一个双方妥协的方案——新城建在宝塔坪一带。这个方案的决定与全国人大将要通过《三峡工程建设决议》有关，否则有人估计还要“拉锯”十年八年。

1993 年 12 月 8 日，奉节人在得到省建委的批文之后，立即投入了新城的正式建设。奉节人急啊，如不把新县城建好，一旦长江蓄水，整个老县城将淹入水中，那时几十万人上哪儿去？上山？山上咋个吃咋个睡？还是背井离乡搬到别人的地盘？那奉节还有没有了？即使后人答应，祖宗答应吗？

干哪！大干快上，早日建设起新城，奉节就会在整个三峡移民建设中不落伍！

然而，奉节人万万没有想到，正当他们热火朝天地在宝塔坪建设之时，有一天长江委的总地质师崔政权率领一批工程技术人员又一次来到奉节。他们在宝塔坪一带转悠了 10 余天，直转得奉节人心里发毛。最后果真事又来了——

“我们现在正式告诉你们：把新县城建在宝塔坪是绝对的错误，至少新县城的中心不能是宝塔坪！原因只有一个：这里的地质条件地形条件都不具备。这是不可改变的铁的事实。”

“这……你们早些为什么不说呀？”奉节人一听就愣了，本来就穷得靠勒紧裤腰带开工建设新县城的他们，无论如何也接受不了白白扔进长江的几千万元建设费的现实……

“早——我们早在几年前就提醒过你们，可你们听得进我们的一句话吗？”长江委的人也有一肚子的气。

此时已是1995年初秋，三峡工程已经正式开工有一年多了，全库区恐怕唯有奉节人还在犹豫新县城的建设选址的事，能不急吗？

事情闹到了省里和中央。

国家有关部门领导亲自坐镇奉节，以便了却这件火烧眉毛的要事。

“‘朱衣’的方案还是比较合适。”长江委再次推出几年前他们的意见。

“奉节的同志，你们的意见呢？”领导问。

“‘朱衣’还是远了……”奉节人始终不松口，但态度远比以前软得多。

“走，我们还是到现场看一看，然后再听听百姓们是怎么个意见。三峡建设是个百年大计的事，县城建在哪，怎么个建法，既要注意科学，又要考虑百姓的利益，所以更要从实际出发，从长远出发。”领导提议道。

又是一次从头到尾的认真考察调查，反复论证。最后，大家一起重新坐下来议定。“既然奉节的情况特殊，那么我们也不能死抱着陈旧的思维方式。城市建设的最终目的是为了什么？三峡库区的城市建设又是为了什么？因此建议大家要从这些着眼点来思考问题……”领导不愧高瞻远瞩，指点迷津。

在新的思路下，很快大家有了新的统一的认识：既然奉节地理特殊，情况特殊，那么新城的建设不一定非要找块找不到的集中地，那就根据可能，将奉节新县城建在一个既满足奉节人所希望的“三不脱离”范围上，又能不影响百年大计千年大计的符合科学和长远发展的地质条件好的地段。于是，从地质条件好的朱衣——连离老县城最近的莲花池——接已经建设一定规模的宝塔坪的“三点一线”的新奉节城思路，便这样被确定下来。呜呼，这是一个长江委和奉节人都能接受的方案。

“谢谢领导的英明决策！”喜从悲来的奉节人紧握北京来的领导之手，感激之情溢于言表。

悬在奉节人心头10余年的新城建设方案终于可以使他们放开手脚大干了。1997年3月1日，作为奉节主城区的三马山小区正式动工兴建。此时，距三峡工程大江一期截流仅剩8个月，奉节人自知比库区兄弟县晚了几年的城建，但他们没有因此气馁，而是奋起直追。

2002年夏，当我来到奉节时，已经看到那犹如散落在长江边的珠子般的新城，延绵15公里，气势磅礴，独有一景，不由惊叹这奉节不愧是诗的故乡。那新城的独特韵味，首先是它的别具一格，其次仍是它的与众不同，那伴江延伸的城郭，与伴山嵌建的楼群和穿梭环绕在楼宇城郭间的条条崭新的马路，如此和谐地组合在滔滔扬子江边，这不正是未来三峡的魅力所在吗？今日之奉节新城不正像李白手中的那把弹奏千古绝唱的琵琶琴弦吗？

是的，“诗城”奉节依旧无与伦比。

在我离开奉节的那一天，从老城区倾城而出的浩浩荡荡的移民大军，正欢天喜地地登上汽车，朝新城迁移。坐落在瞿塘峡之旁的白帝庙保护工程也正式启动，这里将是一座风景更迷人和超然的“泽国诗城”……

4年过去了。我在电视新闻中看到，今天的奉节新县城和那座“泽国诗城”已成为一个美丽的现实了，它们与百万三峡大移民的伟大壮举一起被载入史册而成为光辉的永恒。

17．美丽的新家园

百万三峡移民，最难舍家园的是那些迁徙到异地的外迁移民，他们是此次伟大壮举中牺牲最多的一批人，他们离别故土的那一刻和今天的日子是否很好，总是像一幕幕电影似的烙在我的记忆中……

“到啦！到啦——”

经过千里行程，移民们终于盼到了日夜梦想的新家。如果说几天前他们离开三峡的老家时还有扯不断的故土恋情的话，那么这一路行程中他们最担心的是未来的新家会是个什么样呢？

有没有辣椒吃？

鱼是咸的还是晒干了吃？

听说那儿的房子是平顶的？

嘻嘻，那儿结婚要隔离 3 天后才能进洞房呢！

嘘，我最怕死了被人送到火葬场烧嘛！

哈，怕啥？我就回三峡买好一块坟地，反正有钱就行呗！

我啥都不怕，就怕听不懂学不会那些“叽里咕噜”的话。

……

“到啦到啦！”

“欢迎！欢迎！”

正当移民们窃窃私语，探头探脑瞅着新家是个啥样时，突然在他们下车的两边，锣鼓喧天地响了起来。随即是红旗招展，彩绸飞扬的欢迎队伍。

“嘻，就像电视里欢迎外国总统的样子！”

“那当然，我是江总书记的移民，朱总理请来的客人嘛！”有人格外自豪地挺起胸膛。不久，他们发现热情的欢迎人群根本没有丝毫小看他们；相反，那股像见了久别亲人的热情劲，如阵阵热浪扑面。

移民们有些不好意思了。

“我又不是总统，你们为啥这样隆重？”一位70多岁的老大爷听说扶他走在队伍前面的两位是市委书记和市长，嘴上客气地这样说，心里却甜滋滋地乐得合不拢嘴。

可是当他走进自己宽敞的两层小楼的新家，看到楼上楼下电灯电话，台前灶后的液化气罐和净化水瓶时，老人激动地擦着眼泪，直握住当地干部的手说：“我那会儿当生产队长时喊的‘共产主义’生活，在今天你们给我们安置的新家里全看到了……好啊，社会主义真的太好了！谢谢你们，谢谢政府，谢谢好心的近亲远邻！

大爷，您就别客气了，现在我们是一家人啦！

对对，我们是一家人啦！

大爷领着全家三代9口人，满脸笑容地跟着当地干部和欢迎的群众一起走进为移民们“接风”的“宴会厅”——其实那是个由村委会会议室临时改用的。

“这么大呀？摆得下30多桌！”大爷又一次暗暗惊呼，心想：这在老家三峡的村子里是绝对不会有的。改革开放的沿海地区到底不一样！

“爸，这就是不一样！”儿子凑过来说了一句耳语。

“你这小子，早说这儿有这么好，你爸也不至于在老家跟移民干部逗闷子嘛！”

“嘻嘻，老爸那你现在不认为移民亏了？”

“亏啥？我乐还乐不过来哩！”

“哈哈哈……”儿子终于忍不住地开怀大笑起来。

——这一幕，发生在山东即墨市五处乡的三峡移民新村。

“到啦，快到啦！前面就是。”

又一队三峡移民正向福建沿海的晋江新家进发。一路上，当地接收的干部们不时安慰着车上的移民们，因为从重庆奉节转车的移民到达晋江时比预计时间晚了几个小时，再从县城到移民村时天色已黑。

“怎么这般黑嘛？”

“他们在骗我们，一定是让我们到很差很差的鬼地方嘛！”

“不走了！我们要回三峡！”

“爸妈，我害怕。呜呜……”

先是女人叫，后是孩子哭，再是男人们的吼声。

移民车队突然出现了意外情况：几十个从奉节来的移民老老少少男男女女们，面对黑乎乎的陌生之地，惊呼“上当”，并坚决要求前来迎接他们的当地干部们“立即停车”。

“这……这可怎么办？”当地干部们万没有想到事情会这样，他们束手无策地只好将车队停下。紧接着是一遍一遍地做工作和解释，但移民们就是不信。

“对我们说怎么怎么好，可为啥这般黑乎乎的，分明是要把我们拉到深山老沟、原始森林不成嘛！”

“我们不去！等天亮后我们就返回库区也不能上这个当！”

移民们“罢走”了。

当地干部们弄不懂移民们到底为了什么，无奈只好等天明后再说。

那一夜，车上的女人没断过泣，孩子没有断过哭，男人们没有停过叹息……

到了早上，晨曦刚刚露出。

“爸妈，快看，这里是绿荫大道呀！”孩子们首先惊奇地发现身处一个美景之中。

“是啊，这儿咋这么好哇，鸟语花香！”

“嘻，比公园还美呢！”

移民们纷纷揉揉眼，抬起头，喜出望外地看着眼前的风景。那绿树，那红花，那芭蕉树……而这些是他们在三峡库区从未见过的。

“是不是你们昨晚趁我们睡着的时候给我们换地方了？”移民们问迎接他们的当地干部。

晋江的干部迷惑不解起来：“没有呀，还是昨晚停的地方嘛！”

“可昨晚怎么黑乎乎的好吓人，今儿个这儿咋这么漂亮？”移民们不信。

等晋江干部们终于明白过来时，他们不由忍不住地捧腹大笑起来：“对不起对不起，怪我们没有给你们讲清楚，咱们这儿是沿海地区，绿荫植被特别丰盛，所以晚上走在野外的路上看起来是有些黑，让你们误会和受惊了……”

“原来是这样啊！”此刻的移民们早已被眼前迷人的风景所吸引，同时每一颗心也都企盼着早点看到自己的新家。

“立即出发！”浩浩荡荡的移民车队迎着晨风和朝阳飞驰在广阔的田野上，那男人和女人、老人和小孩的脸上都挂满了笑容和惊喜……

2000年9月，来自重庆奉节县的300多名三峡移民风尘仆仆地来到了晋江市西滨镇，在这里安下了新家。当初，他们对周围的一切感到陌生，甚至有些手足无措。但后来，他们很快发现，这里的干部群众和人民政府不仅为他们安家做好了一切准备，而且为确保移民们能够在较短时间内适应当地生活，逐步走向致富之路，还提供了各种便利渠道。

“办厂。我们也要像这里的百姓一样办厂才能尽快致富嘛！”移民们为了勉励自己奋发图强，干脆将“移民村”改叫为“思进村”。

思进村从此远近闻名，因为他们在当地政府和人民的支持下，在安家的当年也办起了自己的工厂，这是三峡库区人祖祖辈辈没有干过的事。

“第一个吃螃蟹”的3位移民作为“股东”，每人投资几万元，与本地一名工艺品方面的行家联合办起了工厂，并起了个吉利的名字——万事发树脂工艺公司。厂子虽不大，总投资20多万元，但有160多位工人，除了三四十名本地的技术工人外，其余全都是三峡移民。

“腌腊鱼好吃，海鲜好吃，加点花椒的海鲜火锅更好吃！”如今已开始富裕起来的三峡移民再回忆起初来乍到晋江时的那个“黑夜不敢走”的往事，不好意思地笑称自己当初“太老土”。

“蜀道难，难于上青天。

晋江路，路路通向艳阳天！”

——这一幕在福建晋江。一位奉节老乡，用闽南话给我背自编的小诗，那声调圆润又甜美，不见一点乡音。

8月，骄阳似火的著名侨乡——广东惠阳人民正忙碌着迎候又一批新村民的到来。

自接受安置三峡移民任务后，这个侨乡的政府和人民想到的第一件事，就是要挑最好的地方给移民们盖新村。可在这毗邻深圳，与香港隔岸相望的寸土寸金之地，好几年前所有沿城沿路的好地全都有主了。怎么办？

“三峡移民是我们的尊贵新村民，就是不惜代价，也要找最好的地方给他们！”惠阳市政府做出这一决定后，受到了全体人民的赞同。

于是，一个由市长亲自挂帅的由20人组成的“移民新村选点组”全面开始工作，他们用了两个多月时间，按照“五靠”要求即靠城镇、靠公路、靠学校、靠医院和靠基础设施好的标准为重庆巫山的900位移民找到了新的家园。地处惠州市郊的水口镇，是当地工业相当发达的名镇，在此工作的外地劳务人口超过本地常住居民，用地相当紧张。为了给移民找块好地，镇政府几次三番跟有关土地使用单位协商，最后从一个单位要过来一块移民新村安置地，竟让政府倒贴了几十万元。5月，巫山县的移民代表来到水口镇进行对接，见了当地为他们安置的新家时，兴奋得当晚就要求“签约”。镇政府安排移民代表住在镇政府招待所，有一人躺下后习惯地抽起烟来，立即被同行的几位移民齐声斥责道：“你一点也不文明，在床上抽烟燃着了，不把我们政府的房子给烧了？”

稀罕，你们咋还没搬过来，这儿就是你们的政府了？那抽烟的移民惊叹不已。

我们的政府？哈哈哈……可不，我们户口未到，心已到惠阳了啊！

可不，老子恨不得马上把家从三峡搬过来。这地方，真是个天堂啊！

移民们做梦也不会想到外迁使他们吃到了“天上掉下的馅饼”。

那阵子，我正在惠阳采访，便问他们的领导，为啥惠阳人如此大方地为了安置三峡移民而“不惜代价”——我知道仅为移民置地盖房一项，惠阳这一县级市就从财政上拿出了五六百万元！

移民办的同志说得非常明白：“我们惠阳是叶挺将军的故乡，全市几乎每一户都有亲人侨居在海外，寄人篱下的移民生活比谁都感受深切。改革开放使我们这儿先富了起来，作为侨乡人民，当听说三峡移民要到这儿安家落户，我们惠阳的上上下下，就像迎接从海外归来的亲人一样，生怕哪一点不周到会伤害了他们。

再说，我们也有这个能力、有这个义务让每一位到惠阳的新居民能尽快过上与我们一样的富裕生活嘛！”

没有半点矫揉造作，只有亲人般的真情，这就是社会主义祖国大家庭的温暖，这就是三峡移民们的幸运。

“昔住长江头，今住长江尾，江头江尾皆故乡，同饮一江水……”

中秋佳节那晚，现居上海崇明县新河镇卫东村的胡明祥将一家人叫到新房门前，然后抬头举目望天上明月，无限深情地吟咏着这首新创的诗词。

“娃儿，把这刻在石狮上的诗再给爸背一遍。”胡明祥对儿子说。

儿子从木凳上站起，身子笔直地站在家门前一对石狮中央，便朗朗有声起来：

百万移民内外迁，两头雄狮念故土。
乡土酸甜三十载，骨肉分离故乡情。
宇宙奇观展宏图，秦王醒来惊三峡。
婴儿降临崇明岛，成龙成蛟父母养。
头顶压力怀希望，赶上时光舍小家。
心埋理想和失败，眼看路曲男子汉……

“知道爸为啥子千里迢迢从老家带来这对石狮子吗？”

“知道。让娃儿记住昨天我们是三峡移民，现在我们要当好上海市民。”

胡明祥对儿子的回答是满意的，但即使如此仍掩饰不了自己内心那滚滚翻腾的激情。作为一个有6年工龄且也算农村文化人的胡明祥，自移民到崇明一年来，他有太多的感触。

2001年初，当他的家被确定为外迁户时，他便毅然辞去“铁饭碗”，带着全家报名外迁上海崇明。胡明祥是个高中毕业生，也是位喜欢触景生情的农民“诗人”。当邻居的乡亲们忙着搬迁前甩旧物置新物时，他胡明祥从后山开来两块巨石，然后一锤一锤地琢起来，硬是没日没夜地干了70天。后来人们才发现原来他花那么大工夫雕琢出的竟是一对石狮子。

“那是我对故乡的全部思恋，也是对新家园的全部寄托。”胡明祥告诉乡邻，也告诉自己的孩儿。

在胡明祥全家迁移崇明岛后一年多的2002年末，我在他的新家看到了这一对石狮。它就傲踞在两层小楼房子的门口，特别醒目，又特别能感受到主人那片刻骨铭心的故土恋情，以及响应政府号召当好三峡移民而海枯石烂不动摇的坚定信念。

石狮雕琢算不上精致，但又是任何有价的工艺品无法换取的。孩儿背诵的那首诗句显然同样粗糙，可就因为它出自一位三峡移民之手并嵌刻在这对石狮身上，因而叫人感到格外沉甸与崇高。

38岁的胡明祥虽说是个农民，但他的气质却是一位真正的诗人，一位喜欢把自己理想编织成美丽现实的有与众不同品格追求的诗人。

在他的小楼前后，我惊喜地看到两个巨型规模的塑料棚，里面养着几千只幼鸭。主人告诉我，这是他和另外三家一起搬迁到此的移民们合作建起的养鸭棚。

“这一圈鸭已经是第5茬了。我们从三峡搬迁到这儿不到两年，但经我们之手已出棚了上万只肉鸭……”胡明祥颇为得意。

可不，我从陪同采访的当地镇领导那儿得知，胡明祥等几位新落户的三峡移民，在极短的时间内就经营如此规模的养鸭场及所产生的经济效益，即便是当地土生土长的农民也很少能与之相比。

“这就是我和所有到上海市落户的移民们感到的特别幸运之处。”胡明祥听说我是从北京来专门采写“三峡移民”的作家时，仿佛见到了可以倾诉真情的知己，一把将我拉到他的里屋，然后认认真真地说了句掏心窝的话，“作家同志，我到了上海这个地方才真切体会到，上海为啥发展得比别的地方快，根本的原因就是上海人干什么事都能从长远着想，从细微入手，别人没有想到的事他们想到了，别人想不周全的事他们想周全了。就说为我们这些三峡移民操办安置的事吧，他们做的每一件事都能设身处地地从我们移民的利益考虑，再把事情往深里想，往细里做，你说能把事情做到这个份上，世上还有啥子成不了办不好的事？”

移民胡明祥的一番朴实而动情的话，引出的却是个在世界移民史上尚需大力倡导，而在中国三峡移民过程中被上海人运用得极其精湛的深刻理念，即以人为本的理念。

陆鸣，上海崇明县主抓移民工作的副县长。一位受国务院三峡建设委员会表彰的“三峡移民工作先进个人”。

“1999 年第一次到重庆参加安置三峡移民工作会议时，什么都不懂。当听领导讲完三峡移民的重要性和有关安置外迁移民的责任后，我心理压力特别大，怕工作做不好而影响三峡工程建设，怕影响国家政治大局，怕影响移民们的生活与生存和他们的子孙后代。所以当时我暗暗发誓：先把移民工作到底是咋回事弄清楚再开始干自己的具体工作。回到上海后，听了市领导的动员，又一遍一遍地研读了相关的《长江三峡工程建设移民条例》等政策性材料和知识性书籍，心里才开始明朗起来：原来国家在进行三峡百万移民工作时，特别是近几年进行大规模外迁移民过程中，政府和各地始终不渝地贯彻了‘三个代表’重要思想，从移民的根本利益出发，十分明确地提出把维护移民的合法权益放在了重要位置，把妥善安置移民，使其生产与生活达到或超过原有的水平作为一个基本点，将‘迁得出，稳得住，逐步能致富’作为所有移民工作的根本原则加以贯彻始终。而这其中我们所能感受和体会到的一个最突出的中心理念，就是我们的党和政府把‘以人为本’的思想用在了做好三峡移民工作中。正是有了这个明确的理念，从此我们在安置移民时的一切工作做起来也顺手了……”陆鸣现在不仅是个安置移民的组织者和领导者，而且又是个移民理论工作研究者，他能在大学讲台上不用稿子便滔滔不绝说上三四个小时做专题学术报告。

陆鸣所在的崇明，是上海全市安置5000余名三峡移民的试点县，也是安置移民人数最多的一个县。正是他和同事们一丝不苟地坚定执行国家有关的三峡移民政策，一开始就充分注意从以“民”为本，以人为本出发去指导移民的安置和管理工作，高度关注移民的需求与愿望，既从长远和大局考虑问题，又从眼前和细微处入手，才使搬迁到崇明的每一位三峡移民在走进新的家园时，处处感受到惊喜和意外。

就说关于多少户移民放在一起的问题，上海的思路颇见用心良苦。

曾经有人说，反正是移民，为了便于管理，就把他们安置在一起算了，反正第一批试点都在崇明岛，那儿有的是农场。一个农场放上三五十户，百八十人不成问题。

有的说，移民初来乍到一个新地方，不能让他们聚团，那样以后工作就难做了，不如一个村组放一户，这样有什么事也能管得住。

总之，主张从速完成移民安置任务的人说，把移民放在一起安置省下许多事；而惧怕以后扯不断事的人主张把移民分散安置才好。

“这两种形式都不可取。”上海的同志权衡利弊时认为，三峡移民的任务虽重，但他们是为了国家才舍小家，告别故土，来到新的地方。我们不能用简单的方法安置。如果集中安置，现在看起来工作要简单方便些，可从长远看这样做对移民日后融入当地社会便会带来极大的不利因素。移民从整体而言，来到一个新地方后应该说是个相对弱势的群体，无论从生产和生活能力，还是其他社会能力方面。过于把他们集中在一个地方，容易使他们走不出融入当地社会的阴影，而结果反会造成移民群体的独立与封闭，也就无法保证他们能与当地社会发展和全面建设小康相适应。不同文化和不同心理及不同生活方式的差异会越拉越大，其结果容易造成与当地社会的分化，既不利于移民本身，也不利于当地社会的整体发展与稳定团结。

“但过于分散也不是好事，会让移民容易产生孤独感和无助感，一旦移民的孤独感和无助感心态越发强烈，就越不利于融入当地社会，再者过于分散对政府管理移民、推行扶贫帮困工作也增加过多成本和工作量，使一些本来实惠的东西和好处反而落不到移民头上。”

“相对集中，分散安置，以三五户一个点，应为最宜。”上海提出这样的方案，据说是几十个专家花了几个月时间，而且最后由村镇区市几级干部用了几十个会议确定下来的。

“方案最终的确定时间和成本似乎花的代价多了一点，可现在看来，我们的做法对整个安置移民工作和确保移民在迁入地平稳过渡，逐步致富，最终实现与当地社会‘融通，融合和融化’以及长治久安，起着不可估量的作用。”上海干部们这样说。

移民们的回答是：三五户在一起，让我们不感到力单势薄，回家聚在一起能回味和重温原有的文化与风俗，走出家门，能让我们自觉自愿地跟当地人亲密相融。

移民工作千难万难，最难的是如何使他们融入新的生活环境并能让子孙后代与当地社会和睦相处，最终忘却自己是个移民，而成为整个地区与城市发展和文明建设的一分子。

上海的安置谋略，可以在 10 年、20 年后更能看出优势。

再说房子的事吧。

崇明的和所有到上海其他区县落户的三峡移民，他们全部住上了漂亮宽敞的两层新楼。面积都为 3 人一户的一般不少于 120 平方米；4 人户的一般不少于 150 平方米。5 人户的则能达到 180 平方米左右。

凡看过上海给三峡移民们盖的楼的人都说太漂亮太宽敞了。有人因此提出疑问："有必要给移民搞这么好的楼房吗？他们毕竟是农民嘛！"

上海的同志回答是："上海是中国的，中国的上海正在向国际性现代化大都市迈进，我们百姓的生活自然要跟上去。三峡移民来到上海后他们就是上海市民了，给他们把楼房盖得漂亮和宽敞一点符合发展的实际。"

有人提出新质疑："你们上海发展速度快，财大气粗，可以给移民一下搞那么好的房子，别人无法学。"

上海同志笑着摇头："我们确实可能补得多一点，但补也补在地价这一块上。上海的地价，就像崇明岛那样的远郊，每亩也比一般的省份地价高出数倍。"

上海的同志给我亮了个底：每户移民的新楼房一般得花 5 万～ 8 万元。移民自己拿出国家给予的补偿费占了 1/3，安置地政府支持的也在 1/3（这在其他省份差不多是同样比例），另有 1/3 是上海独有的做法，即完全按照市场经济规律办，采取移民们到银行贷款的办法。贷款的利息有初始的减免，到一定时间的低利息，再到一定时间的正常利息。“老实说，我们不是拿不出钱来补贴这 1/3，可我们坚持没有这样做的原因是，希望移民们能够早日适应市场经济规律，适应生活在上海这样一个经济与金融国际大都市所必须具有的那种能力。”

有人又说 ：“这是否会给还没有具备适应能力的移民们增加经济负担和心理压力？”

上海的同志依然笑吟吟地回答 ：“非也。早在落实给我们上海的三峡移民安置任务时，市委市政府领导便高度重视，时任中共中央政治局委员的黄菊同志就提出了要从一接手做起，一开始就把三峡移民当作“上海自己人”看待和对待，充分尊重和保护他们的基本权利。房子是中国农民最为看重也是最代表他们财富和地位的象征物，移民同样有这种心理与要求。所以早在建房初期，我们就要求安置地的领导亲自带头到库区与每一户三峡移民见面，倾听他们的意见，调查他们的经济状况。我们得出的结论是 ：移民通过从国家发给自己的部分搬迁补偿中拿出建房总费用的 1/3，基本都不成问题，比如一个 4 口之家，按照我们为其设定的建房面积为 150 平方米，按照上海农村建房的成本约在六七万元。移民本人需要一次性拿出 2 万元左右，这个能力是完全具备的。除了我们再补贴 2 万来元，还有两三万元便是贷款。这种建房资金比例的安排移民们是满意的。”

显然，前两块资金不成问题。那么后一块贷款的事移民们到底能否接受呢？带着这样的问题，我走访了几户移民。他们的回答令我感到满意和欣慰。

移民卢云奎与胡明祥是邻居，他告诉我自己对这种建房形式非常满意。

“我相信上海这么富裕要拿点钱出来，解决我们 5000 多户移民的建房问题绝对不成任何困难。但政府用贷款的形式鼓舞我们从一开始就能融入大上海的这种市场经济氛围，并在这种氛围中锻炼我们的能力，这远比给我们钱要重要得多。俗话说：再大的家业，是会坐吃山空的。可要是有了一种能力，即使创业时身无分文，同样也能创造出金山银山来。人有点压力是会有好处的。再说，政府对我们的贷款也是极其优惠的。前3年根本不用愁，因为是免息的。到了3年以后也是低息贷款。3年以后，我们基本能在新的家园立足了，到时也该有还贷能力了。”

“其实，我才来这儿两年，通过养鸭等副业，建房子的那点贷款钱其实也差不多赚回了！”说到这儿，卢云奎喜形于色地悄悄告诉我。言外之意，他内心对政府给予的优惠政策十分感激。

“你瞧瞧，我家现在的楼房，不用说跟过去在三峡的老房子相比，就是跟现在周边的百姓相比，也算是超前水平了。”卢云奎的话一点没错，上海在给移民们安排建房时就有一个基本的标准，即必须使移民的新家要比当地百姓的平均水平略高一些。

上海人本来生活水平就比全国平均水平要高，移民们来到这儿就享受了比当地百姓更好一点的住房条件，这对三峡移民来说，不是一步登天，那也算是今非昔比！

然而，这仅仅是上海对三峡移民实行“人文关怀”的一个细微之处。

再说建房的选址吧。

上海为此做出了3条标准：一是必须方便移民们交通出行——他们规定移民的房子出门就得同公路相通；二是方便移民就医和子女就学——他们规定移民的居住地最远离城镇不出3里路；三是方便移民就近耕作——承包地一般不出宅基前后300米左右。

细细品味这“三个必须”，足能见得上海人对三峡移民的那种关切之情。有几个村的当地老乡明确告诉我，现在移民们盖的新房地址，如果换了是村镇干部的，我们绝对不会答应，可现在是给三峡移民的，我们没有任何意见。他们三峡移民为了国家建设牺牲了自己的利益，到上海来我们就是要捧出最热忱的心给人家。

百姓的话代表着大上海对移民们的全部真诚与尊重。

在我赴上海采访前不久的日子，迁居到江苏的三峡移民江继龙老汉，差点找不到同为外迁移民来沪落户的亲戚，幸得好心的崇明合兴派出所民警帮助，才得以与亲人团聚。江老汉见亲人们家家户户住上了“小洋楼”，咧着嘴说：“这儿的三峡移民可是提前进入了小康嘛！”

移民温国兰的故事更动人，她刚安家没几日，就被查出患有心脏病，要开刀动手术。当时，为钱愁困的她万万没想到，和自己原本八杆子挨不上边的村支书、村主任会发动全村党员募捐。在自己动手术的当口，不过几面之交的上海乡亲会悄悄帮着她家种地……赶在国庆、中秋佳节前，温国兰出了院，她急急地邀来老家新家各方亲人，齐齐地开了个晚会。会上，这位不擅言辞的三峡老乡也学着用一句上海方言表达了自己最质朴的心声：“大上海一样是故乡！阿拉现在蛮开心！”

“阿拉现在确实蛮开心！”

从重庆石阳来到崇明安家的移民徐继波，见我后的头一句话便这样说。徐继波现在当地一家私营企业工作，妻子也在另一家工厂做工，天真活泼的两个孩子都在上学，像徐继波这样的家庭除了种好承包责任地外，有一人以上在外务工，这在上海落户的移民中非常普遍。

真正要看移民的生存情况如何，其实有好的房子住，有相当数量的地种这并不是主要标志，移民能否在一个新地方生根，关键要看他们能否在当地有求取生存的能力和方式。国家在安置三峡移民时特别强调了“以土为本，以农为本”的原则，这对广大农村移民无疑是必需的，但随着社会的发展，土地所能提供给一个劳动生产者的收益就成了问题。特别是这几年农副产品的价格不断下滑，农业成本的上升，一个农民要靠几亩承包地来养活几口之家，越来越成问题。上海这样的地方，不管在城区和郊区，人们的消费水平比较高，假如一个移民仅靠一亩左右的承包地想获得良好的生存环境可能是很难的。

上海各级政府和接收地的干部们早已看到这一问题，“起初以为把移民接过来就算完成任务了，结果发现真正要做的移民工作才刚刚开始。”于是，他们在完成给移民们盖房划地等完备基本生产资料的准备后，考虑最多的是帮助移民们寻找发展机遇。现在全市1305户三峡移民中，已有1400多人在当地谋到了一份非从事农业的工作，他们中既有在当地企业做工的，也有独立在城镇开设小店的，也有到市区打工的，甚至到日本等国家从事劳务输出的。用上海移民干部的话说，你能给移民每家每户落实一位非农业就业机会，你就等于给移民全家开设了一个“小银行”。

像上海对待三峡移民那么精心、那么细致，是全国十几个承担外迁三峡移民安置工作的省市区的共同特点。也正是这些省市区的宽阔胸怀，使得重庆等地的三峡移民得以安心落户在他乡，并在那里建立起了新的家园，这既是支持了三峡工程，更是支持了重庆直辖市的发展和建设。

重庆人民永远不会忘记这一点。尤其是在直辖10年中，各省市区的对口支援，给予重庆的经济、文化、教育、交通、医疗卫生等方面的帮助和建设，让重庆人民得到了实惠，感受到了社会主义大家庭的温暖。

历史将重彩描绘这一笔。

三峡移民，是重庆直辖市的立市之本。重庆直辖市的建立和发展过程，又为三峡百万移民提供了组织上的、精神上的、物质上的全方位推动。就像长江与嘉陵江两股江流汇集在一起所产生的力量一样，那是一种势不可当的力量，一曲高亢而优美的凯歌，它永远地写在了人民共和国的光辉史册上。

第五章　美色遍地

都说重庆的女人美，美得让全中国的男人流口水，美得让全世界的女人生妒忌。是的，重庆的女人之美，你可以一眼看去便能产生好感，产生美感……

重庆的美女，你可以轻易地接近，她们的热情与大方，串着她们悦耳的笑声一起向你靠近而来。这热情与笑声里，没有淫荡的诱惑，没有轻浮的苟且，只有真诚和直爽，还有便是妩媚和婀娜的身姿……不过，你也不要轻易得罪了重庆美女，她们对你好，可以捧一轮太阳给你；恨你时，皱的柳眉是弯刀，落的泪也像出弓的利箭。她们爱你恨你，都能要你的命。

一个城市的美，常常是由女人点缀而成的。每个城市的女人都是那个城市文明程度的美的标准和时尚的尺度。重庆女人的美，是靠与生俱来的天资和山城与江河融合、交汇而成的。性格之美，是重庆女人的最大特质。

重庆的女人火辣辣，火辣辣的女人热情而奔放，热情而奔放的女人，爱笑，爱说，爱吐露心里的所有秘密。

一个城市都有一个城市的美女标准，而每个城市的人一般都会夸自己城市的女人美，唯独在重庆女人面前，中国的女人和男人有了统一的口径，他们都发出同样的感叹：重庆女人就是美，美的平均水平和美女的普及率就是比哪个城市都高。

重庆美女因此成为这个年轻直辖市的一道独特风景线，一种不可轻视的文化现象，一种充满了巨大潜能的社会资源……连重庆人谈论自己的美女时，也从开始的一笑了之，到今天认认真真地当回事，直至成为官员口中常常念叨的“美女现象”“美女生产力”。这种变化，是重庆美女与这个城市发展的关联度和影响力的不断提升所致！它不仅在现实生活中客观存在，而且被理性地理解与首肯，热情地拥戴与欢呼——这就是重庆与众不同的地方。

重庆的美女，其实是与直辖市的美丽一起成长的。这个“美丽成长”，印证着中央决策成立重庆直辖市的另一层，也许就是尚无人总结的亮丽一面。这就是，一大批漂亮能干而又充满女人味的重庆女士走上各级领导岗位。有位中央领导曾说，能有那么多模样好、工作能力强的女同志担任直辖市市级、局级和区县级主要领导职务的，全国唯有重庆。是的，重庆的漂亮女官，是重庆直辖市政坛的一道独特风景。市委、市政府的一些女领导……她们一个个将美和美的亲和力传递给了男人，并和男人们一起领导着这个年轻的直辖市，因而让这个城市多了一种特殊的美——权力之美。这样的美，难道不是人民的福祉吗？

是的，不是所有的地方都能产生美并能让美成为一种资源的。只有充满活力和生机的地方，人们才会有对美的特别关注和渴望，才会有对美的特别崇尚和珍惜，才会有对美的特别尊重和保护。重庆的上上下下，百姓与官员，他们现在就是这个样，美女在他们心目中就是自己的姐妹，就是自己的娇妻娇女，就是自己生命的一部分……

关于重庆美女的产生和特质，人们有许多种说法，但笔者听后似乎都还感觉缺少一种深刻度。

重庆的美女首先是源于人种的美。

毫无疑问，还没有一个城市的美女能有重庆美女那样具有完美的人种机缘，这样的人种唯有重庆才有。

重庆美女的人种基因，最早是由中华远古时的第一位伟大人物大禹与他的爱妻留下的。禹为华夏的祖先、不朽的治水英雄。

他与重庆南岸的涂山脚下的女娇结为夫妻后的第 4 天，便离家远行到神州各地治水安民去了。其妻思夫心切，每天都到山下的长江与嘉陵江汇流处的一块巨大的礁岩上盼夫归来，日久天长，巨礁与她化为一身，这便是至今仍在长江与嘉陵江汇合处屹立的那块望夫石。

传说 13 年后，大禹治水功成回家，在望夫石旁见得一位美貌如仙的少女，一打听，方知是自己的女儿。据说，这位天仙般的少女的身上，有其父亲大公无私、公而忘家、敢担天下大任、敢为天下苍生奋斗和百折不挠的精神；同时，又有她母亲美丽动人的容貌和身姿，更有母亲重情重义、顾全大局、忠于爱情的品质。重庆女人的美丽基因便是从这儿开始了漫长的传承。

第一代的重庆人，是智勇康健的大禹与美丽如仙的涂山女留下的，因而这里的女人有先天之美。之后，重庆又经历了一次次种族和战乱的侵袭纷扰，在战争中最后留下的总是战争中最杰出的胜利者和最优秀的部族，强盛的战神和如仙的女人的结合，必定产生更加优秀的一代。这样的后代在又一次的不同习性、不同文化、不同血脉的共同生活中进行无数遍的交融和厮杀获得新的生命，这生命会如彩虹，会如喷岩，会更加壮实、更加强悍、更加光彩夺目。可惜，巴蜀的崎岖山道和呼啸湍急的峡江之险，让这里最优秀的男人们丧命或饱受了肢残的痛苦命运，留下的只有那些美丽无损却又无助的女人们。

秦灭巴国之后，沿至刘备的蜀国，使重庆女人有了第二次与外来男人们大规模接触的机会。勇悍的军士们与娇嫩的桑女和渔家女的结合，自然会繁衍出良好的后代。

元末明初几次“湖广填四川”的历史性大移民，又使巴渝人种发生了根本性的变化与提升。原因是，“湖广填四川”，来到巴渝落脚的人中，有许多是来自富饶之地的人，他们带来了中原文化，尤其是孔子的儒家文化。这时重庆的女人们获得的不仅是欲念的满足，而且更多的是人的文化质量上的全面提升，他们的后代女性自然除了容貌上的更加完美，还在精神和文化素质上多了些礼仪之邦的内容。

在漫长的历史变迁中，重庆女人获得了一次次从里到外的洗礼，在这样的“美丽成长”中注入了文化的营养。故而，旧时的巴渝女人，知道了美丽可以带给她们生存的更多好处和选择，故而爱美、显美成了重庆女人们的一种天性。

全面抗日战争时期，重庆的女人得到了最重要的一次显露与充实。那时全国各地最美的女人差不多都跑到“陪都”重庆来了。富商贵族家金枝玉叶的小姐、达官豪门家的美丽娇娃，甚至外国驻华机构的洋妞们，纷纷拥至这儿，使重庆美女的本土水准一下提升到了国家、国际水准之上。尤其是国内各路文艺团体的到来，使整个重庆到处都呈现在美色之中。用现在的话说，那时的重庆，满眼是演艺界大腕级的女明星，她们光彩照人，娇艳无比，又竞相烘托，常把山城装点得宛如盛开鲜花的园圃。

在重庆美女中，有人说，在那几年的“陪都”岁月里，让她们受影响最深、最大的是一个叫王人美的艺人。

王人美是位湖南出生的美女，歌唱得好，是中国第一个职业歌舞团——上海明月歌舞团的台柱子演员。她天资娇美，又能歌善舞。生活中的王人美时常穿一件短仅及膝的蓝布旗袍，长发披肩而不施粉黛，朴实无华。有时，她出门连鞋都不穿，就打着一双赤脚跑来跑去，甚至吃饭也不肯安静，总捧着饭碗四处走，走累了就坐在石板上吃，一副“野”劲。而正是她的这种不加修饰的自然美和天性美，让她在众多明星演员中好似清水出芙蓉。据说，王人美的性格之美与天性之美和重庆本地美女很接近，故而重庆女人们后来便把王人美当作她们心中的偶像和美的参照标准。

一次历史性的“陪都”风光，使重庆女人们追求和向往美的欲望与标准，发生了质的变化。重庆美女们不再满足于停留在以往的那种区域水准上，而是向往大都市的高水准及国际化的时尚。同样，正是因为这种都市心态的求美，重庆美女们在自己的城市失去全国独一无二的“陪都”优势之后，似乎一下陷入了一种不再被人看重的失落，这种失落感一直伴随了重庆美女们很多年。这样的岁月里，重庆女人们丢失了许多优秀的本土美感，当然同时也增添了更多的火辣味。她们说起话来更口无遮拦，做起事来更风风火火，但在这种直率和火辣的背后，是美女们更多的怨艾和不服。她们怨憎自己生活的城市不再像上海滩和北京城那样引人注目，她们不服自己的美貌比不过别的大都市的美女们。再多的怨艾和不服气都没有用，重庆就是重庆，它是山城，被千重山、万重峦隔断与外面世界联系的山城；它是江城，被千重水、万条川封锁在遥远西部的江城……

重庆女人在这种怨艾和不服中追求着、自我调整着，一直到新中国已经成立十几年后的“文化大革命”期间，爱美的重庆女人因祸得福，波澜壮阔的“三线建设”使萧条多年的重庆城再一次成为女人们争艳夺美的风景地。那时，从上海、沈阳等地搬迁来的国家重要工厂和科研单位里，有许多属于上海、沈阳这样的具有一流水准的大都市美女。她们和她们的男人与同事们的到来，给山城带来了又一次的移民新潮，而此次的移民新潮给爱美的重庆女人们的冲击非常大。她们猛然发现，在告别“陪都”近三十年的中国，女人的美已经不再只属于重庆这样具有山与水交融的自然条件独特的地方，而属于那种可以流行和模仿的时尚了。也就是说，都市化程度越高，女人们的美丽程度和对美丽的认识与追求也越高，而且美丽的水准也会瞬息万变，不断更迭变化。

在都市的女人中，上海女人是最讲究时尚与美的。因为上海人的参照物在香港，而香港人面向的是全球最现代的欧美国家，那里的女人们能够轻易地获得世界上最富有和最高贵的女人们对美的各种需求信息。于是，上海的女人们也就能在很短的时间内获得世界上最时尚的信息，尽管那时的中国常常把美看作是“腐朽的资产阶级”而封锁了自己的国门，但上海人在香港的亲朋好友多，所以即便在“文化大革命”时期，上海的那些爱美的女人们仍能偷偷地看到好莱坞的画报和用上一些法国巴黎的香水。

而重庆的女人在此时是幸运的，她们同样可以从众多的家在上海的“三线”单位的女工那儿获得香港和巴黎的时尚信息，甚至是仿制的漂亮内衣和小首饰……正是因为众多爱美的上海女人与重庆女人们同住在一个城市，同在一地生活，这也使得一向封闭的山城女人间接地与世界最时尚的美女和美的风尚有着丝丝联系，并且她们将这种点点滴滴的国际流行美和时尚风气，巧妙地与本地的传统美有机地结合在一起，且进行不断地改良与组合成本土化，形成山城女人们自己的独特之美和审美的自我标准。

30 年前，那时的我还是个穿着军装的愣小伙。由于我的家在苏州，与上海相近。我知道那会儿封锁了很多年的国家刚刚向外界透开一丝门缝，上海街头的女人们已经有人穿着一种上小下大的喇叭形裤子，这在当时是最时髦的。可我不曾想到，在这一年里我第一次到重庆，看到这里的大街上姑娘们竟然十有八九也都穿着“喇叭裤”……

我知道，重庆女人的爱美和时尚是从那时开始的。然而，中国人知道重庆女人美，多数可能还是在改革开放之后，尤其是直辖市成立后的事。

爱美之心人人皆有。社会开放和经济发展后的中国人，到处都在追求自己的美，想象自己的美，完善自己的美。美，竟然成了素来含蓄的当代中国人生活中不可或缺的重要内容与表达方式，甚至成为众多人理解生活、享受人生的一种精神状态。在一些经济发达的地区和城市，人们对美的追求，甚至超过了对食欲和居住的奢求。可以理解的是，开始富裕起来的中国人，在满足吃穿住之后，爱美便成了一种必需和主要内容，尤其是那些喜欢张扬的女士，在她们的生活中，美几乎成为了唯一和全部。然而她们哪里懂得，美，不是仅靠购买昂贵的化妆品和去美容院所能完成得了的。美，更多的属于自然、天资和与生俱来。

重庆的美女其实有另一个重要的产生原因，那便是自然界的完美造化。

没有一个城市和地方可以同重庆的峡江之水、巍峨之山相比。重庆的水，既有奔腾千里、桀骜不驯而混浊汹涌的长江之水，也有顺着弯弯曲曲的沟谷汇聚成碧如绿绸的嘉陵江水，更有群山叠翠间无数潺潺流淌的溪河沟谷之水。长江水，练就的是人的性格和胆识，嘉陵江水孕育的是人的肝、肠、胃，而山谷平湖之水滋润的是人的肌肤与毛发。

重庆女人身上的肌肤透显的是一种润滑的光亮、细嫩的柔和富有弹性的质感。重庆女人的身上不会有丝毫的粗糙，不会有点滴的污垢，也不易滋长出那些难看的斑块。这是因为她们的身子是用水做成的——喝的是雨林与溪谷下淌出的天然水，洗浴的是山泉和大江融会而成的雄浑之水。女人们从出生的第一天到出嫁、生孩子和到生命的最后时刻的所有日子，没有一天离开过水的滋补。

冬春季节的山城，又是个长达四五个月雾期的雾都，几个月见不到太阳是常事。而正是这雾蒙蒙、湿淋淋的气候，使得在夏天暴晒和每日吃了火锅的重庆女人的肌肤得到彻底而久长的“雾浴”。这“雾浴”，胜过“芬兰水蒸”，胜过泰国的“恒温桑拿”，因为“雾浴”的水汽里有着几十种对人体具有特别滋润作用的自然界的有机养分。重庆女人自己说，“雾浴”与吃辣有异曲同工之效，两者都能排肌体内之毒。想一想，你能说得出世界上还有哪个城市的女人像重庆女人一样享受过这么得天独厚的“雾浴”的滋润、天然的保养？

当然，数月不见太阳的多雾日子非常难忍。故而重庆人告诉我，每当冬天和春天里偶尔出一次太阳，你就会看到满街的女人们几乎都在高唱着“太阳出来喜洋洋”的歌儿。那时稍稍性格开朗一点的女人们，就会争先恐后地扒掉裹在身上的一件件衣服，将能露出的地方全都露在外面……

“雨雾季节的重庆，太阳出来的日子，对女人们来说，真像节日一样。大街上，山坡上，还有江边的小船上，河滩石板上，你可以大饱眼福：穿得少而又少的美女们，一个比一个懒散、妩媚地或坐或躺在那里晒太阳，尽情享受阳光的沐浴，那是真正的享受，从心底里感受到的享受！”重庆男人们这样对我说。

夏日的重庆，又是一个有名的“火炉之城”。头顶有火辣辣的太阳，足下有冒热气的江河与水田，置身其间的人儿像是被放进了蒸笼般从头到脚、从里到外的彻彻底底地“桑拿”着……而这，又使得体内沉积了数月的分泌物得以充分的清除——这，便是上苍老天赐给重庆女人们的无与伦比的天然“美容”！

当然，“火锅”和“雾都”也会让重庆女人们产生一种无法抗拒的压抑感，一种从身体和精神里冒出来的压抑感。致使她们的胴体因气候和辣椒酿出的激素也格外强盛，而自然界又对她们那么的不公平——巴渝之地的男人们缺少北方男人那种普遍的彪形大汉和江南男性的斯文优雅（当然巴渝男人中不乏优秀者），故而重庆女人在生理上感到了一种不满足。然而正是这种老天给予的不公平，使得重庆女人们具有更多的包容性、忍耐性和克制力。有人告诉我，不信你可以到大街上去看看，你会发现，大街上时不时有一个貌若天仙的美女，走在她身边的男人（当然是她的夫君）个子矮短且长相平庸甚至难看，可他们看上去又非常和睦自然，那样的女人丝毫没有在外人面前感到自己有什么低卑和不好意思。而正是这一点，让外地的男人们到了重庆后，大呼其“我真的不想走了，假如我能留在这儿，一定也会找到漂亮的女人做妻子”，真有一种“到重庆才嫌自己结婚太早”的感觉。

有人说，重庆是个娇艳的城市，那是因为重庆的女人所致。重庆女人因为自己不能满足生理和心理的需要，所以她们只能在穿着与行为上比任何一个地方的女人更大胆、更暴露，甚至常常旁若无人，根本不在乎别人怎么议论她们。她们只想获得自己身体的舒适与心理的平衡，当然如果能够得到周围人的羡慕更好。久而久之，重庆女人们变得自然、自信又自我。

获得独立的自然、自信与自我之后，重庆女人们在一起的时候渐渐开始不再用妒忌的眼神产生相互之间的敌视，变得相互理解，共荣、和谐，最后走到一起，嘻嘻哈哈地为她们所向往的那份美丽互相陪衬，互相映照，互相烘托，直到惹得男人们口水直流，将整个重庆城装扮得漂亮无比，分外妖娆……

“你在街头可以看到这样的景象，我们重庆的美女们很少是一个人独行，而常常是几个或者一群美女手挽着手、肩搭着肩地走在一起，大家嘻嘻哈哈，目中无人，又满眼多情地四处‘放电’，将柔情和美丽无私坦荡地挥洒给所有认识的和不认识的人们。重庆的美女们，相互之间对美的追求和攀比，不会有像别的地方的女人们之间存在那种相互瞧不起或者妒忌的心理。一个重庆女人如果走在大街上，看到哪个穿着更时尚或更漂亮的女人，会主动上前询问或打听对方的衣服在何处买得到，而被问者则会热情地介绍给你，有的甚至会亲自领着你去购买。这种美与美之间的相互呼应，对一个城市、一个地方的女人们的美的水平和水准普及升华至关重要，我们重庆女人之所以能够有相对大的整体之美，其重要原因之一就是大家能够对美相互呼应，她们在一起相互欣赏，相互补台，甚至相互提携。重庆因而有很多的‘美女帮’。”一位重庆本地女性学者告诉我。

“其实，重庆美女已经开始趋于追求个性美、复合美，而这样的美态，文化在其中起着内力和细润的作用。”《新女报》的两位职业美女如此说。

重庆女人之美已经成为这个城市的一种文化和社会现象，甚至是这个新直辖市的重要标志之一，可以有说不完道不尽的内容。然而，我们似乎还没有真正认识到重庆女人之美的实质：重庆女人之美，首先是她们的劳动之美、创造之美和心灵之美。而这也使重庆“美女现象”融入直辖市现代化进程中的一个内容、一个主题、一个不可或缺的关注点。她们的美更令人振奋和期待——

18.“火锅皇后”的极品世界

美女何永智在重庆的名气很大，可以说是到了家喻户晓的地步。其实，何永智在重庆之外的地方名气同样不小，只是多数人并不知其名而已，但对她所发明和经营的重庆“鸳鸯火锅”“母子火锅”“回转火锅”等，怕是无人不知、无人不晓。一个人能调动泱泱十几亿人的整个国家上上下下都爱上一种饮食，也许全世界没几个人。不错，肯德基和麦当劳老板了不起，他们开的连锁店遍及世界各地，但没有哪个国家的总统与贵族会随便进他们的连锁店。何永智开的“重庆火锅”店则不一样，普通老百姓爱去吃，部长、省长乃至国家领导人也爱去吃，这就是重庆火锅的魅力。

说何永智先得说几句闻名遐迩的重庆火锅。

我们可以这么说：在当今，什么样的重庆“土特产”在重庆之外名声打得最响？毋庸置疑，肯定是重庆火锅。

重庆火锅火遍了全中国，乃至世界各地。不知是否有人计算过重庆火锅为重庆创造了多少财富？其实，重庆火锅输出的不仅仅是重庆人的一种饮食文化、餐饮产业，更多的可能是一种火辣辣的创业精神与财富理念。而在输出的这种创业精神与财富理念中，事实上还包含着一种重庆性格的输出，一种重庆精神的传播。到重庆不吃火锅，就等于没到重庆。

重庆火锅的起源和本色是什么样，唐沙波先生的《火锅赋》有如此记叙：

> 20 世纪之初，重庆火锅诞生在嘉陵江畔，朝天门码头一带的水流沙坝。它原料粗简，味道单寡，仅是一种不折不扣的贱食。当时的朝天门码头，舟楫如梭，樯帆如林，人如涌潮，货积如山，乃渝州水上通衢。每当金乌西沉，玉兔东升，三五患难，抵足而坐。赊一笼牛杂，沽二斤浊酒，支三点顽石，悬半片残锅。暝色四起，渔火初燃；星月微茫，江声浩荡。什么杂杂碎碎、肠肠肚肚、菜菜汤汤，煮之、熬之，嚼之，啖之……满身的汗水泪水，一腔的喜怒哀乐，一时的劳苦辛酸，一生的私情热望……随着缕缕凄风，哀哀鹃啼、醉语，化为祥和，化为期待，化为满足，化为恬淡。
>
> 重庆火锅的早年形象是：挑担叫卖，走街串巷，颤颤悠悠漂泊于重庆府的九门八埠。挑子的一头是一座红泥火炉，上置一只洋儿盒，里面翻滚着黑不溜秋，麻辣香鲜的卤汁；另一头则是盛装牛杂作料、碗筷板凳的橱架。挑子择地而顿，一声长喝，周围一些生张熟魏便呼啸而至，围着挑子受用起来。一人一格，鼓腹而歌，菜饱酒醉，扬长而去……

这正是对重庆火锅惟妙惟肖的描述，读一遍便有让人馋嘴之神力，如已闻得其味更使人飘飘然也。

“日暮长街吃火锅，家家扶得醉夫归。”这是重庆作为“陪都”时的吃火锅街景。不知为什么，之后在相当长的时间内，重庆火锅一直不曾红火。直到进入中国改革开放的20世纪80年代之后，重庆火锅重振威风，一路火爆至今，犹同“忽如一夜春风来，千树万树梨花开”，而且经久不衰，越来越呈现勃勃生机。唐沙波在《火锅赋》中描述道：前些年，有重庆人在深圳开了家“原野火锅”“生意做到十二分时，每天万头攒动，满谷满坑，常有慕名的港客踏过罗浮桥前来染指，一个个吃得舌头发颤，原形毕露不可收拾。吃过后悔，悔过又吃，爱恨参半，欲罢不能。所以有人说，重庆火锅是一种含毒的美食，妖娆的淑女，一旦爱上，便不得不爱。”

重庆火锅源于重庆的一种草根食习，不想它竟然能红火到全国，并“辣”到国外去。这种饮食文化实不多见。有人说，重庆的火锅，是重庆的地理现象的“饮食化”，因为重庆盆地本身就像一口“火锅”，一口封闭、包容、底蕴深厚而耐用的大火锅。重庆的独特自然现象，让重庆人有了与之对应的饮食对象，这就是今天我们哪个地方都能品尝得到的“重庆火锅”。与其他菜肴和快餐不同，重庆火锅之麻辣、甘香、味浓，用油之狠，下料之猛，都是少见的。它以其“辣、麻、甜、香、咸、鲜”的独特之味和天上飞的、地上跑的、水里游的、田里种的，只要能吃的所有东西，都可以作为下火锅的佳肴，使“重庆火锅”走到了不分东南西北，不分男女老少，不分富贵贫贱的所有地方、所有家庭、所有阶层的餐桌上……

重庆人因火锅而自豪，可以毫不畏惧任何来者。

我们还是回过神来说说美女何永智。

何永智到底美到什么程度？怎么说呢，只有等你见到她本人后才能由你自己去感觉……她是土生土长的重庆人，人高马大、仪表堂堂的丈夫廖长光也是在重庆土生土长的。

有一点可以不用回避，她何永智自己见了生人也会笑哈哈、大大方方地问人家："你看我是不是很漂亮？"

结果是，10个人中会有9个人出于真心地说："你确实很漂亮，是真正的重庆美女。"

这时的何永智会笑得更脆响，并且补上一句："是重庆资深美女哟！"

因为她现已人到中年，其在美国读书的女儿也长到与她一样高了，且已写过一部长篇小说。

第一次见何永智，她是拐着腿从办公室里出来的。一脸阳光灿烂的她，见了我这样的陌生人也是心直口快地掏心窝话："我这条腿已经断过3次了，可是我并不感觉太疼……"

为什么？我心里直想：这么一个看上去如花似水的漂亮女人怎么能经受得住这般皮肉之苦。

"因为我的事业太顺，越做越大，家里的老公、孩子又都很好，我自己人又长得不难看，所以老天说你何永智太完美了，要给你点皮肉之苦。我想可不是，天下那么多好事总不能让我何永智一个人、一家人都占着不是？老天让我受点内伤，还为我保护了外面的容貌丝毫不损。你看，我现在还算美吧？"说完这话，她自个儿哈哈哈地大笑起来。

一个典型的重庆女人性格。她说她是个"有激情、悟性强、直觉好、贤惠大方、办事果敢简捷、充满乐观主义的人"。我说还应该添上两点：美丽，有魅力！

顿时，她笑得更开心了。

这位在20多年前就被媒体称为"中国阿信"的重庆美女有着传奇般的经历：

1982年那会儿，随着国家的改革开放大潮风起云涌，重庆的火锅也跟着重新火热起来。

“六一鞋厂”出名的漂亮女设计师何永智用自己积蓄的600元钱，买得一处背街的老宅，又转手卖出得了3000元。心明眼亮的她看到不少重庆人都在开火锅店，于是从赚来的钱中拿出500元买下市中心的八一路那儿一处16平方米的小门面。巧得很，市里要将八一路改为“饮食一条街”。何永智与丈夫廖长光一合计：干脆开火锅店吧。

“你给起个名字。我想让我们的火锅店越开越火红……”何永智那时的理想就是梦想当个“万元户”。

半个书呆子的廖长光是搞音乐的，对美丽的妻子百依百顺，可对“做生意”没有一点儿感觉，所以店名想了半天也没想出来，最后将怀里的妻子一推，拿起他的小提琴，拉起那段他百拉不厌的《天鹅湖》……

“太好了！我们就用小天鹅吧！”性情中人的美丽妻子何永智一头扎在丈夫的怀里，如此说。

当年，正是这曲“天鹅湖”让两颗年轻而充满激情的心撞击出了爱情的火花并最终成为夫妻，现在又是这曲《天鹅湖》使他们开始了新的事业征程——“行，天鹅高贵、典雅、优美、纯洁，就像你一样。愿我们的‘小天鹅’高高飞翔……”这回轮到丈夫豪情大发。

重庆的“小天鹅”就这样诞生了！谁也不曾相信，20年后的这只“小天鹅”竟然飞得惊人的出彩，成为重庆乃至中国的骄傲。

何永智的“小天鹅”理想，用在火锅事业上，便成了一只扑向太阳的金色“火凤凰”……然而创业的艰难谁也避免不了，3张桌子支起的“小天鹅”火锅店，头3个月赔得一塌糊涂。这倒反而刺激了从不屈服的何永智。“我不信我们的‘小天鹅’飞不起来！”她一横心，辞职下了海。

一个在国有企业干得被人追捧的美女“先进工作者”“技改小诸葛”，竟然开起小小火锅店。嘲讽的、惋惜的人都悄悄跑到八一路去偷偷看当“个体户”的美女何永智……哈哈，美女开店就是不一样！那红火程度让人眼馋得不知如何是好。问题是，美女开火锅店除了店名好、人相美，更重要的是她何永智待客热情周到，大大方方，有求必应。客人说，我还想辣子多一点，她就大瓢大瓢的作料加进锅里去；有人的筷子夹不到菜了，她便笑吟吟地送上一盘免费菜……“这老板娘好！”“这老板娘的心与她的长相一样好！”“下回我们一定再来这个店。”

生意就这么红起来，红得何永智夫妇不停地扩张铺面，一直到了望不到边的一大片“小天鹅”……

20世纪80年代的重庆和中国，能把“个体户”做得像何永智那么红火的还不多，尤其是像她这么美的女人能把这么一个美丽的“小天鹅”搞得如此红红火火。有北京和成都的记者到重庆八一路吃了一顿“小天鹅”的火锅，见生意竟这般火爆，又有这么一个美丽的年轻女老板，于是感慨不已，回去就在报端大篇地报道了“中国阿信”——何永智办火锅的事迹。

“中国阿信”就这样响彻重庆和中国。

其实中国人真正认识“中国阿信”是因“鸳鸯火锅”。这是“中国阿信”何永智给国人的最大贡献，也是奠定了她作为中国“火锅皇后”不可撼动地位的理由。

在与顾客交往中，何永智十分细心和喜欢揣摩别人的心理，并总是用饱满的激情去创新引导重庆火锅更广泛地走向所有人的饮食习惯：火锅人人喜欢吃，但一起来的客人有人喜欢特辣，有人则怕辣；有一家人来吃火锅，年岁大的和孩子就不能太辣，于是她就发明了一种分成清汤红汤两种的锅，中间的隔离带用的是一个弦形，于是整个火锅呈现一幅别致的“阴阳卦”，既有中国传统，又有“一锅两吃”风格，“鸳鸯火锅”和“母子火锅”便使重庆火锅开始被广大国人所接受，并迅速传到每个角落……

重庆美女何永智为重庆火锅创造了一个美丽传说。但美女对美的追求是无止境的。于是，1988年的何永智又想出新招，为重庆火锅进行了一次革命——在全国第一个将火锅从街边排档式的店面，引入高贵的大雅之堂。她在重庆江北开了第一家小天鹅火锅大酒店，并请了美术学院的教授设计了一套颇有异国风情的火锅包房。于是在一夜之间，让重庆人恍然大悟：原来草根式的排档火锅也可以毫不逊色地登上豪华星级酒店和宾馆啊！

哈哈哈，点旺，再点旺，吃！吃吃！！吃吃吃！！！

何永智的火锅革命又一次让重庆人和重庆生意人感受到了自己的品位在提升、在完美……

1990年，“火锅皇后”何永智再出奇招，举兵涉足同样是火锅之城的成都。她没有将店开到繁华的城内，而是选定二环路旁的一个荒郊野外。

重庆人到成都开火锅，这本来就是一招险棋，而且竟然还开在荒郊野外，何永智的亲朋好友着急了，急出一身冷汗：“这回你在成都是必死无疑了！”

美人笑笑，说：“成都的火锅业就像一片广阔的湖面，我的小天鹅，遇到了这么大而美的湖，不仅不会死掉，相反一定会飞得更高、更美……”

旁人无法想象——巢中的麻雀当然不会知道天鹅是怎么展翅飞翔的。

“成都小天鹅火锅城”开业了！令成都火锅界人士吃惊得目瞪口呆：怎么，酒店内可以出现歌舞升平的边吃边看节目这玩意儿呀?

哈哈哈，到这儿简直是享受死了！吃美食火锅，还可以免费看精彩歌舞表演！人间仙境，帝王享受呵！顾客们的感觉是美死了！

此时的“成都小天鹅火锅城”内，台上是风情万种的民族歌舞原始式的奔放豪情和五光十色的现代模特表演，台下是觥筹交错、言笑乐滋的酒客醉语……台上台下，欢笑不绝，相互呼应，叫好声此起彼伏，一浪高过一浪，将火锅的熊熊火焰催生得热腾又热腾……一批顾客，从四面八方赶来，他们或等在走道，或等在过廊，谁也不想错过一次美味与欢歌并享的夜晚。

何永智再次获得巨大成功！她又第一个在国内饮食界将歌舞表演和饮食融到了一起，将火锅革命推向更加广阔和深刻的境地。而这种创举也使她的生意利润从现在的酒店式火锅干一年比以往的排档式干10年还要多得多。

“小天鹅”真的飞起来了，飞得那么美丽娇艳和楚楚动人，而这正是何永智的魅力所在。一向不服气的成都火锅界人士这回终于惊呼：原来中国火锅之王真的是重庆人哟！

有人问何永智：“为什么你能把火锅做得如火如荼、势不可当？”

何永智以其特有的直爽告诉人家：首先是重庆的火锅底子好，它以麻辣飘香著称，又以汤汁炉火引诱人胃口。同时因为价格便宜，又能放入各种菜肴煮食下肚，加上吃火锅必少不了酒和饮料，所以它能适合各种人。

20世纪90年代初，中国改革开放十几年了，有人已成功，在商界学界政界等岗位上都找到了自我，这一群人常常因自己事业的成功而得意一番，火锅可以让他们赤裸裸地痛快和潇洒；年轻的后生还没有获得成功的机会，他们还没有足够的资本挥洒金银，而火锅则没有生猛海鲜那么昂贵，于是这一群体的人走近了火锅；当然，更多的还是开始过上小康生活的普通百姓和工薪阶层。火锅的香辣、火锅的便宜、火锅的潇洒和火锅的随便与自由自在让那些成功的和正想成功的甚至闯南走北失败了的人，以及过上小康生活的中国人都找到了“知音”。

火锅能让成功者春风得意；火锅也能让失败者笑对跌倒，重新再来。炉火升腾，汤汁翻滚，小酒几杯的火锅之景、之物，也能滋生善意，吐露真情，蒸发爱慕……所以火锅不火才怪！

美酒与火锅，人间食福也。

美女开火锅，天赐事业旺！

重庆“火锅皇后”的成功，带动了重庆千百个“美女开火锅”的成功群体。何永智那时已经当上了重庆火锅协会会长。这个职务只有重庆有。别小看了重庆火锅协会这个名称，前几年就有人统计出两个数字让你听后一定很惊心：一是重庆本地的火锅饮食业所产生的年营业额达 100 亿元。重庆人在全国开的“重庆火锅”店有 11300 家，其产生的连锁经济效益是多少，没人统计过，但提供的就业机会大约有 100 万人。如此庞大的一个产业的领军人物是重庆美女何永智。当然还有像“秦妈火锅”的秦远红、“苏大姐火锅”的苏兴蓉等“火锅美女”也都是了不得的人物。

人的一生各种可能性都很大，但能将普普通通的一口小锅做到这个份上，也恐怕只有重庆人，只有何永智了。

何永智的成功虽然与她的容貌和与夫君的完美配合有关，但更多的还是她的大胆智慧和锐意创新、不断进取的能力。

邓小平南方讲话后，重庆火锅发展史进入了一个重要阶段。何永智在这个时候已经把目光放得更远了：她在一次偶然的机会，与天津商人景云汉相识，使“小天鹅”开始以连锁店的形式，飞向神州大地，直至飞出国门，到了异国他乡。

品牌开发和连锁店的产生，使重庆火锅由单打式的“野火”，变成了熊熊燃烧并连成片的火炬式方阵进军到各地……这时的何永智，已经尽显火锅王者之气、之魄。

中国的饮食连锁业一直不被外界看好。何永智的“重庆小天鹅火锅”连锁店也非一帆风顺，曾经有过一段时间甚至差点全军覆灭。但何永智迅速调整战术，请 FDS（世界特许经营发展服务组织）为自己的经营连锁店会诊，出巨资培训“火锅专业军”，与大学联手研发企业经营与营销战略，聘请顶级专家在公司范围内广泛开展企业文化的提升活动……由于一次次地在火锅中“加作料”，并且是狠下“作料”，所以她的“小天鹅”不仅没有陷入泥潭，倒是越飞越高了。现在她旗下的火锅连锁店已经超过 300 家，美国、新加坡和我国香港都有分店。

“火锅皇后”的餐饮帝国梦不折不扣地在重庆美女的手上实现了！

而这期间，何永智与丈夫还将“小天鹅火锅”业延伸到了宾馆酒店业和房地产业及旅游业……20 多年前那个年轻漂亮的重庆美女设计师，现在虽然年过五旬，而且成了家产超过 10 亿元的亿万富婆，人们似乎谁也不会相信她的容貌竟没有多少变化，相反被热腾腾的火锅滋润得更加光彩丰腴，风韵无限了。

这真是重庆火锅之奇迹！同时也印证了重庆女人之美，不在年少年长之说。

我对何永智的兴趣完全是一个偶然的事：一年前，我应重庆友人之约到渝中半岛的对面吃饭，坐在江北看朝天门一带的重庆老城，那种感觉实在太美，也太容易激动。你看，整个渝中半岛，如一艘待发的巨轮。那伟岸挺拔的朝天门，则如高昂的船头，那幢幢楼宇如扬帆一般，耸入云霄的国贸大厦，似巨轮的烟囱。交错的立交桥和架设在半空的轻轨列车道，好像系在巨轮四周的彩带，车水马龙在上面行驶，使彩带在抖动着、飘逸着……再看看扬子江和嘉陵江汇合之处湍急的黄蓝江水，好不壮丽，好不美哉！而在这只“巨轮”的一角，我看到了一处异常特别的地方，那一片错落有序的空中楼阁，十分醒目，璀璨无比……

“那是什么地方？”我当时不由惊叫起来。

“是正在开发的一处巴渝民俗文化的建筑，叫洪崖洞。”友人说。有人后来添了一句：“下次再来，你就可以看到洪崖洞的全貌了。”

于是，我记下了“洪崖洞”这个独特的充满巴渝古建筑风格的名字。一年后，我真的见到了“洪崖洞”，而且知道了建造这个遗失了百年的“巴渝十景”之一的名胜古迹的人竟然是素有“重庆火锅皇后”和“中国阿信”之称的何永智女士。无巧不成书，好书必是妙处多。

无法想象在这个狭窄的悬崖处，竟建起如此一座气势恢宏、顶天立地、光芒四射、风情万种和充满创意的巴渝文化之杰作！

因为写三峡移民，近年间我曾多次到重庆，也多次走过峡江，我领略过重庆那些曲径通幽、妙不可言的古镇，也看过丰都的“鬼城”和诗仙李白所描述的“白帝城”，也在神游大三峡和小三峡时见过云雾中的神女峰和那些吊在半空悬崖上的“悬棺”，我自然还见过云阳的张飞庙、大足的宝顶山摩崖石刻……但，我仍然被眼前这座轮廓分明、流光溢彩、金碧辉煌的洪崖洞建筑所震撼！这是因为，我在这儿集中地看到了老重庆最典型的吊脚楼，而这吊脚楼竟然能够贴在100多米高的悬崖上或展翅飞腾，或含情脉脉，或挺胸昂首，或妩媚笑语，或高阁仰望，或窃窃私语……真正的美轮美奂！

“3亿元！”有人告诉我，何永智用了3亿元建起了这座恢宏的洪崖洞巴渝建筑。我脱口而出：“它存在的价值现在已经不是3亿元了，而是30亿元、300亿元也不止！我如此高评洪崖洞，是因为我感觉它是重庆不可多得的一处具有真正巴渝文化和现代化相融合的胜景！”

文化是由人创造出来的。即使是像世界文化遗产——大足石刻和涪陵白鹤梁这样的世界绝品，它也还是人所创造的。我们常常崇拜古人的杰出与伟大，也喜欢对古文物顶礼膜拜，这并不是坏事。坏的方面是，我们常常看不起当代人自己的某种伟大创造，特别是来自于人民的创造。

要知道，洪崖洞是一个女人创造出来的！她既非学美术的工艺大师，也非政府的一市之长，更非是学通万卷的知识巨匠，她是一个重庆普通女人，最多也只能说她是一个有点钱的女人而已。但她完成了一个会给重庆带来无限名声和巨大旅游与文化财富的伟大工程！

这洪崖洞，她带给重庆的是一笔既有形又无形的财富，这是一个重庆美女对自己家乡的那种无法说得清又必须去表达的全部激情之创造！是一个重庆女人用生命和热情投注的对改革开放的中国和新直辖市的全部的爱！

何永智说洪崖洞是她的儿子——生活中，她和丈夫只有一个宝贝女儿，现在她又有了一个让她梦牵魂绕的儿子，这儿子就是她的洪崖洞。

洪崖洞现在已经是重庆人都想去光顾的地方，“他”事实上已经成了整个重庆人民的儿子。我坚信，不久的将来，洪崖洞还将是全中国乃至全世界的儿子。因为世界上不可能出现第二个如此壮观、如此伟大的高 75 米、总面积达 6 万余平方米、毗邻于长江和嘉陵江交汇之处的融浮雕楼宇和巴渝文化为一体的洪崖洞！

洪崖肩许柏，古洞泉难求。
携得一樽酒，来看五色浮。
珠飞高崖落，翠涌大江流。
掩映斜阳里，波光点石头。

这是清代诗人王尔鉴为旧洪崖洞景致所写下的诗句。今天，在重庆女人手下所出现的新洪崖洞，我们既可看到古人描绘的全部景致，同时又嵌进和融入了巴渝峡江文化的许多精髓，因而它更加经典。

所以在我看来，洪崖洞的意义，其实已经远远超出了何永智自己的理解和感觉了，她的这个“儿子”，应当属于整个直辖市，“他”使巴渝文化成为可以让当代人去感觉和享受的活的物体，“他”同时又是当代重庆精神和重庆人那种追求完美、追求品位、追求张扬、追求不息生命的集中的体现……

文化是在有美的感觉的人的灵感中创造出来的，而美又是在文化聚集一定阶段后所迸发出的一种不可抑制的激情。激情在一定的文化背景下和一定的物质支持下所产生的结果，便是活着的当代人所构建出的给后人的历史遗产。

何永智创造的洪崖洞在建筑上的功绩，可以让建筑学家去慢慢总结。我所要说的是她在建这座洪崖洞上所体现的精神和对重庆直辖市所带去的文化的和美的价值。

关于文化的价值，我已经说了不少。只是想补充一点：这洪崖洞最显眼之处，是她把重庆现存的巴渝文化一方面集中地展示了，同时又根据历史已存在却又消失了的通过现代人独特的理解能力和创新能力进行了补遗和提升。而仅这一点，就可以让我们当代人受益多多。

何永智作为一个重庆女人、一个在改革开放后通过受益于党的政策富起来的民营企业家，她做这样一件了不起的事，其意义和魅力不言自明，时任市委主要领导在视察洪崖洞时说的一番话足可以代表：此次到洪崖洞考察调研，不仅仅是为了解决一个民营企业的‘施肥问题’，而是‘为了打鬼，借助钟馗’。打什么鬼呢？就是要打阻碍重庆经济社会发展和改革的落后观念的‘鬼’，打一些机关部门缺乏服务意识的‘鬼’。只有打掉这些‘鬼’，真正解放思想、更新观念，才能为重庆再上新台阶、实现新突破创造良好环境。

这位领导来渝时间不长，就来到一个民营企业调研，并讲了如此一段分量很重的话，这是他对时下重庆社会和经济发展的现状提出的一个警示，即重庆直辖市发展到今天，在如何看待和对待民营经济的发展问题上，有些地方和部门的观念仍然跟不上。这也许是阻碍新生直辖市发展的一个瓶颈。重庆是个老工业基地，国有经济的成分和比例较大，传统的东西在这个新兴的直辖市上上下下相对要顽固些。他很清楚，如果重庆要跟上上海等地的发展速度，就必须优先地全力地支持民营经济。这位少壮派书记来到重庆不久，还说过一句让百姓记得很清楚的话，他说：我和王市长等市委、市政府的干部们，愿意做每位私营企业家们的服务员。这话说得实在、中肯、亲和。重庆过去国有企业在全市工业生产中的比重占得太大，超过一半以上。这些年民营经济每年以20% 的速度在递增。他和他的新一届领导班子想做一件大事——尽快把重庆的民营经济推向一个新的沸腾点……

调研和考察洪崖洞的过程，他感触很深：如此一个没有让政府和国家分担一分钱的大型民俗风情社区，用的全部是一家民营企业的个人资本，却能解决 4000 多人的就业问题，每年还能为国家纳税 4000 多万元，而且洪崖洞作为一个城市名片给重庆所带来的无形资产更难以估量！相比之下，一个国家前前后后投入几个亿甚至十几个亿的老国有企业，你要解决那里的产业更新换代，你要让几千人继续有饭碗，你要让它有几千万的利税，政府和国家不知要操多少心，劳多少神！结果还可能是适得其反。要命的是，许多政府部门和办事机构，还转不过弯，他们为这样的国有企业劳神操心可以不计成本，不讲效果，即使赔大本，也心甘情愿。而让他们去为民营企业做点事，那个费劲啊……

这位领导说的要打“鬼”，打的就是这样的“鬼”。社会主义经济和社会主义事业是我们这个国家所有人民的共同经济和共同事业，薄此厚彼，都是不对的，也是不公平的。从这个意义上讲，汪洋书记提出要“打鬼”，破的就是一种观念，进行的就是一种新的革命。其意义不可小视！

何永智用自己的力量建造了洪崖洞这样一个集旅游、文化及商业于一体的大型民俗风情社区，利国、利民又利企业自身，而这样的好事在运作过程中她何永智历尽甘苦，受尽了各种白眼和嘲讽。她告诉我，因为追求完美，她曾3次修改过设计方案，而每一次方案的改动都会涉及城建、土地等部门，这些部门如果不配合，少点热情，她何永智吃的苦就不是“一点儿”的问题。

“火锅皇后”的命运和她的洪崖洞命运应该说都是好的。

2001年的一个夏日，骄阳似火。何永智头顶烈日，她独自站在洪崖洞旧址的一片危崖和正在拆除的废墟前，一连4个小时，不曾挪过双腿……那天她太激动了，激动得脸颊上不知是汗还是泪。这个从小生活在渝中半岛的女人，这一天她的那双美丽的眼睛，死盯在那片残崖上，那么多动感的旋律般的巴渝古文化的画面在她眼前闪过……而就在那一瞬，这位50岁的重庆女人怀上了她的“儿子”——洪崖洞民俗风貌区。

也许正是这种天赐奇缘，靠火锅起家的何永智，竟然在11家具有强大地产实力单位的竞争中，脱颖而出，成为一举夺标的“黑马”。

在一片狭长的，高75米、纵深不过几十米的江边悬崖上建一座“不被后人耻骂”的宏伟建筑，其想法本身就可能是必挨骂的命运。但何永智并没有退缩，虽然她以前20年苦心经营的火锅已红火全世界了，可对地产业和建筑业，何永智是完全陌生的，更何况市民和政府对洪崖洞的期待值相当相当的高，尤其是洪崖洞的文化含量之高，不单单是钱的问题——钱本身就是极其重要的因素，谁都不想看到在渝中半岛、长江与嘉陵江汇合处这样极其醒目的地方弄一个既得不到众人赞赏，又不能产生经济效益的什么东西出来。到那时，才真正可能是吃力不讨好、花钱买挨骂呢！

洪崖洞项目本身决定了不是谁都能去承接的，有想法而没有热情的人是接不了的，有钱而没有想法的人也做不好，有想法又有钱的人也不一定能弄好，只有那些有想法又有钱同时还必须对重庆这个城市充满感情和激情而且还必须懂得什么是文化和什么是美的人，才能承接它，做好它。何永智属于这样的人，虽然当时几乎没有一个人相信她能做这事。

重庆市领导的相信和支持，给了何永智很大的力量和自信。

看一看现在的洪崖洞，任何一个世界顶级的建筑专家和美学专家都会惊叹，其内融进了多少历史的和现实的、古代的和未来的建筑与文化的元素，只有懂行的人才能领略和认识，我们这样的普通人只能叹为观止。然而何永智不是个建筑家，也不是个博古通今的文豪，她所有的纯粹是一种感觉，一种作为重庆人对自己的城市和对自己的故土文化的粗浅理解而已，除此就是一股激情和爱。

然而正是这种感觉和充满激情的深刻的对故土的爱，才使何永智脱胎换骨成了缔造重庆市容市貌和建筑美学的一个新文化旗手。

女人常比男人承载的东西和责任要多得多，心有爱之激情的美女所承载的东西和责任则要更加多得多。何永智属于那种里外表内通体都是美的完美女人，也清楚自己“生出”的洪崖洞如果稍有哪一点不理想，她何永智和夫君共同苦心经营20多年的“小天鹅”再怎么辉煌，也只能成为世人谩骂的对象。洪崖洞是嵌在重庆直辖市这艘正驶向未来的巨轮甲板上的一片风帆、一只皇冠、一颗钻石……恰到好处了，完美无比了，具有象征意义了，所有的公众全都认可了，并且被外来的非重庆人赞叹了，而且还要经得起历史验证了时，那她才是好的和成功了。这样的要求听起来很苛刻，其实这也说明了洪崖洞所处位置的重要性。

女人做事是细腻的，女人一旦细腻起来，这个世界就不会不完美了。一向性格粗线条的何永智，这回特别的稳健和细腻起来，为了洪崖洞的每一个细节，她最后把国家权威的建筑专家都给“涮”了——因为她不满意专家的方案，认为有缺陷。第一个设计方案花去 230 万元，因为不满意，她把它全毁了；第二个方案仍不满意，她又废了它；第三个方案，花去设计费 400 多万元，是个比较满意的方案。但等方案批准，与她一起搞设计的人却跑了，因为人家不相信能在江边的狭壁悬崖上造出这么个建筑来。人家是名家大师，怕搞不好坏了自己的名声，故而一走了之。

洪崖洞的浮雕建筑其气势恢宏、其特殊的地理条件，都是空前绝后的，所以世界上还没有哪位建筑大师和美学大师担当过这样的伟大项目，而何永智又要求严上加严，谁受得了？大师们只能退却，最后只剩下何永智自己了。当然，何永智也知道自己不是全才，她能做的是找一帮有专业水准，同时也有独创思想的，但更重要的是能够将她的想法完善并得以实施的人。她后来找到了这样的人。

但再好的助产婆，也只能在一旁吆喝。“儿子”只能自己生，想得到世上最好的东西只能靠自己。何永智最后弄明白了这个理，所以她不再抱任何幻想和期待了。一句话：靠自己。成者，是幸运；败了，回头跳入那百米之下的滔滔大江去……

爱笑的何永智暂把眼泪收了起来。她决意自己考察大江南北，再周游列国，她要纳中国古建筑之大成，尤其是巴渝文化之精华，然后融入自己的想法和感觉。这感觉非常重要，也就是我们常说的灵感，它是人类一切创新之源，有了它就可以创造所有鬼斧神工的奇迹。洪崖洞要的就是这些。

2005年5月，洪崖洞正处于紧张的施工阶段，许多浮雕式的吊脚楼建筑需要别致的构思和设计，但重庆没有完整的现成资料可供参考。何永智带着专家来到山西著名的“乔家大院”“常家大院”考察古建筑。这里的一砖一景、一厢一房，太让何永智吃惊和痴迷了。每每瞅见一个可以借鉴的粉墙黛瓦时，她总要左看右看、上看下看，一直将其中的所有奥妙看得明明白白，才肯移步后挪。不料，在观察一处古檐飞墙时，何永智后挪的双脚不慎踩空，随即从20多米高的石梯上翻滚下来……她的那条已经断过两次的左腿，再一次折断，痛不欲生。而这时，庞大的洪崖洞工程正处在最紧张的时刻，何永智的眼泪如注而下……

怎么办？医生告诉她，大腿内打进的3根钢针与筋骨愈合，至少3个月。“不行，我哪有这么长时间？”何永智真是急得泪如雨下。她躺在病榻上，眼前浮现的全都是洪崖洞的每一砖、每一瓦……突然她开心地笑了起来：这是老天恩赐的，让我躺在床上好静静地琢磨洪崖洞的每一个细节、每一道工艺做得好不好啊！对对，过去我每天忙忙碌碌，却没有时间静下心来周全地考虑哪处有何问题。现在可以了，可以把每一块砖、每一根椽子想得再完美些！

“伙计们，快把图纸都给我拿来，还有笔和手机……”何永智拉开嗓门，大声叫唤起来。于是，她的病房成了洪崖洞工程的总指挥部，她不分日夜地在那儿指挥着整个工程的每一个大大小小的战役，直到“记忆山城”那座标志性的雕塑落下最后一层漆色……

一个女人做完了她想做到的一切，如同“十月怀胎”一样，当婴儿的啼哭声传出时，女人的脸上是疲倦的笑容、荣耀的笑容和幸福的笑容。

如今的洪崖洞，在重庆人的生活中已经成为一种文化和时尚，甚至是精神世界不可或缺的一方宝地。在那里，你既可以在一声声川味浓浓的钹子敲响的时空隧道里去享受老重庆的青石板、易卜馆和百态工坊的怀旧情愫，也可以在迷幻的灯光下感觉爵士乐和摇滚舞等现代气息，更有每日一新的“巴渝风情”文艺表演节目……尤其是位于嘉陵江与长江汇合之处的悬崖绝地的洪崖洞，采用的是巴渝传统的山地民居的吊脚楼形式组成的木楼群，其气势恢宏，形态别致，堪称世界建筑绝品。

近观吊脚楼居，似一件件精雕细刻的工艺瑰宝。远望吊脚楼群，如百座合璧的敦煌莫高窟，你不激动才怪！

往洪崖洞里走，你会发现，原来这是个胜过北京王府井和上海南京路繁华的融购物与饮食及休闲、娱乐于一体的大千世界。那里有汇聚全国300多种知名小吃的“天下第一街”；有离地20余米高、可尝遍中国和世界顶级豪华盛宴的“盛宴美食城”；有贴悬崖而生、随大江而飞的一坊坊华光四射的珠宝阁和风情万种的美国海盗酒吧、星巴克咖啡店、哈根达斯专卖店等国际名品店。在走完堡坎、石梯和层层台阶，乘飞空而上的电梯，踏上洪崖洞的顶端，你会发现这里竟然与重庆最著名的“解放碑商业区”相连在一起……

此地此景，你再回首眺望时，只见得碧绿的嘉陵江水与黄龙般翻腾的长江水正在你足下几十米汇聚成一江春流，真是壮观无比！而夜幕下的洪崖洞，则如一个巨大的悬空舞台，满眼的彩光、美味、音乐和欢笑的奇妙景象向你扑面而来，如魔夺魂，如妖惑心，叫你无法离去……而这正是洪崖洞主人所希冀的。

何永智留给我们的洪崖洞，与她留给家乡重庆这座城市的美与爱一样多，一样崇高，一样彻底，一样尽善尽美。而现今的洪崖洞，如同这位重庆美女的化身一般，既是属于她自己的，又是属于重庆的，更是属于所有人共同可以享受的尤物与美景了。

“要做就要做世界顶级的，要做就要做能给这座城市留下历史的东西。”何永智告诉我，现在的洪崖洞，仅是第一期工程，“第二期工程完成后的洪崖洞，那才叫旷世杰作呢！我还要花10亿元来打造完成洪崖洞的整体建设，让它成为举世无双的巴渝传统文化和当代艺术相结合的极品。”

愿美丽的何永智开发的美味火锅和建造的洪崖洞，一直与我们这个世界同在！

19．女船长“倾倒”男人的世界

王嘉玲的美是那种英姿飒爽之美。她的美就像三峡那么自然，又像长江那么壮丽，她的美叫你从内心迸发出两个字：敬佩。

她是真正意义上的长江之女，是在巴山夜雨中沐浴而成的从嘉陵江走出来的峡江之女。她的性格之美与重庆的自然之美非常吻合，既有长江的英豪之气，又有嘉陵江的秀丽之气，是英豪与秀丽交融在一起的那种不屈不挠的能给人以启迪和榜样力量的精神之美。

她现在的职务是重庆长江轮船公司的总船长。48岁，依然像我们记忆和印象中的“女民兵”——一头短发，一身漂亮而笔挺的船长服，腰间露着一根武装带式的皮带，走路、说话，不带任何矫作。该什么样就是什么样，不会把虚伪和假心假意留给自己，同样也不会留给别人。

她在十几年前就是全国人大代表。北京人民大会堂开会期间，她着的那一身漂亮而笔挺的船长装，所到之处，总会引来众人羡慕的目光，记者们把她当作明星一般，中央大报都有她光彩夺目的特写镜头，并且成为诸多刊物的封面人物。

透着端庄之美和特色之美的她在北京出尽风头——她说她就要出这样的风头，“因为我是地道的重庆女人，彻底的长江之女，所以我要展示。”她这样说，也这样做。

她说她是人民选出的女代表，是唯一的长江水手出身的重庆女代表，“重庆女人就是这个样，我自豪自己是长江航道上的一位水手出身的女船长。长江是中国大江，也是世界有名的大江。千里长江的航道之险在世界航行界也是出了名的。但长江航行不只属于男人，重庆女人敢于做驾驭长江的船长，去蹚激流险滩，去拥抱一泻千里的大江，那种感觉呀才叫美……”她钟爱自己惊险刺激、勇往直前的水手生涯，远远超于其他女人钟爱那种整天涂脂抹粉、进美容院的生活。

面对惊涛骇浪，环视峡谷险滩，手握方向盘，拉响回荡在远山的汽笛，或顺流直下，或逆浪奋进，让巨轮永远徐徐而前……这就是她的生活，她的生命，她的美之征程。

美在她的眼里，美在她的掌里，美在她的判断与决定里。

忽临恶流险滩时，她的美在镇静之中。
突遇狂风骤雨时，她的美在巍然之中。
风平浪静时，她的美在时刻准备之中。
遥途千里时，她的美在寸尺甲板之中……

她是人民共和国长江航行征程上的第一代老船长的女儿。她的美从父亲那儿继承下来。16 岁中学毕业后，她说她要当水手去，像父亲一样在长江里驾着大轮船到上海去。

能当长江航道上的女水手只有她一个重庆女子。她的美从那时就开始萌发。

女子上船在许多地方是属于禁忌，她却要在长江上当水手，而且是在世界上找不出比三峡更险的航段上当女水手。

唯有她敢怀这种追求。

都说在长江里开轮船是男人的事，在长江里驾巨轮航行是勇敢男人的专利。但王嘉玲偏偏不信邪，“辣妹子”的本性在她身上淋漓尽致地得到表现和展示。

“不信你们能干得到的事我干不了！”登陆艇学习的第一天，她把长辫一剪，成了一名俊俏的假男儿。敲锈、打油漆、编解队、撇缆绳，小伙子们干得都吃力的活儿，她挺起胸膛，干得麻利而漂亮。货船离码头的趸船一般都有20多米，水手的第一个本事就是得将撇缆铅砣准确无误地甩到岸头。水流船动，几十斤重的缆绳甩过去又必须丝毫不差地落到另一位船员的手中，身为女孩子的她咬着牙，使出吃奶的劲，一次次地练，一次次地掷，最后让男同胞们折服赞叹，因为她的动作不仅准确无误，而且漂亮的身姿给岸头和船上的男人们留下无法磨灭的美丽记忆。以往的水手只有强悍和骂骂咧咧的声音，现在她出现了，船上、岸头变成了歌声和一串串银铃般的笑声……

自古长江天险世界奇，从重庆到上海的航段经过的是长江上游以三峡为代表的“世界第一险”，顺水而下的是以荆江地段为代表的险滩暗礁，至九江后的下游则是千舟竞飞的水域赛场。男人不慌、女人不晕就是本事了，但她站在船头岿然不动，甚至可以轻歌曼舞，如履平地。她吟一声，江水与之同歌；她姿一动，两岸峭崖与之起舞；她昂首一甩秀发，蓝天白云与之赛美……

千里长江航运线上，从此一个美丽女人驾船的故事被传为佳话。

船有船规，航有航律。俗话说，想当大轮的船长，就必须迈进30级甲板。说的是从一名普通水手到船长之间，有一个个严厉的等级，这等级不是刻意的设置，而是几百年来航行史上留下的不可更动的规则，这规则里包含了船运技术的特殊与严厉，船的生命连着人与物的生命，不可有丝毫闪失。男水手谁也不例外，女人更不用说——女人本来不属于男人世界的船航业。然而她来了，她来了因此改变了一切。当水手时间并不长，她成为客轮的一名舵工，次年又成了三副，再一年越过二副成了实习大副，一破长江航行“舵三年，三副二副各两年”的老规矩。

男人们惊诧。惊诧这种机会只给了少数人，更惊诧这回竟然给了一个小女子。是因为她美？是，是因为她美。她美在聪颖过人上，美在专注认真上。

20来岁的姑娘本是多梦之时，她却收敛住自己自由的翅膀，躲在船舱和甲板上啃着枯燥的《船体结构》《船舶驾驶技术》《川江水文分析》《长江中下游引航图》等书籍……重庆至上海2500多公里，这段世界最长最险的航段上，有几千个航标、几千处碍航礁石与锚地、斜流、泡漩等各种水势，她竟能烂熟于心，随口可说，并写了50余万字的读书笔记。

1989年，她通过了船长资格考试。1991年她正式成为长江航行史上第一位女船长，从此驾驭着巨轮在千里长江航线上尽展风流——

她在长江上驾驭巨轮行驶近20年……“江渝18号”成了她的代名词，成了她的美的化身。她用智慧的美，化解了一次次险情；她用勇敢之美，战胜了一次次惊涛骇浪；她用绚丽之美，冲破了一次次暴风骤雨；她用情感之美，安抚了一个个胆怯的旅客之心；她用婀娜之美，描绘了一幅幅长江水域的精彩画面。

她用伟大之美，创下了长江天险航行史上16万公里没有一次事故的壮丽纪录！

这美足以让中国妇女骄傲，足以证明重庆女人的美的力量和美的内容不单单是表面的迷人。

后来当上了全国劳模、全国先进女职工、党的十五大代表……她的美随之也在延伸。她当上了长江旅游公司的指导船长、长江轮船公司的总经理助理、运输部副部长，直到重庆长江轮船公司的总船长，领导着麾下的26艘每天行驶在重庆与上海之间的“长航江渝”客轮、几十艘快速飞驰在三峡库区内外的飞艇和豪华游轮及众多货轮……她成为长江、中国乃至世界上唯一也是最高级别的女总船长。

她的美更多地开始体现在职责之中。

全国人大会议期间，总理参加她所在的代表团讨论。省、市领导一个个争相发言汇报，急得她想表达又没有机会。干脆，她拿起笔，在一张纸条上“刷刷刷”地写上自己想请总理解决的几个问题，然后走到总理面前，说：“总理，我拜托您帮助办几件事，您一定要帮忙！”那口气和方式，让与会的人紧张而意外。

国家总理看看眼前这位性格直爽的辣妹子女船长，笑了，说：“可以可以，你把纸条拿过来，我给你想法解决。”

她赶忙递过条子，并高兴地笑了，笑得咯咯咯地响，惹得所有的人跟着她欢笑一场，连总理也一起笑了。

“嘉玲，你可了不得呀，敢给总理下‘命令’，递条子！”有人羡慕地对她说。

她坦然地说：“你们都是领导，尽把时间占了。我也该有发言权嘛。总理来了，我是人民代表，不把人民需要解决的问题向总理提出来，就是失职嘛！”

她提的是三件事，与长江航道相关的有两件，另一件与重庆建设相关。

总理办事的认真劲又让她感到意外和感动。3天后，交通部部长亲自请她去谈她的建议，后来很快解决了长江航道上有关险滩整治的问题，为长江航运业做出了特殊贡献。

“重庆直辖市成立10周年了，应该说我有一份特殊的功劳。”王嘉玲在接受笔者采访时，一边拿出当年她与其他重庆代表在1997年3月14日参加全国人大表决设立重庆直辖市时的大幅新闻照片，一边自豪地介绍道。在那张历史性的照片上，女船长一反常态，没穿人们熟悉的船长服，而是穿着一件醒目的红衬衫。“那个日子对我们重庆人来说非常特别，我又是参加表决的重庆全国人大代表，所以我特意穿了件红色的衬衫，以示喜庆。”王嘉玲说，她为直辖市设立做过特殊贡献。

“是拉票吗？”笔者好奇地问。

“哈哈……你算说对了。”爽朗的她大笑之后告诉我，当时对设立重庆直辖市，多数全国人大代表对中央的决策非常赞同，但也有一些代表并不十分理解，认为没必要。“这主要是他们对重庆的情况不是太了解。所以，如何让代表们了解重庆的历史和现实，以及它所处的政治与经济的地位，特别是与三峡工程相关的移民工作等，在当时是件很重要的工作。我是一个女同志，又年轻，性格比较活泼，又一直穿着女船长的服装，认识我的人很多。于是我就利用这些优势，到处跟代表们讲重庆怎么怎么的好，建立重庆直辖市对西部经济发展如何如何的有帮助等重大意义。各地的人大代表很愿意听我讲，并且提出一些他们所关心的问题，我也格外认真地一一回答，使他们认识建立重庆直辖市的必要。”

“四川的一些代表当时有些想不通，觉得重庆从四川分出去对他们不利，我就一个一个地跟他们做工作，有时争得面红耳赤，最后大家还是笑呵呵地对我说，你小王嘴巴子厉害，我们被你说服了。像甘肃、青海等一些代表问我，说他们对设重庆直辖市倒是没什么意见，就是担心国家多了一个新直辖市，能不能干好。我就对他们说，通过重庆的男人和像男人一样的重庆女人们的干劲，新重庆肯定能干得好。这些代表便笑了，说看到你小王这个样，相信新重庆一定会在各方面干得更漂亮。

“大会表决的前一天晚上，我们重庆籍的人大代表许多人都整夜没睡觉，我也一样，一直在忙着给那些熟人和刚认识的代表们打电话，为重庆建立直辖市做最后的努力。第二天下午，当委员长宣布表决国务院关于设立重庆直辖市提案时，我庄严地投下了自己的一票，随即又从两侧的电视大屏幕上看到了提案以2403数的高票顺利通过时，激动得流下了热泪……因为我相信除了这中间有我自己的庄严一票外，肯定还有通过我做工作的其他代表投下的赞成票。

“事后，有代表走过来向我祝贺，他们半认真半开玩笑地对我说，我们是冲你女船长小王的面子才投的赞成票呀！我则高兴地对他们一一表示最诚挚的感谢。作为见证直辖市设立的一名人大代表，我永远难忘那历史性的一幕……”

王嘉玲回忆10年前的庄严时刻，依然激动不已。

女船长的魅力永远地留在了人民共和国第四个直辖市建立的史册上。

作为新重庆的长江之女，王嘉玲在直辖市成立之后感到自己的责任更重了，她的目光里不再是单单的长江航道——当然人民共和国黄金水道的繁荣一直是她肩上的重任。现在的她已将责任延伸到整个重庆、三峡库区和民族利益之上。

新重庆建设初期，城市建设日新月异，如何加速江河两岸的建设成了她的一桩心事，她又一次以“胆子大”的泼辣作风，向重庆市书记进言要建好滨江路，重庆市书记欣赏并赞同女船长的意见。

之后，一条条美丽如画的滨江路迅速出现在重庆人面前，夜幕下更显得五彩缤纷。

三峡工程联结着重庆的今天和未来，王嘉玲以女船长特有的经历和经验，关注着工程的每一个进展与设施的细节。几年来，她主持和组织了多个三峡工程通航方面的科研课题，其中“长江三峡工程通航运输研究”“三峡工程万吨级船队汛期两坝间模拟航行试验”“三峡工程导流明渠汛期通航可行性研究”等成果，得到国务院、三建委和经贸委、交通部的高度重视。特别是与“三峡明渠导流及通航研究运行实践”相关的子课题研究，将明渠通航流量由2000提高到上行4000、下行4500，使三峡工程在二期施工期间，平均每年明渠的通航时间增加82.5天，为三峡工程和库区通航运输发展做出了突出贡献，其研究课题也获得国家科技进步奖二等奖。

世之英豪，以伟岸之躯、宽广之怀、纳百川、容万里、越沟壑、百折不挠、抵达人生彼岸为荣。

世之美丽，以柔情之身、温脉多情、倾国倾城、光芒四射、实现照亮他人为职。

女船长之美，是在驾驭自己命运的时候，将一个中国妇女的崇高与勤劳的完美化身献给了自己挚爱的城市和江河……

20.“花花世界”里荡漾着自然而纯粹的美

重庆的美女中不乏一大批政界、商界和社会学界的精英人物，她们对事业、对财富、对艺术和理想的追求所呈现的那种行为美与意识美，光彩而炫目，同时也令男人敬佩和羡慕。何永智和女船长王嘉玲是这些精英美女中的代表人物，类似这样的美女人物我们还可以写很多很多，但有一天几位朋友将我带到重庆主城区一个叫“花卉大餐”的酒楼之后，我改变了原先的意图，开始注意起重庆美女文化中的那种显示自然而纯粹的美的现象。

“花卉大餐”中的美女文化诚然是这种自然而纯粹美的最好诠释。

坐落在重庆闹市区五环大厦的花卉大餐厅是一个单纯的饮食之处。那天，朋友们见我采访累了一天，说是要请我吃一顿“美女大餐”。我怀着忐忑不安和好奇之心，随他们来到五环大厦顶部的花卉大餐厅。从电梯口出来，一个装扮像金庸小说里的“剑客”突然向我行了一个侠礼，道：“客官好，欢迎来到世外桃源做客！”那阵势，令没有防备的我吓了一跳。朋友大笑。

走了大半个世界，却第一次见这样一个灯红酒绿、青藤碧流、美女如云的花花世界——我仿佛一下坠入仙境：“天”是蓝色的，有繁星，也有虹霞满庭；“地”是云雾氤氲的，有绿的树、红的花；人间则是一处仙境——那些穿着粉色柔纱晚礼服的仙女们轻歌曼舞地穿梭在长廊与各间餐厅之中，她们一个比一个美，一个比一个妩媚和妖艳。清一色的高挑个子，统统是凹凸有致的魔鬼身材。投足，轻盈碎步，如西施河边浣纱；献媚，倾国倾城，如贵妃再现浮尘……

“坐。我们先坐下点菜。”朋友笑着将我从梦幻中拉回，令我羞涩不已。其实，初来乍到者，都可能会与我一样露出几分羞愧的尴尬。

确实是第一次光顾这样的“花花世界”——以前人们说起“花花世界”，总会联想到那些男男女女藏污纳垢的地方。而现在我知道真正的花花世界其实是一个非常赏心悦目的地方：看自然之花，如身处田野和牧园；观人间之花，如观赏一次模特和美女表演；食餐桌之花，如试尝一次别开生面的中国聚美之餐。

一曲曲动听轻松的歌声之中，托着盘，步着舞，吟着歌与诗的“花仙子”们来点菜了：“先生，这是我们的菜单，您尽可慢慢挑选。”

看上去像是领班的一位“花仙子”走到我的身后侧面，轻轻递过菜单，细声慢语地说话，其宛如天籁之声，叫人未食先醉。

当我好奇地翻阅“花卉大餐”的菜单时，不禁有些目瞪口呆，因为上面全是“花”菜……

“我就要个百花香露汤吧。”突发奇想间，我要了其中的一朵“花”。随后是朋友们接过菜单开始正式点菜。

“这些菜真的都是花做的吗？”我悄悄地问身边的朋友。

“是。以前我来过这里。”朋友转身把“侍候”我们的那位“花仙子”姑娘叫到我们旁边，对她说，“你给我们这位先生介绍介绍这儿的菜。人家怀疑你们的花色菜是不是真的花……”

姑娘莞尔一笑，做了一个手势 ：“请先生随我而来，我们一起上厨房参观一下好吗？”

“上厨房？”我有些惊异，便看看朋友。他们立即起身，并告诉我 ：“参观厨房是来这儿就餐的节目之一。”

原来如此。于是我们便随着“花仙子”向厨房走去……

好家伙！这可能是天下最别致和有趣的厨房了 ：在一排排火焰熊熊、油香飘舞、烟雾缭绕的锅灶前后，是一个个手舞足蹈的“剑客”在边唱边舞着炒菜蒸汤，而且嘴里不时吆喝着绿林好汉常言的那些动感和威慑力极强的语言，其情其境，让看客无法不忍俊不禁。

“我们花卉大餐的厨师们一个个既是身手不凡的剑客，又是德崇艺高的师傅，他们全是在边歌边舞中完成烹饪与炒菜的……堪称一绝。”

真是一绝！我忍不住拍拍一位正在炸菊花的“剑客”。那小伙子立即向我行了个尚武礼后，端起熊熊火焰上的油锅，三翻两炒之后，将一朵香喷喷、黄灿灿的“菊花”送到我的手中……“这是真花吗？”我看着手中之物，真假难辨道。

“请先生尝尝。”一边的“花仙子”笑着说。

于是我一口咬向“菊花”——哎，是真花呀！我惊喜不已。

“我们这儿以花命名的菜，其实都是用真花做成的，先生可以一一品尝。”这回我相信“花仙子”说的话了。不过我仍然有些怀疑花真的都能吃吗？而这家饮食内容与方式非常独特和让人无处不在美的享受中进行美食生活的发明人为何有这样的创意，于是我请朋友帮忙把这里的老板请了出来。

这是当晚最大的收获——比吃“花卉大餐”和欣赏美女更让我高兴。

很快，一位身着中式唐装、从上到下很时尚的男士出现在我的面前。他就是“花卉大餐”的发明人、重庆聚美餐饮文化有限公司董事长张德荣先生。看上去很年轻的张先生，今年 44 岁，是地道的重庆袁家岗人。

“你怎么想起来搞这种形式的饮食文化？”我忍不住向张德荣直截了当地问道。

“古人不是有句美色可食的话？因为我一直是搞餐饮业的，又深知外地人都知道重庆的美女多，所以我想如果把重庆的美女现象引入我们餐饮业，肯定会别有一番效果。”张德荣似乎已经习惯了这种提问。

“你们就没有被人误会过？”

“当然。太多了。但时间一长，这种误会很快会自然而然消失的。可以告诉你的是，我们这个店现在不仅有普通市民光顾，企事业单位的领导也经常在这儿请客人用餐，尤其是请外地贵宾的时候到我们花卉大餐是经常的事。”

张德荣的话一下打消了我心中暗存的这儿用美女为幌子进行色情活动的怀疑。

“这个花卉大餐开了多长时间？”

“15 年了。以前开的不是在这儿，但面积要比这大……”

15 年?! 一个以“色”为业的饮食文化能够坚持这么长时间，足以说明两点：一是这“色”是纯洁和真正美的；二是这样的餐饮业是相当成功的。我的内心顿然升腾起对张德荣先生的敬佩之意。

“我看了看你们这儿的服务小姐，都非常美，而且身材也都很好，是不是特意挑选的？条件高吗？”

“何先生不知您注意过没有？我们重庆市政府搞过一个城市形象电视宣传片，那片头之一，有一群仙女般的少女翩翩起舞……那就是我们这儿的服务员。既然是一个城市的形象，我们所挑选的服务员，肯定是重庆最美的女孩子，或者说尽可能地挑选一些长相比较好的女孩。”张先生很骄傲地随意指了指正在走道上起舞的几位“花仙子”，让我确认他的话。

“她们确实很美！”我赞叹道，“可她们都是重庆本地女孩吗？”我和所有重庆之外的人都知道重庆和四川地区的女孩一般都是小巧玲珑、身材不高的呀！可这儿的姑娘一个个亭亭玉立。

“除了个别是重庆大学里的外地籍大学生外，百分之九十以上都是本地姑娘，她们的基本身高在一米七以上。”

“你是说她们中还有不少是大学的学生？”我突然抓住张德荣的话追问。

“是的，这里 30 多位服务员中多数有大专以上的文化程度，大学生是主要成分。一会儿你可以问问她们。”

我把这一问题留在心里。“她们是普通的打工者，还是你公司的固定员工？”我问了另一个内容的问题。

“都有。这一点与所有餐饮业一样。”

“都说重庆的女人美。你把重庆的美女引进了餐饮业，是不是想聚集这种美而使你的生意更旺？”

“对！我们的聚美还有更多的内容与目的。”不想我的这一问题，使一直很平静的“花卉大餐”发明人激情洋溢起来。张德荣说，他搞“花卉大餐”，并非通常招几个美女，让她们充当花瓶式的服务员来吸引客人，他认为人类对美的追求是人的本性所致，其实也是一种天性和自然心态。有道是爱美之心人皆有之。重庆美女本身就是这个城市的一张名片，我们挑选美女中的佼佼者，其本身就是聚集人气，但这是远远不够的。就美女本身而言，还有一种素质和环境美的问题。所以，把美女们聚集在一起，再加上培养和陶冶情操，尤其是培养她们在文化素质、专业技巧和应对各种环境下如何以美的行为感化和影响别人等诸多方面，显得尤为重要。

“只有心灵美的人，才能让人感到真正的美。只有把外貌和行为之美统一起来的人，才是真正意义上的美人。我们所要造就的就是这种员工。”张德荣把一则几乎每次在接受采访时都要讲的故事也讲给了我：

那是8年前的一天，张德荣突然率领全店50多名员工从重庆市区出发，历时9个小时，来到距市区250多公里的荒山野外落足。到达目的地后，姑娘和小伙子们发现这里没有人烟，到处荒凉得很。当时又是冬季，显得格外寒冷。张德荣告诉他们，必须在这儿度过7天7夜。

这是一次强制性的野外锻炼和能力测试。能留下的则在“花卉大餐”里继续工作，否则“走人”。

姑娘和小伙子们打开行李，心中暗暗叫苦，只恨“早知道哪怕多带几包方便面”。可为时已晚，出发时他们都听了老板的话：随身物品尽量少，不许多。所以，一行几十口人，除了带些必要的生活用品，包括锅和作料及一些小吃外，基本上没带什么。

真的要过“野人”生活了？姑娘和小伙子们开始有些新奇，可两天后一个个犯愁得不行了：莫非老板真要我们过红军二万五千里长征式的生活呀？

对。我们要向红军学习，树立战胜一切困难的勇气和信仰！只见张德荣站在小山坡上，慷慨激昂地挥动着手臂，大声喊着：“世上没有做不到的，只有想不到的！我们要在这困境中找到生存的方法和力量，谁找到了，谁就是成功者！谁就是这个世界上最美、最幸福的人！”

这番鼓动仿佛注入了兴奋剂，使姑娘和小伙子们的精神为之一振，大家立即抖擞起精神来，开始寻找各自的生存可能。分工开始了：小伙子们负责搭灶寻柴，姑娘们则去掘地挖坑……于是半天工夫，一堆堆叫不出名的和叫得出名的新鲜野菜、野果和花草菌类被聚到一起，然后经手巧能干的厨师们一搭配，什么鲜笋绿豆、菊花汤汁等绝佳美食瞬间诞生。吃惯了油乎乎大餐的姑娘和小伙子们，再品尝这融天地之精华、聚百花植物之芳香的山珍野味，仿佛入仙境一般。从此之后，姑娘和小伙子们一扫先前的郁闷情绪，全身心地投入到了制作花卉盛宴之中……

“白天，我们迎着太阳和寒风在山上到处寻觅和发现；黑夜，我们围聚在篝火和帐篷旁歌唱欢乐。那是段难忘的经历，我们将生命融入了自然，因此才发现自然里有最美最美的东西，而人世间的甘美和芬芳也只有在自然中孕育生长……”一位姑娘在日记里这样记录着。

7天后，张德荣带着员工离开了那个荒山野地，回到重庆。许多姑娘和小伙子们竟然回眸那片曾经生活了数日的荒地而流下了难舍的眼泪。

“我之所以创意搞这样的活动，是因为我认为作为一个餐饮业的运营者，其本身需要一种亲身体验的过程。只有到缺少现成食物的艰苦环境中去历练去探索，才能真正站在顾客的角度去为他们创造最佳的菜品和服务。另外，人在浩瀚的大自然中相互依靠求得生存的感觉，能够培养一个团队的合作精神。我记得我们离开那个地方时，大家都有一种很特别的爱，我们已经不分谁是老板谁是员工、谁是美人谁是厨师了，仿佛我们每个人都是生活中的佼佼者，同时我们也应该让别人成为佼佼者。而我的直接收获是：只有与自然亲近，才能够把人与自然间的和谐演绎得更完美。餐饮业既然是一种文化，是文化就应该求得同样的和谐之美。这就是我为什么以现在的这种形式创办花卉大餐的全部创意所在——让自然美、心灵美、食欲美一起融进我们的生活与我们的身体之中……”张德荣说这番话说得很流畅，很动情，如“花卉大餐”的一篇宣言。

“聚美，是我办这家企业的基本要素。一切都围绕美而展开，为美而创意，为美而服务，是我们花卉大餐永远的经营原则。”张德荣说，15年来，“花卉大餐”不仅在重庆留下美名，而且如今已传遍五湖四海。“光这两年，想与我们开连锁店的已达1000多家，可我还没有答应一家。”

“为什么？”

“因为我想保持独创，保持原汁原味的重庆花卉大餐的独创性。”

“这怎么讲？”

“重庆花卉大餐是以重庆本地的三峡花草为主的菜系，同时重要的一个原因是所有女服务员都是重庆美女。这两者都有不可替代性。而我是一个厨师出身做餐饮的，我懂得客人的心理。”

“你最初怎么想起用花当菜并以此打出花卉大餐的？”这是我

早想探究的一件事。

"这应该说也是得益于大自然，它萌发了我的灵感。"张德荣显然具有诗人的潜质，"作为一个厨师，最大的成功是能够在做菜时把自己的思想融入到菜品里面去。而厨艺是需要修炼的。如果仅仅是为做菜而做菜，那他可能一辈子最多也就是个大厨而已，绝对成不了烹饪大师。我们花卉餐厅的厨师则首先在要求上就跟其他厨师不一样，他们没有规矩，或者说他们不能按传统的规矩办事，得靠自己的创作和灵感来完成一盘菜肴的工艺与制作。而这菜肴的原品是花，所以厨师得围绕这花的质性和特点来完成一道菜的全部工艺，但仅仅这样还不行。客人对每一种花都有一种基本的文化理解，厨师用花做出的菜肴必须让客人敢吃，吃得与原本所具有的文化上的理解是一致的，当然最好有诗意般的升华。厨师要完成这样一种升华，实质上就是一次行为艺术的过程。"

"是不是你自己就很喜欢这样的行为艺术创意？"

张德荣笑笑，点点头："举个我自己的例子。曾经有一次在我掌勺的时候，为让客人吃到荷叶的清香味，就蹲在厨房里想，整整半天也没有找到一点灵感。第二天一大早，我跑到市郊的一个河塘边……那时正值夏天，河塘里的荷叶层层叠叠，每一株都宛如亭亭玉立的少女，苍翠欲滴，惹人怜爱。灿烂的晨曦为它们镀上明艳的光泽，美妙无比。我看呆了，久久地站在河塘前不动。后来便忍不住俯下身去细细品味荷叶，觉得它无比美妙，清香沁肺，令人心旷神怡。品着品着，我突然明白一个道理：吃花是需要进入一种境界的，而进入境界之后的食花，才真正叫美食呢！"

"什么是进入境界呢？"张德荣反问我。

"似乎是食花者一定要有身临其境之感时，而所食的花味才能进入最佳状态乎？"

张德荣朝我伸出大拇指："到底是作家！"然后说，"自古以来，特别是在中国，花一直被看成自然美精华。花的姿态色味，历代诗人墨客说它的最多，花也是最具保鲜之物。”唐代诗人李商隐连晚上都要秉烛赏花，可谓爱花至极。有诗为证：

寻芳不觉醉流霞，倚树沉眠日已斜。
客散酒醒深夜后，更持红烛赏残花。

在盛唐时，赏花是一种时尚，而当赏花成为一种时尚时，也正说明这个时代已进入盛世之时。“花卉大餐”能在重庆营业15年，得益于我们进入一个盛世时代，尤其是重庆直辖市的成立，给了花卉大餐更好的机遇和发展的外部条件。”

“浩态狂香昔未逢，红灯烁烁绿盘笼。觉来独对情惊恐，身在仙宫第几重。”吟咏着韩愈的诗，再品尝张德荣的“花卉大餐”的美味，同时又看着“花仙子”们的载歌载舞，竟然有种陶醉感。

听张德荣先生介绍，中国人对花不仅有欣赏史，更有食花史。比如对菊花的食用，从宋朝就有。到明清时期，食菊花就已经有较为完整的原料配方和制作方法了。《小养录》中有如此记载：“菊花花瓣，汤焯可，蜜浸可，肉汁脍也可。”而对食菊之说就更多了，因为菊花中含有香精油、菊花素等物质，经常服用可抑制皮肤黑色素形成，有活化表皮细胞的护肤功效。菊花同时还可防治风热感冒、头痛眩晕、目赤肿痛等疾病。桃花含有山萘酚、香豆精等物质，经常服用能扩张血管，润泽肌肤。《群芳谱》中有道是：“凡杞菊诸品，为蔬、为粥、为脯、为粉，皆可充用。”由金银花、白菊花、木棉花、鸡冠花、槐花配制而成的“五花茶”也都是因花出名的。

“心理学家分析，花香味对人的心理作用很大，人的嗅觉对花香的空气十分敏感，而花香又能调节人的情绪。今天，人们的日子好过了，而生活节奏也快了，遇到的事更多了，饮食就餐其实更多的是为了满足一种精神需求，或者说是为了一种与他人交流的环境。因此，花卉大餐的推出从投其所好的角度看，正是这种经商的目的。但把花做得可口可味，并且常吃不腻、常吃常新，就是一种生活质量上的追求了。这就要求我们做这花卉大餐的人要不断创新，不断去挖掘花与菜之间的关系，拉近花与顾客之间的距离。”

“能具体举个例子吗？”

“比如说我曾经对厨师们说，我们要做‘烹香煮情’菜。当时大家听了我的话后有些不知所云，后经我一说，厨师们茅塞顿开，拍案叫绝，立即开始动手。所谓烹香煮情，就是要把花的香味烹出来，又得把人的那份对生活的情愫煮出来。第一道菜我想到的就是玫瑰鸭肉。可真要做这样的菜肴时就碰到问题了：如何才能把完好的玫瑰花香融入鸭肉里呢？经过厨师们一番苦苦的试验和总结，终于攻破了这道菜的难关——首先把鸭肉放到花心之中，此时的花必须是新鲜的玫瑰，鸭肉则是经过精心挑选的肥瘦适中的鸭肉。在这基础上，掌握温度和时间就是关键了，即必须保证鸭肉在 50 摄氏度中烤制约一分钟，如此花心中的肉丝才能充分吸收玫瑰花的芳香。此菜一出，客人们无不叫绝，因为它色泽明艳，味道独特，妙不可言……”

“我已经很想吃‘玫瑰鸭肉’了！”我突然打断张德荣的话，于是引来朋友们的一阵大笑。

“一会儿你可以品尝。”张德荣又指着菜谱上的一道叫“百花香露汤”的菜，“这菜得益于我们员工的一次野外活动的灵感。”

“怎讲？”

“这是又一次我带员工们到野外去踏青。当日晚上，大家有些饥寒交迫之感了，一队人马散布在山间垄头里寻寻觅觅，有的从地里找笋，有的在石坡旁挖菌，而有的则在山上林间摘果子，更多的是在野山坡上采摘各种野花。天黑时，我们遇到一处山泉，那山泉旁是一片青竹。有个女孩子忍不住上前摘下一片青竹叶子，放在嘴边。这姑娘突然惊喜地叫起来，说太清香了！于是所有的美女们学着她的样，都在嘴边放上一叶淌着清泉的竹叶子，一个个开心地叫喊着甘和香。这时，其中有个姑娘就说道：'我们何不在这儿用露水做一道美味？'这是个好建议！只见大家争先恐后地把采摘到的鲜花、野果和竹笋等放进架在一旁的盛满山泉水的沸锅之中……锅中的味道越来越清香甘美，员工们都说这是吃到的人间最美的佳肴。后来，我们把这道菜定名为'百花香露汤'……"

"'百花香露汤'来了，先生请用。"正在此时，一位"花仙子"像嫦娥似的飘然降至我身边，将一盆奇香菜肴端到面前。

"这就是'百花香露汤'。尝尝。"张德荣示意我。

这么巧？我看看身边的朋友，什么都明白了：他们投我所好。

果真奇妙！一勺"百花香露汤"进入肚内，顿时满腔清香，满腹温和，满目明朗……此真乃仙菜也！我不由飘飘然起来。

"聚人美，聚景美，聚食美，让这个世界充满美，并在美中享受人生、陶冶情操，这就是我开办花卉大餐的宗旨。也许正是这个办店的宗旨，让我们聚美公司和花卉大餐创办至今15年中，虽然经历了风风雨雨，从被别人诸多的误会到慢慢地被公众所理解和喜爱，到现在成为重庆城市的一张名片、中外贵客云集的聚美、赏美、食美的地方。重庆是个美丽的都市，美丽的都市就得允许多元化的文化存在。这本身就是一种开放的表现。何况外界都知道重庆出美女，而我们的花卉大餐，聚集的正是美女与香花的文化。有道是，自然的香花是最能沁人肺腑。人的外貌之美应该是自然美的一种，当然我们的服务员除了要求她相貌上比一般的美女要更强一些外，更多的是要她具有内在的情操之美，将内在美与外表美尽可能地完美统一起来，这是我们花卉大餐对所有员工的要求。我希望何先生能在今晚的亲身感受中为我们的花卉大餐做出一个公正的判断……”张德荣先生很自信也很技巧地让我能有一个现场亲身体会花卉大餐之美的机会。

转眼间，两位“剑客”犹如腾云驾雾似的护送张德荣先生离开了我们就餐的地方。现在到了我和朋友品美食和品美女的时候了——

这里的美食真是名不虚传的“花卉大餐”——每道菜都是由鲜花制成的，其鲜花或者干脆是一道菜，如“蜜汁百合花”，完完全全的一朵百合，当“花仙子”将这道菜递至我手上时，起初以为是她要向我献花，后经朋友提醒方知这是让我品尝的一道菜而已。细细看这加工成菜的百合，那花瓣上淡淡地沾着一层黏汁，我用舌头轻轻一舔，甜甜的；再咬一口花瓣，香香的，略带一份脆感——嗯，不错，确实别有一番味道！是花美还是食美，我已经分不清，反正感觉食花之感是非常惬意和享受的。

“吃花是人最美的心理、生理，视觉、嗅觉的感觉。”我的耳边再度响起张德荣先生刚才说过的一句话。食花过程中，这种感觉确实更真切和意浓。

“先生，这是菊花糖醋鱼……请您慢用。”

“先生，现在过来的是我们这儿最骄傲的玫瑰公主，她的表演还在全国比赛中得过奖呢！您请欣赏……”

在食花过程中，旁边的“花仙子”不时地用悦耳的话语对我说，而我抬头环视美女们时而起舞，时而轻歌，时而朝你妩媚一笑，那是最令人舒畅和愉悦的。张德荣先生真是位了不起的人物，他把宾客们的心理期待和视觉欲望琢磨得太准确并到极致了：食花本身就是一种摄美，而在食花摄美时再加上满目的美女为你精心服务，这正是美上加美，美至极致！

美至极致是种什么感觉？那便是开心、幸福和彻底的放松。忙忙碌碌的工作、学习、生活之余，来一次“花卉大餐”，如此开心、幸福和放松一回，岂不是人生莫大享受。

张德荣高明而精致，他的事业不成功才怪！

“花卉大餐”的成功，无论如何首先是因为它的创意，其次是重庆美女的作用。美女烘托了花卉大餐的气氛，鲜花又比美女们更加妩媚多姿，光彩夺目。

“姑娘，我能跟你聊聊吗？”食花之余，我从没有忘掉自己的职业任务——采访美女。

“可以啊！我们这儿的服务员除了不能跟客人走和与客人有那种关系外……”这一晚为我们这桌服务的小姐似乎特别的漂亮优雅，且气质也好。而她玲珑甜美的小嘴也很会说话，每一句不多不少，恰到好处，且非常温馨。

“那种什么关系？”我见姑娘没把话说完，便有意追问她。

“花仙子”的脸红了。看得出，这是个初涉世俗的姑娘。

“就是不能有性关系的关系。”

“嘿嘿……”朋友们和我都轻声笑了起来。

“如果客人一定坚持要跟你们哪一位姑娘提出这样的要求呢？”

“这绝对不可以的。在我们‘花卉大餐’是不可能发生这样的事的！”姑娘回答得非常肯定。

“是绝对吗？”

“绝对。我可以用人格向您保证。”

见眼前的美女一脸严肃，于是我便换了一个话题：“看样子，你不像一个普通的打工妹？”

“我是打工妹。但在我们这儿都被叫作‘花仙子’，而且每个都有自己的花名代号……”姑娘的脸上重新放光。

“噢？那你的代号是——？”

“我叫茉莉花仙子。先生可以叫我茉莉花仙子就行。”

“这里的姑娘都有自己的花名字？”

“对，每个人都根据自己的性格和长相，被分配一种花名作自己的代号。”

“分配？”

“对呀！我们这里共有30多个服务员，不能自己想叫什么就叫什么呀，那样客人会弄错的，管理也会乱的。一人一个名字，客人叫起来也方便嘛！”

茉莉花仙子与我都笑了。看来这茉莉花仙子是个有一定文化修养的女孩。“茉莉花仙子，你是不是在校大学生呀？”

“咯咯咯……”茉莉花仙子抿着嘴，脸上泛出几丝羞涩，“先生您的眼光真不简单。”

“这是因为你的谈吐告诉了我。”

“谢谢。”

“你读大几了？哪个学校的？”

“大四。不过学校我不能告诉你……”

“为什么？”

“因为……因为我不想让大家知道我在这儿。”

“怕名声不好？”

“那倒不是。”茉莉花仙子摇头，“毕竟因为我还没有毕业嘛！出来打工是想试试自己的能力，要被同学和老师们知道了总不太好。”

“有同学知道你在这儿打工吗？”

“有的。”

“他们怎么看？”

“指男同学还是女同学？”

“男同学会怎么看呢？”

“他们一般都会很支持我的。因为他们都知道在花卉大餐里的姑娘都是重庆很漂亮的美女……”

“所以你能在这儿工作，说明你也是非常漂亮的喽！”

“可能吧！”茉莉花仙子笑了。

“女同学又怎么看呢？”

“她们会很羡慕。”

“羡慕什么？”

“羡慕我能在这么开心的地方工作。”

“你仅仅是为了开心才到这儿打工的？”

“嗯。起码是重要原因之一。”

“这里真的让你很开心吗？”

“是的。我在这里非常开心。您没有看到？我们这儿的服务都不累，都是在轻松中为客人服务的。一点儿不累。”

“仅仅是开心吗？”

“至少对我来说这是很重要的原因。如果不开心，我就不会到这儿来了。”

“怎么个开心法？”

“嗯——比如说，你到这儿工作，会觉得自己很美。尤其是听到客人们夸奖自己的时候，这就很开心。再者，我们到这儿来，打扮得都像仙女一样，说说唱唱，又可以跳舞什么的，这难道不开心吗？在学校肯定不行。”

“有老师知道你在这儿打工吗？”

“只有一个老师知道。”

“怎么知道的？”

“那天他正好到这儿来吃饭，就看见了我……”

“他当时什么反应？”

“挺高兴的，还非常骄傲地对他的客人说：‘你们看看，这是我们学校的学生，长得漂亮吧！’”

“除了开心，你到这儿是不是因为这儿收入不错？”

“是，有一点点关系。”

“这儿干一个月多少钱？”

“保密！”茉莉花仙子卖关子了。

“能透露一点吗？我又不会跟你抢饭碗。我是作家，只是想了解了解重庆的情况。”

茉莉花仙子看了看我，像下定决心似的：“初来的每月800元，以后会不断长的。”

“你来几个月了？”

“3个月。”

“没影响学习？”

“没有。我是今年毕业，现在是实习期。上午在学校，中午到晚上我在这儿。学习打工互不影响。”

“父母知道你在这儿吗？”

“知道。”

“他们不反对？”

“不反对。因为我爸爸来这儿吃过饭，他觉得这儿挺干净的，没有什么不好的。”

“干净指什么？”

“就是，就是没有那种乱七八糟的。我们姑娘在这儿都挺安全的。”

“如果客人向你们花仙子提出某种特殊服务时你们怎么办？”

“我们会善意拒绝的。”

“他一定坚持要呢？”

“那也不行。”

“如果他给你钱呢？给很多钱呢？”

茉莉花仙子含着笑，使劲摇头。

“你摇什么头？人家看中了你，就说明喜欢你嘛！”

“我不会的。”

“不一定吧？人家就说喜欢你，没有想让你怎么样，就想跟你交个朋友嘛！”

“这要有缘分的，没有缘分强迫肯定是不行的。”

“花卉大餐里有没有什么类似这样的情况？”

“我没有见过，也没有听说过。”

“你们这里的姑娘本地人多还是外地的多？”

“多数是重庆的。只有一两个是外地的。”

“你们都长得很漂亮，会不会争风吃醋？”

“咯咯……不会的。我们姐妹们都很要好的。”

“老板对你们厉害吗？”

“不厉害，叔叔是个非常好的人。”

“叔叔？”

“我们这里不叫老板，都叫他叔叔。他真的像叔叔一样对待我们。”

“你们通常的服务包括哪些？”

“除了端菜上酒外，比如说唱歌呀、跳舞呀，客人要求跟我们照相什么的都可以。”

“如果有客人动手动脚的你怎么办？你们这么漂亮的美女谁见了不动心嘛！”

“到这儿来的客人，一进这样的环境他就是再不懂得文明，也会正经起来。我们这儿有句话流传已经很久了，叫作：花卉大餐里能把流氓变成绅士，让绅士更加绅士。”

“哈哈哈……”我和朋友开怀大笑，似乎有种更加绅士的感觉。

这一晚是个非常意外的收获之夜。花仙子们让我在养眼中获得了对重庆美女现象的另一种认识。无疑，张德荣和他的“花卉大餐”制造了重庆美女的另一种现象，值得肯定。

21．最心动的是那份流畅的美

美不能做作，做作的美会让人感觉矫情。美，一定是在让人感觉自然和流畅的状态下才能引发旁人的心动与享受。

重庆美女们演绎美的星空时，十分注重这份流畅。

笔者有一天路过渝中闹市区的八一路，见得步行街上有组重庆少女铜像雕塑：3个充满青春朝气和活力的女孩，一脸阳光、婀娜多姿地行走着，其神情与姿势，惟妙惟肖地表达了重庆美女的那份自信与无拘无束。

流畅之美，源自生命本体。用不着别人说长道短，甚至一千种误读都无法改变这样的本性。

重庆的美女们在历史上做过什么惊天动地的事，或许根本没人统计过。直辖10年里，她们又做过多少件让天下人为之惊愕的事？

我记忆中有两件事在外地曾经轰动过：一是重庆美女大学生接受野外裸拍；二是重庆美女作家“包养”打工诗人。也许这样的事在重庆人自己看来并不是什么事，但她们在重庆之外的青年人和中国人乃至外国人中间造成的影响却非同小可。原因有二：在重庆人自己看来，一切美的东西只要不是沾染了炒作与造势及商业色彩，那么美人展示自己的身体与外貌便是太正常不过的事；其二是人之所以美，最重要的是心灵与情操的美，当然外貌之美也是必要的，三者的统一，就是完美了。女人能够实现三者统一的完美，只有一种状态下方可，这便是在自然与流畅状态下所生发的美象与美物。

重庆美女有过的两次大胆行为，之所以在重庆本地并不为奇，而在外地引起轰动的原因，就是重庆人或者说重庆美女对待美的认识与外域人不太一样。

笔者没能见到那位赤身裸体、勇敢走向大自然，并让百名摄影家们或在水中，或在岸头，或者在草坪，或在飞机上不停咔嚓嚓拍照的美女大学生，却与近期被外界炒得沸沸扬扬的美女作家红艳，面对面地坐下对话了几小时。

红艳与一位打工诗人的事至今正在“火”头上，也不知以后会发展到什么地步，结局又是什么，我们不得而知，但在我采访她那一天之前，我相信红艳说的话和做的事属于我想说明的一个基本事实：重庆的一批美女作家很独特，也很有品位地在追求和表达着自己的美。

红艳“包养”打工诗人的过程是这样的：2006 年 11 月，生活窘迫的湖南籍诗人黄辉，通过媒体宣称想被富婆包养，从而实现自己的写作理想。该言论一经公开，网络上立刻骂声一片，黄辉更是被大众冠以了“伪诗人”“文化贱客”“流氓作家”等骂名。而就在这风口浪尖上，红艳这位重庆美女作家却在其博客中主动表示，愿意“包养”黄辉一年，这被视绯闻比新闻更值钱的媒体炒得沸沸扬扬。

“我根本没有想到这事会引起那么大的反响，真是始料未及！”我相信红艳说这话是真实的。

“那你们之间的所谓‘包养’到底是个什么概念？”我问。

红艳的脸有些红了，随后抬起头非常肯定地说：“我现在一听‘包养’这两个字就有些头疼。它很难听，好像我跟黄辉有什么见不得人的勾当似的。其实，当时我的动机非常简单——这跟所有重庆女人做事一样：看到一个生活困难，需要帮助的人，伸给他一只温暖的手而已。仅此而已。“红艳在说出自己“包养”的动机时特别强调道。

“我喜欢旅游，经常到外面去。一出去总会看到一些乞丐，他（她）们会向你伸手，他们中有孩子，有老人，特别是妇女，样子都很可怜。我就会给他们一些钱和物。后来经历多了，就在每次外出时随身带一点儿自己用不着的衣物，看到有人向我伸手时，就把衣物给他们。现在还是这样。”

“如果是骗子呢？”

“即使是骗子，我也愿意给他。我总觉得一个人如果能向别人伸手乞讨，得有点儿勇气，不到万不得已时，一般人不会这么干的。而作为我们这些凡人能为别人做些善事，其实心里是舒服的。我对黄辉的资助就是这样的心态。我第一次在网上看到他的事后，立即就想到了自己写作的经历，我觉得一个人有文学爱好和才能是不容易的，这里面既有个人的天赋，同时也是生活使然。我这个人如果还能称为作家的话，就得益于这些。黄辉在生活上没有我庆幸，我自己有公司，还有一份收入很不错的工作。可他没有，但他对文学、对诗歌的才情并不比我差。我看过他的作品，也经常在博客上与他交流，觉得他对文学和诗歌的那种冲动与感觉及其才情非常好，至少不比我差。联想到我在写作时的那种种艰辛，因此我马上做出一个决定：出资帮助他，让他有基本的生活保障，然后好好静下心来写他喜欢的作品。哪知事件一出，外界竟然把我的这点很简单、很纯洁的东西弄得一头雾水……”

“对黄辉这人你了解吗？”

“不是怎么了解。但我看过他的诗，是一个有才气的诗人，我常常被他的诗歌打动，他只是缺少一个机会罢了。”

“看得出，你对黄辉有好感。”

“好感并不能说明什么。人与人之间的感情是微妙的。我现在是单身，但并没有想着有一天与黄辉有什么结果。”对我直截了当的提问，红艳做了正面回应。

“你们见过面吗？”

“没有。一直没见过。”红艳说得很肯定。但红艳无意间从网上看到《武汉晚报》有一篇报道说“重庆美女富婆到武汉与落魄诗人见面签约”的新闻。“这种新闻太多了，让他们自己去信自己的胡说吧！”这是红艳的回答。

“朋友和家人怎么看你的做法？”

“家里人基本上不赞成我继续资助黄辉，他们认为他不值得我去资助，认为他黄辉是个大男人，应该靠自己的劳动和努力先把生活安排好了再去干文学。可我不是这样想的，因为我也是喜欢写作的人。对写作者来说，更多时候是把写作当作自己的生命，除了这个，他就不想其他的了。黄辉就是属于这样的人，他爱好诗歌，超越了对其他所有东西的爱好。在这种情况下，你让他去为活命而卖力做工，他肯定干不好，直到连自己都养不活自己。我理解他，所以资助了他。另外，我也是敬佩他敢于向别人伸手的行动，一个人为了自己的爱好和追求，连做人的基本尊严都可以不要，那他一定很有可能会成功的。如果黄辉有一天能在写诗和文学上成功了，那作为在他艰难的时候曾经帮助过他的我来说，简直就是一种荣幸。这对我来说，会是很自豪和幸福的事。”

“如果他永远没有成功呢？”

“我同样感到很幸福和自豪，因为我会在内心宽慰自己：我红艳这一辈子曾经很真诚地帮助过他人……”

红艳的话题到此该结束了。

女人的美，能够升华为母性的美，那这种美就是彻彻底底的、排除了所有功利和欲念的美，它可称之为世界上最伟大的美了。

重庆美女与其他城市的美女有一个不同之处，是她们的团伙现象，即美女扎堆，群芳争艳，因而使得这里的美女们更加光芒四射。

美女扎堆在重庆最著名的要算在“康曼女子俱乐部”了。在解放碑商业区的康曼女子俱乐部，代表着现今重庆有一定地位和身份的美女们的水准。俱乐部创办人许凤是重庆“美女中的美女”——这话出自《新女报》副总编吴景娅之口。

见过许凤后，我的感觉与吴景娅是一致的。这位超级美女的儿子都20岁了，可她看上去也就三十四五的样子。

“男人对女人的审美，总局限在外表上，而不懂得真正美的女人又总把男人的这种意识错误地作为引领自己的生活目标，这就使得一些本来很幸福、快乐的女人们感到压力，内心焦虑，最终反而失去自我，导致生活和感情出问题……”许凤的职业是医生，现在还是一家民营医院的院长，由于她的职业和她对美的理论的不断创新与深化，她在自觉与不自觉中成了重庆美女们的“美丽领袖”角色。

许凤的康曼女子俱乐部如今拥有1000多名会员，她们中间多数是白领阶层的美女，重庆政界的美女官员也是这里的常客。30～50岁的女性是俱乐部的主要会员，而这个层面的女性决定着一个城市与社会的品位和生活基调。

青春少女不用修饰本身就散发着美丽，女人真正美丽要看30岁以后。

许凤成为重庆的“美丽领袖”自然成了这样的必然。

“我以前是妇产科医生。在给病人看病时发现许多病人其实天姿很不错的，可心态不好，心态一不好，脸部、眼神、皮肤和做事、说话就都不好了，结果好端端的一个女人成为老公不爱、社会不敬的人，可怜得很。再有我几次去广州等其他地方，人家见我就说，你不像重庆人。我问为什么呀？他们虽然道不出原因，可总会说反正你许凤很优雅，谈吐说话得体，不像重庆女的。这种感触让我痛苦和思索了很长时间，我是为自己的重庆姐妹们委屈，因为这样的认识有损我们重庆女人的真实性。同时我也在想，重庆女人之所以给外人有这种印象，比如人长得很美，说话干事却显得粗俗。这就促使我想为重庆的姐妹们做点有益于恢复她们本质的事。康曼女子俱乐部就是为了这个目的而创办的。我因此也为自己的俱乐部确定了一个让所有成为我们会员的重庆姐妹们心中都有‘女人的魅力＝健康＋美丽＋技巧’这样一个理念。这实质上，就是帮助我的姐妹们完成一个在任何时候、任何场合如何保持自己永远的美丽和实现真正的美丽的工作。”许凤的意识和脑子里的东西比她外表更有内容、更具光彩。

“那么，你如何来完成这样的目标呢？”

“我一个人的能力有限。我的本事是找到比我更好的人才和专家。我只像球场上的一个教练。我最得意的是我的会员，她们现在能够确保在自己的领域或自己的工作环境内且在任何场合下她是最漂亮最会打扮和言行最得体的女人。”

我笑了，说：“这么多‘最’能达到吗？”

“能。”许凤很自信道，“因为现在来我这儿的女同胞，她们可以说是重庆 30 ~ 50 岁这个年龄段中最有地位、最有财富，模样也长得最漂亮的一群先天就很优质的女性。这个资源决定了我们俱乐部会员的水准。同时因为在不断学习、探索和提高过程中，我们有各种专家、顾问和社会活动，使得会员们能够有互相学习、取经和提升的机会。在增加外表美丽上，我们有国内甚至国际上一流的美容师；在健康方面，我们有一批教授级专家指导；在情感方面，我们有一批知名的社会学者辅导。但这些仅仅是基本的‘应试教育’。更多的是我们俱乐部经常举办各式各样的社会活动，搭建平台，让不同地位的女士们接受不同于自己职业的美丽实践机会。如政界女会员，我们就让她多参加生活类的活动；企业界的女性，我们就让她多参与同下属讲亲情的实践；白领阶层的，我们就让她们多接触平民百姓的生活。那些感情上有挫折、事业上失意的，我们就让她进入专题培训班听专家们讲授处理感情技巧、分析人与社会环境对事业的影响等，这样的结果是：会员们在保持自身原有的天质之美的同时，懂得了如何去发挥和创造自己更多美的那部分空间。”

“能说说成功的例子吗？”

“很多。”许凤说，比如说女人们碰到比较多的就是感情方面的问题。这中间有不少是男女之间的思维和行为方式上的差异造成的。“有个会员，她与丈夫的感情一直很好，但丈夫后来有了外遇。尽管如此，丈夫还是和盘向她讲出了事情的全部。她听后简直惊呆了，怎么也不相信丈夫会做出背叛自己的事，于是陷入了很长时间的痛苦之中，想与丈夫离婚可内心又不愿意，而不离婚吧又觉得自己很亏。后来在我们俱乐部的情感专题培训课上，她懂得了男人与女人在对待感情与性的问题上的差异，认识到自己的男人虽然出现了外遇，但并不一定是丈夫不爱自己了。因为有了这一层的理智认知，之后她十分注重与丈夫的交流，渐渐主动从感情上恢复了与丈夫之间的和睦关系，直至完全让丈夫认识和改正了错误行为，与她和好如初。这位姐妹事后经常在我的面前说着感谢的话，说如果没有康曼女子俱乐部，我就没有了温暖的家。还有一位女强人，在外面是单位的领导，方方面面处理得井然有序，谁都尊敬她。可回到家，她就感到很痛苦，什么大大小小的事情也都做了，丈夫就是不买她的账，甚至她干得越多，丈夫就越跟她较劲，弄得她心力交瘁，根本没时间保养和打扮自己。她自叹‘没治’，连‘管理’都无能为力。这位女强人来到俱乐部后，在与其他会员的交流中明白了一个道理：能力再强的女人，在家里的男人面前，就得是个温存贤惠的妻子，是妻子就不能在男人面前永远摆出一副领导者的架势。之后，这位女强人回到家做的第一件事就是让自己的男人为她捶捶背、倒杯水，然后两人轻松亲昵地聊聊天。有一天，这个女强人来俱乐部满脸开心地笑着告诉姐妹们，说她现在回家基本不干活了，也不操家务的心，却反而博得了又包揽家务又操心的丈夫越来越多的爱，她感到从未有过的幸福和轻松。她说她现在除了单位的工作，有时间也有心情出来保养自己了……”许凤说到这儿，美丽的脸庞放着异彩，她告诉我，“我欣慰自己办的女子俱乐部，能为这样的重庆姐妹们带来一份幸福和一个展示大家更加美丽的平台。”

重庆美女如今成为重庆城市的一张名片——重庆人喜欢用这样的话语来表达自豪的“重庆美女”现象。这之中，我想重庆人应当感谢像许凤这样的人，是她们本身的美的标榜力量和以她们的专业及所具有的综合修养，引领重庆美女们走出粗糙岁月，进入精致时代。因为女人的美与一块玉一样，如果不去俗去糙，就放射不出应有的奇彩和魅力，自然美和心灵美，并不排斥，而合理和科学的打磨，为的是让美色更加呈现自然和流畅的本质。

《新女报》的一群重庆女性问题专家们认为，重庆女人不允许自己不美丽，重庆美女们尽可能地去让自己美丽，同时不被美丽所困扰。重庆女人没有像别的城市的女人那么压抑，“我们的性格是灵动的、风情的、自由的，因而内心与外表是一致的幸福，所以我们美丽。”这是一批重庆当代知识女性的代表，她们自然而骄傲地向我表达道。

我告诉她们：你们是幸运的，与重庆直辖市一样，在别的城市不可能做到的人文环境下有了展示自己美丽的可能和机遇，因此你们的美丽是必然的，是这个新直辖市社会发展内容的一部分，而且是最具灵动和激情的那部分，因而不认识到重庆“美女现象”的非常价值，显然是短见和浅薄的。

祝愿重庆美女与新直辖市一样，越来越美丽。

第六章　江山多娇

没有哪个城市像重庆有那么多山和水。山和水组成了重庆的骨骼。山是在地壳运动中崛起的饱受风尘摧残之后形成的身躯，水在湍流中碰撞出自己的性格和形体。重庆直辖市从成立那天起，就经历了一场场磨砺。

年轻的直辖市刚刚成立的第二年（1998年），便遇上了亚洲金融危机。原本就被国有企业老化拖得迈不动腿的重庆经济陷入了更加困难的绝地。

1999年，元旦刚过的第四天，綦江彩虹桥突然垮塌，震惊全国，使年轻的直辖市重庆蒙上了一个无法摆脱的阴影。这种消极的影响力远比重庆人花费巨资在长江上修建10座大桥所产生的影响大得多。城市之重负，人们常常难以想象。

2001年"五一"傍晚的一场大雨，使武隆县城北的数十人瞬间葬身于泥石流之中……

2003年12月23日22时50分，重庆人又一次突然蒙难——川东北气矿一气井井喷。

2004年9月上旬的一场大雨，重庆多地受灾严重，尤其是开县发生了200年未遇的洪灾。这次降雨导致全市直接经济损失21亿元。

2006年夏，"火炉之城"的重庆不知咋的，气温从39摄氏度一直升至42摄氏度、44.5摄氏度……而且这种气温由开始的10天、20天，持续到99天……这是个百年不遇的大旱之年。广袤的土地在燃烧，江河里的水越变越少，直到枯竭……这一年的重庆干旱，在重庆历史上少有。旱灾使全市农业减产三成，直接经济损失80亿元，其中农业损失60亿元。重庆市气象局连续发布46期高温预警和干旱一级红色预警，这在全国尚属首次。重庆干旱，如一团扑不灭的干火，燃遍了山城的每一个角落，将年轻直辖市烤得到处烈焰四射，先是稻枯了，再是花枯了，再是树枯了，最后连河床也枯了……重庆的干旱惊动了中南海。国务院召开专门会议，研究对策。重庆市的老领导们通过各种途径送来捐款，表达对重庆大旱的关心与支持。9月5日，重庆的天空一阵“轰隆隆”的雷鸣，喜得全市百姓不管男男女女、老老少少，全都冲到露天……“下雨啦！”“下雨啦！”山城像庆贺当年抗战胜利一样，每一张脸上都是灿烂的笑容。许多人甚至高兴得哭了起来……太不容易了，近百天的烈日炎炎，滴水如油贵。而今老天开恩，那雨水真的比黄金还珍贵！

江城人真切地感受到水的重要，水的非凡，水与自己的生命和这个城市的命运是何等的息息相关。

2007年春天刚过，重庆人发现，他们足边的长江与嘉陵江水又再一次节节退却，直到许多地方的河谷江底赤裸在眼皮底下……“江城”无水，让国务院不得不出面从嘉陵江上游放闸引水救重庆，这是多么的不幸和无奈！冬春之季江河枯竭，重庆少有！历史少有！

老天似乎总在有意考验着我们的年轻直辖市，就在我紧张地创作本书时（2007年4月23日），一辆重庆渝运公司的大客车坠入桥底……

特殊的地形，特殊的自然，特殊的城市，总有特殊的灾难和突发的事件。重庆的每一天都是在这样的考验和历练中成长。重庆人的承受力超过了任何一个城市，因为山城和江城逃脱不了这种自然和自然所诱发的人为带来的双重灾害。一个城市是否坚强，是否能逆境而进，靠运气是不行的，重庆人明白这一点，所以他们总是在坚强地承受和努力抗争着这一切。

重庆，我因此给予它一个定义：它是一个极有性格的城市。它是一个刚毅之城，一个不掉眼泪之城，一个只知在欢庆中喜悦而不知在悲痛中哭泣之城，一个从不在困难与灾害面前停止脚步之城。而这个城能够有如此伟大的胸怀与魄力，正是因为它有上帝造化的大江大山所铸成的每一寸热土，还有便是一种只有在这块热土上滋生出的精神力量……

22. 永远的红岩①

10 年岁月，对一个城市的历史来说，也许太短。10 年重庆直辖留给世人要说的话却特别多。也许我们用百万文字来记录她的成长经历仍然不会满足大众的某种愿望，但重庆的“红岩”却不能不说。

红岩精神是在党中央的领导下，以周恩来同志为代表的中共中央南方局老一辈无产阶级革命家、共产党人和革命志士，在抗日战争及解放战争初期风雨如磐的斗争岁月中锤炼形成的革命精神。

红岩精神贯穿于南方局在国统区充满艰难险阻的斗争历程中，渗透于所创造的历史功绩之中，早已在群众中传颂。老一辈无产阶级革命家、中央领导同志多次提出要加强这方面的研究。1985 年中共中央政治局委员、全国政协主席、原南方局领导成员邓颖超同志题词“红岩精神，永放光芒”，首次提出了红岩精神的命题。

此后，红岩精神的研究被提上了议事日程。

① 本节资料来源：《江泽民建设有中国特色社会主义论述摘编》，中央文献出版社 2002 年版，《人民日报》2002 年 10 月 8 日相关报道。

"红岩"带给重庆的无形资产没人统计过，随着岁月的更迭和风雨历练，其价值会翻倍增长，并且永无止境——只要我们的国家继续保持自己的民族气节和共产党人领导国家的执政形式不改变，那么"红岩"所能产生的价值将始终是箭头向上的趋势。

一部小说，支撑着一个城市的精神形象。

一个工作人员的使命，影响和改变了一种传统资源的利用与传播，从而使这个城市之外的人们将这个城市最闪光的灵魂带进心灵与生命之中。

一个不变的领导理念，又使这个闪耀的灵魂成为这个城市发展的猎猎旗帜，高扬着引领3000多万人民向着共同的奋斗目标坚定不移地前进。

《红岩》小说是一位从敌人牢狱中死里逃生的革命者和一位作家共同完成的生命之歌。他们的名字应当被人们记住：罗广斌和杨益言。因为有了他们的小说作品，才让中国人认识了"江姐"和"许云峰"，以及唱红了那首《红梅赞》。

那个影响和改变了一种传统资源的利用与传播的人，便是20年来不遗余力弘扬红岩精神的重庆红岩革命历史博物馆馆长，他叫厉华。是厉华和他带领下的一群新"红岩人"，让"红岩"在直辖市成长的岁月里，多了一种精神财富，并且将这一财富给予了全国人民。

一个不变的领导理念，使重庆直辖市几任市委领导始终如一地把红岩精神作为强市、立市之本，并不惜代价，倾力把红岩革命纪念馆和歌乐山烈士陵园及红岩村等打造成国家经典式的爱国主义教育基地，创造了人民共和国历史上的另一种深刻的辉煌印记。

厉华，作为红岩革命烈士陵园的一位忠诚的守墓者，他的记忆就像一部"新闻纪录片"——

"直辖市才成立几天，市领导到红岩村后，就决定把常委会搬到这儿开，并第一次总结提出了‘爱国、团结、奋斗、奉献’的红岩精神。

“贺国强书记来后，又一次把常委会搬到了红岩村来开，并明确提出，要在直辖市的发展过程中，以红岩精神带动重庆建设。正是在那次会上，红岩村的总体规划被提了出来。之后政府第一次大投入——2300万元就这样决定了。

……

“汪洋书记这届领导，则以正式的文件，批准了整合红岩革命资源的总体规划，并紧抓了实施与成果……”

“红岩精神能有今天这样的影响力和品牌价值，与直辖市历届市委、市政府领导坚持以红岩精神强市、立市的理念有根本的关系。”厉华下的结论，来自于他自身的感受和深切的体会。

“红岩”，本是重庆市区的一个普通地名。此地名原于地质上侏罗纪时的红页岩。从嘉陵江上望去，红页岩突显的地貌，宛如一只动物的嘴巴，故有“红岩嘴”之称。20世纪30年代，一位叫饶国模的爱国女士花钱将红岩一带的土地买了下来，开办了一个“大有农场”。当地的老百姓又将这一农场叫作“红岩村”。全面抗日战争爆发后，重庆成了战时首都。我八路军办事处迁至重庆后，选址在红岩村。此后中共中央南方局也秘密进驻此地，红岩村便成了革命意味很强的地方。小说《红岩》，讲的是与真实的红岩村相距10公里左右的地处歌乐山的白公馆、渣滓洞两个当年关押革命志士和烈士牺牲的地方。今天的红岩联线，就是把这几个地方联结成一条爱国主义教育的旅游线路。这是重庆人的一个创举，也正是这一创举，使“红岩”在真正意义上成了一张不朽的“城市名片”。

“红岩”所在的歌乐山，是重庆郊区的一片非常普通的山峦，但正是因为新中国成立之前，这里有个军统集中营“中美合作所”，正是因为中华人民共和国成立之后这里发生了一场对革命者的灭绝人性的屠杀，天然红岩成了带血的“红岩”，成了悲怆的红岩，成了革命者为信仰而不惜以生命为代价的圣地。

“红岩”，因此属于重庆，也属于全中国；属于昨天，也属于今天和未来。

“红岩”既是一个地名，更是一种精神和一个民族的伟大灵魂。

“……从1985年12月到歌乐山烈士陵园工作以来，每年的清明节我都要去烈士墓前祭拜烈士，向九泉之下的英灵讲讲他们最想知道的重庆和祖国的变化发展；每年的‘11·27’烈士殉难日，我都要在夜深人静时独自去白公馆、渣滓洞，向在天之灵汇报我所做的工作和想法。踏着烈士墓的每一寸土地，那些伟岸的身躯总浮现在我眼前；走过每一间牢房，有无数的声音萦绕在耳旁……长期积淀的情感使我对先烈的崇敬发自肺腑，积极作为的追求使我对先烈的热爱情不自禁。从那些寂静而浩瀚的天空中我常能得到来自先烈的许多启示，从那凝固而绵延的历史里我获得先烈给予的勇气。为烈士守灵，与他们交换一个微笑；为先辈守墓，与他们心灵一脉相通。让那些生命意义上的人格不朽成为现实，是守灵之所在，是守墓之根本。”

“红岩”之所以能在今天，仍然不失价值并反而越来越闪耀光芒，与这里有厉华这样的忠诚守墓者、精神守灵者密不可分。

在与重庆人的深入接触中，你会发现一个突出的现象：在他们的精神世界里，“红岩情怀”其实远远超过了任何一种信仰力量。当然我知道，红岩精神，其实就是一种彻彻底底的无私无畏的爱国主义精神和民族主义精神。

我是真理的信徒，
我是正义的战士，

我要永远永远

为人类的自由幸福而战！

这首《宣誓》是狱中歌手古承铄的诗篇，也是白公馆、渣滓洞烈士们对革命理想的激情展现。半个多世纪过去了，“红岩”烈士们的英灵和他们对革命理想的情怀，在重庆人的行为中一代一代地传承着。

“真理的信徒”，多么高尚而伟大的境界。直辖市10年创业，10年奋斗，10年进取，正是因为有了一批批“真理的信徒”的新重庆人和他们不懈的努力。而单就重庆人能把“红岩”之歌唱到今天，并且依然那么嘹亮豪迈这一点，如果不是“真理的信徒”，我想是不可能的。

厉华便是这样的“真理的信徒”之一。

大家都知道，中国革命纪念地在神州大地上多如繁星，但能像重庆把“红岩”做得如此完美和具有巨大的影响力，怕是独一无二的了。更可贵的是，重庆人在做“红岩”文章时，不仅仅是将其作为一种简单的传统政治宣传，而是结合社会主义市场经济条件下的市场特点，从机制上和动作上进行大胆的探索，成功地摸索出了一条爱国主义教育基地生存与发展的路子，并且在这条发展的路子上始终顺应革命爱国主义基地的教育与宣传的特有功能，把社会效益放在首位，使之不仅没有偏离方向，反而获得史无前例的张扬和效果。

厉华他们在历届市委、市政府的统一领导和指挥下，将以“红岩魂”为主要品牌内容的“红岩精神”，组成系列精神产品。直辖10年来，红岩爱国主义教育基地共接待参观学习者达3000多万（其中青少年占近1/3），在全国300多个城市举办了“红岩魂”展览，观众达3500万；在全国40个城市进行了《红岩魂》

报告剧巡演750场，做“红岩魂”报告900场，发行销售《红岩魂》书刊光碟资料5000万册。总收入超过1.5亿元。这样的业绩，在全国爱国主义教育基地中，绝无仅有。这说明了什么？说明了“红岩精神”几乎已被重庆人宣传到了全国的每个角落、每个人的心目中……

和平时期，将一种历史的革命精神宣传到如此广泛而深入的程度，除了重庆人还有哪儿的人做到过？

厉华和“红岩”基地的同志们为直辖市所创造的价值，绝不亚于一个“重钢”、一个“太极”和一个“嘉陵”。

“今天，人们总是在讲五星红旗是烈士用鲜血染红的，但实际上越来越多的人渐渐地忽略了其丰富的内涵。参观了‘歌乐忠魂、世代英华’展览后，许多人表示由此深切地明白了今天的祥和宁静与昨天的艰苦卓绝紧密关联。

“中华民族的英雄以鲜血创造了新中国，我们每个活着的人应如何去做，这是必须回答的。历史让我懂得了今天。

“烈士们生得伟大，死得并不划算。因为死并不是他们唯一的选择。可是在光明与黑暗的搏斗中，需要有战士流血，需要有英雄献身。

“狱中八条意见，回味无穷。革命胜利至今，此八条建议对我们的工作和现实仍特别适用，这难道不该令我们痛心和重视吗？

“他们或许都有自己幸福的生活，他们也都有对天伦之乐的向往，但为了追求希望，为了中华民族的未来，他们英勇献身，奏出了一曲动人心魄的英魂之歌！”

珍惜今天的生活吧，
那是在尊敬死难的革命者，
也是在尊敬自己。

珍惜自己的生命吧，
难道烈士们对生命的热爱，
和体现出的生命价值，
不深深震撼你我吗？
……

在展览馆，在白公馆，在渣滓洞，在红岩村，这样的观众留言，随处可见，随处可听。这就是“红岩魂”和“红岩魂”的力量……

“红岩是一面镜子，照出了我灵魂的苍白与自私，不能再空虚下去了！人只有为超越金钱之外的理想而奋斗才会充实起来。

“我们这一代的迷茫，就在于平时空谈人生、理想，却不知真正在追求什么。今天，我们看到了这里的一切，才真正感到，一个人如果没有崇高的信仰，永远也找不到真正的生存价值。

“怀着一种沉重仰慕的心情，走进烈士被害的地方，我有一种悲壮感。享受烈士们用鲜血和泪水创造出的幸福生活，我觉得有愧……

“人总要有点精神的，革命烈士凭着一种信念为革命而死，换来了新中国。一个民族的振兴同样需要一种精神。

“烈士的鲜血不会白流，英雄的革命精神永存。让我们活着的人，以及我们的子孙后代，为建设更加美好的祖国而不懈奋斗吧！”

你听，你看——“红岩精神”难道不比浩浩荡荡的“长安”轿车、“嘉陵”摩托和“涪陵榨菜”更影响中国人的生活和生命吗？

这就是“红岩”带给当代中国的财富与力量。

重庆人民推荐厉华同志并最终获得“振兴重庆争光贡献奖”也正是看中了这一点。

笔者在北京工作，作为国家的政治与文化中心，首都的任何一种政治现象和文化现象，都反映了一个民族与时代的印记。北京的文化和政治现象，通常都很敏感，你轻轻地拨动一下，可能某一根神经就会让这个国家和时代发生巨大的回响。但北京的政治和文化又太宏大了，你无论怎么挥动大鼓棒，也可能泛不起半点儿涟漪……这就是北京。

重庆人在近10年中有两次让北京这个地方响起了震耳欲聋的回声，这两次都是因“红岩”而引发的。第一次是1996年的“红岩魂——白公馆、渣滓洞革命先烈斗争事迹展览”。这次展览据说完全是厉华他们重庆歌乐山革命纪念馆的同志们“想入非非”做出来的，而它却掀起了后来轰动全国甚至让外国人都吃惊的“红岩革命潮”。

展览是8月20日开始的，在中国革命历史博物馆。老实说，在北京的文化活动中，尤其是展览一类的文化活动，“红岩魂”的这个时间与地址，都不怎么好。大热天的，又是北京人通常不太会去的博物馆。可“红岩魂”出现后，完全改变了北京人以往的习惯。每天，浩浩荡荡的群众和学生自发地涌进天安门广场东侧的中国革命历史博物馆，其情景叫人有些“不可思议”。

《经济日报》用了《红岩魂浩气震京城》的标题来报道其盛况：“在名目繁多的各类展览竞相登场而观众寥寥无几的今天，中国革命历史博物馆里，一个来自重庆的全国巡展却震动了京城。近日来，四面八方的参观者络绎不绝，人们怀着崇敬的心情匆匆赶来，含着热泪依依不舍地离去。8月25日这天，参观人数达到高峰，有一万多人。近300页的留言簿写得满满当当……”

真正的参观高峰是在后来。

9月4日下午，记者来到中国革命历史博物馆，数以百计的参观者正随着长长的人流涌进‘红岩魂’的展厅。据了解，截止到目前，观众累计已达十一二万人，平均每天都有数千人。来参观的人大多是自发的，他们中间更多的是家长带着孩子。有的是第一次来，有的是第二次，有的甚至已经是第三次了……”

《光明日报》记者在9月5日发表题为《抹不去的红岩魂》的文章说：“‘红岩魂’出人意料地吸引了数不尽的观众，掀起的热潮一浪高过一浪。

谁也不会想到，一个革命传统教育的展览能吸引如此多的自发观众。所以这事越传越热乎，北京城里的人都在说重庆的“红岩”展览好看、震撼人，于是单位就出面组织职工干部们去看，这一传十、十传百地整个京城都热闹起来了，大有谁不去看重庆红岩展览就很以为耻的那么一种态势。好家伙，轮到我们单位去看时，天安门东侧的人群真是如潮水一般，半个天安门广场快被占据了似的，而且还规定了参观时间，不能长久地待在里面不走，那样其他单位就进不来了。

“红岩魂”火遍了京城。后来这个原本展览10天的活动据说又延长了半个月，仍然让不少人感到遗憾——没有多看几遍。

之后，厉华他们的“红岩魂”就迅速在全国掀起热潮，据说各省市之间“抢”得不行，厉华和重庆一时成为“香饽饽”。

时隔不到4年的2000年6月，这厉华也实在太心急地又一次重返北京城。这回他拿出的还是“红岩魂”，只是形式上由图片实物展览，变成了舞台形式的报告剧《红岩魂》。哎哟，好你个厉华，好你个重庆人！

一台由厉华他们红岩纪念馆工作人员自编自演的剧目，又一次把北京闹了个翻天覆地！

《红岩魂》演出场场爆满，座无虚席，而且场场让观众泪流满面，掌声雷动。这实在是了不得的事情！在京城，在当下浮躁的时代，一场既非经典剧目，又非专业演员的艺术舞台剧，能在京城获得如此大的反响，确实太了不得了。经典剧目不是没上演过，名演员的强大阵容的戏也几乎天天在演，可有多少人去看嘛！没有。

《红岩魂》让北京人再一次疯狂——那是对革命先烈和“红岩精神”所产生的崇拜，是人们对今天自身和社会所出现的诸多迷茫与不解的反思及从对比中爆发出的一种精神需要，或者说“红岩”革命先烈们的壮举和牺牲精神，激荡与冲击了时下人的心灵深处。

新华社记者为此次《红岩魂》进京演出获得的巨大成功而写的一篇题为《薪火相承　光耀千古》的启示录上这样说：

“台上，一位位革命志士拖着沉重的脚镣慷慨赴死；台下，一双双泪眼激起一片感情的波涛。由重庆歌乐山革命纪念馆推出的《红岩魂》形象报告展演，从6月7日首场演出至今，已在京城连续上演40多场，场场座无虚席，在首都各界观众中产生了强烈反响。”

步出剧场，透过一片赞扬声，人们不禁要问：“一场普通的爱国主义教育报告展演，何以得到群众这么高的评价？”

文章分别用了《泪眼涟涟和中途无一人退场昭示：老百姓渴求积极向上的精神食粮》《走进生活，贴近群众，形象报告成功表明：当代思想政治工作天地广阔》《经久不息的掌声凝聚一个最强音：时代呼唤“三个代表”的生动教材》3个标题，阐述了厉华他们新一轮《红岩魂》报告剧展演的成功。

重庆市委、市政府为表彰厉华他们纪念馆同志的杰出贡献，特意为纪念馆记集体一等功。这在直辖市历史上也是首例。

《红岩魂》报告剧的一次又一次的成功，其实不是偶然。首先当然是来自直辖市领导始终把“红岩精神”作为强市、立市之本，大手笔整合红色资源的正确决策，其次关键是厉华他们自身工作的创新和努力。

与其他爱国主义教育基地一样，“红岩”管理区域也曾走过不同寻常的道路。歌乐山虽不大，但绵绵几十里绿荫山区，在重庆可是个宝地，尤其是直辖市成立后，城市建设的开发，使得像歌乐山这样的宝地不断升值。因此如何保护好这块教育基地，成了厉华他们这些年经常要去搏杀的“无硝烟战斗”。渝怀铁路建设是直辖市成立后一项影响国家中西部战略和重庆直辖市与外界连接的重点工程，可原计划的线路正好越过歌乐山的“红岩区”，铁路要从白公馆、渣滓洞上面穿过。听到此事后，厉华他们差点急出毛病来。“这绝对不行！火车飞越‘红岩’头顶，对整个基地的保护将是毁灭性的灾难，绝对不能让这样的方案通过！”厉华简直是拼了命一样去找有关部门陈述、恳求，并且找一个个领导说明，甚至不惜采用“上访”“静坐”的办法……金诚所至，金石为开。现在的渝怀铁路线绕过“红岩”而走，虽然政府多花了一亿多元的工程建设费，但“红岩”被完好保护了。

“红岩”区域有3000多亩绿水青山、宜建别墅等豪宅的宝地，许多单位一直在打这块地的算盘，但几年来从没一个房地产商说动过厉华。有人曾用领导来压厉华他们，结果是厉华他们用《中华人民共和国文物法》和个人对红岩烈士的感情给顶了回去。

“我‘红岩’现在很富有，有一平方公里的土地产权，有每年1000多万元的财政之外的收入，有一支非常专业且对红岩充满感情的专业队伍。”厉华开口闭嘴都是“我红岩”，看得出，这位曾经是军人出身的红岩人，在他生命的每一个细胞里都滋长着“红岩基因”。他的这个“红岩基因”，也在影响着所有“红岩人”，所有重庆人……

我知道，“红岩”不只是厉华一个人的，他仅仅是众多红岩精神的传播者之一。其实，重庆历届领导和所有重庆人都是红岩精神的传播者，而在这众多的红岩精神传播者中，有一个人我无法忘却——

他叫张鲁，一位英俊的电视文学艺术工作者，重庆人颇能引以为豪的人物。认识张鲁是前几个月的事，但知道张鲁却有很多年了。那是我在写《落泪是金》的时候，这部第一次揭示当代中国社会弱势群体生存状态的报告文学作品发表后，引起各界强烈反响。期间，笔者经常应邀在电视上做节目。有一天在电视台看到了张鲁事迹的电视片，当即有一种非常感动和遗憾并存的东西烙在我心上——感动的是张鲁不屈的精神，遗憾的是没有能采访到张鲁这位在担架上施爱播恩的“红岩人”。

小说《红岩》中的英雄许云峰、江姐式的人物，影响了中国几代人，我们都是属于在红岩精神教育下成长起来的新一代共产党人和新中国的后生。因此当时看了张鲁的事迹报道后，一下联想到“红岩”和“红岩”里的英雄。张鲁无疑是新时代的“红岩人”。

2007年2月8日下午，我终于在重庆的一个闹市区的宿舍楼里见到了坐在轮椅上的张鲁——还是那么英俊，还是那么乐观的张鲁。

无法想象一位如此英勇、如此豪情满怀的铮铮铁骨的汉子竟然在轮椅上度过了整整20年！——1987年3月11日，是张鲁不幸遇车祸致残的日子。这一年，张鲁才34岁。清晨，意气风发的张鲁正像往常一样，沿着公路在晨跑，突然被身后的一辆急驰而过的“小长安”车，拦腰猛地撞倒在路边，导致他下肢全瘫，从此失去了一个男人可以站着挥洒豪情的全部体能和全部生活……

之后的7年，张鲁没有出过一次门，像一具只知呼吸不知生命的活僵尸——那种孤独与痛苦，只有他自己知道。“生不如死”的滋味，让张鲁全都饱尝了。

有一天，同事们来看他，说张鲁你不能再这样下去了，这样你张鲁就不是个男人了！已经绝望的张鲁，一听这话，顿时像断了肢的雄狮一样号哭起来："我本来就早已不是个男人了！我不如死了算了！呜……"那断肠的哭声能让长江和嘉陵江倒流，能让大巴山和巫山倾塌。

哭过之后，张鲁笑了，说："那我就听你们的，出去看看我还能干什么。"

同事告诉他："你是咱们重庆电视台的名编，有的是你可以干的事。"

1994年的一天，张鲁第一次在致残后走出了家门——家门外的世界比他过去所看到的天要蓝得多、景也美得多。张鲁选择的第一件事是到距主城区百里外的江津山村看看孩子们——要强的他不习惯别人用滑竿抬着他走，"看着人家光着膀子，汗流浃背地抬着自己，从此我内心发誓：什么时候都可以不管天不管地，可我张鲁必须禁得起考验，要在意志上站立起来做人，做一个对得起同事们，对得起重庆百姓的人。"张鲁这样告诉我。

"20年来，我虽然天天坐在轮椅或坐在别人抬着的担架上，但我想自己仍然是个在信仰和行为上都站着做事的人，是个能为直辖市建设做一点点力所能及的事的人。"张鲁用这样朴素的语言评说着他诗化的人生。

著名学者余秋雨说，重庆是一座站着的城市。

重庆当然是座站着的城市。而重庆像张鲁这样的人一定是顶天立地站着的人。

十几年来，张鲁一直是位倚仗担架而站着的人。他用自己的全部爱和智慧，完成了一部部经典式的电视艺术作品，传播着这个时代里的文明与进步，他的50多集电视片《跨世纪希望》，寄托的是重庆山村教育的希望；他的纪录片《母亲》则是对故乡重庆的一片深情……他用电视的手段传播着自己的爱，点燃着所有重庆人对未来全部的希望。张鲁在轮椅和担架上实现着人生的辉煌，大山深处的无数山村孩子因他而获得重新上学的机会，一个个“红小雨”和陈小梅在他的心雨下茁壮成长着……

“重庆是个大城市、大农村，重视城乡的统筹协调进步，是每一个重庆人都应当尽力去做的大事。我是一个残疾人，但这并不影响我力所能及地为这件事尽一份力量的心愿。”近几年的张鲁，心中一直想的是大直辖市的今天和未来的发展。他在武隆运用电视影像教学片给当地的农民传播科学种田的知识，该县由此广泛开设的“农民培训资源站”就是他一手策划和经营搞起来的，如今已经成为当地农民致富的一个平台。

已经走了19个国家贫困县的张鲁欣喜地告诉我：“现在我到下面去，看到山区最漂亮的建筑是学校，孩子们穿的衣服都是鲜艳的新衣服，家长们用得最多的一句话是‘望子成龙’。千万别小看了农民们的这句话。他们有了‘望子成龙’的意识，农村下一代就有了希望。农民们自己有这种意识，是自觉的，远比政府下力气动员孩子念书重要得多。教育是解决‘三农’问题的根本，农民们个个望子成龙，就会把地种好，就会争取丰收，就会把收入提高，然后送自己的孩子上大学。如此长期下去，重庆的大农村还愁没有前途？”

一个坐在轮椅上的人能对今天的直辖市有如此的希望和信心，难道不是对那些能够站立着生活的人的一种激励和鼓舞吗？难道不是红岩精神在今天的一种延伸吗？

2004年7月，张鲁作为重庆的代表，参加在北京举行的全国中青年德艺双馨文艺工作者表彰大会。他是8个发言代表中的最后一位发言者。张鲁上台发言讲的都是他经历的一个个山村小故事，却让全场艺术家们感动得流泪……会后，二胡演奏家闵惠芬专门找到张鲁住的房间，激动地告诉张鲁：“我是在会务处查到你房间的，我要专门为你演奏一段曲子。”

小板凳上，艺术大师深情地为张鲁演奏了一曲《川江》。两位艺术家如痴如醉……“张鲁，我要到你们重庆去，我去不是为了演奏，是想用我的实际行动为川江，为重庆，为所有像你一样的新一代‘红岩人’高歌一曲！”

闵惠芬的话虽然说得不多，但表达的却是国人对千千万万个张鲁式的重庆人的那份敬意。而艺术家从内心迸发出的这份敬意，难道不是对新时期红岩精神的一种最高褒奖吗？

文明火种需要传承，时代精神则需要赋予更新的内容。厉华和张鲁等无数重庆人以其不同的方式传承着的红岩革命火种，是新直辖市崛起和快速发展的真正动力，这动力可移山倒海，这动力可断江逆流，这动力同样可以助山峦更巍峨挺拔，使江河更汹涌澎湃……

23. 首席记者的眼里总闪着泪光

言说重庆，离开重庆的扶贫工作和农村的十年变化，这言说将是残缺和不完整的。

言说重庆的扶贫和农村 10 年变化，离开了一个人的目光将同样是残缺和不完整的。因为这人的目光总盯在重庆的那片广袤的农村……这个人生在农村，一生改不掉农民本质，就是在他成为城里的佼佼者后仍然是一身的农民气息和农民习性。

他就是《重庆日报》首席记者、“振兴重庆争光贡献奖”的获得者罗成友。2004 年，罗成友获得中国新闻最高奖——范长江新闻奖。这也是新中国成立 58 年来重庆新闻工作者所获得的唯一最高奖。

罗成友无论走到哪儿，谁都不会将他与城里人的形象联系在一起。他出现在我面前时与人家介绍中的“高大形象”完全不一致：矮矮的个头，从头到脚的农民打扮，就是那憨厚的脸上也永远挂着农民的微笑……

同事们这样描述他：

> 这个乡村干部模样的人的办公桌，离我的办公桌不足5米。那上面有一台电脑和一些报纸杂志。它的前后左右的隔间里，全是这样的有电脑和报纸杂志的办公桌。
>
> 我们不太容易看到那张办公桌的主人。有时候他来了，在办公室的玻璃门外使劲摇手，很难为情地笑着，要我们去给他开门。他总忘记带门卡。他穿着那个季节最不时髦的或灰或蓝的衣服，鞋面上沾满灰尘，背一个黑包包，身体往前倾着，大步大步走路，两三秒钟，就坐在自己的位置上。我们都忙着自己的工作，他在干什么，我们并不关心。有时候听到他同周围的人打几声招呼，开两句玩笑，小小的个子在格子间晃来晃去的，不一会儿，就没了人影。大家对他的这套作风习以为常，都知道他肯定又到哪里去采访了。事实上，作为他的同事，我们见他的文章的次数，远远超过了见他本人的次数……

这就是罗成友。一个身为《重庆日报》首席记者、身上背一筐荣誉的人物，至今他毫无羞涩地告诉我：他就是一个农民。“我老婆和孩子都在农村住着，虽然她们完全可以进城住，但我更习惯在农村，我愿意一辈子做个农民。”罗成友说这话时没有半点虚伪，他说他在同事和城里人面前不感觉自己当农民有什么自卑。“相反，我要哪天不当农民了，就会浑身不舒服。”

罗成友就是这样一个脱不掉农民本质的记者。

在全国几十万职业新闻工作者中，罗成友也许是唯一的一位至今仍然把当农民看作荣耀的记者，而凭他仅有初中二年级的学历，也许同时还是全国唯一的一位没有高学历的省报首席记者。

53 岁的罗成友说，他从小也喜欢文学，虽然“文化大革命”剥夺了他这位“中农”出身的小农民继续上学的机会，但“因为我是种蘑菇能手，又喜欢动动笔杆子”，所以有一年区里缺个推广种蘑菇的技术员，他罗成友有了“当干部”的机会。在种蘑菇的同时，他仍然不忘写“豆腐块”文章，因此区委书记看中了他，让他当了新闻通讯员，再后来就当了文化站长。“那时经我手培养了一批农民作家，他们中有不少现在是重庆作家协会会员呢！”罗成友很得意他的这一“历史性功绩”，虽然他自己后来因为热爱新闻工作而放弃了文学爱好，没当成作家，“但我没遗憾。”

1993 年，因为经常给《重庆日报》写稿的罗成友被调到重庆日报社，当了名正式的记者。这对一个农民来说，简直就是跳进了天堂一般。可罗成友很怪，他没有因此想甩掉农民的身份，一门心思还是往乡下走……

“让我矢志一生为农民说话的，是两次难忘的经历。”罗成友说。

第一件事是他到报社不久，他想去下面看看农民们是怎么过春节的，虽然他熟悉自己家乡的农民们过春节是个什么样，但对重庆一些贫困的农村的农民过春节到底是什么样他不清楚，他为此想作个采访。新记者都有一份想“露一手”的愿望。

出乎他意料的是，在他提出到綦江县最贫困的一个村子去采访时，该县民政局长说什么也不同意他去。这是为什么？后来罗成友打听到，原来那民政局长不想让市里来的记者知道綦江贫困村的贫困真相。罗成友还是有罗成友的办法，他撒了个谎，说自己是去专门写一篇县里领导如何关心农民的文章。那边就同意了，给他找了一个离县城比较近的镇去采访。那里是山区，车子行进一个多小时不能走了，罗成友便靠双腿往山弯弯里走。

“我到里面的一个村子一看，简直不敢相信。那里的老百姓，穷得什么都没有。其中有一家的一个女孩，看上去十四五岁了，她坐在门槛上，眼神呆呆的。按我家乡的习惯，一般过春节都要在大年三十吃汤圆。我就上前问那女孩：“你们家吃不吃汤圆？”女孩子听了傻呆呆地反问我：‘叔叔，啥是汤圆？’当时我心中难过极了，这么大的女孩子，连汤圆是啥都不知道，可以想象这里的农民穷到什么程度！这是1994年的事了！在深圳和你们北京，跟她一样大的女孩子都已经开始上网了，可我们重庆的山村里，这么大的女孩子连汤圆是什么都不知道，我心里很难过很难过……”罗成友说：“回城后，我把在綦江所看到的山区农民怎么过春节的事报道了出去，引起了城里人强烈的反响，甚至连与我同在一个报社的人都不相信我所说的事。大家议论说，新中国成立都40多年了，重庆农村不可能还这么穷吧！？可那都是我亲眼所见，千真万确的事！从那一刻起，我就想，重庆还有那么多贫困的农民，外面根本不知道他们穷到什么程度。总得有人为这些贫穷的农民说说话吧。我想自己曾经也这样贫穷过，我现在当了记者，我不去为他们说话，还能有谁去为他们说话呢？”

“坚定我这份决心的还有一次是在直辖市成立前后我到巫山庙堂乡的采访。”罗成友讲了另一则他的经历：这个庙堂乡，罗成友前后去过3次。他给我找出了第二次的，也就是1998年时去的那次所看到的和后来报道的情况：

庙堂乡地处重庆与湖北的交界处，面积82平方公里。此地山高坡陡、沟壑纵横，岩石占总面积的80%以上，全乡村4540亩耕地就嵌在这些岩石缝里，95%的耕地坡度在25度以上。不少坡度在60度以上。当地农民说："这样的地，只要连续干旱7天，泥土就会顺着山坡哗哗往下滑。"民谣唱道："漫山遍野尽石头，养牛无用人替牛；一年辛苦半年饭，从春到冬肚无油。"

农民黄会宝全家4口人。3个孩子睡在一个大筐里，盖树叶防寒；他本人用木头圈一个长方形的框，睡在框中，盖的是杂草，就这样过冬。

偶然得知有个母亲被人拐卖走了、父亲外出一年多杳无音信的曹家四姐妹，我们便专门去采访。元月8日，我们去到她们家，那天大雪纷飞，8岁的小妹妹只穿一件单衣、一个线背心，在寒风中冷得直哆嗦。在这个家，我们看到里屋旧木床上铺的是破篾席，床上一堆烂棉絮，四姐妹晚上就这样挤在一起睡。外屋是一个灶台，旁边有一台磨碎玉米用的石磨。孩子们想吃的时候，就用石磨磨几个玉米棒子，再放进灶台放些水热一下，算是全部的食物，连一点盐和菜根丝都没有……

这样的情况绝非个别。全乡农民家产不足200元的占5%，不足1000元的占30%。绝大多数农民家产不足2000元。全乡农民衣不蔽体的有70户；30%的农户缺粮，有的长达半年。还有20%的农户常年吃不上盐巴。一半的成年男人从没穿过内裤，妇女们用的月经垫全是草木灰和破布及塑料薄膜纸……全乡农民近5年中每年以100人左右的速度减少——1993年底，全乡有3031人，到1998年底全乡只有2561人。

农民穷，乡里单位的日子也难过。乡供销社、粮站、畜牧站都只有一人守屋；财政困难，乡干部工资基本不能按时发放，每年预算外资金只够一个干部上县城两趟的差旅费。

一位干部告诉我们，1992 年，一名中师刚毕业的女教师被派往庙堂中心小学任教。她父亲护送她去报到，走了两天才到庙堂。到学校别的困难也在预料之中，没想到厕所中间分隔男女的墙破得完全可以看见对面。这女教师的父亲只好含着眼泪为女儿修厕所……父亲走了，厕所隔墙没几天又坏了。为这，这位年轻的女教师每天都要哭几次，一年后她便调走了，再没有新教师来此。

我们来到学校，站在教室的木条窗前。窗户没有玻璃，凛冽的寒风从峡谷里呼呼地吹过来，吹得人脸上发痛。在这里干了 21 年的校长李德龙还没等我们开口，他眼圈就已经红了……

1970 年由县里出钱，在庙堂河上建过一个小水电站，只有 30 千瓦。但由于山高沟深，农民们住得分散，电通到一家一户成本极高，农民们根本用不起电。乡政府所在地算是人口密集的地方，加上附近有百十来户人家，但由于用得了电而交不起电费，电站最后不得不关了。

庙堂乡通电话的历史比用电灯悠久。1953 年庙堂乡就安上了电话，虽然只有一部摇把电话，却也能模糊地听见来自山外的声音。这电话一用就是几十年，1992 年全县电话改为程控。庙堂乡的摇把电话无法与程控对接，改程控又没钱，所以唯一的电话也从此中断了，庙堂乡因此成为与外界失去基本联系的原始式社会……

罗成友与时任《重庆日报》总编助理的张小良一起用泪水凝结成的这篇报道（本书采用时作了某些删改），后来在《重庆日报》上发表后，又一次震撼了直辖市民。

其实，罗成友知道，像庙堂乡这样的贫困乡村，在重庆大农村中还有很多。1997年重庆直辖市成立时，全市未脱贫的贫困人口就有366万，这也是中央交给重庆直辖市需要完成的四大任务之一，即这些人的扶贫问题。

世界上没有哪个城市会像重庆负担着如此重的扶贫任务，也没有听说过世界上哪一个同在一片蓝天下生活的直辖市民会像重庆人那样过着天壤之别的生活！

只有重庆。

然而谁会想到，10年直辖，重庆366万昨天还吃不饱、穿不上衣服的百姓，现今他们不仅已经穿上了新衣——而且是有几套新衣，并住上了新房子，出门也能走平坦的公路，甚至是柏油路和高速公路……

只有重庆。

10年工夫里，他们在中央的英明领导与支持下，针对重庆的市情，从实际出发，始终把扶贫开发作为事关全市经济社会发展全局的大事摆在十分突出的位置，切实加强领导，一丝一毫不松懈。先是从1997～2000年的“五三六”扶贫攻坚，再到2000年以来的新阶段扶贫战役，谱写了气壮山河的伟业。

都说数字缺乏文学性，但有时候数字是最好的文学——重庆直辖10年的扶贫数字就是最好的文学：

路——直辖10年里，累计新增和扩建的乡村公路达6万公里，通公路的农业生产合作社达83%。

电——农村电网改造一、二期工程基本完成，用电农户比例达96.9%，其中大多数的农户已经将电作为生产生活能源。

饮水——饮水问题基本得到解决，399.5万过去饮水困难的山区农民现在不用再愁没水喝了。

通讯——至2006年底，100%的行政村和91.9%的农业合作社通了电话。这个数字连比较发达的沿海省份也不一定能够达到。

教育——至2006年，全市贫困地区的7～15岁学龄儿童在校率提高到98.5%，其中特困村儿童在校率达97.2%。

卫生——山区农村卫生条件明显改善。新型农村合作医疗、医疗救助和防治地方病等措施及县重点医疗卫生设施都有较大改善。农村有卫生室（站）的村所占比重为68.5%。

广播电视——通过“村村通”工程，90.2%的农民都能接收电视节目。

……

还有一批闪耀着文学色彩的数字：

“五三六”扶贫攻坚中，重庆重点摸底和扶贫了248个乡的2414个重点贫困村43.99万户农民。

2001年以来，全市又采取自上而下的方式，确定了3270个特困村和412万贫困人口作为重点扶贫对象，把3/4的特困村作为扶贫开发主战场，进行重中之重的脱贫战斗。与此同时，“工作到村，扶贫到户”“定点到乡，帮扶到村，惠及到户”的一个个措施和“狠抓基础设施建设，改善贫困农户生产生活条件”“着力培植基础产业，努力增加贫困群众收入”“大力开展扶贫培训，不断提高贫困人口的技能及素质”等综合扶贫计划与做法，在全市铺开。尤其是在探索区域脱贫新路子方面，直辖市的做法和力度都充满了亮点。比如市委、市政府领导亲自抓的整村推进脱贫示范，对全市干部扶贫的责任心是一个巨大的促进；比如在武隆仙女山、云阳县四十八槽和黔江区蒲花河流域实施的片区扶贫综合开发试点，所探索出的“综合开发，成片治理，产业带动，整体推进”的新路子，都取得明显成效。

武隆县仙女山片区共有16个行政村，试点前基本都不通路，大部分农民的人畜饮水困难，整片区域没有形成支撑农民收入的骨干产业。2000年底，农民的纯收入不足1000元。2001年开展扶贫后，国家投入850万元扶贫资金，带动了部门、企业、民间的资本在片区内集中投入达5897万元，修建公路126公里，使100%的村和100%的农业社通了公路，95%的人畜饮水困难得到了解决，50%的农民住上了砖瓦房，60%的农民装上了电话，有线电视用户达2150户，培育发展烟叶、猕猴桃、中药材等骨干产业3.6万亩。2005年片区内农民人均收入达2685元。

这仅是整个重庆扶贫10年中的一个例子而已。如重庆最南端的秀山土家族苗族自治县，在脱贫攻坚战中，利用自然条件优势，将发展中药材作为增加农民收入的重点产业，大力实施绿色食品工程。2001年，该县提出建立20万亩优质中药材基地的发展目标。5年来共投入资金5741万元，其中财政扶贫资金1375万元，部门配套资金816万元，企业自筹资金1450余万元，农民自筹资金2100万元。他们先后引进红星中药材开发公司、金太阳农业科技开发公司等企业，采取“公司＋基地＋农户”的经营方式，在31个乡镇、134个村，带动种植农户54000户，其中贫困户18500户，建成金银花基地9万亩，白术32000亩，青花椒33800亩、青蒿和天冬等中药材27000亩。2006年，仅金银花鲜花产量就达3400吨，干花产量850余吨，鲜葛和白术产量6200余吨，种植农民平均每户药材收入达3000余元。昔日连饭都吃不饱的农民们已经有不少人用上了手机，甚至买了小汽车……

重庆人民不会忘记在扶贫的工作中，从中央到其他省市和人民解放军给予他们的全力支持与帮助。尤其是今天我们在三峡库区所看到的一座座新兴的城市、一座座崭新的医院、一座座办公楼甚至是乡村的一口口“母亲水窖”“希望小学”等，所有这些都是全国各族兄弟姐妹对新直辖市那些贫困同胞们的深情厚谊。

“仅仅是几年时间，如果不是我亲眼所见，我无论如何也不敢相信像巫山庙堂乡那样的贫困山区的农民今天也能看上电视，买上手机，孩子能穿着新衣服到当地房子盖得最好的学校去上学。可这些都是真的……前年我又第3次进庙堂乡时，所见所闻，像是变了个世界。那个曹家四姐妹，现在也过上了好日子。3个姐姐出去打工挣钱了，最小的妹妹在上学。她们的父亲也因为家乡变好了，从外地回到了家。这，对我来说，都觉得像是在做梦……”我看到罗成友的眼里再一次闪动着泪光，而这一回他的泪光里闪动的是幸福与自豪。

“你能肯定现在整个重庆已没有像当年你所看到的庙堂乡那样的穷地方了？”我想从这位诚实的农民记者口中了解今天的重庆大乡村。

“没有！绝对不会有了！”罗成友没有任何思索地告诉我，“现在重庆还有需要帮助的40多万贫困人口，他们主要是城市吃低保的和农村残疾人及没有子女的‘五保户’……”

我满意罗成友的回答。他几十年如一日和永不改变的农民性格，让我感觉从他口中得到的结论要比其他来源的材料真实得多。

重庆的扶贫工作成就卓著。在这其中许多人付出了努力和辛劳。我想特别提一下扶贫办的一位女同志，她叫赵綦雅。这位与人民共和国同龄的女同志，当年是位知青，父母都是20世纪50年代的劳模。她本人在知青回城后一直在机关工作。直辖市成立前她来到市扶贫办工作。10年来，扶贫办换了一茬又一茬人，唯独她还在扶贫岗位上。现今她是扶贫办的“元老”。就是这样一位50多岁的老大姐，一位家族中几代都是城里人的她，十年如一日地默默在为那些苦难的山区农民排忧解难。赵綦雅说她跑过全市500多个贫困村，几乎所有最贫困的村寨她都去过。为了了解和听取那些苦难的山民们的真实情况，她无数次独自徒步走进山村，吃住在农民家里，含着眼泪听贫苦的农民兄弟姐妹诉说苦难与希望。她不仅无数次将自己带的钱全部掏给了那些吃不上饭、没有衣服穿的农家孩子和妇女，甚至几次差点在进山的路途中掉进深谷沟壑……

赵蓁雅苦涩地告诉我，她干了10年扶贫工作，没有得过一次荣誉。“我的眼睛只会往下看。”赵蓁雅的话，其实对我内心产生巨大震撼：因为我想只有像她这样眼睛只往下看的人才能做好扶贫工作，我们的那些贫困的人民才会有盼头！不是吗？

赵蓁雅和千千万万个像她一样默默无闻地在为直辖市奉献的人，值得我们举起右手向他们庄严地敬个礼。

24. 大城乡的文章可以这样做……

看江城重庆，游三峡绝景，有一处你不能不去，这就是堪称“世界第一水文站”的涪陵白鹤梁。

白鹤梁其实是滔滔长江中的一个狭长形的袖珍小岛，位于乌江与长江汇合处上游约1公里的江心，是一块长约1600米、宽16米的巨型石梁。但此岛与一般的小岛不同，它长年淹没在水中，只有在枯水季节才露出江面。传说在1200多年前的唐朝广德元年（763年），有位道人在此修炼，并细心地在白鹤梁上刻下两条石鱼，记录下了当时的枯水水位。该人后来得道成仙，乘白鹤而去。“白鹤梁”因此得名。白鹤梁外形也酷似一条卧于滚滚江流上的大鱼，因而当地人又叫它“石鱼”。其后不断有人效仿，或刻石鱼，或题文字，记录了一千多年间长江枯水水位变化的情况。由于江水每年枯盈不同，前人刻下的石鱼并不是每年都能露出水面。人们慢慢发现，石鱼“露面”的第二年往往是个丰年，于是乎，“白鹤绕梁留胜迹，石鱼出水兆丰年”的说法就流传开了。

由于白鹤梁出水是每年川江上游的一大盛事，故而千百年间引来了无数文人墨客在此题刻。据统计，小小一个白鹤梁上的题刻多达167段，3万余字。内容或诗或文，或记事或抒情，有不少书法精品，其中以北宋黄庭坚的“元符庚辰涪翁来”的题名最为有名。此外，朱熹、王士祯等名家的题刻也赫然在列，所以它的文物价值、艺术价值和科学价值，都是罕见的。令人叹服的是，白鹤梁的一尾石鱼的鱼眼恰与现代当地的水位零点相当。古人刻鱼为标，与现代水文观测原理十分接近。从目前来看，白鹤梁是世界江河水文记录最早之地，“世界第一水文站”便由此而来。

三峡工程建设，使库区的江水抬高，白鹤梁也将沉入江底。为了保护这一文物古迹，国家动用了3亿元为白鹤梁做了一个庞大的“罩子”，“罩子”内是过滤后的长江清水，通过专门的循环水系统与江水相连，这样“罩子”基本上处于水压平衡的状态，负荷小，简单、经济，同时又能有效防止水库内的推移物质对白鹤梁可能造成的损坏。“罩子”内还将沿白鹤梁建一条参观廊道，由耐压金属和玻璃窗构成，游客可沿着廊道近距离观看白鹤梁上的“水下碑林”。

白鹤梁这样得以保存，实为国之所幸。

涪陵在历史上，因“白鹤梁”而出名。

这里是为巴渝故郡。

扼西南咽喉，自古乃兵家必争之地；锁长江天险，历来为群雄觊觎之所。天府之国，巴人旧乡，绵延三千岁，同照万里月。岁月悠悠，往事皆付笑谈；江山依旧，养育代代传人。人杰地灵，钟灵毓秀。两江交汇之处，竟成奇景，清者自清，浊者自浊，然终融为一体，一路欢歌，共赴东海。昔者将军巴曼子，求楚平乱，割头谢楚，忠烈魂惊，刎颈高风永悬日月，旧事邈远山河；诗仙李太白，腰悬利剑，放歌蜀中，举杯抒怀，挥毫题写白鹤石刻，遂成千古绝唱；别驾黄庭坚，谪居涪城，身在江湖，心系社稷，不以物喜不以己悲，福祉泽被后世；学者程正叔（程颐），理学至尊，感慨时弊，遁迹山水，点校《易经》造福苍生，成就一代宗师；翼王石达开，逐鹿中原，金戈铁马，气吞万里，虽时运不济饮马涪城，临末路穷途，仍不失英雄本色；管带徐邦道，功彪史册，驰骋疆场，甲午风云，力挽大清国落日余晖，碧血染黄海，铸民族不朽之魂灵……（引自《涪陵赋》）。

斗转星移，春秋代序，滚滚长江东逝水。

今日之涪陵，恐在国人心目中影响最大的莫过于榨菜和太极两大珍奇了！“太极一枝独秀，蜚声神州海外，一柱擎天。”这是说的涪陵太极医药业。也有人说当今涪陵应有三杰：榨菜、太极和涪陵香烟。不过我以为，真正让国人认识涪陵的恐怕最最第一的还是涪陵榨菜。笔者生活在京城，亲朋好友间串家走户吃顿家常便饭是常有的事。而这普通饭桌上有一样东西几乎少不了，这就是涪陵榨菜。

涪陵榨菜的口味让国人着实每天离不开它！

中国咸菜的历史源远流长，也与南方人的生活习性和自然条件有关。涪陵出榨菜便是。涪陵出榨菜，首先应归功于这里生长着一种满山遍野都能见得到的“青菜头”。它茎部有膨大凸起的组织，显得奇形怪状。有的像圆球，有的像羊角，有的更像是小胖儿童的脸，平滑光亮特别可爱，所以当地人给它取名为“青菜头”。到20世纪80年代中期，经农业科学工作者确认，正式命名“青菜头”的植物学名为“茎瘤芥”。

了解涪陵榨菜之前，笔者倒是听得一则“神农菜”的传奇：话说在涪陵乌江口外的南岸上，有一座高耸入云的山峰，名叫聚云山。山上有一古刹，名叫聚云寺。聚云寺创建历史很早，唐代贞观年间即已闻名。相传，曾有帝王来此巡幸，故又名“天子殿”。该寺四周风景清幽，游人不少，骚人墨客多留有题咏，曾经被誉为“赛丰都”。后来因故寺庙被毁，至今遗迹尚存。

相传在聚云寺内，从前有一位住持高僧，活了100多岁，仍然耳聪目明，经常坚持坐禅。有天晚上，这位高僧正在静心打坐，忽然看见一个仙人，驾着祥云，自天而降，飞快来到聚云寺禅堂，清楚地对他说：“天子要见你。”高僧又惊又喜，半信半疑，随口便问：“天子在哪里？”仙人说：“你跟我走就知道了。”高僧跟随仙人，慢慢悠悠，进入天庭，只见天宫之中，奇花异卉，芳香扑鼻，仙乐仙舞，煞是迷人。高僧来到銮殿，毕恭毕敬，拜见天子。施完法礼，天子见他年迈，招呼他一旁坐下。然后降旨：“念尔从小学佛，诚心诚意。今命神农与尔一同返寺，继续修炼，躬耕学圃。并赐神农菜种，精细耕耘，定获硕果。”高僧领旨后，同神农一道，回到聚云寺。只见神农在菜园边，用手一指，原先种在园内的大头菜“蔓菁”统统都变了。茎部长出了许多青绿色的、肉头肥厚脆嫩的包块，菜叶也变得更青、更肥、更大了。高僧只顾看菜，不知神农什么时候离开了聚云寺。一阵凉风吹来，高僧被吹醒了。醒来之后，才知道上述情况，是自己做的一个梦。第二天清早，高僧来到寺旁的菜园一看，果然看到他原来种的大头菜，全都变了样。你说它是什么菜，都不大像，因为每棵菜都长了一个青黝黝的菜脑壳，僧人们就称它为青菜头。又因为它是天子派神农来帮助栽培成功的，所以有人便称它为神农菜。这种菜发展很快，在涪陵地区以及大江南北很多地方都有种植，早已成为腌制榨菜的最重要的基本原料。

传说归传说。不过，涪陵的青菜头史话确实值得国人了解一下。

据史书记载，涪陵青菜头最早种植于涪陵清溪场一带，流传日久，涪陵长江沿岸种植青菜头的菜农比比皆是。因其叶和茎均可利用，又便于加工储藏，深受农家喜爱，长江沿岸农家无不种之。清朝末年，青菜头被人们加工利用形成商品后，陆续发展到丰都、重庆江北、巴县、江津、忠县、万县等地，20 世纪 30 年代引入浙江，至 70 年代末遍及全国大部分省份。

早年间，涪陵长江沿岸种植有“菱角菜”“笔架菜”“猪脑壳菜”“独立菜”“无乳简庄菜”“棒菜”等品种，当时以瘤茎的角长最好，短而次之，无瘤棒菜最差。在涪陵民间，栽培习惯于先播种，后移栽，一般不直播，多种植于通河（长江）风的油沙地带。

青菜头植株喜肥、耐寒、生长期短，个重 500～1000 克。每年“白露”前后播种，至“寒露”后开始移栽，次年“立春”后即可收获，“惊蛰”后即抽薹开花结实。然而，正宗的涪陵榨菜原料是在特殊的土壤和水质环境、气候中孕育出来的，产区面积不是很大，主要在重庆市丰都县的高家镇至重庆巴南区木洞镇附近 200 公里长江沿岸地带，其中涪陵系中心主产区。生长特别好，收获的青菜头肉质肥厚、嫩脆、少筋、味优良。这一范围外的地区生长的青菜头质地较差。这真有点儿“橘生淮南则为橘，生于淮北则为枳”的意味。俗话说“一方水土一方特产”，涪陵的青菜头无论如何是其他地方的青菜头所无法比拟的。

涪陵榨菜独特，关键还在于加工工艺之超人一等和它的不断创新进步。学者周睿著文《榨菜工艺创始录》中有记载：

> 菜头为涪陵特有，用它制作泡菜、咸菜起于民间，系素食佳品，年代已相当久远。其发明创造，一说始于天子殿僧，一说是城西洗墨溪邱氏所创。据当年数次专题考察证明，两者说法并不确切。天子殿是按民间的加

工方法，切成小块，装成小坛作为馈赠施主之用，其加工特色并无独到之处。然而向外地起到宣传作用很大，因此施主远近皆求，朝山拜佛者络绎不绝。天子殿僧借此募化，因此致富，亦不枉为做菜之功。然而邱氏兄弟长期在外经商，故史传邱氏发明榨菜之说亦属夸之过胜。

1939 年（民国二十八年）金陵大学农学院园艺学教授李家文等亲自到涪陵调查后形成《榨菜调查报告》，该报告称：“调查费时两月有余……并访晤榨菜发明人。”1963 年秋，四川省文史资料编委派员到涪陵进行两月之久的采访、座谈核实后，才确定了榨菜创始于 1898 年（清光绪二十四年）。关于榨菜缘起的内容综述如下：榨菜起源于涪陵城西邱寿安家。邱寿安，清光绪年间涪州城西洗墨溪下邱家院人。早年在湖北宜昌开设“荣生昌”酱园，兼营多种腌菜业务，家中雇有资中人邓炳成负责干腌菜的采办整理和运输。光绪二十四年（1898 年），下邱家院一带的青菜头丰收，由于邓炳成懂自己家乡“大头菜”的加工技术，与邱家妇女们商量，他试着仿以大头菜全形腌制法，将青菜头制成腌菜，其味甚之。“有客至，主妇置于席间，宾主皆赞美。”“翌年继而制之，数达八十坛……”这足以说明邓炳成就是涪陵榨菜的创始人，由于他既善于总结民间咸菜制作经验，又善于引用外地技术，创造了青菜头的全形加工新技术。他为开创涪陵榨菜事业迈出了第一步，给人民创造了宝贵的财富。

当年，青菜头腌菜制好后邓炳成顺便捎带两坛到宜昌供邱寿安尝新。邱又用它待客，亲友及同行一致认为此菜奇特，鲜美可口，为其他腌菜所不及。邱顿生谋利之念，马上投放市场，销售甚好。邱是位富有商业经验的商人，他想到这个新产品今后会有广大的销售市场，经营起来必有大利可图。于当年赶回涪陵老家，精心策划，投资建厂，安排家人大量制作，便拜邓炳成为掌脉师，研究改革加工工艺，用风晾脱水、初腌后，用压豆腐的木箱榨除盐水，并将此方法制成的腌菜制品取名为“榨菜”。次年运宜昌 80 坛试销，并以“涪陵榨菜”这奇特之名广告于市，未及半月即销售一空。每坛榨菜重 25 公斤，售价大洋 32 元。为此，“榨菜”之名由此而生，运用至今。邱家榨菜试销成功得此厚利，又令家中扩大生产，增加产量，每年榨菜遂达 800 坛之多。为了长期获利，并令其家人秘守加工方法，不许传给外人。如配制香料便要到几家药店购买原料秘密进行配制，以防秘方泄漏。又如风晾脱水，便在自家院内栽桩扯索，制作过程更是闭门加工，不许外人参观，如此达 16 年之久。

至 1899 年榨菜小批量在宜昌试销，当时由于产品新奇，每坛榨菜可盈利 25 元以上，销售数量日渐增多，始终供不应求。经过多年经营，榨菜销售在宜昌形成了一定的市场，这就是中国第一个涪陵榨菜销售市场。

邱寿安之弟邱汉章在上海开设行庄于望平街。1912 年返家后，见榨菜有利可图，便想扩大市场，立即运 80 坛榨菜到上海试销，当时上海市民不知榨菜这种奇形怪状的东西是什么，味道如何，并无人购买。邱汉章即设法宣传，到处张贴广告，并登报做广告宣传；同时又将榨菜切成丝、片装成小包，附上使用说明，派人在戏院、浴室、码头等公共场所销售。有好奇者买回尝试，其味可口，经扩大宣传后，陆续有人来购买，未经一月便销售一空。当时上海居民凡炒菜或炖汤，添入少许榨菜，味极鲜美，所以深受欢迎。有的竟以榨菜作为茶会上款待上宾之用的小吃，或作为赠送友人的礼品。1913 年邱汉章又运了 600 坛榨菜到上海销售，仍然畅销无余。到 1914 年，邱汉章在上海设立“道生恒”榨菜庄，以经营榨菜为主，兼营其他南货，这便是中国第一家专业榨菜庄。当年销售榨菜达千坛左右，所以上海也成了中国第二个榨菜销售市场。邱氏的商业经营，给榨菜生产的发展创造了有利条件，促进了榨菜生产的大发展。1930 年后，榨菜已行销港澳，出口南洋、日本、菲律宾及旧金山一带。年销售量达 3 万坛。榨菜的集散市场首为上海，次为汉口，再次为宜昌。在上海有经营出口榨菜的“鑫和”、“盈丰”、“协茂”等大商行，“鑫和”商行并以精选涪陵榨菜的“地球牌”运销国外享有盛名。

涪陵榨菜之所以能够成为现今世界三大名腌菜之一，因为它不单单是“咸菜”，而且可以作佐餐所用。不论宴席、便餐、米饭、面食，家中、旅途，它都可以派上用场，让你吃得津津有味，尤其是餐桌上油腻过多的今天，人们对它的喜爱程度与日俱增。几片榨菜入口，清爽舒服。如果在凉拌黄瓜、豇豆、青椒等新鲜蔬菜时，加上少量的榨菜拌和，会使凉菜色彩鲜艳，味道更美。清末至民国初期的上海、广州及南洋人吃榨菜，还用它作喝茶时的零食来慢慢品味。那时，富裕人家用榨菜待客算是一种时髦。客来，敬上一杯茶，摆一小碟榨菜，一边摆谈，一边喝茶品菜，有情有味，显得很别致。后来榨菜成了非常普通的商品，以菜侑茶便悄悄消失了，以致现在对这种吃法鲜有人知。榨菜还能醒酒。当饮酒不适或过量，吃一点儿榨菜，可以缓解酒醉造成头昏胸闷烦躁不安的不舒服感。据说，日本人喜欢以榨菜解酒，故称榨菜为“酒之友”。据说榨菜对晕车晕船者特别管用。旅行途中，拈上一片榨菜在嘴里慢慢咀嚼，会使烦闷情绪缓解，故榨菜有“天然晕海宁”之说。

榨菜的妙处，怕只有涪陵人道得清、说得透。涪陵榨菜让中国人和全球的美食家都得餐餐思念。重庆涪陵人又如何在并不长的时间内把事做到这份上，这是人们十分感兴趣的地方，带着这一意愿，笔者来到了“榨菜之都”——涪陵。

真是不走不知道，走一趟方知“榨菜之都”的魅力和惊人之处——

那天到涪陵是个周末的下午，因为比与主人相约的时间早了两个小时，所以有闲暇时间参观了一下涪陵市境。令笔者感到大为意外的是，在距重庆主城区百里之外的涪陵竟然与长江、嘉陵江汇合处的山城重庆一样美丽如画：车过雄伟的长江大桥，即见沿江岸而叠上铺展的城市群楼，错落有致，一直向天边的山峦延伸……群楼底部是一条条宽阔而明亮的街道，似网络般地将崭新的城市置于一个个合理的区域，现代化的工业区和充满人情味的居民小区及沿江旅游带，互不干涉，又互为联结相嵌。街头的行人很多，一看便知这里是个吸引四海的旅游胜地和商贾云集的地方。商业街和各主要路口的各种广告牌琳琅满目，最多也最显眼的当然是榨菜广告，它使你身置其中，时刻会意识到“现在我是到了榨菜之乡”！

“要是年初来涪陵，你可以看到满城都是飘香的榨菜。”涪陵人这样对我说，那神态里满是显耀的自豪感。

我相信。因为在我们这样的外地人印象中，如果你从来没有到过重庆的话，你能说出重庆的大概就这几样东西：三峡、红岩、火锅和榨菜了。三峡早已天下闻名，是世界旅游名胜；红岩作为一部小说和一种精神，记忆在我们的信仰里；至于重庆火锅它已经辣足了我们的感受，是无法抹去的记忆；重庆榨菜其实也早已进入我们的生活之中，只是过去重庆人没有很好地将这小小的“一碟菜”文章认真阅读和传播而已，现在到了该认真重视和总结它的时候了。

采访“榨菜之乡”，让我收获最多的是与一位年轻的“榨菜王”共同阅读涪陵榨菜的文章感受。

年轻的“榨菜王”，说的是涪陵榨菜（集团）有限公司董事长兼总经理周斌全先生。这位土生土长的涪陵人，生于农村，43岁，看上去一脸童真，所以显得年轻。他告诉我，直辖市没有成立之前他在涪陵市委组织部当干部，后来作为年轻培养对象被派到企业任职，在当地的一个上市公司工作，“整天与股票打交道，脑子里只有赚和输两项内容。后来突然有一天，被直辖市成立后的涪陵区委调到现在的榨菜公司来了。我们涪陵人搞榨菜人人都知道，但在我的记忆中，我们涪陵榨菜总是这么个印象：好三年，坏三年，好好坏坏又三年。农民们几乎家家户户都种青菜头，但忙碌了几年，就是没有多少收入，原因是好的年份种得多了，卖不出去，结果全烂掉了；要不第二年就不想多种了，这样好好坏坏、一轮又一轮，最后农民们辛辛苦苦下来，除了汗水，装进口袋里的没几个子儿。另一个基本情况是，做榨菜的人特别多，但真正赚大钱的又没什么人。主要是市场混乱，表现为相互压价，无序竞争，你卖一块钱一包，我卖九角，另外一个人就卖八角，一直压到谁也赚不了啥钱的份上。”

“加工制作方面更是非常落后，几乎所有的涪陵榨菜生产厂家，都是手工作坊，甚至有的就是在自己家门口挖个土坑，在一块水泥板上，切切装装，就算是产品了……几十年来，涪陵榨菜基本都是这个样，所以在全国人民心目中‘涪陵榨菜’，既没打出啥名，也没多少市场份额，倒是让其他地方的榨菜占了市场，获了名声。二三百个大大小小的涪陵榨菜品牌反倒成了陪衬。”“榨菜王”回忆往事，心头有痛。

“听说你用了五六年时间，让涪陵榨菜重放光芒。能否说说过程？”笔者问。

“应该说是逼出来的。”周斌全轻叹一声，他于2000年到现在的涪陵榨菜（集团）公司。这家公司是涪陵榨菜业的龙头企业，其前身是川东军区榨菜厂，有近60年的历史，是个国有老企业。但周斌全到这个厂后到生产榨菜的加工车间一看，简直不能相信，堂堂国有大企业，千余名工人竟然还都是用手工在制作榨菜成品，其质量如何，不言而喻。这样的生产模式怎么可能让消费者满意，怎么可能有市场前景？国有龙头企业是这样，那些小作坊的榨菜制品就不用去想象了……

周斌全开始思考了：榨菜是中国人都爱吃的东西，榨菜作为腌制菜的产品之一，据日本专家对中国市场的测算，大约有300亿元的市场份额。而榨菜在腌制菜中又是“老大”，不用说，其市场空间广阔。涪陵是榨菜之乡，可每年把所有的涪陵榨菜产品加起来，也还只有几吨，不足5亿元销售额。而按照这种落后的传统手工方法制作出来的产品，其市场销售还在不断地被挤压着。怎么办？这个时候，有人对周斌全说，榨菜有啥搞头？你过去搞股票、金融是行家，何不重操旧业。做榨菜，是傻头一个。可身在其中的周斌全不这么想，当他越是深入到榨菜这个行业、越了解涪陵榨菜的历史和现状时，他的“榨菜情结”便越陷越深，直至不能自拔。

“涪陵人种了上千年青菜头，卖了一百多年榨菜，但至今一直是农耕时代的制作方式。从对榨菜的认识，到市场的理解上，都还是农耕时代的思维模式。认为榨菜只是小菜，而从没有把榨菜当作可以成为人人皆吃、能上大雅之堂的中国国菜。我跑了几十家国内腌制企业，还都是些著名老字号，看到的制作方法，几乎都是手工作坊式的。这对我触动很大，因为我们所处的今天这个社会，早已进入了工业社会、商业社会，一个用于人们日常食用的消费品，从原料到产品，再转化为商品，直至成为普及和广泛的市场消费食用品，必须首先在认识观念上摆脱农耕意识、作坊意识。

“涪陵人过去从种青菜头，到腌制成榨菜卖给别人换回钱的整个过程，虽然也呈现了工业社会中商品交换的一定特质，但纵观从种植到原料产销、再从产品制作到市场销售的全过程，我们可以看到的仅仅是工业化社会的原始式商品交易水平，甚至从本质上讲还没有摆脱农耕社会以物易物的基本状态。商品是讲究市场的，商品的前端是产品，产品的前端是生产制作过程，制作过程如果不摆脱农耕社会的基本模式，就无法使一个好端端的产品成为有竞争力的商品。没有竞争力的商品，是无法促进和带动一个产业的。没有形成产业的某种地区物品，就无法让一方天地的人们富裕起来。涪陵榨菜要成为涪陵特色产业，成为致富一方农民和商人的商品，不改变人们对榨菜本身的认识，不改变农耕状态的手工制作生产流程和市场营销的方式，就必然丧失榨菜原本应带来的经济效益，影响榨菜业的大发展。”

“那么你以为涪陵的榨菜业应该怎样发展呢？”

“最重要的是更新观念，彻底摒弃农耕社会留传下来的对榨菜和榨菜生产及榨菜商品流通的原始式思维观念，在引导人们追求食品口味新颖的同时，日益呈现回归自然的趋向。看一看这几年城里人的口味变化就知道，榨菜的消费市场不再是人们可有可无的‘小菜一碟’，而完全可能像重庆火锅一样，成为老少皆宜、中外畅销、兴盛五湖四海的能进各种场合的一种大菜，一种真正有东方传统腌制工艺特色和适合所有人口味的中国大菜。

“所谓‘中国大菜’，即它将不仅是普通百姓桌上的一碟小菜，而且还能是上国宴的一道名贵之菜，它既能放到人们就餐宴桌上，也能成为日常随身携带的小食品和亲朋好友甚至是国宾之间相互馈赠的礼品。榨菜的特性和现代化制作工艺已经给这个产品提供了这种可能和实践。比如我们近年开发的‘乌江’系列榨菜，就已经证明了这一点。

“我们的‘乌江’系列榨菜，获得了国家驰名商标，包括20多种产品，如以精选大寒时节的涪陵翡翠头为原料的，以江风自然脱水工艺，经历三清三洗、三腌三榨，再以乌江河沙封窖腌制，后入古坛发酵长达5年之久的‘古法榨菜’；以只选生长在向阳处的涪陵翡翠头为原料，经江风徐徐清晾脱水，经三清三洗、三腌三榨工艺之后，再萃取其五分之一的极嫩菜心部分，精切成方丁窖腌百日的‘口口香’；以乌江虎皮碎椒混入精选的涪陵翡翠头，经一煎二烤三调工艺的‘虎皮碎椒’等产品，都是适合各类人群口味的精良榨菜。更有专为特殊人群生产的低盐榨菜、原味菜片等特种产品，一经推出，广受消费者欢迎。

“在包装和价格上，我们也既有适合大众食用的一两元1包的普通榨菜，还有上得宴会的二三十元装袋的精品榨菜，还有上百元甚至上千元的‘合家欢’等礼品榨菜。总之，使榨菜成为能够满足各类消费者在不同场合下选用的生活佳品，这样一来，榨菜的市场就会一下冲破中国腌菜市场的300亿元份额，它可能是500亿元、1000亿元。而榨菜是中国的传统专有产品，一旦打开和引领世界消费市场，它的市场份额就有可能是又一个500亿元、1000亿元的市场！”

涪陵榨菜，前景如此可观，也许是连重庆人自己都还不曾意识到的。周斌全的预测不是妄想，而完全是一个可以畅想并极可能实现的榨菜黄金梦。

众人所知的浙江义乌，曾几何时那里还只是个有小火车站和一群摇拨浪鼓的农民的小县城，10余年时间里，靠生产纽扣起家的义乌人，在自己的那块农耕土地上，建起了全世界最大的小商品市场，每年的直接销售额达400亿元，由此辐射全球的小商品交易市场金额据说超过2000亿元。旧时义乌没有丝毫的本地资源，就靠汇拢别人卖不掉的小商品建起了天下第一的现代化大市场。如今义乌小商品的价格和供应量，成为全世界小商品的晴雨表。

广东中山有个名叫古镇的小镇，十几年前，几位想做事的农民看到香港商场里的灯具很好看，就照葫芦画瓢，回到自己的家里干起了制灯，这一干竟然将默默无闻的小镇变成了“中国灯都”。如今古镇生产的灯饰产品不仅在国内市场占70%的份额，达200亿元左右的销售额，而且每年还有100多亿元的产品销向国外。假如有机会去古镇一次，你会被那里五彩缤纷的灯饰世界所震撼。

义乌和古镇市场都是笔者曾经多次应邀采写过作品的地方，对那里的市场形成了如指掌。与义乌和古镇相比，涪陵的交通优势和已有的知名度远远超过它们，尤其是具有百年历史的榨菜资源，更是义乌和古镇等地方无法比拟的地区资源优势。因此笔者完全赞同周斌全对涪陵榨菜市场所具有的巨大潜力的预测和展望。

与义乌和古镇两个市场相比，涪陵榨菜市场的前景，肯定不会低于300亿元的市场销售潜力。这一点我们绝对不是痴心妄想。

“现在涪陵的榨菜年销售额是什么水平？”笔者问周斌全。

“2006年约16亿元。”

“哈哈，仅仅是未来‘中国榨菜之都’整个市场销售水平的一个零头。”

周斌全有些惊喜地问笔者：“你也同我有一样的乐观估计？”

"当然。"

"你的理由呢？"

"理由并不复杂。首先，除了上面已经从人们喜欢榨菜和与义乌、古镇这样的市场形成作比较之外，更重要的一点是，重庆人有敢干大事、干好大事的精神。其次，重庆市是个特殊的直辖市，与北京、上海、天津完全不同，它是个农村人口远远大于城市人口的大城市大农业的直辖市，农村劳动力富余又充足。最后，以三峡库区为主要地区的农村相对落后，工业发展和城市化的前景还比较遥远，解决好这里的农业、农村、农民问题和协调城乡关系是直辖市发展的一项根本性的战略任务。发展榨菜业，正是既可以解决农村大量富余劳动力，又可改善三峡库区农业产业结构，增加农民收入的一条能够充分发挥区域资源优势的黄金大道。它对重庆未来的战略发展方向意义重大，机不可失！"

"我们想到一块儿去了！"周斌全激动地站起来，又是向我敬烟，又是给倒茶水，"向你何作家说句心里话，我是一个农民的儿子，是土生土长的涪陵人，我热爱家乡，热爱重庆，希望自己的父老乡亲们都能过上好日子。但说老实话，我们三峡库区过去大多数是国家级贫困县区，人多地少，除了外出打工，没有更多的可能走向富裕。但三峡这一带适合种植青菜头，如果我们把榨菜业做大、做强了，整个三峡库区的农民都会获得致富的机会。"

这正是一个可以实现中央对重庆的工作定位，解决好库区人民生产生活这一重中之重的战略任务，加快以工促农，城乡统筹，同步发展，使重庆真正成为西部地区重要增长极和长江上游经济中心的宏伟目标的一大举措。"榨菜王"的话让我激动起来，于是问："你觉得假如涪陵榨菜业能像我们在上面展示的前景的话，真有可能使涪陵乃至整个库区数百万农民们富裕起来？"

"完全可能。"周斌全举出目前涪陵榨菜产业的发展情况，"就拿我们公司来说，去年共实现产销各类榨菜8万吨，实现销售收入5.16亿元。我们涪陵榨菜（集团）公司在涪陵整个榨菜产业中占了55%的份额，有35万～40万种植榨菜的农民和加工人员是在我们的产业链上。整个涪陵现在种植青菜头约50万亩，有60万人从事榨菜业，经济收入是16亿元。像我们公司通过企业与农户建立合作社的形式，建立榨菜基地后直接让农民每年获得1000多元的收入。如2006年是1130元。按照上面的几组数字我们可以做出这样一个预见：如果涪陵榨菜产业能够达到100亿元的销售产值，那么等于需要300多万人从事榨菜生产，而根据国内所形成的具有100亿元产值的同级市场，除专业产品的产值外，应该至少还能带来第三产业的近百万人的工作岗位。这就是说，涪陵榨菜市场一旦实现年产值100亿元时，就能使300万～400万农民通过榨菜产业解决生产生活问题。而涪陵榨菜市场如果能够达到年产值200亿～300亿元的话，那不等于带来了上千万人的就业机会吗？这个数字不就基本等于整个重庆农村的全部劳动力呀！你想想，一个小小的榨菜，一旦形成市场，形成我们重庆涪陵特色的市场的话，它的意义将是什么呢？作为重庆人，我能不激动吗？而我想，所有的涪陵人、所有的重庆人，我们都应当有这样的目光。今天的重庆火锅产业发展得如此红火和迅速，在十几年前也是不敢想的事。现在，我们该认真想一想、认真动起手来做重庆榨菜事业了！真的，早想一天，早动手一天，重庆直辖市的发展就会更加速上一个档次、一个水平。”

这是多么激动人心的事！

“而且我还告诉你作家同志，我认为完全可能有这种发展速度。比如我们涪陵榨菜（集团）公司，在我上任前的1999年，我们还是个当年亏损580万元的企业，累计负债达1.75亿元。从2000年起，我们借着中央关于‘开发性移民’的机遇，将集团原有的21个小作坊式企业迁建技改为8个现代化企业，全部用上了由我们与国内外最好的榨菜食品机械师设计的、德国公司制造的先进设备，彻底告别了手工作坊生产，并不断进行产品种类和榨菜科学研究，连续几年实现了跨越式发展。从1999年产销榨菜的2.4万吨、销售收入0.93亿元的水平，到2006年产销榨菜8万吨，销售收入5.16亿元。就按这个速度，我们涪陵全区的榨菜业发展到年销售100亿元的水平，也就10来年的时间。我们有什么理由不往这么一个辉煌的前景去想呢？去奋斗呢？”

是啊，这个并不是空想的辉煌前景，涪陵人已经在想了，在干了，所有重庆人也该去想了，去迅速发力帮一把涪陵人一起轰轰烈烈地干一场榨菜大战了！为了重庆直辖市的荣誉，为了党和全国人民对3000多万重庆人的嘱托和重庆人自己的未来！

其实，编织这样梦想的人并非只有周斌全一人。在涪陵，还有一个比周斌全更早、更有宏愿的人，他就是太极集团的白礼西。

与周斌全年龄相近的白礼西，名气很大。这是因为白礼西的“太极集团”是全国著名的药业企业，排在中国“500强”企业之列。“太极集团”是涪陵除烟草行业之外的第一大企业，也是重庆和中国医药业的“龙头”，集团拥有3家上市公司，总资产达160亿元。年的销售额可达100亿元，是西南乃至中国中医药界绝对的“龙头老大”。

来到重庆和涪陵，到处可见“太极”的宣传广告，这足以证明其影响力。国人也许还记得，2000年11月8日，中央电视台黄金广告段位招标会上，年轻儒雅的白礼西微笑着举起2041万元的竞价牌，将央视新千年的第一声钟声定格为“曲美”时间，并以1亿元的广告总投入击败众多强劲对手，一举夺得中国“标王”之冠。“太极”从此名扬天下。

白礼西的“太极”之路用了十五六年时间，成就了一代渝商的伟业。“太极”之路，其实就是白礼西本人的创业之路。

“太极”的前身是一个仅靠国家投资7万元办起来的国有中药小厂。1983年，从成都中医药大学毕业的白礼西回到家乡的这个小厂时，他看到的这家手工作坊式的小厂，其厂房是水泥板和杂木架搭建的，两台人力汽轮车，几十个工人……一切都显得格外陈旧而简陋。更要命的是，当时这个名叫“涪陵药厂”的厂子是个濒临倒闭的企业，用八抬大轿也请不去一个厂长。这时，上级领导和厂里职工却把目光放在了年仅20岁的白礼西身上——一个大学毕业不到几个月的年轻人，被任命为副厂长，这样“不可思议”的事发生在白礼西身上。

“情况来得太突然，我有一种赶鸭子上架的感觉——虽然我很努力想让药厂扭亏为盈，但是管理和经营对于一个20岁的年轻人来说，真是一门课程。”药厂的情况实在太差，不得已，年轻的大学生厂长只好亲自去武汉学习制汽水，并想靠卖自制汽水为职工发放工资。

冬天没法再卖汽水了，他们只能帮其他药厂淘洗中药材，赚加工费来维持基本开支，可是职工们劳苦半月，只有8元工资，“我自己想着都觉得心酸。”白礼西回忆当年创业的初期直摇头。同年与白礼西一起到药厂的同学，这时纷纷调离走了，留下的白礼西别无选择，只有咬紧牙关往前闯。

“当时我不是没机会，也并非未曾动摇，但我是学中医药专业的，自己又是一个土生土长的涪陵人，我喜欢摆弄那两台人力汽轮车，喜欢车间里浓郁的中药味道。别看这衰败的小厂，却寄托了我对中医药灿烂未来的玫瑰色梦想。”白礼西说。

心存希望者，总是企盼美好的前途，并在等待机会。

1985年，机会来了——当时，计划经济正悄然无声地转向市场经济。白礼西敏感地意识到，药厂要想起死回生，得有适销对路的好产品。通过涪陵医药局领导的引见，白礼西认识了上海医科大学的沈自尹教授，并获知他拥有几个非常有价值的中药研究新成果，特别是急支糖浆和补肾防喘片，市场前景看好。沈教授慷慨地以10万元的超低价将这两个产品转让给涪陵药厂。

10万元，对处于破产边缘的涪陵药厂来说，简直是个天文数字！梦想驱使白礼西硬着头皮一次次找政府、银行，最后立下军令状："如果不能让涪陵药厂起死回生，愿承担一切责任！"精诚所至，金石为开，药厂终于贷到了款。"直到现在，我只要一想起这段经历，心里就有些后怕。可作为一个厂长，当时的情况必须让我做出选择。毕竟时不我待，梦想不会等到我白发苍苍的时候才突然实现。"如今身价百亿的白礼西从来就没有忘却过创业时期的每一个台阶。

这年10月1日，中秋节与国庆节碰在同一日，是个双重喜庆的日子。然而，白礼西的涪陵制药厂非但发不出月饼，就连饭碗都快保不住了。当看到涪陵地区医药局的同志买来最便宜的冰糖麻饼，一个职工只能捧着一个多一点的麻饼时，当听到周围工人中间传来隐隐的哭声时，白礼西这位年轻的副厂长再也忍不住自己伤心愧疚的眼泪了。这一天，成为他和涪陵制药厂职工们最刻骨铭心的记忆……

就在这个时候，白礼西又因出差途中不幸遭遇车祸，右手臂严重受伤。当时药厂一期技改工程正处于关键时刻，他不顾医生劝阻坚持在技改工地上指挥督阵，导致他的右手因没有得到及时彻底的治疗而神经萎缩，致使日后留下了终身的残疾。这是后话。

而就在这个时候，白礼西还需要做出一个重要抉择：有了刚刚获得的两个产品，能不能让患者掏钱购买它，这是他当时首先要考虑和琢磨的事。现在大家都知道去报纸、电视台做广告，而那时的广告在多数人意识里是被排斥的东西。然而白礼西经过深思熟虑后，毅然在重庆电视台节目里为补肾防喘片播放了一个现在看起来十分简陋的广告。这是重庆域内第一个通过媒体做的广告。正是石破天惊，补肾防喘片名声大噪，供不应求！ 1986 年，仅靠这个产品，药厂销售收入就达到 117 万元。濒临破产的涪陵药厂终于起死回生，此后销售额年年攀升。

不苟言笑的白礼西这回第一次露出了胜利的微笑。

急支糖浆的上市，让涪陵药厂品尝到了财富的滋味。1991 年，药厂销售额达到了 1217 万元。1993 年 11 月 22 日，由四川涪陵制药厂、四川省涪陵地区医药公司、涪陵市通济实业有限公司、四川涪陵太极实业开发公司共同发起，以四川涪陵制药厂为主体改组，以定向募集方式设立了重庆太极实业股份有限公司。

“从药厂改名为‘太极’后，我们的命运就开始有了根本性的改变！”白礼西在办公室笑着向我介绍他为什么给企业定名为“太极”：“中国的中医药讲究的就是体质与自然的平衡，中药所能起的作用就是调节患者的体质内部的平衡，中国的太极阴阳平衡是中药的真谛，也是中药药理的最高境界，具有哲学意义层面上的科学精髓。所以，我们给企业起名为‘太极’，既一目了然，又能突出中医的本质。”

“太极”的横空出世，从此给中国中药业带来了飓风——1994 年 8 月，白礼西确立以急支糖浆和通天口服液为两个拳头产品，全面进军全国市场的双保险策略，并组建了 10 个省外办事处。自此，“太极”产品一路凯歌……

这时的白礼西又适时提出“全员营销”模式，提出企业的产品开发能力和营销能力应该远大于其生产能力。这一观念成为太极腾飞的法宝。“懂科研又懂营销才能研发出适销对路的产品；懂生产又懂市场才能生产出质量过硬的产品；懂管理又懂销售才不会瞎指挥，才能制定出适应市场规律的管理策略和方案。”白礼西的“全面系统的营销管理”方法，也因此获得国家管理创新成果奖一等奖。产品之上，是市场；市场之上，则是资本。这时的白礼西在产品、市场方面连连创造了“太极神话”：

1998 年，“太极”进入并购发展及整合时期。

2001 年后，太极进入集团化管理试运行时期，及时运作太极集团上市，收购上市公司桐君阁、西南药业两大著名企业。同时利用三峡库区移民机会和相关的政策，先后将 20 多家濒临倒闭的国有企业和集体企业实施兼并重组，一下盘活了近 40 亿元国有资产，太极集团在这一系列的优质高效的企业并购过程中，事半功倍地搭起了放大自己的跳板，形成“双赢”甚至“多赢”局面，从根本上构建起科工贸、中西药生产紧密结合、互为倚重的利益共同体。

此时的“太极”如日中天，并且将这样的趋势一直延至今日。

如今的“太极”，拥有 13000 人的职工队伍。拥有一流的中药材制造设备，拥有一流的中药科研队伍。集团总工程师秦少容是白礼西的妻子，这位比白礼西早一年进厂的“重庆女杰”，18 年来，默默地将自己的全部智慧和精力投入在开发“太极”产品上，她带领技术专家研制开发的新一代“补肾防喘片”“急支糖浆”“藿香正气口服液”等中药产品，都是中国百姓熟悉而常用的中药，广受患者欢迎，并产生巨大的市场价值。比如她领衔研制的“急支糖浆”和“曲美”等科技产品，已累计实施产值达 70 多亿元。

“我们太极集团目前已经形成一支几千人的专职营销队伍，营销网络覆盖全国 95% 以上的地级市以及 60% 以上的县级市和农村市场……但这仅仅是昨天的战略。太极的真正发展还在明天。”

白礼西话锋一转，激情满怀地说道：“国家把重庆定为国家级的，甚至是世界级的大城市带动大农村的城乡经济发展的试验区。我认为，这一战略中，关键还是在农村、在‘三农’和农业产业化问题上。重庆要成为西南地区的经济增长极，成为长江上游的经济中心，必须高度重视大农村发展这一关键。重庆的大农村发展潜力在哪里？我认为我们涪陵做了大量有意义的探索和实践。涪陵榨菜是一块，苎麻也是很有潜力的一块，而我们太极集团从事的中药生产是促进重庆三峡库区农业发展更大的一块。我们都知道，三峡库区是全国最大的中药材产地，产出的药材品种占全国药材总量的五分之三。我们太极集团只不过是利用三峡库区移民政策实现跨越式发展的一家移民搬迁企业而已。太极发展到今天，成为全国最大的中药生产企业，年加工销售中药材 10 万吨，中成药年产值 18 亿元，其中从库区采购的药材每年约 5 万吨，药农的直接收入达 2 亿元。随着医药市场的竞争，中药这块蛋糕将会越做越大。胡锦涛总书记对重庆发展所作的重要讲话[①]的第一点，就是关于加大以工促农、以城带乡力度，扎实推进社会主义新农村建设。正如总书记所说，重庆大城市大农村并存、城乡二元结构突出，必须把解决好‘三农’问题作为全部工作的重中之重，以发展农业和农村经济为重点目标，以增加农民收入为中心任务，认真落实各项支农惠农政策，全面深化农村综合改革，积极建立以工促农、以城带乡的长效机制，努力做好统筹城乡经济社会发展这篇大文章。要做好重庆的这篇大文章，发展特色农业是文章中的精彩篇章，而三峡库区的中药材种植、中药材加工就是这篇大文章中的精彩篇章。做好它，等于做好了重庆城乡统筹发展的这篇文章。”

“真可作此比喻？”

---

① 见《重庆日报》2007 年 3 月 9 日相关报道。

“当然。”白礼西肯定地告诉我，“仅就我们太极一家企业而言，未来的太极集团需要在三峡库区发展中药材种植面积100万亩以上，而现在仅为5万亩。未来的百万亩中药材可产生的产值将超过50亿元，至少可以给库区农民增长收入20亿元。我们再设想一下，如果三峡库区再发展像我们太极这样的中药材加工企业三五个，中药材种植面积达500万亩的话，给三峡库区的农民可增长多少收入？”

“100亿元左右。”

“对。100亿元是个什么概念？如果按人均年收入每人增长1000元，这项目标就可以惠及1000万农民！如果使重庆的1000万农民能够人均年增长1000元，重庆的城乡统筹发展等于迈出了一大步。这难道不是一篇很精彩的文章吗？”

我这才明白，为什么白礼西在“两会”上听完胡锦涛总书记的重要讲话后，格外激动地针对西部发展和三峡库区建设向政府提出了著名的两点“太极建议”。原来这位重庆涪陵人心中所描述的这个蓝图确实令人激动和振奋。据我所知，白礼西的这份“太极建议”绝非纸上谈兵，比如在重庆石柱县有个种植急支糖浆所用的原料——金荞麦基地，叫黄水镇。那个镇的农民们因为种植金荞麦而富了起来，农民们几乎家家户户买了桑塔纳轿车，幸福的日子格外红火。

“三峡库区独特的自然环境和气候条件，是种植中药材不可替代的绝佳地区，而种植中草药材对改善库区土壤、植被及生态环境，都是百益而无一害的。发展这一产业，既是党的政策给予我们重庆农民的恩惠，也是上帝给予三峡库区百姓的恩赐，我们没有理由不为这样的好事而感到激动和兴奋！”在商界历练多年的白礼西，已经是个不易被任何事件激动的渝商了，但谈到这一点时，他仍然无法掩饰自己内心的冲动和感情。这冲动和感情，既有他自己“太极”的事业，又更多的是有对家乡、对重庆大直辖市的一片深情。

谁说重庆大城市大农村的直辖市不能成为世界级城市？谁说重庆飞速发展的大城市与广阔的农村不能统一协调地齐步前进？仅从涪陵二杰的周斌全和白礼西两位年轻企业家已经走过的和正在走的发展之路，我们便能高兴地看到未来的重庆农民，只要抓住了发展机遇、抓住了产业特色，就一定会在自己的土地上实现富裕，建设美好的家园……

而我知道，像涪陵这样具有地区产业优势的还有万州、忠县、丰都、云阳等；更不用说盛产柑橘、茶叶、蚕丝的合川、梁平、永川、綦江、荣昌和“夏橙之乡”的长寿等地。至于像东边的巫山、巫溪和西边的大足及南部的武隆、秀山、黔江、彭水、酉阳这些到处皆是好山好水和旅游名胜的地方，只要把相应的产业发展起来，还怕农民富裕不起来？还怕暂时落后的乡村赶不上现代、时尚的渝中主城区？

重庆的广大乡村，与众不同。上帝赐予这里的好山好水和丰富的自然资源及历史和文化，是世界上任何一个农业自然社会所没有的。而且重庆的广大乡村的这种自然资源和优势，随着全世界的现代化程度和城市化程度的提高，其优势将越发显现。我们只是需要用时间来证明这一点。当然，在这时间里有一样东西不可少，那就是重庆人应当紧紧抓住机遇，不断调整产业结构，科学、合理和十分巧妙地将自己的资源优势，同外界经济的、文化的发展趋势衔接好、配合好、利用好。

25．黄葛树，美好家园的象征

我们已经说过重庆是个美丽的城市。它的美，来自于山和江的组合，天和地的交融，月和云的相伴，人与自然的共荣。

我们已经说过重庆直辖市是个大城市与大农村的组合，这组合既张扬着一种开放、时尚和显耀，又蕴涵着一种质朴、平凡和坚实。

我们已经说过重庆的女人热辣、美艳、真情，男人雄健、刚毅、豪气，就像丰韵秀色的嘉陵江与磅礴澎湃的长江一般。

重庆是历史和现实印刻在同一块山岩上的闪亮晶体，从不被风雨冲刷而淡然失色。

重庆是今天和未来辐射在同一屏幕上的影像，你可触摸和感受生活的本质与色味。

重庆人告诉我，他们最喜欢的还是一种叫黄葛树的树木，并且自喻黄葛树就是他们的形象。只要你稍稍留神，你便可看到无论在主城的大街小巷的巨崖与青石阶上，那些郁郁葱葱的黄葛树，总是伸张着健美的肢体和茂盛的叶瓣，在向行人点头致意。还有在高山远江的沟壑与河岸头，那成片或单独栖息的黄葛树，也总是在仰望或等待着归子与风帆……

黄葛树是重庆的市树，据说是因为它具有重庆一样久远的历史，并且同时具有重庆人一样的品质与性格。它从不畏风霜雨雪，也不畏断壁绝崖，只要给一点点儿土壤，它就能生根发芽，用长出的根死死抓住每个缝隙，迎风昂首，不断演绎茁壮的生命；它从不在乎富贵贫贱，只要有一丝雨露和养分，它就枝繁叶茂，满心欢喜地成长与繁衍，即使百岁老朽，或被雷劈火焚后，照常在不死的老根处重长新叶，重现新嫩；它不在乎别人是否精心呵护，也不用旁人高歌赞美，只要你承认它的存在，它便甘心情愿为辛我爱黄葛树，不仅因为它是重庆的市树，更因为它那种坚韧、顽强的精神常唤起我一股向上的力量，催我上进。

每当我乘船进城，走上巍巍的朝天门码头，看到那石壁上长得枝叶茂盛的黄葛树丛，总是暗暗赞叹，多么顽强、多么旺盛的生命！它们多是从石壁的缝隙里钻出来的。为了生存，它们的枝叶向着阳光，靠着早就在石缝中扎得非常坚实的根基向崖壁搜寻水分，顽强生长。远远望去，那峭壁上顽强生长的黄葛树，粗壮发达的根紧紧抓住石壁，像一个个巨人在那儿艰难而又顽强地登攀，向着阳光，向着希望不断地登攀！这种不屈不挠，力争上游的精神深深地打动着我。每当我看到这壮观的景象，我都在心里大声叫好："多么伟大的力量！"

黄葛树是常新的树。春天，它那饱经风霜的树枝上长出一片片嫩绿的笔锋似的柱形叶芽儿，那样的娇嫩，淡淡的嫩绿中微泛着红光，这多像一支支清秀的小毛笔蘸着生命的绿色，在暖融融的阳光中描绘着未来；夏天，它那墨绿如盖的枝叶，为人们挡住炎炎烈日，奉献给人们一片爽心的绿荫；秋冬，它在金风中成熟，一片片金黄的叶儿在微风中飘零，也许令人伤怀、哀叹，可这正是黄葛树在向大自然奉献着自己的作业，也正是黄葛树在更新，在代谢，在牺牲，在为新的一年积蓄……

外地人到重庆，总爱这么说："重庆人特别偏爱黄葛树！"您看那房前屋后，道边路旁，无不有黄葛树壮实的身影。重庆人对黄葛树实在有一种特殊的感情，甚至不少地名也用黄葛树命名，比如黄桷[①]坪、黄桷垭、黄桷堡。

有人说，一个城市的市树、市花，就象征着这个城市，象征着这个城市的人民。是的，黄葛树就象征着山城，象征着重庆人。朋友，当您看到那峭壁上顽强生长的黄葛树时，难道您不为之振奋？难道您不感到它和新时代的重庆人多么相似吗？

……

重庆人写下了无数赞美黄葛树的美文，而独爱这篇由一位初中生写的《我爱黄葛树》。正是这篇出自重庆少年之笔的美文，我才认识到黄葛树其实是一种生命之树，因而这才显得特别神圣。

黄葛树是有灵性的树，它联结着重庆的历史，巴人的烽火在残酷的秦楚铁骑下熄灭后，其不屈刚强的风骨是靠黄葛树传承至今的；黄葛树与长江和嘉陵江、乌江等所有大小川江溪流有情有义，船公与风帆遇险时，它总挺身而出，甘愿让纤绳紧绑在自己身上，以挡住吃人吞舱的江浪；黄葛树与高山日月更是相依为命，孤独的山峦不见虎狼为伍时，只有黄葛树依然每天认认真真地在倾听大山诉说自己与风雨搏斗的所有伤心故事，而日月之间的无情比赛也只有黄葛树是最公正与守职的裁判员。

当然，黄葛树最想把自己的生命品质和期待留给人类，于是重庆才有了昨天和今天。黄葛树在今天的重庆土地上，更加根深叶茂，是因为它亿万年来积聚的生命之气被当代重庆人民真正地吸纳并扩大了——这便是一个繁荣、和谐的新重庆、新巴国已经呈现在我们面前——

一个城市的美好与繁荣，有时不仅仅在于马路是否更多、更

① 重庆人将“葛”“桷”均读为“guó”，因而混用“黄葛树”和“黄桷树”。

宽了，而是要看这马路上的车与人流是否畅通与平安了。

一个城市的现代化程度高不高，有时并不能只看立交桥和轻轨线上的车子开得多么疯狂，恰恰桥底下的绿茵草地是否繁茂和轻轨线旁的咖啡店的音乐是否幽婉动听，才是最重要的。

一个城市的时尚和文明如何，常常不是少女的裙子短了又短，和熟读英语的朗朗读书声越来越多，而是老城边的那块刻着古人的碑文是否还看得清内容，和邻居与另一间写字楼的房门没有关时是否能平安无事。

生产总值固然很能说明问题，别墅小洋房再欧式华丽，大桥高速路再四通八达，自然空气和人际氧分的充足与清畅，则有时比政治、金钱、职业等所有指数，甚至更高贵和更重要。于是，我在抒写总结重庆直辖10年这个内容浩如烟海的命题作文的最后时刻，突然想到了黄葛树的意义。因为黄葛树在重庆这个大城市大农村组成的大直辖市的每一寸土地上如此繁茂地生长，其原因只有一个：这里的气候与自然环境太适宜它成长和繁衍了。

如果你想观察和考证一个城市，其实用不着去政府官员那儿听介绍，你只要到市民中感受一下就足够了。城市的质量和希望，全在他们的言语和表情里——

“龙湖地产”紫都城售楼处

受访者：赵男男、杨虎

赵男男（龙湖地产发展有限公司总经理）：我是重庆人，过去我们住在渝中半岛之外的人，把进渝中称为“进城”，现在进城的概念已经没有了，因为进城的概念完全变了，变得连我们这些每年都要在江北江南销售房子的人都常常迷了回家的路。重庆城日新月异、一天换个样、3个月换地图是真实的现实。比如说我们的“龙湖地产”，老板吴亚军十多年前也还是个《市容报》的女记者，直辖市成就了她的“龙湖地产”事业。今天的重庆市民，把能够置上一套“龙湖地产”的房子，看作是一种生活高质量的象征。2006年，我们“龙湖地产”仅在重庆就实现29亿元销售额，因为重庆的房价便宜，所以我们的销售额实际等于上海、北京的3倍销售房屋面积量。“龙湖地产”所有的项目，大约是3年的开发周期，而我们的销售周期几乎是同样的3年周期，即你盖多少房，就有多少购房者，而且通常供不应求。另一种比照，何作家你可能更感兴趣：我们“龙湖地产”每年都要到北京等著名大学去招聘毕业生。从2003年至今，每年都招聘有40～50人，除了个别因公司主动辞退外，没有一个自动想离开公司的。知道为什么吗？因为他们觉得在重庆工作比在其他的地方更有前途和希望。宝洁公司等世界著名企业，曾经多次想从我们这儿挖人才，可从来就没有成功过。我们“龙湖地产”的项目北京、上海、重庆都有，应聘的大学毕业生在填写志愿时完全可以选择在北京、上海这样的“龙湖地产”分公司工作，但我们发现一个新奇的现象：多数应聘者竟然选择了到重庆工作。问他们的理由时，回答只有一句话：我们更看好重庆。

杨虎（龙湖地产“紫都城”销售人员）：我是1997年大学毕业的，是湖北恩施人，学的是城建专业。毕业后去过广西北海和海南，1998年底正式到重庆工作，现在我是重庆的女婿了。老实说，我是个心不太安分的人，哪儿都不容易留住我。但重庆把我留住了。你问为什么？因为我感觉重庆包容性很强。我在这儿生活一年后，就觉得自己已经属于重庆了，而在其他地方几乎不会有这种可能。就说讲普通话吧。你在上海、武汉、广东等地讲普通话，人家就会把你当外地人，即便你已经在那儿生活工作了十年二十年恐怕人家还是这样认为你。重庆不一样，你在这儿讲普通话，人家反而更加尊重你，当你是自己人。还有一种比照：我到香港、上海后，开始一两天，觉得那里比重庆似乎好一点，可回到重庆过上两三天后，马上感觉重庆仍然是最好的。因为在香港和上海很多不好的东西可能根本改不掉，而重庆虽然也有不足，但重庆的问题却会很快地改变，并且迎头赶上。重庆，就像家里酿的老酒，怎么也舍不掉，所有的感情都在里面，时间越长，品出的味道越浓烈甘香。

重庆街头

受访者：李建华（“棒棒军”代表）

李建华：我老家在四川遂宁文星村，家里有4亩丘陵承包地。1998年到城里当棒棒军。以前到过北京、新疆，后来还是回到了重庆城里。现在城里的棒棒军比以前少了，可能有几万人吧。我家4口人，儿子在成都读大学，高中毕业的女儿在深圳打工，妻子跟着我一直在重庆城里，我们俩租了一间房，每月200元。我现在主要在重庆出版社帮着做些活。这里的领导和编辑们对我特别好，大活小活都让我干。啥子扛个书，搬个办公室，打扫卫生等，只要用得着的地方他们都愿意叫我。我已经在出版社当了七八年棒棒军了，出版社的人都叫我“李师傅”，特别信任我。现在连给外单位送书、送文件，甚至到邮局取个汇款，他们都会叫我去，像一家人似的。前些年我儿子刚上大学时，交不起学费。出版社的同志知道后，他们在叫我干活后有意多给我些钱，让我非常感动。我的儿子寒暑假回我这儿后，有活时我让他一起帮着干，儿子没觉得啥丢脸，因为出版社的人不把我们当外人。虽然我在城里当个棒棒军，只能干些粗活，可我心里很快活，这里的人待我好，钱多钱少我不在乎。我儿子今年要读研究生了，出版社的人听说后，都帮我出主意，我感觉这里就是自己的家，他们都是我的亲人……

重庆南岸美心长江风景区

受访者：洋人街加拿大籍凯瑟琳女士

这是一次没有成功的采访，但却是一次比普通采访更成功的采访。洋人街在重庆名声很大，是因为重庆已经有几千个洋人在这里安家落户。他们来自世界各地，有的是远涉重洋，慕名而来创业的；有的是留学后定居在这儿的；有的则是因为爱上了重庆小伙子或重庆美女生根在此的。凯瑟琳是其中的一位，她是爱上了一位重庆小伙子而落户在此的。

有开放意识和商业意识的重庆人，很会打“洋人牌”，于是有人在每年人流如潮的“美心长江风景区”开设了一条“洋人街”。

那天下午，我们来到洋人街，来到凯瑟琳的“加拿大大馅饼店”，想采访这位“洋重庆人”。哪知，这位漂亮的加拿大女士竟忙得脱不开手来接受我们的采访。这是没有想到的：在大馅饼店门前，买馅饼的人排成长队，出售大馅饼的凯瑟琳忙得根本腾不出时间来应酬我们，一个劲儿地堆着笑脸在卖她的大馅饼，其情景十分壮观和热闹。

随行的小田介绍，凯瑟琳卖的“加拿大大馅饼”其实就是重庆人常吃的一种馅饼而已。“可一经凯瑟琳之手，价格和生意就火了几倍！”小田道出了凯瑟琳生意火爆的全部秘密。

哈哈。原来如此！

这天虽然没有采访成凯瑟琳，但后来从其他媒体上知道了凯瑟琳来重庆安家落户的过程。过程并不复杂，凯瑟琳先爱上了重庆，后来又爱上了重庆小伙子，于是她留在了山城，将爱情和家庭一起献给了这个让她常常感到幸福和温暖的城市。

凯瑟琳仅是越来越多生根重庆的洋人之一。在热闹的重庆火锅一条街上，我还看到了好几位漂亮迷人的洋妞与重庆男人一起支撑着红火的生意场。

重庆建工集团所在地

受访者：李剑铭（建工集团董事长、党委书记）

一身学者风度的李剑铭，出口成章，滔滔不绝中带着无限激情：我是四川广安人，到重庆工作前在深圳先科集团担任主要职务。1997 年，重庆直辖市成立不久，团中央组织了一个“博士团”来到渝地。当时我们是挂职锻炼来的，先科集团的老板听说我要到重庆来，问我：“你是不是吃错了药？重庆那个穷地方哪一点可以吸引你呀？”我笑笑，对他说：“既然已经报名了，去了再说吧！”那时我已经在深圳干了 10 年了，深圳人到广州，觉得广州还很破旧，可再到重庆一看，简直是到了两个天地，与深圳相比，重庆就像一个又破又烂的县城一样。当时深圳的财政已经达到 230 多亿元了，重庆只有 50 来亿元，而且还有 3000 多万人口。我到重庆后，开始在沙坪坝区政府当副区长，这一干就不是“看看”的问题了，而是放不下手、放不下心……

2002 年，我由科技部派送，到了日本中央大学读金融工程博士后，可以带妻子孩子，而且学业结束后还能留在那儿。可等专业学得差不多时，我突然感觉自己不能留在日本，我必须回国，日本的金融工程太成熟了，成熟得像我这样的博士后也没有多少用武之地，所以我毅然选择了回国。

而回国的第一个选择就是再到重庆。因为我觉得尽管重庆直辖才几年，但重庆的发展是中国任何一个地方都难以比拟的，特别是它的金融市场的发展空间，甚至比深圳、上海都更具挑战性。回到重庆后，我被分配到国资委，2006 年又被任命为重庆建工集团的董事长兼党委书记。一个学金融的博士后，到一个国有建筑企业当老板，听起来似乎有些不对路，其实我来建工集团后，发现这里的天地也能发挥自己的专长，而且我认为，中国的大型建筑企业，发展到最终也必然是金融企业。重庆的建筑市场现在每年有1000亿元左右的工作量，可作为重庆“建筑航母”的建工集团，过去只能接到80来亿元。我来建工集团后，首先抓了班子和干部队伍的稳定，又从管理入手，在制度创新上做文章。围绕产品、产业、组织结构和资产运营4个方面进行了从表及里的大调整。在项目投标与施工中，采取与投资方共同合作的新战略，从而使集团公司由过去单一的建筑企业，发展成品牌商、渠道商、标准商、平台商。通过与投资方战略合作的双赢，企业地位迅速提升，获得了更多更大的效益。2005年我们的订单额是80亿元，2006年我们达到140亿元，2007年要承接160亿～200亿元的订单。

我现在是西南地区最大的“包工头”，麾下有十几万人的队伍，凡是重庆最大的建筑工地上，都有我们建工集团的职工。重庆未来的发展方向是西南地区的增长极和长江上游的经济中心，建筑业必定是这个增长极与经济中心中最活跃的产业之一。我们现在不仅要做重庆的建筑航母，而且要成为西南的建筑航母。这个航母在2010年就该实现250亿～300亿元的年营业规模水平，集团公司的资产也应在200亿～250亿元。我很欣赏浙江省的省长管建筑，因为浙江省的建筑队伍在省外有500亿元的市场份额。我们重庆本身有1000多亿元的市场，而整个西南地区的建筑市场接近10000亿元。作为西南建筑航母的重庆建工集团，如果有一天能够担起西南建筑市场的四分之一份额，这本身就是一个经济增长极！对此，我抱有充分的信心！这信心，首先来自于我对我们重庆的信心。

……

呵，亲爱的朋友，你无须多说了！我知道，“有人进入这座城，他留下来，学着这里的口音，发生了爱情，这座城就成了他的家；有人离开这座城，带走了它的口音，这座城就成了他的故乡，他的根……”

直辖10年，重庆走过的每一个岁月、每一个日夜，都会感动中国，感动世界。

重庆朋友总会情不自禁地向远道而来的客人介绍他们引以为自豪的朝天门、景色如诗的夜幕下的南滨路、体现现代建筑风格的奥体中心、盘旋在山城腰脐的轻轨飞道，还有气势磅礴的三峡博物馆、堪称一流经典的城市规划馆、书卷气十足的新图书馆，或者正在长江、嘉陵江汇合处建设之中的重庆大剧院，可容纳50万～100万人口的“大学城”等美不胜收的景致，而所有这些，也仅仅是新重庆无数美景中的几处点睛之笔而已。在我看来，重庆的这些点睛之笔的美景，从更多意义上说，是重庆直辖10年过程中，市委、市政府在重视经济发展的同时，格外注重文化建设和品味建设的集中体现，而这正是作为未来西南经济中心必不可少的文化特质。这是因为，任何一个强大而繁荣的经济中心，同时也必然是个文化中心，没有文化品味的经济中心是支撑不起人们从事发展经济的那份美好的心志与追求的。重庆历来是个注重文化的城市，重庆人对文化的渴望有时会比对物质的追求更趋强烈，这也注定了重庆作为西南中心城市所具有的独特魅力。

我们已经说过很多关于朝天门的话语了，但真正认识今天如此美丽的朝天门，怕还有一段距离。朝天门与解放碑都是重庆的象征景致，它们一方面承担着商业中心和人文中心的重任，更是重庆这个城市历史发展中承前启后的两块胜地。解放碑区域现在是个商业中心，但我绝对相信，解放碑同时又是重庆几千万人凝聚战斗力、信仰力的地方！解放碑，其实是重庆的一个精神心脏——在今天以经济建设为中心的历史条件下，它跳动的是引领全市人民发展和繁荣经济的强劲心律；一旦发生重庆和国家生死存亡的大事时，它跳动的是召唤民众奋起抗击、英勇牺牲、迎接胜利的强劲心律。而朝天门，则如重庆这艘历史巨轮乘风破浪的船头，它总是以高昂的斗志、战无不胜的姿态，领导这个英雄的城市向更远、更光明的前程奋力行进。今天，重庆人把朝天门建设得如诗如画，气势磅礴，象征的是重庆不断从辉煌走向更加辉煌的前景。其实，今天的朝天门已经同以往的朝天门有着很大的不同。在它的身后，它正引领着千舟万艇；在它的前面，是长江三峡和更远的中华黄金水道及滔滔不绝的大海，它正经历着进入前引后推、势不可当的历史最好航程……

至于被重庆人夸为“最美的地方”的南滨路，从建设一开始，重庆市有关方面就定位它是“最有人气的旅游观光带、最显活力的经济增长极、最具品位的人居环境”；按照“以绿色为生命、以灯饰为特色、以文化为灵魂”建设理念所打造经营的。位于长江南、面临渝中半岛、背靠南山绿色屏障的南滨路，如今每当夜幕降临时，总是灯火通明、流光溢彩，犹如一条七色彩带横贯主城。这是南岸区的游览胜地，也是重庆的一张城市名片。南滨路涵盖长江在南岸区行政区域的全部江岸线，全长5.4公里，是南岸区历史上投资最多、规模最大的一项综合整治工程。其实，南滨路注入和表达的内涵及形态，是重庆市各级政府落实科学发展观、以人为本建设未来重庆大都市的一种基本思路，或者说是一个样板而已。重庆作为江与山组成的城市，其独特的江岸线可以建成各式各样绝美的地方。聪明而智慧的重庆人明白，以人为本的城市建设理念，能够让城市在完成对旧城的改造过程中，实现人们追求美好、舒适的生活，促进和带动经济的更强劲的发展。南滨路建设在这方面无疑是成功的。它的一期工程在景观建设上，沿江打造出长6.8公里（连接其他区）、占地250亩、投资1亿元的全国最大的开放式护堤公园——重庆南滨公园就是一例。此公园建设突出了重庆历史人文景观和巴渝文化内涵，分为三大部分：187高程道路景观、180高程景区连接段、六大主题景区（黄葛晚渡、海棠烟雨、龙门浩月、字水宵灯、峡江开埠、禹王遗踪），特别是建成长300米、宽7米，主题为“长江之歌”的音乐灯饰，声光俱佳，其规模世界第一，已被授予大上海吉尼斯世界纪录……南滨路的建设，极大地改善了这一带的交通条件，启动了大规模的片区开发，同步实施的绿化、亮化、美化工程，使这里的人居环境彻底得到改善，周边的房地产开发浪潮迭起，强势不断。区域的产业结构调整也发生巨变，集餐饮、娱乐、观光、休闲为一体的“南滨路美食街”，带动了滨江区域的经济发展。当地官员告诉我，南滨路全部建成后，总投资将达60多亿元，最终将带动500亿元开发资金投入，而因南滨路建设带给南岸区及重庆主城区的经济拉动力，更是不可估量！

这就是重庆人为什么一再向我夸赞的原因。事实上，重庆市委、市政府规划中的未来主城建设蓝图里，至少有数条“南滨路”，它们借助已经建成的快速轻轨和彩虹般的一条条跨江大桥联结为一个整体。若干个各有特色并同时放射异彩的城市经济与人文相得益彰的风景线，是未来重庆最出彩的地方。

说了朝天门和南滨路，自然不能不说三峡博物馆和奥体中心、城市规划馆及重庆图书馆等几个具有中国乃至世界一流水平的公共文化设施。除了重庆图书馆外，其他几个地方笔者都去参观过。参观之后的感觉是，其规模国内空前，其现代化水平堪称少有，其漂亮程度真可谓美轮美奂。特别是三峡博物馆，进去看一次，仿佛是享受一道“文化盛宴”。不说三峡博物馆的宏伟气势，不说它是用6亿元的巨资建起的，也不说它是世界上绝无仅有的一尊三峡自然与历史的博物之大成，就看看里面所用的每一块看似平常的材料，你一打听，就会肃然起敬，因为它都有着不平常的来历——皆为三峡的原石原物。从三峡博物馆的广场拾级而上，博物馆大门的正中间有一座貌似假山的滴水石。馆长告诉我说，这是从乌江画廊里切出来的石头，其中的水臼还是从乌江河床底下采上来的，距今至少有上百万年的历史。“你看它突出的那一块，完全是靠河流冲刷形成，人类再有鬼斧神工也不能及。”主人抚摸着那些依靠人工和现代技术无法刻制的奇异石头，如此说。进博物馆入口处，一些成块状的石头铺在地上，非常独特。主人介绍：“这是从三峡大坝右岸厂房基底下60多米深处捞上来的花岗岩。”后来我才知道，在三峡博物馆建设时，专家们始终奉行的是将三峡的石、水、树的原物，作为整个博物馆的基本材料。为此，工程建设人员跑遍了整个三峡库区，除了乌江画廊，巫峡、瞿塘峡、西陵峡等必须保护的文物风景和不可搬移的自然物外，其余的都是原物搬到了博物馆内。“三峡博物馆在选材用料上所花的心思，付出的汗水，是其他公共建筑所不能比的。”难怪中外学者这样评价道：“三峡博物馆里每一块石头，每一株植物，都是三峡文化的一个符号，是中国绝无仅有的人文景观与自然景观的融合体。”

不能不提及总用地11.86万平方米，建筑面积6.28万平方米，投资达7亿元，能容纳6万人同时观看比赛的重庆奥体中心。主场馆内的体育场长312米、宽80米的弧形挑棚，居亚洲之最，使得重庆奥体中心在中国和亚洲体育界享有盛誉，各类体育比赛和文艺演出时常在这里举行。

在参观诸多重庆现代化的公共文化设施时，令我最激动的地方还有一处同样不能不说，这就是藏于朝天门广场之下的面积达6万余平方米、总投资2.8亿元的重庆城市规划展览馆。这个展览馆是目前我所看到的中国最大的城市规划展览馆。在这里，你可直观地了解重庆的历史轨迹和未来的发展方向。在地下的一楼总馆，放着重庆市全区域的主模型，面积892平方米。地下一层的楼板是镂空的，形成一个以主模型为底的天井。站在一楼，天井底部的2020年重庆主城702平方公里的山水园林城市形态尽收眼底。主模型的水平比例尺为1∶750，竖向比例尺为1∶600。主城9区，9层以上的房屋全部能在这里找到。两江分割四岸、大江上二十多座桥梁、三环十射交通网络、东南西北四面大山……在一楼，还可以看到多个主题展厅，包括重庆历史风貌展厅、重庆2020城镇体系规划及都市区总体规划展厅、重庆山水园林城市和三峡展厅，同时还有国土房屋、交通、中央商务区以及环境保护和社会文化设施等专项展厅，贯穿了重庆的昨天、今天和明天。在地下二楼，还有40个区县和北部新区展厅；地下第三层为商业临时展厅；地下第四层为停车场，有400个左右的车位供游客停车。展览馆安装了中央控制系统，能够无人值守而自动运行。该系统预先编制好程序，可以自动对总馆及地下二层的区县展厅的电流及各种项目进行集成控制。每天从早上开馆，到下午关门，从电源开启到关闭，都不需要人来操作。值得一提的是，展馆采用了大量的高科技项目，不少手法为国内首创。尤其是13个互动游戏项目，让展览变得生动有趣。新城规划、旧城更新、规划棋盘可以让你自己动手规划家园；寻找家园、山城漫游、都市千里眼、江城印象、鸟瞰重庆等，无论是专家还是普通人，无论是大人还是孩子，游客都可以参与进来，找到自己的乐趣。重庆城市规划馆尽显现代大都市的气派，两三个小时的参观，你可领略重庆的历史与未来，人文与风物，这种用眼“阅读”，令人心旷神怡，又增长许多知识，还省去不少劳累。

走出城市规划展览馆，站在朝天门广场往嘉陵江北岸看，是正在建设之中的重庆大剧院。该大剧院坐落于长江、嘉陵江交汇处的北岸，一侧与渝中区朝天门码头并坐两江交汇佳地，另一侧又与南山一棵树观景台遥相呼应，建筑规模8万平方米，总造价

8 亿元。据了解，重庆大剧院原有 5 种备选方案，最终被选入围的是被称为“孤帆远影”以船为主题的方案。该方案的建筑物表面选用的是一种浅绿色的有机玻璃，因此，整个大剧院外形就似“玻璃时空船”，表示重庆从过去驶向未来的意蕴。整个建筑在这个用玉石玻璃制成的外壳笼罩之下，可以在任何光线和天气条件下呈现出朦胧的艺术美。作为重庆市的又一标志性建筑，重庆大剧院设计建筑高度为 60 多米，并以两个剧场为中心，一个建有约 1800 个座位，一个建有 800～900 个座位，并配以餐饮、休息、交际场所。剧院将采用先进的舞台机械和舒适的观演设施，使其满足大型歌舞剧、综艺、戏剧、交响乐、室内乐演出的需要，具备接待国际表演艺术团体的能力。由于剧场声、光方面的特殊要求，大剧院在重庆迄今为止几大文化工程中技术最为复杂、外观又最为壮观与漂亮，所以重庆市民无不翘首以待大剧院的建成……

再将目光移至沙坪坝的重庆大学城，你会对重庆直辖市有一种全新的感受，因为这里告诉你的是，重庆直辖以来，教育的发展其实比人们看到的城市建设要快得多，基础教育和农村教育的变化在西部地区名列前茅。重庆高等教育的快速发展，更是举世瞩目。普通高等院校由 22 所增加到 40 所，在校学生由 15 万人增加到 45 万余人，高等教育毛入学率由 8% 增加到 20%。早在直辖初期，为把重庆建设成为长江上游经济中心，重庆市委、市政府就做出决定大力实施“科教兴渝”“人才强市”战略，把“建设长江上游科教中心和西部教育高地”作为建设长江上游经济中心的重要支撑。根据市委、市政府《关于加快教育改革与发展的决定》，全市高等教育发展规划为：到 2010 年高等教育毛入学率达到 30%，到 2020 年毛入学率争取达到 50%，在校大学生达到 110 万左右。正是鉴于这样的远景目标，“重庆大学城”应运而生。按照“现代化、生态化、园林化、网络化”的规划理念和坚持

“开放式、高标准、超前性”原则，已建成的重庆大学城共占地2193.97公顷，其中教育用地1021.72公顷，居住用地620.98公顷，道路广场用地316.96公顷，对外交通用地2.02公顷，市政公用设施用地14.65公顷，绿化用地217.64公顷。这是重庆直辖10年间，投入教育上的一项最亮丽的工程。重庆大学、四川美术学院、重庆师范大学、重庆医科大学、重庆科技学院、重庆职业技术学院、重庆电子科技职业学院、重庆巴渝职业技术学院、重庆医药卫生高等专科学校（筹）、重庆警官职业学院、重庆社会工作职业学院等11所高校已落户大学城。如今，整个大学城，艳美如画，尤其是无可比拟的人文环境和科技与人才及生态环境的强大优势，使得大学城及其周边数平方公里形成了一个集教育、科技、人才、生态等巨大优势于一体的充满生机和希望的重庆“硅谷”，吸引着各方的关注和投资，其前景十分可观。

真实的重庆直辖10年的今天又是一个什么样呢？不是全市上下都在学习落实胡锦涛总书记提出的“三大定位”“一大目标”“四大任务”吗？毫无疑问，这“314”是重庆新阶段发展的总战略部署，必须重视再重视，落实再落实。在发展思路上，要牢牢抓住“一条主线”，即建设城乡统筹发展的直辖市，着力打造以主城区为核心的“一小时经济圈”，建设以万州为中心的渝东北地区和以黔江为中心的渝东南地区“两翼”，构建“一圈两翼”区域发展新格局。然而我的关注点，则集中在一处：这就是重庆今天的人气。

一个人气旺盛的城市，必定是凝聚着巨大潜力的“增长极”！

一个人气直上的地方，必定像磁场一般地将周围牢牢吸引至自己身边，并形成一个不可动摇的“中心”！

一个人气和美的天地，必定是属于那些有志有情有才有艺有心有意的天下人在此安家落户养子育女的和谐“家园”！

无论怎么叫，无论怎么称，所有今天的“增长极”，还有明天的“中心”，或者未来更现代化的“大直辖市”，将它们的一切长处与好处加起来，便是“家园”二字。

只有美好的家园，才是吸引一切向往幸福、安宁生活的人类众生的因素与根本。

新重庆是一部流动的摄影机，它每天都在拍摄最优美最精彩的画面；

新重庆是一台飞旋的播放机，它每时都在播出最动听最响亮的乐章；

新重庆是一艘破浪的远征船，它每日都在开启最壮丽伟大的航程……

你能看得过来吗？你能真正体会其美妙和美妙的全部吗？

显然，日新月异的新重庆有太多进步和发展的辉煌值得一看，但想用心看个够，显然是一种妄想，因为太多太多，最终你会产生“力不从心”“挂一漏万”的感觉。我们只有一种永远的敬畏和向往，一种永远的欲罢而不能，一种永远的激动和亢奋……

“直辖10年来，我们认真做好了‘三篇大文章’，基本完成了中央交办的‘四件大事’的主体攻坚任务，取得了打基础、建平台、增后劲的显著成就，夺取了富民兴渝、构建和谐重庆的新胜利，重庆已经站在了新的历史点上。直辖10年的奋斗历程，是一部爬坡上坎、负重前进的创业史，是一部勇于创新、与时俱进的改革史，是一部攻坚克难、团结奋进的拼搏史。

“今天的重庆，正处在以贯彻落实胡锦涛总书记关于重庆工作重要讲话为标志，进入了‘求突破、上台阶、大发展’，努力率先全面建成小康社会的新阶段。”

年轻而朝气、智慧而沉稳的汪洋书记在刚刚召开的中共重庆市第三次代表大会上的报告中，向全市党员、干部和直辖市全体人民吹响了新的战斗号角。我们有百倍的理由与信心相信，重庆市委、市政府引领全市3000多万人民在落实胡锦涛总书记为重庆勾画的蓝图：这个世界上独一无二的大直辖市正在开启独树一帜的伟大事业，在未来5年中迈上“三个台阶”，将重庆建设成为城乡统筹发展的直辖市，在西部率先全面建成小康社会。她将让全中国和全世界更加为之瞩目，为之振奋！

未来的中国亮点，属于重庆。

未来的最美好家园，属于重庆。

这是一种无法抗拒的潮流，如同嘉陵江、乌江等会聚的千里川江那样气势磅礴、滚滚东流……

让我们一起以中华民族的名义，向人民共和国第四直辖市、向人民共和国的3000多万重庆人民致敬，祝福他们像黄葛树那样永远生根茂盛在这片热土上，祝福他们再创更大的辉煌！

后　记

要在很短的时间内，写一个城市，写一个10年迅速崛起的城市，无论以哪种形式都是非常困难的。当初之所以接受这样的任务，是因为每次到重庆总是得到包括重庆市委常委、宣传部部长何事忠在内的一批重庆领导和朋友们真诚的相邀和热情的接待，同时还有来自我自己内心对这个美丽城市的那份情意。如果不是重庆出版集团董事长罗小卫、总编辑陈兴芜等一次次热情细致的帮助指导及出版集团的刘玮、田茂、王晓婷和好友王超、马岱良等的关心支持、全力配合，本书肯定是写不成的。

重庆直辖10年，成就辉煌。靠一个作家、一部作品想全面描述，必定遗憾多多，这是我始终这样认为的，也是心头总惶恐的事。对于《国色重庆》，本人不期待所有人的赞誉，只希望自己通过几个月的采访、观察后，将一些感受与理解能准确地表达出来，能让那些并不了解重庆的读者与我一起分享这个美丽城市的辉煌伟业和重庆人今天的心气。仅此而已。

自几年前写三峡移民题材的《国家行动》后，我便对重庆产生了一份不可抹去的感情。以至于经常在北京的时候总自觉不自觉地看一看重庆的新闻、重庆的电视，并且养成一种习惯，似乎自己的命运与重庆有着某种关联。这种感情的牵挂是一个游子对故乡的那种牵挂，重庆能在我的心中产生如此影响，让我自己都有些吃惊。

我要感谢重庆市委领导，感谢国资委的王澜博士、重钢的余新庆、移民局的郎诚、西南铝公司的汤莉、《汽车杂志》记者岳琳、《新女报》的吴景娅等朋友，是他们或直接帮助我完成了采访任务，或直接提供了他们自己积累的材料与作品。谨向本书引用的相关资料的作者和出版机构、新闻单位致谢。需要说明的是，第10节及第24节中，引用了部分网络新闻材料，因不知作者其名，在此一并致谢！

何建明

2007年春节至五一

于北京—重庆完稿

出版说明

何建明先生是中国文坛著名作家，长年坚守在报告文学一线。“非典”、汶川地震、天津大爆炸、利比亚撤侨等重大事件发生时，何建明先生都尽可能出现在第一时间、第一现场，将第一手材料及时地呈现给读者，将中国故事讲深、讲透、讲生动、讲精彩。他强烈的责任感和使命感让人感动，其直面真相、忠于现实的精神令人钦佩，是中国当代报告文学界极有影响力的领军人物。

有感于斯，我社特收录何建明先生近40年创作的报告文学作品，结集为《何建明文集》三十卷出版。这些作品是对时代、社会、自然和人文的记录、呈现与见证，是作者响应时代的召唤，置小我于大我之中，循着时代背景和社会需求而创作的，完整、真实地表现了社会各个层面人物的喜怒哀乐，代表了当代中国纪实文学、非虚构创作的高峰水平，大气磅礴、激情豪迈，极具胸怀和气量。其中多部作品获得鲁迅文学奖、国家图书奖、“五个一工程”奖、徐迟报告文学奖等。

每个时代都有自己的特征，每部作品都有自己的特点。为了全面展示何建明先生历时40年创作内容、使用语言和文学风格的变化，本文集对何先生已发表的所有作品原则上不做修饰和润色，除特殊情况外也不做大的删节和修改，以保证今天的结集出版，仍不失当年作品的激情和味道。